Arthur
und die Vergessenen Bücher

Gerd Ruebenstrunk

Arthur
und die Vergessenen Bücher

Mit Illustrationen von Laurence Sartin

arsEdition

Bibliografische Information Der Deutschen Bibliothek
Die Deutsche Bibliothek verzeichnet diese Publikation
in der Deutschen Nationalbibliografie;
detaillierte bibliografische Daten sind im Internet über
http://dnb.ddb.de abrufbar.

9 8 7 6 12 11 10

Text: Gerd Ruebenstrunk,
vertreten durch Agentur Hanauer, München
Illustrationen: Laurence Sartin
ISBN 978-3-7607-3628-0

www.arsedition.de

Inhalt

Prolog

Ein käsiger Mond tauchte das winzige Pyrenäendorf inmitten der zerklüfteten Felslandschaft in ein fahles Licht, als sich zwei dunkle Gestalten aus der Tür des Dorfgasthauses stahlen. Sie verharrten einen Moment regungslos, als wollten sie überprüfen, dass niemand ihnen gefolgt war; dann huschten sie, immer im Schatten der geduckten Gebäude, um den Dorfplatz herum und verschwanden in einer Gasse.

Nach wenigen Metern erreichten sie einen Pfad am Dorfrand, der sich den Berghang entlang nach oben schlängelte. Schweigend folgten sie ihm, bis sie etwa zwanzig Meter über dem Dorf waren.

Im Mondlicht konnte man erkennen, dass es sich bei den beiden um eine junge Frau und einen jungen Mann handelte. Sie trugen schwarze Hosen und schwarze Pullover und hatten sich dunkle Wollmützen über die Haare gezogen.

Die Nacht war kalt. Ein feiner Nebel lag über der Landschaft, und der Atem der beiden Schwarzgekleideten formte kleine Schleier vor ihren Gesichtern. Der Mann zog eine große Taschenlampe aus der Tasche, die über seiner Schulter hing.

»Bist du verrückt?!«, zischte die Frau. »Was ist, wenn uns jemand sieht?«

»Wir sind weit genug vom Dorf entfernt«, erwiderte der Mann. »Außerdem schlafen die Dorfbewohner alle. Du musst nicht so nervös sein.«

»Ich bin nicht nervös, ich bin nur vorsichtig. Wir machen schließlich keinen Vergnügungsausflug. Und ich habe nicht die geringste Lust, die nächsten Jahre in einem spanischen Gefängnis zu verbringen.«

Widerwillig stopfte der Mann die Taschenlampe wieder zurück. »Wir können die Sache immer noch abblasen. Ich habe sowieso kein gutes Gefühl dabei.«

»Ach, kommen jetzt wieder die Gewissensbisse?«, fragte seine Begleiterin mit sarkastischem Unterton. »Wer hat denn gesagt: Lass uns das Buch holen? So weit ich mich erinnern kann, bist du das gewesen.«

Der Mann antwortete nicht, und sie setzten ihren Aufstieg stumm weiter fort. Der schmale Pfad, dem sie folgten, wurde immer wieder von den Schatten großer Felsbrocken verschluckt, die wie gigantische Spielklötze über den Abhang des Hügels verstreut lagen. Irgendwo in der Ferne heulte ein Wolf. Das Heulen wurde vereinzelt von Hundegebell erwidert.

Ungefähr dreißig Meter über ihnen schälten sich aus der Felswand die Umrisse eines geduckten Gebäudes heraus.

»Das muss die Kapelle sein«, keuchte der Mann, der offensichtlich nicht sehr sportlich war und schnell außer Atem geriet.

Wenige Minuten später standen sie auf einem kleinen Plateau. Vor ihnen lag ein einfacher Steinbau, der aus grob behauenen Quadern zusammengesetzt war. Anstelle von Fenstern wiesen die Längsseiten lediglich eine Reihe von schmalen Schlitzen *auf. Nur an einem kleinen Kreuz über der schweren hölzernen Eingangstür konnte man erkennen, dass es sich um eine Kirche handelte.*

Die Frau rüttelte am Türgriff. Sie fluchte leise. »Verschlossen, das war doch klar.« Verärgert drehte sie sich zu ihrem Begleiter. »Wie kommst du darauf, dass die Türe immer offen stehen würde?«

»Das hat mir der Gastwirt beim Abendessen erzählt«, verteidigte sich der Mann. »Vielleicht klemmt sie nur?«

Die Frau versuchte es erneut. »Die bewegt sich keinen Zentimeter.« Sie stemmte die Hände in die Hüften.

»Es könnte ein Zeichen sein«, sagte ihr Begleiter mit leiser Stimme. »Noch haben wir die Möglichkeit umzukehren.«

»Ich fahre nicht in einem klapprigen Citroën durch halb Europa, um dann einen Meter vor dem Ziel zu kneifen!«, explodierte die Frau. »Gib her!« Mit diesen Worten riss sie dem Mann die Tasche von der Schulter und begann darin herumzuwühlen. »Sag bloß, du hast kein Brecheisen eingepackt?«

»Doch, doch, das liegt ganz unten, eingewickelt in einen Lappen.« Der Mann zog seinen Oberkörper unwillkürlich etwas zurück. Er machte eine kleine Pause. »Ich bitte dich: Du hast die Dorfbewohner heute Abend doch auch gesehen. Es sind herzensgute Menschen. Und wir wollen ihnen das wegnehmen, was ihnen das Heiligste ist.«

»Was interessieren mich diese Bauern?«, stieß die Frau verächtlich hervor und wickelte das Brecheisen aus dem Tuch. »Ob das Buch da drin ist oder nicht, das wird sie nicht glücklicher oder unglücklicher machen. Aber uns macht es unbesiegbar!«

Sie drückte ihrem Begleiter das Brecheisen in die Hand.

»Hier, jetzt kannst du dich mal nützlich machen, statt immer nur zu jammern.«

Widerwillig nahm der Mann das Werkzeug entgegen. Er setzte es am Türschloss an und drückte den Eisenstab vorsichtig zur Seite.

»Willst du die Tür öffnen oder bloß streicheln?«, höhnte die Frau. »Jetzt zeig mal, ob du ein Mann bist oder nur ein verkümmerter Bücherwurm!«

Ihr Begleiter presste die Zähne zusammen und schluckte seine Antwort herunter. Er lehnte sich mit seinem ganzen Körpergewicht gegen das Brecheisen, bis ein lautes Knirschen zu vernehmen war.

Die Frau drängte ihn zur Seite und versetzte der Tür einen kräftigen Stoß mit dem Fuß. Knarrend schwang sie auf. Das Innere der Kapelle lag fast vollständig im Dunkel. Durch die schmalen Fensterschlitze tasteten sich zaghaft ein paar Strahlen des Mondlichts herein, die allerdings mehr Schatten als Licht erzeugten.

Der Mann tauschte das Brecheisen gegen die Taschenlampe und knipste sie an. Er ließ den Lichtstrahl durch den Raum vor ihnen kreisen. Viel war nicht zu sehen.

Gegenüber der Eingangstür befand sich der Altar. Davor erstreckten sich zwei Reihen von schlichten Holzbänken, die durch einen schmalen Mittelgang getrennt waren. Die Mauern waren weiß gekalkt. In der Mitte der niedrigen Decke hing ein kleiner Käfig aus Metall, kaum groß genug für einen ausgewachsenen Kanarienvogel.

Beim Anblick des Käfigs lief dem Mann ein Schauer über den Rücken. Er wusste zwar nicht, warum er dort hing, doch die seltsame Anwesenheit dieses Gegenstandes verstärkte sein wachsendes Unbehagen.

Die Stimme seiner Begleiterin riss ihn aus seinen Gedanken. Sie stand bereits neben dem Altar, der aus einem einzigen Felsblock gehauen war.

»Wo bleibst du denn?!«, rief sie ungeduldig. Zögernd folgte der Mann ihr. Als er schließlich den Altar erreicht hatte, kniete die Frau bereits neben dem Steinblock und betastete seine Seiten.

»Leuchte mal her!«, kommandierte sie. Im Licht der Taschenlampe inspizierte sie eine bestimmte Stelle des Altars. Dann lehnte sie sich befriedigt zurück.

»Es ist, wie ich gedacht habe. Nur eine einfache Steinplatte. Los, pack mit an!«

Der Mann steckte die Taschenlampe in eine Schlaufe an seinem Gürtel. In ihrem indirekten Licht sah das Gesicht seiner Begleiterin wie eine verzerrte Maske aus.

»Ich ...«, begann er, aber sie schnitt ihm sofort das Wort ab.

»Jetzt fang nicht wieder an!«, fauchte sie.

»Wir können das nicht tun«, sagte er. »Es ist nicht richtig.«

»Wenn wir jetzt aufhören, dann war alles umsonst!«, rief sie. »Denk nur an die Macht, die wir besitzen werden. Oder die Reichtümer. Keiner wird uns widerstehen können. Keiner!« Ihre Stimme war schrill geworden.

»Aber ...«, hob der Mann an.

»Es gibt kein Aber! Du hast es selbst gesagt: Wer die Vergessenen Bücher besitzt, wird die Welt beherrschen. Jetzt liegt das Erste dieser Bücher nur noch einen Handbreit von uns entfernt und du willst kneifen? Dann hole ich es mir eben alleine!«

Mit diesen Worten legte sie die Hände an die Steinplatte auf dem Altar und begann dagegen zu drücken. Der Mann zögerte einen Moment. Dann packte auch er mit an.

Die Platte war schwer und offenbar seit vielen Jahren nicht mehr bewegt worden, denn sie gab um keinen Zentimeter nach. Einige Minuten war nichts zu hören außer dem angestrengten Ächzen der beiden.

Der Mann wollte schon aufgeben, als sich die Platte mit einem schabenden Geräusch einige Zentimeter bewegte.

»Ha!«, rief die Frau triumphierend und drückte mit neuer Kraft dagegen. Auch ihr Begleiter spürte jetzt, wie ihn das Jagdfieber erfasste. Er mobilisierte seine letzten Kräfte, und gemeinsam gelang es ihnen, die Platte so weit zur Seite zu schieben, um mit einem Arm in die Truhe greifen zu können.

Die Frau zog ihm die Taschenlampe aus der Schlaufe und leuchtete in den Hohlraum. Im Lichtschein erkannten sie eine kleine Holzkiste, die mit zahlreichen goldenen Ornamenten verziert war. Sie stand auf einem Sockel in der Mitte der Truhe.

Der Mann steckte seinen Arm in den Altar und betastete den Sockel, auf dem die Kiste stand.

»Leder!«, rief er. »Das muss es sein!«

Vorsichtig schob er die Holzkiste beiseite und hob den Sockel, der nur wenige Zentimeter hoch war, an. Er brauchte mehrere Versuche, um den Gegenstand durch die schmale Öffnung herauszuziehen. Schließlich lag das lederumwickelte Paket vor ihnen auf dem Altar.

Mit zitternden Fingern klappte die Frau, die die Taschenlampe an ihren Begleiter weitergereicht hatte, das Tuch auseinander. Darunter kam ein großes, in dickes schwarzes Leder gebundenes Buch zum Vorschein. In den Buchdeckel waren eine Reihe merkwürdiger roter Zeichen eingelassen, die keinen bekannten Buchstaben glichen. Am ehesten, so fand der Mann, ähnelten die Zeichen der Keilschrift der Babylonier.

Ehrfurchtsvoll strich die Frau mit der Hand über das Buch. Das Herz des Mannes klopfte bis zum Hals. Über acht Jahre hatten sie gearbeitet, um diesen Moment zu erleben. Und jetzt war es Wirklichkeit geworden! Sie hatten das Buch gefunden, nach dem so viele andere seit Jahrhunderten vergeblich gesucht hatten!

Die Frau kehrte zuerst in die Gegenwart zurück. »Steck es ein und dann nichts wie weg.« Sie wickelte das Buch wieder in das Ledertuch, und der Mann verstaute es vorsichtig in seiner Umhängetasche.

Ein Windstoß fuhr durch die Tür der Kapelle. Der Mann zuckte zusammen, denn es war, als streiche ihm eine eiskalte Hand über sein Gesicht. Zugleich ertönte ein gespenstisches Quietschen. Er richtete den Strahl der Taschenlampe in die Richtung, aus der das Geräusch kam. Es war der Käfig unter der Decke. Der Windstoß musste ihn in Bewegung versetzt haben, denn er schaukelte leicht quietschend hin und her.

Auch der Frau war die Sache nicht ganz geheuer. Der Käfig warf wechselnde Schatten auf die Wände der Kapelle, die sich auf die beiden Eindringlinge zuzubewegen schienen.

Mit großen Schritten liefen die beiden zur Tür. Der Mann erwartete, jeden Augenblick von einem der dunklen Schatten gepackt und zurückgerissen zu werden. Aber er und seine Begleiterin erreichten unbeschadet den Ausgang und eilten den Bergpfad zum Dorf hinab.

Das Wolfsgeheul war verstummt. Merkwürdig gezackte Wolken jagten vor dem blassen Mond her. Mehrfach mussten die beiden anhalten, weil der Weg im flackernden Mondlicht nicht mehr genau zu erkennen war.

Schließlich erreichten sie die Straße, die zurück ins Dorf führte. Der Mond war inzwischen fast völlig von dunklen Wolken verdeckt. Vom Dorfrand her versuchte eine einsame Straßenlaterne vergeblich, die Nacht aufzuhellen.

»Du wartest hier«, sagte die Frau. »Ich hole den Wagen. Es wäre zu gefährlich, mit dem Buch durchs Dorf zu gehen.« Mit diesen Worten verschwand sie im Dunkel.

Der Mann ließ sich seufzend auf einem Felsen am Straßenrand nieder. Nervös blickte er über die Schulter auf den Bergpfad zurück. Er wurde das Gefühl nicht los, dass ihnen jemand von der Kapelle gefolgt war. Aber er konnte in der Dunkelheit weder etwas sehen noch hören.

Die Begeisterung, die ihn bei der Entdeckung des Buches ergriffen hatte, war völlig verschwunden. Acht lange Jahre der Vorbereitung – und jetzt, da sie ihr Ziel erreicht hatten, verspürte er nur eine tiefe Müdigkeit. In seiner Tasche befand sich ein Buch, dessen Inhalt den Lauf der Weltgeschichte verändern konnte. Doch der Mann sah nur das vor Gier verzerrte Gesicht seiner Begleiterin vor sich. In den letzten Monaten hatte er erfahren müssen, wie skrupellos sie handeln konnte, wenn sich ihr jemand in den Weg stellte. Wie würde das erst sein, wenn sie über die Macht des Buches verfügte?

Wollte er auch so werden? Waren Macht und Reichtum es wert, ihnen das eigene Leben und vielleicht das vieler anderer zu opfern? Natürlich hätte er gerne die Geheimnisse des Buches entschlüsselt. Aber es war Unrecht, es den Dorfbewohnern zu stehlen. Und in den Händen seiner Begleiterin konnte es zu einer furchtbaren Waffe werden.

Mit einem Mal wusste er, was er zu tun hatte.

Wenige Minuten später hörte er das Tuckern des Automotors. Die Frau steuerte den Wagen ohne Licht. Sie hielt den kleinen Citroën genau vor ihm an und stieß die Beifahrertür auf. Der Mann reichte ihr seine Umhängetasche und wollte gerade selbst einsteigen, als sie aufs Gaspedal trat und das Auto mit aufheulendem Motor um die Kurve verschwand.

Der Mann war durch den plötzlichen Start des Autos aus dem Gleichgewicht geraten und auf die Straße gefallen. Er richtete sich auf und klopfte sich den Staub von seiner Hose. Dann seufzte er erneut: Sie hatte also von Anfang an vorgehabt, das Buch für sich allein zu behalten und ihn zurück zu lassen. Wer die Weltherrschaft anstrebte, teilte eben nicht gern mit anderen.

Die Wolken hatten den Mond wieder freigegeben. Der Mann warf noch einen letzten Blick in Richtung des verschwundenen Autos. Dann machte er sich langsam auf den Weg ins Dorf.

Versteckt unter seiner Jacke, spürte er das raue Leder des Buches auf seiner Haut. Die Frau würde sicher bald bemerken, dass sich in der Tasche auf dem Beifahrersitz bloß ein in Stoff gewickeltes Holzstück befand. Er hatte ihr das genommen, was sie mehr als alles in der Welt begehrte.

Und er wusste, dass er von nun an eine Feindin auf Lebenszeit hatte.

Der Bücherwurm

Mein Name ist Arthur.

Und ich bin kein Held.

Auch wenn andere wie Larissa oder der Bücherwurm das Gegenteil behaupten – ich weiß es besser.

Ich bin nur ein vierzehnjähriger Junge, der gerne Bücher liest, ab und an eine Runde am PC zockt, gern Linkin Park hört und sich abmüht, in der Schule die Kurve zu kriegen.

Aber ich bin kein Held.

Um das zu verstehen, müsst ihr meine Geschichte kennen. Und die beginnt mit dem Bücherwurm.

Meine früheste Erinnerung an den Bücherwurm reicht zurück bis in jene Zeit, als ich noch den Kindergarten besuchte. Es war ein herrlicher Sommertag. Mein Vater hatte einen Tag frei und ich durfte ihn in die Stadt begleiten. Wir unternahmen all das, was Väter so mit ihren fünfjährigen Söhnen machen: Wir aßen ein Eis, fütterten die Enten auf dem kleinen Teich hinter dem Rathaus und fuhren zehn Mal im Paternoster des Rathauses in der Runde.

Vielleicht sollte ich euch den Paternoster kurz beschreiben, denn heute gibt es nur noch eine Handvoll davon. Ein Paternoster ist ein Aufzug, der nie anhält. Das klingt vielleicht komisch, denn wie soll man da ein- oder aussteigen? Nun, ganz einfach: Ein Paternoster hat keine Türen und fährt ganz langsam. Er besteht im Grunde aus einer Reihe aufeinandergestapelter Holzkästen, die sich langsam den Aufzugschacht empor schieben, im Keller und Dachgeschoss die Richtung wechseln und im benachbarten Schacht wieder nach unten oder oben fahren. In jedem Stockwerk hat man zwei oder drei Sekunden Zeit, um in einen der Kästen ein- oder daraus auszusteigen.

Ich weiß noch, welche Angst ich hatte, als mein Vater mir zum ersten Mal vorschlug, mit dem Paternoster durchs Dachgeschoss auf die andere Seite zu fahren. Ich stellte mir die schlimmsten Dinge vor, die dort oben passieren könnten: Ein großes, eisernes Rad, das mich zerfetzte; dunkle Gestalten, die mich aus dem Kasten herauszerrten und andere schreckliche Sachen. Aber mein Vater versicherte mir, es sei alles ganz harmlos, und so fasste ich seine Hand und drückte die Augen ganz fest zu, als unser Kasten das oberste Stockwerk passiert hatte und weiter hochfuhr.

Das leise Rumpelgeräusch, das so typisch ist für den Paternoster, wurde stärker und ich wünschte mir noch eine Extrahand, um mir auch die Ohren zuhalten zu können. Als ich meine Augen wieder öffnete, waren wir bereits auf dem Weg nach unten – und lebten beide noch.

Wir blieben in der Kabine stehen und fuhren weiter bis ganz nach unten ins Kellergeschoss, und dieses Mal ließ ich meine Augen offen. Viel zu sehen gab es nicht. Der Paternoster rumpelte ein Stück weiter nach unten, dann bewegte er sich nach links (vor uns war im Dämmerlicht unserer Kabinenbeleuchtung die ganze Zeit nur eine langweilige Mauer zu sehen), um schließlich wieder hochzufahren. Das war alles.

Seitdem habe ich immer wieder alleine im Paternoster meine Runden gedreht, und obwohl ich wusste, dass dort oben oder unten niemand lauerte, beschlich mich doch vor jeder neuen Umrundung immer noch ein komisches Gefühl, denn schließlich *könnte* ja dieses Mal alles anders sein und *tatsächlich* ein dunkles Monster auf diejenigen warten, die glaubten, ihr Schicksal herausfordern zu müssen.

Nach der Paternosterfahrt spazierten wir durch die Stadt, bis wir einen kleinen Buchladen erreichten, der in einer Seitenstraße versteckt war. Ich kann mich noch genau daran erinnern, denn es war das erste Mal, dass ich den Laden des Bücherwurms betrat. Der Raum war, wie gesagt, nicht groß, aber *voll*. Jeder noch so kleine Fleck war mit Tischen oder Regalen zugestellt, und selbst in den wenigen Zwischenräumen lagen noch Stapel von Büchern auf dem Boden. Nur direkt am Schaufenster gab es eine größere Lücke; hier waren die Kinderbücher eingeordnet, mit einem kleinen Stuhl davor, auf dem die jungen Leser in Ruhe schmökern konnten.

Am Ende des Raums saß ein Mann hinter einer Theke, die ebenfalls mit Büchern bedeckt war. Er blickte auf, als die Türklingel unseren Besuch ankündigte.

Das war der Bücherwurm.

Der Bücherwurm war bereits ein alter Mann, als ich ihn das erste Mal traf. Zumindest lebt er so in meiner Erinnerung, denn heute weiß ich natürlich, dass einem Fünfjährigen jeder Mann, der die Vierzig überschritten hat, alt vorkommt. Vielleicht war er damals also erst 50 oder 55 Jahre alt, auf jeden Fall war er älter als mein Vater. Er hatte buschiges weißes Haar, das rechts und links von seinem Kopf abstand, und trug eine dicke Brille auf der Nase, hinter der zwei kluge blaue Augen blitzten. Seine braune Cordjacke war an den Ellbogen mit Lederflicken verstärkt und hatte ihr Verfallsdatum schon lange überschritten. Das galt auch für sein ehemals vielleicht weißes Hemd, dessen Kragen deutliche Spuren von Zersetzung aufwies.

Der Bücherwurm und mein Vater kannten sich offenbar, denn sie begrüßten sich freundlich. Mein Vater stellte mich vor, und der Alte kam hinter seiner Theke hervor und schüttelte mir die Hand. Das brachte ihm gleich eine Handvoll Pluspunkte bei mir ein, denn die meisten Erwachsenen nahmen mich entweder gar nicht zur Kenntnis oder bedachten mich nur mit einem Kopfnicken.

Von jenem Zeitpunkt an besuchte ich den Laden des Bücherwurms mehrmals in der Woche. Ab und an kaufte ich mir von meinem Taschengeld ein Buch, aber meistens saß ich nur in der Leseecke und schmökerte. Von den Bilderbüchern arbeitete ich mich im Laufe der Jahre zu den Romanen hoch, und zwar im wahrsten Sinne des Wortes. Die Bilderbücher standen in den untersten Reihen und die Romane und Sachbücher darüber. Je mehr ich wuchs, umso höher ins Regal konnte ich greifen. Wenn andere Kinder ihr Wachstum anhand von Strichen an der Wand oder am Türrahmen verfolgten, maß ich meine Entwicklung an den Reihen des Bücherregals.

Oft war außer mir und dem Bücherwurm niemand im Laden. Dann kam er zu mir herüber oder rief mich zu sich und führte mich nach und nach in die Geheimnisse seiner Bücher ein.

Neben den Neuerscheinungen, die er vorne im Laden verkaufte, gab es noch ein Hinterzimmer, das ich erst nach zwei Jahren unserer Bekanntschaft erstmals betreten durfte. Es war ein fensterloser Raum, dessen Wände komplett von Bücherregalen bedeckt waren. Im Gegensatz zu vorne waren sie allerdings nicht mit neuen, sondern mit alten Büchern gefüllt. Das konnte man schon beim Eintreten am Geruch erkennen, einer Mischung aus Staub, Säure und Muff, der mich mit steter Regelmäßigkeit zum Niesen brachte.

In diesem Raum zeigte sich die eigentliche Leidenschaft des Bücherwurms: die Jagd nach alten Büchern, die nicht mehr verlegt wurden und von denen es oft nur noch wenige Exemplare auf der Welt gab.

»Bücher hatten früher eine ganz andere Bedeutung als heute«, erklärte er mir einmal. »Vor der Erfindung der Buchdruckkunst wurden sie von Hand abgeschrieben, und oft gab es nur zwei oder drei Exemplare eines Buches. Weil das so viel Arbeit machte, kannst du dir vorstellen, dass nur wirklich wichtige Dinge niedergeschrieben wurden. Auch nach der Einführung der Druckerpresse waren Bücher ein seltenes und teures Gut. Meistens wurden nicht Tausende von Exemplaren gedruckt, sondern nur ein paar Dutzend.«

Bei diesen Worten nahm er einen Karton aus einem der Regale, öffnete den Deckel und hob vorsichtig ein in Plastikfolie eingeschlagenes Buch heraus. Es war in rotes Leder gebunden und mit Goldverzierungen versehen.

»Dieses Buch ist über 300 Jahre alt«, sagte er, während er

es behutsam aus seiner Hülle hervorzog. Er winkte mich zu sich. »Komm her.«

Ich stellte mich neben ihn und sah ihm dabei zu, wie er das Buch mit spitzen Fingern aufschlug. Die Seiten waren mit einer Schrift bedeckt, die ich nicht entziffern konnte. Ab und an unterbrachen Zeichnungen von Tieren oder Pflanzen den klein gedruckten Text.

»In diesem Buch steht alles, was man zum Zeitpunkt seines Erscheinens über Biologie wusste«, erklärte der Bücherwurm. »Es ist in altem Französisch verfasst, deshalb wirst du es kaum lesen können. Es wurde in einer Auflage von einhundert Exemplaren gedruckt und kostete damals so viel wie heute ein gut ausgestattetes Auto. Jetzt ist es ein kleines Vermögen wert.«

Vorsichtig streckte ich meine Hand aus und ließ meine Finger über das Papier gleiten. Es fühlte sich rau und brüchig an, so als könne es jeden Augenblick auseinanderfallen. Schnell zog ich meine Hand zurück.

Der Bücherwurm lachte. »Keine Angst. So empfindlich ist das alte Schätzchen nicht. Es ist immer gut behütet worden, deshalb ist es auch so gut erhalten.«

Vorsichtig klappte er das Buch zu und schob es wieder in die Plastikhülle.

»Was machen Sie mit diesen alten Büchern?«, fragte ich.

Er stellte den Karton mit dem Biologiebuch zurück ins Regal. »Ich verkaufe sie an denjenigen, der bereit ist, dafür den richtigen Preis zu bezahlen«, erklärte er. »Und von dem ich das Gefühl habe, er weiß zu würdigen, was ich ihm anbiete.«

Ich blickte ihn fragend an. Er zupfte seine verbeulte dunkelgrüne Cordhose zurecht, als ob sie das wieder in Form bringen könnte.

»Alte Bücher sind keine Ware wie jede andere. Sie sind Zeugen ihrer Zeit. Durch sie hören wir die Stimmen unserer Vorfahren, lernen ihre Gedanken kennen und nehmen an ihrem Leben teil. Deshalb muss man ihnen mit viel Respekt gegenübertreten. Wer zwar Geld hat, aber keinen Respekt, der ist in meinen Augen nicht würdig, sie zu besitzen.«

Ich verstand nicht wirklich, was er damit meinte. Schließlich war ich damals auch erst sieben Jahre alt. Es sollte noch einige Zeit vergehen, bis ich den Sinn seiner Worte begriff.

Als ich zwölf Jahre alt war, lud der Bücherwurm mich zum ersten Mal ein, ihn in seinem Haus zu besuchen. Er wohnte in einer großen alten Villa, nicht weit von seiner Buchhandlung entfernt.

Wir hatten uns an einem Mittwochnachmittag verabredet, weil die Buchhandlung dann immer geschlossen war. Ich ging durch einen verwilderten Vorgarten, stieg drei bröckelnde Stufen zur Tür empor und drückte auf die einzige Klingel, die es gab.

Wenige Sekunden später öffnete sich die riesige Holztür, und vor mir stand ein Junge, der vielleicht so alt sein mochte wie ich. Auf jeden Fall war er mindestens einen Kopf größer. Er hatte strubbelige schwarze Haare und trug einen verwaschenen Pullover, löchrige Jeans und ein Paar Turnschuhe, die schon bessere Zeiten gesehen hatten. Um seine Schultern lag eine ziemlich gefährlich aussehende dünne Schlange, die mir träge ihren Kopf entgegenstreckte. Er starrte mich an, ohne ein Wort zu sagen.

»Ähm, bin ich hier richtig bei Lackmann?«, druckste ich herum und spürte, wie ich rot anlief, denn gerade war mir der Gedanke gekommen, dass ich mich vielleicht in der Hausnummer geirrt haben könnte. Außerdem traute ich der Schlange nicht. Sie sah so aus, als könnte sie jede Sekunde nach vorn schießen und ihre Fangzähne in meinen Hals bohren.

Der Junge legte den Kopf schief und sagte: »Du bist Arthur.« Seine Stimme klang merkwürdig hoch. Er machte eine Handbewegung in Richtung der Schlange. »Das hier ist Misia. Sie tut dir nichts. Außerdem ist sie ungiftig. Komm rein!«

Ich zögerte. Da hörte ich die Stimme des Bücherwurms

aus dem Inneren des Hauses: »Wer ist das, Larissa? Ist das Arthur? Bring ihn rein!«

Larissa? Das war doch kein Jungenname! Ich sah mein Gegenüber scharf an. Jetzt fiel mir auf, dass die Gesichtszüge etwas Mädchenhaftes hatten. Und dann die Stimme – ganz klar! Das war ein Mädchen! Wie konnte ich nur geglaubt haben, einen Jungen vor mir zu haben? Das Rot in meinem Gesicht bekam einen frischen Anstrich.

Larissa hatte sich umgedreht und war im Flur hinter der Haustür verschwunden. Ich beeilte mich, ihr zu folgen, allerdings in sicherem Abstand zu der Schlange. Sie führte mich in einen großen Raum, der nur aus Büchern zu bestehen schien. An den Wänden zogen sich bis zur Decke Bücherregale hoch, und jeder freie Zentimeter auf dem Boden oder den Möbeln war mit hohen Bücherstapeln bedeckt.

Der Bücherwurm hockte zwischen zwei Büchertürmen und sah kurz auf, als er uns eintreten hörte. »Ah, Arthur, schön, dass du da bist. Larissa hast du ja bereits getroffen. Sie kann dir das Haus zeigen. Ich muss noch ein paar Dinge erledigen.« Mit diesen Worten tauchte er wieder zwischen den Büchern ab.

Ich stand etwas verloren da, denn ich hatte etwas anderes erwartet, als von einem Mädchen mit einer Schlange um den Hals herumgeführt zu werden. Aber ich konnte ja schlecht wieder gehen. »Klar«, sagte ich und: »Lassen Sie sich nicht stören«. Dabei hätte ich mich am liebsten zu ihm zwischen die Bücher gesetzt.

Stattdessen ließ ich mich von Larissa durchs Haus führen. Bis auf die große Wohnküche, das Bad und das Schlafzimmer des Bücherwurms waren alle Räume im Erdgeschoss vollgestopft mit Büchern. Auch im ersten Stock sah es nicht anders aus. Hier befand sich auch Larissas Zimmer.

Es war mindestens dreimal so groß wie mein eigenes und mindestens zehnmal so unaufgeräumt. In einer Ecke des Raums waren mehrere Terrarien übereinander gestapelt, in denen sich diverse Schlangen und Echsen tummelten. Eine weitere Ecke wurde von einer großen Staffelei mit einer halb bemalten Leinwand beherrscht. An der Wand dahinter lehnten Dutzende von Gemälden, eines wilder als das andere.

Auf einem großen Holztisch stapelten sich Kabel und alle möglichen elektronische Bauteile: große und kleine Platinen, Transistoren, zwei auseinandergenommene Computer, ausgeschlachtete Radios und vieles mehr. Unter dem Fenster befand sich ein Bett voller Stofftiere, auf beiden Seiten flankiert von einem E-Piano und einer elektrischen Gitarre. Der Rest des Raums war vollgestellt mit diversen Geräten, darunter ein riesiges Teleskop, ein Heimtrainer und ein Mikrofon auf einem Ständer, an dem ein Gürtel mit sechs verschiedenen Mundharmonikas hing.

Ich wusste gar nicht, wohin ich zuerst sehen sollte. »Warum bist du eigentlich nie im Buchladen?«, fragte ich sie, mehr aus Verlegenheit als aus wirklicher Neugier.

»Ooch, ich bin nicht so scharf aufs Lesen«, erwiderte sie, während sie die Schlange von ihrer Schulter hob und sie ins Terrarium gleiten ließ. »Außerdem habe ich hier im Haus alles an Büchern, was ich brauche – wie du unschwer erkennen kannst.« Ihre Stimme schien mir einen bitteren Unterton zu haben.

»Aber was machst du dann so, wenn du keine Schule hast?« Ich konnte damals noch nicht verstehen, warum jemand, der in einem Haus voller Bücher aufwächst, mit Büchern nichts anfangen kann.

Sie lachte. »So eine Frage kann auch nur ein Bücherwurm wie du stellen. Bücher sind nicht der einzige Weg, etwas über die Welt zu erfahren. Nimm zum Beispiel Misia.« Sie deutete auf die Schlange, die sich mittlerweile in ihrem Terrarium zusammengerollt hatte. »Indem ich sie beobachte, lerne ich mehr über das Verhalten von Schlangen als du aus all deinen Büchern.«

»Das ist nicht wahr!«, protestierte ich. »Du siehst vielleicht, *wie* deine Schlange sich verhält, weißt aber nicht, *warum* sie bestimmte Dinge tut. Dazu brauchst du Bücher.«

Larissa zuckte mit den Schultern. »Bisher bin ich ganz gut ohne ausgekommen.« Sie fasste mich am Arm und zog mich zu dem Tisch mit dem Elektronikkram.

»Sieh mal her! Ich konstruiere gerade einen SETI-Modulator.«

»Aha.« Ich nickte verständnislos.

»Du kennst doch SETI? Die Suche nach außerirdischen Lebewesen? Mit meinem Modulator kann ich Radiosignale, die aus dem Weltraum auf der Erde eintreffen, filtern und feststellen, ob sich darunter Botschaften an uns verbergen. Komm her, ich zeig's dir.«

Was folgte, war ein zweistündiger Vortrag über Radiofrequenzen, schwingende Harmonien (dazu benutzte sie die Gitarre), nonverbale Verständigung von Reptilien untereinander sowie die Anwendung dieses Prinzips auf die Filterung von Radiosignalen und was weiß ich noch. Außerdem erfuhr ich nebenbei, dass

- sie die Enkelin des Bücherwurms war
- ihre Eltern vor acht Jahren bei einem Unfall ums Leben gekommen waren und sie seitdem bei ihrem Großvater lebte
- sie nur unregelmäßig zur Schule ging und
- zwölf Jahre alt war.

Als wir danach in der Wohnküche beim Abendbrot saßen, schwirrte mir der Kopf wie selten zuvor. Wie konnte jemand nur so viel reden? Selbst beim Essen stand ihr Mund nicht still. Sie quetschte mich aus, fragte nach meiner Familie, meinen Lehrern in der Schule, meinen Hobbys und tausend anderen Sachen. Ich war froh, als der Bücherwurm mich nach dem Essen zu sich in sein Arbeitszimmer winkte.

Er dirigierte mich zu einem alten, abgewetzten Ledersessel und bedeutete mir, Platz zu nehmen.

»Hättest du nicht Lust, mir in den Sommerferien zwei oder drei Wochen im Buchladen zu helfen und dir ein wenig Taschengeld zu verdienen?«

Es dauerte einen Moment, bis ich begriff, was er mir da vorschlug. Ihm zu helfen und dafür noch Geld zu bekommen, klang mehr als verlockend, da ich sowieso einen Großteil meiner Freizeit in seinem Laden verbrachte. Außerdem fühlte ich mich geehrt, ein solches Angebot von ihm zu bekommen.

»Ja klar ... gerne ... darüber freue ich mich ...«, stammelte ich.

»Es ist allerdings eine Bedingung daran geknüpft«, fuhr er fort. »Ich möchte, dass du während dieser Zeit hier bei mir wohnst. Du bekommst natürlich dein eigenes Zimmer; wie du gesehen hast, haben wir hier genug Platz. Und nach der Arbeit könntest du ja vielleicht etwas mit Larissa unternehmen. Sie hat keine Freunde und da wäre es ganz gut, wenn sie mal ein wenig Gesellschaft bekommt.«

Was sollte ich darauf antworten? Natürlich wollte ich gern beim Bücherwurm arbeiten. Andererseits war ich mir nicht so sicher, ob ich Larissa wirklich mochte. Sie war so *anders* als ich. Die Vorstellung, drei Wochen lang die Abende mit ihr verbringen zu müssen, war nicht besonders einladend.

Der Bücherwurm bemerkte mein Zögern. Er seufzte. »Ich weiß, Larissa ist nicht ganz einfach. Ein Großvater ist kein Ersatz für die Eltern, und ich fürchte, ich habe ihr nicht die Aufmerksamkeit geschenkt, die sie benötigt hat. Aber im Grunde ihres Herzens ist sie ein liebes Mädchen. Sie ist nur ein wenig einsam.«

Was sollte ich tun? Konnte ich sein Angebot, das doch zugleich eine Bitte um Hilfe war, ausschlagen? Natürlich nicht. Der Alte streckte mir seine Hand entgegen, und ich schlug ein.

So wurde ich zum Mitarbeiter (und zeitweiligen Mitbewohner) des Bücherwurms. Er redete mit meinen Eltern, und die hatten nichts dagegen einzuwenden. Zunächst waren es nur drei Wochen in den Sommerferien, die ich bei ihm wohnte und arbeitete, doch schon im zweiten Jahr kamen die Osterferien dazu und danach die Herbstferien.

Auch wenn ich Larissa meistens aus dem Weg ging, so konnte ich doch nicht vermeiden, ihr dann und wann über den Weg zu laufen. Sie nutzte diese Gelegenheiten, um mich in ihr Zimmer zu zerren und mir ihre neuesten Erkenntnisse mitzuteilen.

Deshalb begann ich mir immer neue Geschichten auszudenken, warum ich ihr gerade jetzt nicht folgen konnte. Zu Anfang täuschte ich kleinere Wehwehchen vor, unter denen ich litt und die dringend der Behandlung/Pflege/Ruhe bedurften. Dann ergänzte ich die Palette um wichtige Verpflichtungen, denen ich nachkommen musste, also Briefe schreiben, Anrufe tätigen oder E-Mails beantworten, und rundete mein Repertoire schließlich ab mit Stimmungstiefs wegen schwer erkrankter Tanten oder Omas.

Eine Zeit lang funktionierte das ganz gut, aber irgendwann kam Larissa mir doch auf die Schliche.

»Du würdest einen wirklich guten Autoverkäufer abgeben«, sagte sie eines Tages, als wir gemeinsam beim Abendessen um den Tisch saßen.

Ich blickte von meinem Brot auf, das ich gerade mehrlagig mit Wurst und Käse bestückt hatte.

»Wieso das denn?«, fragte ich unschuldig.

»Weil du den Leuten alles verkaufen kannst. Ich bin ja auch ziemlich lange darauf reingefallen.«

Der Bücherwurm sah mich fragend an. Ich konzentrierte mich auf mein Brot. »Ich weiß gar nicht, wovon du redest.«

»Na komm schon, ich bin dir ja nicht böse deshalb. Das sollte eigentlich ein Lob sein.«

Vorsichtig hob ich meinen Kopf. Larissa grinste mich an. »Hätte ich dir gar nicht zugetraut. Man soll eben niemanden unterschätzen.«

Das klang nicht wirklich wie ein Lob, aber ich ließ es dabei bewenden. Der Bücherwurm lächelte: »Arthur hat ein Talent, über das alle großen Betrüger und Schriftsteller verfügen. Er kann Geschichten erzählen. Und wenn man es näher betrachtet, dann sind doch alle Schriftsteller Schwindler, findet ihr nicht auch?«

Nach diesem Vorfall blieb ich möglichst lange im Buchladen; entsprechend weniger Zeit musste ich mit Larissa verbringen. Manchmal konnte ich ihren wissenschaftlichen Vorträgen zwar nicht aus dem Weg gehen, aber im großen Ganzen war es eigentlich erträglich. Auf diese Weise verlief mein Leben in ruhigen und geordneten Bahnen.

Bis zu jenem Tag, an dem ein merkwürdiger Besucher alles durcheinanderbrachte.

Der Überfall

Es waren wieder Sommerferien, und wie schon in den beiden Jahren zuvor arbeitete ich als Gehilfe im Laden des Bücherwurms. *Arbeit* war eigentlich das falsche Wort; ich half ihm beim Auspacken und Einordnen von Büchern, und ab und zu brachte ich ein Buch, das jemand bestellt hatte, dem Käufer nach Hause. Die meiste Zeit des Tages schmökerte ich herum oder lauschte dem Bücherwurm, der mir seine Lieblingsbücher vorstellte.

Eines Tages, es war schon spät am Nachmittag, kam ein merkwürdiger Mann in den Laden. Ich saß auf meinem Stuhl in der Ecke mit den Jugendbüchern und war in eine Abenteuergeschichte aus Afrika vertieft.

Der Neuankömmling war ein hochgewachsener, hagerer Mensch in einem eng geschnittenen schwarzen Mantel. Sein kleiner Kopf pendelte auf einem langen, dünnen Hals hin und her. Er erinnerte mich an einen Vogel, auch durch seine gekrümmte Haltung und die wie Krallen nach innen gebogenen Finger mit ihren langen Nägeln.

Der Mann streifte mich mit einem Blick, der so kalt war, dass ich am liebsten in der afrikanischen Wüste verschwunden wäre, von der ich gerade las. Dann schritt er zielstrebig auf die Theke zu, hinter der der Bücherwurm gerade neue Bücher auspackte, die heute angeliefert worden waren.

»Johann«, schnarrte der Hagere, als er die Theke erreicht hatte. Der Bücherwurm blickte auf, und es kam mir so vor, als führe ihm der gleiche Schrecken durch die Glieder wie mir. Er fing sich aber sofort wieder und winkte dem Besucher, ihm in das Hinterzimmer zu folgen. Dabei warf er mir einen schnellen Blick zu als wolle er überprüfen, ob alles in Ordnung sei.

Merkwürdige Besucher war ich, seit ich beim Bücherwurm arbeitete, gewohnt. Immer wieder einmal kamen geduckte Gestalten in den Laden, meistens gegen Abend, mit einer abgewetzten Ledertasche oder einem in Stoff eingewickelten Paket, das sie gegen die Brust drückten. Stets verschwand der Bücherwurm mit ihnen im Hinterzimmer, und fast immer verließen sie den Raum mit einer deutlich leichteren Tasche und ohne ihre Mitbringsel.

Mir war klar, dass es sich bei diesen Gegenständen um Bücher handeln musste. Inzwischen wusste ich auch, wie wertvoll alte Bücher sein konnten. Doch die Haltung und Ausstrahlung vieler dieser Besucher machte mich stutzig, und ich stellte mir immer häufiger die Frage, ob hier alles mit rechten Dingen zuging. Und dieser spezielle Kunde war so gar nicht nach meinem Geschmack.

Mit seinem Verhalten nährte der Bücherwurm meinen Verdacht, dass in seinem Hinterzimmer merkwürdige Geschäfte abgewickelt wurden. Natürlich konnte ich mich jetzt nicht mehr auf meine Lektüre konzentrieren. Ich legte das Buch beiseite und schlich vorsichtig zur Theke. Der Bücherwurm hatte die Tür zum Hinterzimmer geschlossen, aber ich konnte trotzdem die laute, schnarrende Stimme des Fremden hören. Sie wurde immer erregter, und ich begann mir schon Sorgen um den Bücherwurm zu machen, als die Tür des Hinterzimmers plötzlich aufgerissen wurde. Ich duckte mich schnell weg, konnte aber noch das wutverzerrte Gesicht des Hageren erkennen, als er aus dem Zimmer stürzte. Ohne anzuhalten, durchquerte er den Laden und verschwand aus der Tür.

Vorsichtig richtete ich mich wieder auf. Inzwischen war auch der Bücherwurm herausgekommen. Er war blass und sah mitgenommen aus. Als er mich bemerkte, warf er mir einen scharfen Blick zu und schüttelte wortlos den Kopf. Dann öffnete er eine Schublade in der Theke, nahm einen Stapel Blätter heraus und verschwand wieder im Hinterzimmer.

So hatte ich ihn in all den Jahren unserer Bekanntschaft nie erlebt. Langsam ging ich zurück zu meiner Ecke. Tausend Gedanken schossen gleichzeitig durch meinen Kopf: Was war das für ein Besucher? Welche Geschäfte machte der Bücherwurm in seinem Hinterzimmer? Und welche Geheimnisse verbarg er vor mir?

Es war kurz vor Feierabend, und da der Bücherwurm keinerlei Anstalten machte, aus seinem Zimmer hervorzukommen, schloss ich die Ladentür von außen ab (als Zeichen seines Vertrauens hatte mir der Bücherwurm einen Schlüssel gegeben, den ich wie meinen Augapfel hütete) und ging zu seinem Haus zurück.

Larissa hatte sich in ihrem Zimmer verbunkert. Auf dem Herd stand ein Topf mit Gemüsesuppe, den die Haushälterin mitgebracht hatte, die jeden Tag vorbei kam, um zumindest eine Ahnung von Ordnung in den Haushalt zu bringen. Ich wärmte mir einen Teller auf und löffelte ihn in Ruhe. Dann zog ich mich in mein Zimmer zurück und warf den Computer an. Ich hatte zwar schon einige Male nach dem Bücherwurm gegoogelt, aber diesmal wollte ich es genau wissen.

Zunächst versuchte ich es mit seinem Namen. Die ersten zehn Ergebnisseiten lieferten mir jede Menge Informationen über den Tierarzt Johann Lackmann in Bayern, den Fahrradhandel Johann Lackmann in Hamburg und die Hobbys des Gymnasiasten Johann Lackmann in Frankfurt. Nur über den Buchhändler und Antiquar Johann Lackmann gab es keinerlei Informationen.

Einer Eingebung folgend tippte ich seinen Namen und das Wort *books* ins Eingabefeld. Das brachte über 3000 Ergebnisse in englischer Sprache. Dadurch ermutigt, engte ich meine Suche noch weiter ein und zwar auf seinen Namen und die Worte *stolen books*. Das Resultat bestand aus 13 Fundstellen. Nahezu alle bezogen sich auf zwei Fachaufsätze, die der Bücherwurm vor vielen Jahren verfasst hatte und die sich mit dem Handel gestohlener antiquarischer Bücher befassten. Mit seinen Aufsätzen »beweist der Verfasser eine tief greifende Kenntnis dieses leider blühenden Marktes« – so drückte es einer der Rezensenten aus.

Mehr konnte ich nicht finden. Es gab also keine offensichtliche direkte Verbindung des Bücherwurms zu irgendwelchen illegalen Handlungen. Allerdings schien er sich auf diesem Gebiet bestens auszukennen, und das gab mir zu denken. Mit einem Mal schämte ich mich für meine Nachforschungen. Der Bücherwurm war immer freundlich und hilfsbereit mir gegenüber gewesen. Und als Dank dafür hielt ich ihn für einen Verbrecher? Aber der Zweifel, der sich in meinem Kopf festgesetzt hatte, war nicht mehr so einfach zu vertreiben.

Ich schaltete den Rechner aus und ging zu Bett, wo ich bald in einen unruhigen Schlaf fiel.

Am nächsten Tag schlief ich bis neun Uhr, frühstückte leise zwei Joghurts, um Larissa nicht zu wecken (sie hatte die unangenehme Eigenschaft, direkt nach dem Aufstehen schon hellwach zu sein und zu reden wie ein Wasserfall, was ich als eingeschworener Morgenmuffel nur schwer ertragen konnte) und machte mich auf den Weg zur Buchhandlung. Der Bücherwurm war wohl, wie immer, früh aus dem Haus gegangen. Meistens saß er morgens um sieben schon in seinem Laden und sortierte neu angekommene Bücher.

Das Geschäft war noch leer. Morgens war fast nie etwas los im Laden, und nachmittags war es auch nicht viel besser. Ich fragte mich zum wiederholten Mal, wovon der Bücherwurm wohl leben mochte. Von den Einnahmen aus dem Bücherverkauf sicherlich nicht.

Ich stieß die Tür auf und trat ein. Der Bücherwurm war nirgendwo zu sehen. Vielleicht war er im Hinterzimmer bei seinen alten Folianten. Dann würde er sicher gleich auftauchen, denn das Bimmeln der Türklingel konnte man auch dort hören.

Ich ging zum Büchertisch in der Mitte des Raums und blätterte in einem Bildband über die Antarktis, während ich auf sein Erscheinen wartete. Sonst kam er beim Geräusch der Türglocke stets innerhalb von wenigen Sekunden aus seinem Zimmer hervor, aber diesmal brauchte er ungewöhnlich lange. Als er auch nach fünf Minuten noch nicht aufgetaucht war, wurde ich unruhig. Ich musste an den seltsamen Besucher gestern denken, und ein ungutes Gefühl beschlich mich. Es war das Paternoster-Gefühl: Du weißt, es gibt keine Monster, die dich aus dem Fahrstuhl reißen, aber tief in deinem Inneren bleibt immer ein Rest von Zweifel.

Ich legte das Buch weg und ging langsam zur Theke. Wahrscheinlich ist er nur eingeschlafen, versuchte ich mich zu beruhigen. Er ist ein alter Mann, und da kann man schon einmal wegnicken. Dumm nur, dass ich den Bücherwurm noch nie ein Nickerchen hatte machen sehen. Aber irgendwann ist ja immer das erste Mal, redete ich mir ein, während ich vorsichtig um die Theke herumging.

Alles sah so aus wie immer. Auf dem Boden stand ein halb

geleerter Karton Bücher; der dazugehörige Lieferschein lag auf der Theke. Hinter die Titel, die bereits ausgepackt waren, hatte der Bücherwurm ein kleines Häkchen gemalt. Warum hatte er diese Arbeit unterbrochen? Ob er vielleicht auf der Toilette war? Das musste es sein! Das erklärte auch, warum er nicht sofort herauskam. Menschen in seinem Alter hatten ja oft Probleme mit der Verdauung, da konnte das schon mal ein bisschen länger dauern.

Aber so sehr ich auch versuchte, mich von der Harmlosigkeit der Situation zu überzeugen, es gelang mir nicht. Auf Zehenspitzen näherte ich mich dem Hinterzimmer. Vorsichtig beugte ich mich vor und legte das Ohr an die Tür. Nichts. Oder – war da nicht was? Ein leises Geräusch, so wie ein Rascheln? Was sollte ich tun?

Ich fasste mir ein Herz und klopfte an die Tür. Dann trat ich schnell einen Schritt zurück.

Nichts passierte. Etwas mutiger geworden, klopfte ich ein zweites Mal. Dabei rief ich leise: »Herr Lackmann?«

Diesmal war ich mir sicher, dass es hinter der Tür raschelte. Mit ausgestreckter Hand berührte ich die Türklinke und drückte sie vorsichtig nach unten. Die Tür schwang mit einem leisen Quietschen auf und – gab den Blick frei auf den Bücherwurm, der auf dem Boden lag, die Hände und Füße gefesselt und um den Mund ein Tuch gebunden. Er starrte mich aus weit aufgerissenen Augen an und wackelte mit dem Kopf. Schnell trat ich zu ihm, bückte mich und befreite ihn von dem Knebel. Kaum war das Tuch ab, da spuckte er hustend ein Stoffknäuel aus, das in seinem Mund gesteckt hatte.

»Endlich«, keuchte er. »Ich dachte schon, ich muss hier drin verrecken.« Er drehte sich mühsam auf den Bauch. »Bind mir die Hände los, Junge!«

Der Knoten um seine Handgelenke war nicht so einfach zu lösen wie der seines Knebels. Ich mühte mich eine Weile vergeblich ab. »Nimm die Schere aus der Schublade«, wies der Bücherwurm mich an. Die Schere war groß, und ich hatte Angst, ihn zu verletzen. Deshalb dauerte es noch eine geraume Weile, bis der Knoten endlich geöffnet war. Ächzend wälzte der Bücherwurm sich wieder auf den Rücken und setzte sich auf. Er rieb seine Hände aneinander. Dann nahm er mir die Schere aus der Hand und machte sich an seinen Fußfesseln zu schaffen.

Nachdem auch das letzte Stück Seil gefallen war, beugte er sich vor und massierte seine Knöchel.

»Eine ganze Nacht in diesem Zustand zuzubringen, ist nichts mehr für jemanden in meinem Alter«, stöhnte er.

»Sie haben die ganze Nacht hier gelegen?«, staunte ich mit aufgerissenem Mund. »Aber dann waren Sie ja gar nicht ...«

»Ganz richtig, ich war überhaupt nicht zu Hause. Was von euch natürlich keiner gemerkt hat.«

»Ich bin früh ins Bett gegangen«, entschuldigte ich mich. »Und außerdem ...«

»Du musst dich nicht entschuldigen«, beschwichtigte er mich. »Wir sind alle drei Einzelgänger. Da kann so etwas schon mal passieren.«

Langsam zog er sich mit einem Arm an der Schreibtischkante hoch und ließ sich mit einem Ächzen in seinen Drehstuhl fallen.

»Was ist denn überhaupt passiert?«, wollte ich wissen.

»Unangenehmer Besuch«, murmelte er und tastete nach einem halb gefüllten Wasserglas, das gefährlich wackelig auf einem Bücherstapel balancierte. Er trank es in einem Zug aus.

»Besuch?«, fragte ich. »Und warum hat man Sie gefesselt und geknebelt? War das ein Raubüberfall?«

»Nicht so viele Fragen auf einmal«, wehrte der Bücherwurm ab. Er streckte mir das leere Glas hin. »Bist du so nett?«

Ich füllte es mit Mineralwasser aus dem kleinen Kühlschrank in der Ecke auf. Gierig leerte er es erneut. Während ich ein zweites Mal nachschenkte, wühlte er in den Papieren auf seinem Schreibtisch herum.

Ich konnte meine Neugier nicht verbergen. »Warum hat man Sie denn überfallen?«

Er drehte sich wieder zu mir und musterte mich lange und prüfend. Ich hielt seinem Blick stand. Vielleicht würde ich jetzt erfahren, worum sich seine eigentlichen Geschäfte drehten. Schließlich nickte er fast unmerklich. »Sie sind hinter den ›Vergessenen Büchern‹ her«, sagte er langsam.

»Den Vergessenen Büchern?«

Der Bücherwurm sah mit einem Mal sehr müde aus. Er nickte. »Das ist eine lange Geschichte. Und mein Wissen darüber ist auch nur bruchstückhaft.« Er suchte nach einer bequemeren Sitzposition. »Hast du schon einmal etwas von der *Bibliothek von Córdoba* gehört?«

Córdoba lag in Spanien, soviel wusste ich.

»Große Teile Spaniens waren vor über 1000 Jahren von den Arabern besetzt«, fuhr der Bücherwurm fort. »Viele ihrer Herrscher liebten die Künste und die Wissenschaften. So auch der Emir von Córdoba. Er ließ aus der ganzen damals bekannten Welt Manuskripte zusammentragen. So entstand eine Bibliothek, die manche mit der legendären Bibliothek von Alexandria vergleichen.«

»Das war doch einmal die größte Bibliothek der Welt«, warf ich ein, denn ich hatte kürzlich etwas darüber gelesen.

Der Bücherwurm nickte. »So sagt man. Aber Córdoba kann nicht viel kleiner gewesen sein, schenkt man den Zeitzeugen Glauben. Auf jeden Fall ereilte die Bibliothek dort dasselbe Schicksal wie in Alexandria – sie wurde zerstört. Nun war Córdoba keine Bibliothek, wie wir sie heute kennen. Sämtliche Texte waren von Hand auf Papyrus oder Pergament geschrieben. Manche davon waren zusammengebunden und ähnelten den späteren Büchern; die meisten Manuskripte allerdings bestanden aus Rollen.«

Erneut nahm er einen Zug aus dem Wasserglas. »Das Merkwürdige ist nun, dass es in der Bibliothek von Córdoba nach der Überlieferung einiger Zeitzeugen auch einige wenige richtige Bücher gegeben haben soll.«

»Mehrere Jahrhunderte vor der Erfindung des Buchdrucks?« Ich blickte den Bücherwurm erstaunt an. »Das ist doch unmöglich!«

»Vielleicht.« Er machte eine vage Handbewegung. »Vielleicht auch nicht. Mit Sicherheit kann das niemand sagen. Alles, was wir wissen, spricht dagegen. Aber wenn es um die Vergessenen Bücher geht, gibt es viele ungelöste Rätsel. Es kann natürlich sein, dass es sich lediglich um gebundene Pergamentblätter gehandelt hat. Auf jeden Fall gibt es Überlieferungen, in denen von den Gefahren die Rede ist, welche diese

Bücher in sich bergen. Die alten Geschichten berichten, dass die Vergessenen Bücher dem, der sie besitzt, große Macht verleihen. Aus diesem Grund waren sie schon zu jener Zeit nur einer kleinen Handvoll Gelehrter zugänglich. Als Cordoba im 10. Jahrhundert von einem feindlichen Heer zerstört wurde und die gesamte Bibliothek verbrannte, gelang es den gelehrten Männern, die Vergessenen Bücher, wie man sie schon damals nannte, in Sicherheit zu bringen und zu verstecken.«

»Aber warum?«, unterbrach ich den Alten. »Wenn die Bücher so gefährlich sind – wäre es da nicht besser gewesen, sie wären zerstört worden?«

»Diese Frage habe ich mir auch oft gestellt. Ich glaube, den Gelehrten ging es ausschließlich darum, das *Wissen* zu bewahren, das in jedem dieser Bücher enthalten ist. Gefährlich sind sie ja nicht an sich, sondern nur dann, wenn sie in die falschen Hände fallen. Die Männer schworen damals einen Eid, die Vergessenen Bücher zu verstecken, damit sie keinem Unbefugten in die Hände fallen könnten. Deshalb nannten sich die Gelehrten auch der ›Bund der Bewahrer‹. Von Generation zu Generation haben sie die Geheimnisse der Vergessenen Bücher und das Wissen um ihre Verstecke weitergegeben – bis vor etwa hundert Jahren. Da verliert sich die Spur der Bewahrer im Dunkel der Geschichte.«

»Und die Spur der Bücher? Ist sie damit auch verschwunden?«

»Leider nicht. Denn seit den Zeiten der Bewahrer gibt es auch Menschen, deren einziges Ziel es ist, die Vergessenen Bücher zu finden. Sie wollen die Macht gewinnen, die diese Bücher dem verleihen, der sie besitzt. Sie nennen sich die

›Sucher‹. Niemand weiß genau, wo sie herkommen, aber sie sind heute noch aktiv. Und wenn es keine Bewahrer mehr gibt, dann haben die Sucher leichtes Spiel, sollte eines der Bücher auftauchen.«

»Heißt das, niemand passt heute mehr auf die Vergessenen Bücher auf?«

Der Bücherwurm lächelte matt. »Nein, nicht ganz. Einige von uns, die sich mit alten Büchern gut auskennen, sehen sich in der Tradition der Bewahrer. Wir verfügen zwar nicht über deren Wissen, aber wir beobachten den Markt und achten darauf, ob es irgendwo Hinweise auf eines der Vergessenen Bücher gibt.«

»Und ist das schon mal passiert?«

Der Alte nickte. »Zweimal. Und jetzt ist, wie es scheint, wieder eine Spur aufgetaucht.«

Ich erinnerte mich an den merkwürdigen Besucher. »Deshalb war auch dieser hagere Mann mit den langen Fingernägeln bei Ihnen.«

»Das war Pontus Pluribus. Er ist ebenfalls ein Sammler alter Bücher. Allerdings steht er nicht auf unserer Seite. Sein Besuch hätte mich misstrauisch machen sollen.«

»War er es, der Sie überfallen hat?«

Der Bücherwurm schüttelte den Kopf. »Pluribus ist kein Mann der Tat. Er ist wie ein Geier, der das Aas auf weite Entfernung riechen kann. Aber er hält sich in sicherer Entfernung, bis er keine Gefahr mehr für sich sieht. Nein, der Besuch von gestern Abend war jemand ganz anderes. Es waren die Jungs von Madame Slivitsky.«

Bei der Nennung dieses Namens spürte ich, wie sich meine Nackenhaare aufrichteten und ich eine Gänsehaut auf den Armen bekam. Dabei hatte ich ihn nie zuvor gehört.

»Wer ist diese Madame Slivitsky?«, fragte ich.

Der Bücherwurm erhob sich und streckte vorsichtig erst das eine, dann das andere Bein. Enttäuscht von dem Ergebnis, ließ er sich in den Stuhl zurückfallen.

»Das erzähle ich dir ein anderes Mal. Jetzt geht es darum, einen Plan zu machen. Der Hinweis, von dem ich gesprochen habe, deutet nach Amsterdam. Es könnte sein, dass sich eines der Vergessenen Bücher dort befindet.«

»Warum fahren Sie dann nicht hin und suchen es?«, fragte ich. »Ich kann in der Zeit doch aufs Geschäft aufpassen.«

Der Alte seufzte und stützte seinen Kopf auf die Hände. Ein oder zwei Minuten verharrte er in dieser Position, dann blickte er auf. »So einfach ist das nicht. Ich bin zu schwach zum Reisen. Und es gibt wichtige Gründe, die mich dazu zwingen, gerade jetzt hier zu bleiben.«

»Dann schicken Sie doch jemand anderen!«, rief ich.

»Und wen?«, gab er zurück. »Das Geheimnis der Vergessenen Bücher ist viel zu gefährlich, um es herumzuerzählen. Du bist jetzt einer der wenigen, die davon wissen. Und das auch nur, weil ich dich schon lange kenne und dir vertraue. Nein, ich kann nicht irgendwen beauftragen. Es sei denn ...« Er ließ den Rest des Satzes in der Luft hängen.

Ich war noch ziemlich naiv damals, deshalb begriff ich nicht sofort, worauf er hinaus wollte. »Sie kennen doch jemanden?«, fragte ich.

Er antwortete nicht sofort, sondern sah mich nur an. Dann seufzte er erneut. »Nein, das geht nicht.«

»Was geht nicht?«, rief ich.

»Ich dachte, du könntest vielleicht an meiner Stelle nach Amsterdam fahren.«

Mein Herz sackte in die Hose, um sich von dort klopfend schrittweise bis zum Hals hochzuarbeiten. Ich? Ich sollte mich aufmachen, um gegen diese Madame Slivitsky, ihre *Jungs* und Gestalten wie diesen Pluribus anzutreten? Auf keinen Fall! Ich las damals gern Abenteuergeschichten – aber deswegen wollte ich sie nicht unbedingt selbst erleben!

Der Bücherwurm musste meine Reaktion bemerkt haben. Stöhnend erhob er sich aus seinem Stuhl. »Schon gut, schon gut«, murmelte er. »Es ist wahrscheinlich zu viel verlangt ...«

Krampfhaft suchte ich nach Argumenten, die gegen seinen Plan sprachen. Ich war viel zu jung. Meine Eltern würden es nie erlauben. Ich konnte nicht alleine durch die Welt reisen. Ich hatte von alten Büchern keine Ahnung.

Aber zu meiner eigenen Überraschung sagte ich nichts davon. Sondern nur: »OK. Wenn Sie überzeugt sind, dass es keinen anderen Weg gibt, dann helfe ich Ihnen.«

Heute weiß ich, dass ich besser hätte schweigen sollen. Sobald ich den verhängnisvollen Satz ausgesprochen hatte, leuchteten die Augen des Bücherwurms auf.

»Dann wollen wir sofort mit den Vorbereitungen beginnen. Wir haben keine Zeit zu verlieren.«

Ich dachte bei dem Wort *Vorbereitungen* an den Kauf einer Bahnfahrkarte oder die Beschaffung von Informationen.

Aber leider war es viel schlimmer ...

Der merkwürdige Antiquar

Mit Mädchen zu verreisen, ist schrecklich. Ich weiß, wovon ich spreche, denn ich habe viele Jahre lang die Sommerferien mit meiner Cousine Christine verbringen müssen. Weil ihre Mutter nicht genug Geld für einen Sommerurlaub verdiente, hatten meine Eltern entschieden, dass Christine mit uns in Urlaub fahren konnte. »Da hat Arthur dann gleich jemanden zum Spielen«, hatte meine Mutter erklärt. *Hahaha.*

Christine war ein Jahr älter als ich, und sie als zickig zu bezeichnen wäre noch harmlos. Sie war *die Oberzicke*. Und sie wurde von Jahr zu Jahr schlimmer. Ich erinnere mich noch an den letzten Sommer mit ihr. Sie war gerade 12 Jahre alt geworden und betrachtete sich jetzt als erwachsen. Zumindest machte sie mir ständig Vorschriften.

Den ganzen Tag ging es: »Arthur, das tut man nicht«, »Arthur, lass doch das kindische Verhalten«, »Arthur, du benimmst dich wirklich wie ein Kleinkind«. Erschwerend kam hinzu, dass meine Eltern Christines Maßregelungen offenbar gar nicht übel fanden. Jedenfalls ergriffen sie kein einziges Mal für mich Partei. Im Gegenteil: »Nimm dir ein Beispiel an deiner Cousine« oder »Christine hat ganz recht« waren die Sprüche, die ich ständig zu hören bekam.

Danach entschloss ich mich, meine Sommerferien in Zukunft lieber beim Bücherwurm zu verbringen. Übrigens war das auch Christines letzter Urlaub mit meinen Eltern. Ihre Mutter hatte endlich einen neuen Mann gefunden und sie hatten jetzt genug Geld, um Christine in den Sommerferien mit einer Jugendgruppe nach Spanien zu schicken. Ich habe sie seitdem nicht mehr gesehen.

Man kann also vielleicht verstehen, warum ich nicht so scharf darauf war, mit einem Mädchen zu verreisen. Aber genau das war der Plan des Bücherwurms. Und das Mädchen war natürlich Larissa. Meine Proteste blieben erfolglos.

»Ich könnte dich oder Larissa nie allein reisen lassen«, erklärte der Alte, während er den Buchladen abschloss. »Am liebsten würde ich keinen von euch losschicken, aber ich habe sonst niemanden, dem ich vertrauen kann. So könnt ihr wenigstens aufeinander aufpassen.«

Er war noch etwas wackelig auf den Beinen. Auf dem Weg zu seinem Haus mussten wir alle paar Minuten anhalten, damit er seine Kräfte wieder sammeln konnte. Das gab mir die Gelegenheit, weiter nach seinem Plan zu fragen.

»Ich habe einen alten Freund in Amsterdam. Er heißt Karel van Wolfen und handelt, wie ich, mit alten Büchern. Er wird euch gewiss bei sich aufnehmen und bei euren Nachforschungen unterstützen. Sobald wir zu Hause sind, rufe ich ihn an. Ebenso wie deine Eltern.«

Meine Eltern waren in Urlaub, irgendwo in der Karibik. Ich hatte zwar ihre Handynummer, aber wohl war mir nicht bei dem Gedanken, sie anzurufen.

»Ich halte es für besser, wenn meine Eltern nichts von unseren Nachforschungen erfahren«, bemerkte ich in möglichst beiläufigem Ton.

Der Bücherwurm zog die Augenbrauen hoch. »Wieso das?«

»Weil ich bereits weiß, wie sie reagieren werden. Wenn wir ihnen die Wahrheit erzählen, werden sie mir die Reise mit Sicherheit verbieten. Verschweigen wir ihnen aber die wahren Hintergründe und erzählen ihnen etwas von einem kleinen Urlaub in Amsterdam, dann haben sie garantiert nichts dagegen.«

Der Bücherwurm dachte einen Moment nach. »Nun gut«, sagte er schließlich. »Es ist deine Entscheidung.« Er lächelte mich verschwörerisch an. »Und ich muss zugeben, sie passt mir ganz gut in den Plan.«

»Was sollen wir denn in Amsterdam machen?«, wechselte ich das Thema.

»Das müsst ihr vor Ort entscheiden. Leider sind die Hinweise, die ich habe, sehr vage. Das Buch kann sich in Amsterdam befinden oder auch nicht. Unter Umständen handelt es sich sogar um eine falsche Fährte und es gibt gar keine Spur. Dann seid ihr wenigstens zu einem Urlaub gekommen.«

Der Bücherwurm berichtete, der Hinweis auf das Buch sei von seinem Freund van Wolfen entdeckt worden. Der könne uns die Einzelheiten mitteilen. »Sein Geschäft befindet sich eigentlich in Leeuwarden. Vor einigen Monaten hat er allerdings ein Antiquariat in Amsterdam übernommen, das zum Glück noch nicht unter seinem Namen läuft und unseren Gegnern daher nicht bekannt sein dürfte. Ihr werdet bei ihm also einigermaßen sicher sein.«

Zu Hause angekommen, informierten wir zuerst Larissa über unser Vorhaben. Sie hatte, im Gegensatz zu mir, überhaupt keine Bedenken. »Toll!«, rief sie. »Das wird ein richtiges Abenteuer! Und nur wir beide, Arthur! Wir werden das Buch finden und in Sicherheit bringen.«

Der Bücherwurm bemühte sich, den Ehrgeiz seiner Enkelin zu bremsen – vergeblich. Larissa malte sich bereits in allen Einzelheiten aus, wie wir durch dunkle Gassen schleichen und in verstaubten Kisten nach dem Buch suchen würden, um es dann in wilden Verfolgungsjagden dem Zugriff unserer Gegner zu entziehen.

Ich überließ sie ihren Fantasien und begab mich an meinen PC, um noch schnell einige Informationen über Amsterdam zu bekommen. Ich druckte mir einen Stadtplan aus und ein paar Seiten über die Geschichte der Stadt und ihre Sehenswürdigkeiten.

Während der Bücherwurm mit van Wolfen telefonierte, packten wir unsere Sachen. Larissa bot mir einen ihrer kleinen Rollkoffer an, aber ich lehnte ab und entschied mich lieber für die große Sporttasche, die ich von zu Hause mitgebracht hatte. Damit konnte man sich besser bewegen. In dieser Beziehung dachten Mädchen einfach nicht praktisch genug.

Kaum hatte ich meine Tasche geschlossen, da tauchte auch schon der Bücherwurm in der Tür auf. »Wir müssen los«, drängte er. »Euer Zug geht in einer Stunde.«

Er sah deutlich erholter aus als auf dem Heimweg. Die Aktivität schien ihm gut zu tun. Ein paar Sekunden später stand ich unten im Flur, wo er und Larissa bereits auf mich warteten.

Ich hatte meine Jeans angelassen und lediglich ein Sweatshirt über mein T-Shirt gezogen. Larissa trug eine olivgrüne Cargohose, deren zahlreiche Seitentaschen offenbar alle befüllt waren. Darüber steckte sie in einem langärmeligen dunkelblauen Sweatshirt mit dem Spruch *Albert didn't know shit* und dem Kopf von Albert Einstein darunter. Zum ersten Mal fiel mir auf, dass sie eigentlich gar nicht so übel aussah. Ihre Haare waren vielleicht ein Stück zu kurz, aber sonst ...

Wir luden unser Gepäck in den Kofferraum seines zerbeulten Kleinwagens, der aussah, als sei er so alt wie sein Besitzer, und stiegen ein. Der Bücherwurm brauchte mehrere Versuche, bis er den Motor stotternd zum Laufen brachte.

»Hoffentlich reicht der Sprit noch«, murmelte er, während er das Gaspedal ein paarmal durchdrückte und den Motor aufheulen ließ. Dann konnten wir endlich losfahren.

Ich saß auf der Rückbank und vertiefte mich in einen Reiseführer von Amsterdam, den ich in der Bibliothek des Bücherwurms aufgestöbert hatte. Er war zwar schon einige Jahre alt, enthielt aber immer noch eine Reihe von nützlichen Informationen. Larissa, die auf dem Beifahrersitz saß, löcherte den Bücherwurm mit Fragen zu den Vergessenen Büchern, die er aber nur ausweichend beantwortete. »Das kann euch van Wolfen alles erzählen«, war sein Standardsatz.

Als wir am Bahnhof angekommen waren, zog er seine Brieftasche hervor und gab jedem von uns 300 Euro. »Als Reserve für unvorhergesehene Fälle«, erklärte er.

»Was sollen denn das für Fälle sein?«, fragte ich misstrauisch.

»Ich weiß nicht«, erwiderte er. »Aber es kann nie schaden,

etwas mehr Geld in der Tasche zu haben. Ihr müsst es ja nicht alles ausgeben.«

Dann zog er eine Visitenkarte hervor und reichte sie mir. »Hier sind die Anschrift und die Telefonnummer von van Wolfen. Er kann euch leider nicht vom Bahnhof abholen, aber bis zu seinem Geschäft ist es nicht weit.«

Wir gingen in den Bahnhof. Der Bücherwurm kaufte unsere Fahrkarten und brachte uns zum Gleis.

»Seid vorsichtig«, sagte er. »Das Buch ist zwar wichtig, aber ihr seid mir viel wichtiger. Wenn ihr das Gefühl habt, die Sache wird zu gefährlich, dann zieht euch zurück.«

Das war wieder eine dieser Bemerkungen, die mich stutzig machten. Welche Gefahr sollte das sein, die uns drohte? Gab es da etwas, das er uns verschwieg?

Larissa schien der Satz des Bücherwurms nicht aufgefallen zu sein. Sie umarmte ihren Großvater und drückte ihn. Ich schüttelte ihm die Hand. Dann fuhr auch schon der ICE in den Bahnhof ein. Wir hievten unsere Taschen durch die Tür und warteten im Gang zwischen den Waggons, bis der Zug sich in Bewegung setzte. Larissa winkte dem Bücherwurm, der einige Schritte neben dem Zug herging, eifrig zu, und auch ich hob im Hintergrund meine Hand für einen Gruß. Dann beschleunigte der Zug, und wenige Sekunden später hatten wir den Bahnhof hinter uns gelassen.

Wir machten uns auf, nach ein paar freien Plätzen zu suchen, denn wegen unserer kurzfristigen Abreise hatten wir keine Reservierungen mehr bekommen. Wie wir schnell feststellen mussten, war der Zug bis auf den letzten Platz gefüllt. Während Larissa mit ihrem Rollkoffer elegant durch den

Gang manövrierte, blieb ich mehr als einmal mit meiner riesigen Sporttasche an einem Sitz hängen. So viel zum Thema Coolness.

Wir marschierten durch die langen ICE-Waggons, bis wir den Speisewagen erreichten. Jeder Tisch war besetzt. »So ein Pech«, stöhnte ich und ließ entmutigt meine Tasche auf den Boden sacken.

Am Tisch direkt vor uns saß nur ein einziger Mann. Er war kahl und dick und trug ein in verschiedenen Brauntönen grob kariertes Sakko. Er blätterte in einem ledergebundenen Buch, dessen Alter ich spontan auf etwa zweihundertfünfzig bis dreihundert Jahre schätzte. Ich hatte beim Bücherwurm genügend alte Bücher gesehen, um viele davon auf den ersten Blick identifizieren zu können.

Der Mann musste uns wohl bemerkt haben, denn er blickte von seiner Lektüre auf.

»Diese Plätze sind noch frei«, sagte er lächelnd und wies auf die unbesetzten Stühle an seinem Tisch.

Es war ein Lächeln, das mir nicht gefiel. Es erinnerte mich an meinen Mathematiklehrer im fünften Schuljahr, der immer dann sein jovialstes Gesicht aufsetzte, bevor er einen von uns an der Tafel fertigmachte. Larissa schien meine Bedenken nicht zu teilen, denn sie nickte sofort freundlich.

»Prima«, sagte sie. »Vielen Dank.« Sofort schob sie ihren Reisekoffer hinter den Stuhl am Fenster, winkte mir auffordernd zu und setzte sich. Was blieb mir anderes übrig? Außerdem war es immer noch besser, als die ganze Reise bis Amsterdam zu stehen. Also folgte ich ihrem Beispiel und ließ mich in den Stuhl neben ihr fallen.

Der Mann klappte das Buch zu und wickelte es vorsichtig in ein Ledertuch ein. »Ein sehr wertvolles Stück«, bemerkte er beiläufig.

»Frankreich, 18. Jahrhundert«, fuhr es mir ganz spontan heraus.

Der Mann hielt mit dem Einwickeln inne und blickte mich an. Er zog erstaunt die Augenbrauen hoch.

»Ausgezeichnet, junger Mann. Du scheinst dich ja wirklich auszukennen.«

Ich ärgerte mich über meine Voreiligkeit. »Das war mehr geraten als gewusst«, versuchte ich den Eindruck zu korrigieren, den ich gemacht hatte, und fügte lahm hinzu: »Mein Vater hatte einige alte Bücher aus Frankreich.«

Unser Gegenüber wickelte sein Buch zu Ende ein und verstaute es in einem Pilotenkoffer, der neben seinem Stuhl stand.

»Amsterdam ist ein Paradies für Sammler alter Bücher«, sagte er. »Wer etwas sucht, wird es dort gewiss finden. Und wer etwas verkaufen will, findet mit Sicherheit einen Abnehmer dafür.«

»Sind Sie ein Büchersammler?«, fragte Larissa.

»Seitdem ich denken kann.« Der Mann winkte dem Kellner. »Und wie ich sehe, teilt zumindest dein Freund meine Leidenschaft.«

Der Kellner, der an unseren Tisch trat, rettete mich davor, eine Antwort geben zu müssen. »Ich möchte noch einen Kaffee«, sagte der Dicke. »Und für meine Begleiter hier ...« Er blickte uns fragend an.

»Wir können für uns selber bezahlen«, sagte ich schnell.

Der Mann hob abwehrend die Hände. »Das habe ich nicht bezweifelt. Trotzdem würde ich euch gerne einladen.«

Der Kellner wurde langsam unruhig. Larissa bestellte einen Apfelsaft, ich nahm eine Cola. Als er weg war, lehnte sich der Dicke über den Tisch zu uns hin.

»Und was habt ihr in Amsterdam vor? Ihr seid ja noch ein wenig jung, um alleine Urlaub zu machen. Da werdet ihr wohl jemanden besuchen?«

»Wir fahren zu einem Freund meines Großvaters«, sagte Larissa.

»Aha.« Das Lächeln auf dem Gesicht des Dicken war wie festgefroren. »Wo in Amsterdam wohnt der denn?«

Bevor Larissa etwas antworten konnte, trat ich ihr unauffällig gegen den Unterschenkel. Naja, mein Tritt war vielleicht unauffällig, ihre Reaktion darauf war es nicht.

»Aua!«, rief sie. »Wieso trittst du mich?«

»Das war ein Versehen«, entschuldigte ich mich. »Tut mir leid.«

Sie war mit der Erklärung zufrieden, unser Gegenüber allerdings nicht. Er lächelte zwar noch immer, aber seine Augen schienen mich durchbohren zu wollen.

»Sie wollen also in Amsterdam Bücher kaufen und verkaufen?«, fragte ich schnell.

Der Mann lehnte sich zurück. »So ist es. Mein Name ist Hammer. Hermann Hammer.« Aus der Brusttasche seines Sakkos zog er eine Visitenkarte hervor und schob sie uns über den Tisch. *Hermann Hammer, An- und Verkauf von alten Büchern* stand darauf. Und eine Adresse in Frankfurt.

»Und wie heißt ihr?«, fragte er.

»Larissa Lackmann«, antwortete Larissa, noch bevor ich sie daran hindern konnte.

»Arthur Schneider«, ergänzte ich resigniert.

»Ich kannte mal einen Lackmann«, sagte der Dicke. »Er handelte auch mit antiquarischen Büchern. Ist er vielleicht verwandt mit dir?«

»Das ist mein Opa«, strahlte Larissa. Ich sank innerlich in meinem Stuhl zusammen. Wir waren kaum eine halbe Stunde unterwegs, und sie erzählte dem ersten Fremden gleich ihre gesamte Lebensgeschichte! Fehlte nur noch, dass sie ihm von unserem Auftrag berichtete.

Der Dicke schien meine Reaktion nicht zu bemerken. »Ja ja, der alte Lackmann«, sinnierte er. »Er hatte damals einen ausgezeichneten Ruf.«

»Was heißt *hatte*?«, fragte Larissa.

»Ich weiß nicht, ob ich das erzählen soll«, zierte sich Hammer. »Schließlich bist du seine Enkelin und könntest das falsch auffassen.«

Ich durchschaute seine Taktik, aber Larissa fiel prompt darauf herein. »Ich bin kein Kleinkind mehr«, protestierte sie laut.

»Na gut.« Hammer räusperte sich. »Es gab damals eine Reihe von Gerüchten. Lackmann soll irgendwelche alten Bücher aus Holland herausgeschmuggelt haben, die eigentlich für ein Museum bestimmt waren. Seitdem kann er nicht mehr in die Niederlande reisen, weil man ihn dort sofort festnehmen würde.«

»Das kann ich mir nicht vorstellen«, widersprach Larissa. »So etwas würde mein Opa nie tun.«

»Wie gesagt, es sind ja auch nur Gerüchte«, beschwichtigte Hammer und fügte schmeichlerisch hinzu: »Ich habe das auch nie geglaubt. Allerdings muss ich zugeben, dass sich Lackmann ziemlich merkwürdig verhielt, als er von Kollegen bei einem Kongress darauf angesprochen wurde. Er erzählte etwas von einem Missverständnis und einem Irrtum der Justiz, was nicht sehr glaubhaft klang.«

Obwohl ich dem Mann nicht traute, fielen seine Worte bei mir auf fruchtbaren Boden. Schließlich war auch ich mir nicht sicher, ob die Geschäfte des Bücherwurms wirklich immer legal waren.

Und woher konnte ich schon wissen, ob das, was er mir über diese Vergessenen Bücher erzählt hatte, auch wahr war? Die Geschichte konnte genauso gut frei erfunden sein. Aber würde er seine Enkelin wegen irgendwelcher krummen Geschäfte in Gefahr bringen? Das konnte ich mir nun auch wieder nicht vorstellen.

Larissa schien das ebenso zu sehen. »Wenn mein Opa das erzählt hat, dann wird es auch stimmen«, sagte sie mit Bestimmtheit. »Und dass er nicht nach Holland einreisen darf, halte ich ebenfalls für frei erfunden.«

»Und warum schickt er dann *euch* los?«, wollte Hammer wissen.

»Weil er selber ...«, begann Larissa, bevor ich sie eilig unterbrach.

»Erstens hat Herr Lackmann uns nirgendwo hingeschickt«, erklärte ich. »Wir fahren nach Amsterdam, um dort bei einem seiner Freunde Urlaub zu machen. Das ist alles. Und zweitens hätte er uns *natürlich* begleitet, wenn er nicht plötzlich krank geworden wäre. So war das ursprünglich auch geplant. An Ihren Vermutungen und Gerüchten ist also überhaupt nichts dran.«

»Hey!«, Hammer hob abwehrend die Hände. »So habe ich das auch nicht gemeint. Ich habe doch nur wiederholt, was andere so erzählen.«

»Dann wissen Sie ja jetzt, wie die Dinge wirklich stehen«, sagte ich.

Wir wurden vom Kellner unterbrochen, der uns unsere Getränke brachte. Ich nutzte die Gelegenheit, um meinen Reiseführer hervorzuziehen und aufzuschlagen. Der Zug hatte die Grenze nach Holland bereits überquert und lief soeben in den Bahnhof von Arnhem ein.

Hammer verstand meinen Hinweis. Er zog eine *Rare Book Review* aus seinem Pilotenkoffer, ein englisches Fachmagazin, das auch der Bücherwurm abonniert hatte, und vertiefte sich in den Inhalt.

Larissa war über diese schnelle Änderung der Situation sichtlich überrascht. Ich kramte meine Internet-Ausdrucke aus dem Seitenfach meiner Sporttasche hervor und schob sie ihr hin. Sie wollte erst etwas sagen, überlegte es sich dann aber anders und begann ebenfalls zu lesen.

Ich war überzeugt davon, dass unser Gegenüber nicht zufällig in diesem Zug saß. Aber wie hatte er herausgefunden, dass wir nach Amsterdam fahren würden? Noch vor wenigen Stunden wussten wir selber ja noch nicht einmal davon. War mein Misstrauen vielleicht übertrieben?

Diese Gedanken gingen mir durch den Kopf, während ich versuchte, mich auf den Text des Reiseführers zu konzentrieren. Kurz bevor wir Utrecht erreichten, packte Hammer seine Zeitschrift weg und winkte dem Kellner.

»Ich muss euch jetzt leider verlassen«, erklärte er, nachdem er den Kellner um die Rechnung gebeten hatte. »Wir sind gleich da, und mein Mantel hängt noch an meinem Platz im anderen Wagen. Vielleicht sehen wir uns ja in Amsterdam.«

Trotz meiner Proteste bezahlte er auch unsere Getränke und erhob sich von seinem Platz. Er war erstaunlicherweise kleiner als ich. Ich konnte mühelos die Oberfläche seines blank polierten Schädels sehen.

Er streckte Larissa seine feiste Hand hin. »Viel Spaß in Amsterdam, Kleine. Und wenn du deinen Großvater siehst, dann grüß ihn von mir.«

Nachdem er ihre Hand geschüttelt hatte, war ich an der Reihe. Ich verspürte einen Widerwillen, ihn zu berühren, nahm aber trotzdem kurz seine Hand. Wie ein Schraubstock schlossen sich seine Finger um meine. Er trat an mich heran, sodass sein Gesicht nur noch wenige Zentimeter von mir entfernt war.

»Du bist ein kluger Bursche, Kleiner«, zischte er. »Aber denk daran: Zu viel Klugheit hat schon manchen in Schwierigkeiten gebracht. Und das willst du doch sicher nicht. Vor allem nicht für deine hübsche Begleiterin.«

Ehe ich etwas erwidern konnte, ließ er meine Hand los und richtet sich auf. Jetzt war er wieder ganz der joviale Geschäftsmann von vorhin. »Gute Reise noch«, rief er. Dann verschwand er im nächsten Wagen.

Ich rieb mir die schmerzende Hand. Da, wo er zugedrückt hatte, wies sie überall rote Flecken auf.

»Ein netter Mann«, sagte Larissa, die von seinen Worten nichts mitbekommen hatte.

»Klar«, erwiderte ich. »So nett wie die Schlange, bevor sie das Kaninchen verschluckt.«

Darauf sagte sie ausnahmsweise mal nichts, und den Rest der Fahrt saßen wir beide schweigend über unserer Lektüre.

Amsterdam

Der Mann mit der Narbe

Auf dem Bahnhofsvorplatz von Amsterdam herrschte ein lärmendes Durcheinander. Überall dröhnten Baumaschinen, dirigierten Arbeiter mit Schutzhelmen Krane und ihre Lasten, ratterten Bohrhämmer, dröhnten Schiffsmotoren. Hinzu kamen das schrille Quietschen der Straßenbahnräder in den Schienen, das Geläute von Fahrradklingeln sowie das Trillern der Polizeipfeifen, mit denen die Uniformierten den Verkehr in den Griff zu bekommen versuchten.

Etwas ratlos standen Larissa und ich in dem ganzen Trubel. Ich kam mir ziemlich verloren vor. Zum ersten Mal in meinem Leben war ich allein in einer fremden Großstadt. Vor wenigen Stunden noch hatte ich mich auf dieses Abenteuer gefreut. Jetzt sah mit einem Mal alles ganz anders aus. Wie sollten wir uns hier nur zurechtfinden? Ich sehnte mich nach etwas Ruhe, um nachdenken zu können, aber um uns herum drängten die Menschen aus dem Bahnhofsgebäude heraus oder hinein und ständig wurden wir von der einen oder anderen Seite geschubst.

»Wir können hier nicht ewig stehen bleiben«, rief Larissa, die von dem Trubel und der fremden Stadt nicht sonderlich beeindruckt schien. Das bewunderte ich insgeheim an ihr:

Sie ließ sich nur schwer aus der Fassung bringen und nahm die Dinge stets so, wie sie kamen. Da konnte ich jetzt nicht schlappmachen. Ich gab mir einen Ruck.

Von meinem Studium des Stadtplans wusste ich, wo van Wolfens Geschäft lag: in einer Gegend Amsterdams, die man *Spiegelkwartier* nennt. Vom Bahnhof aus führte der Weg zunächst den Damrak entlang, eine breite Straße, die genau gegenüber dem Bahnhof lag. Um dorthin zu gelangen, mussten wir aber erst das Chaos vor dem Bahnhofsgebäude durchqueren.

Ich raffte meine Tasche auf und gab Larissa ein Zeichen. Mühsam begannen wir, uns einen Weg durch die Menschenmassen zu bahnen. Das war einfacher gesagt als getan. Die Passanten bewegten sich in zwei verschiedenen Richtungen: Die einen strömten vom und zum Bahnhof, die anderen quer dazu von und zu den Anlegestellen für die Touristenboote, die sich direkt gegenüber dem Bahnhofseingang befanden. Der Fußgängerstrom zwängte sich über eine Brücke, die durch die Bauarbeiten nochmals schmaler gemacht wurde, als sie ohnehin schon war. Einmal in der Menge, gab es kein Zurück mehr. Wir wurden mitgeschoben und konnten uns erst wieder aus dem Pulk lösen, als wir die andere Straßenseite erreicht hatten.

Ich blickte mich um, ob der vorgebliche Antiquar Hammer vielleicht irgendwo zu entdecken war. Beim Aussteigen aus dem Zug hatten wir ihn nicht bemerkt, aber das musste nichts heißen. Wenn er uns folgen wollte, gab es kein besseres Versteck als diese Menschenmenge.

»Wonach suchst du?«, frage Larissa.

»Ich will mich überzeugen, ob wir auch nicht verfolgt werden«, erwiderte ich.

»Wer sollte uns denn verfolgen? Es weiß doch niemand, dass wir hier sind.«

»Und dein netter Herr Hammer?«, erwiderte ich in etwas schärferem Ton als geplant.

»Pah, warum sollte der denn hinter uns her sein? Du leidest unter Verfolgungswahn. Oder siehst du ihn etwa irgendwo?«

Sie hatte recht. Hammer war nirgendwo zu entdecken. Stattdessen fiel mir eine andere Gestalt auf der anderen Straßenseite auf: ein großer, hagerer Mann, auf dessen rechter Wange eine deutlich erkennbare Narbe prangte. Bei seinem Anblick verspürte ich ein leichtes Kribbeln im Bauch, wusste allerdings nicht, warum. Vielleicht war ich wirklich zu misstrauisch und der Mann war wahrscheinlich nur ein harmloser Passant.

An der anderen Straßenseite zog sich eine der zahlreichen Grachten entlang, für die Amsterdam berühmt ist. Diese Wasserkanäle wurden einst zum bequemen An- und Abtransport von Waren zu den Kaufmanns- und Lagerhäusern angelegt und haben eine Gesamtlänge von fast hundert Kilometern. Die gesamte Innenstadt Amsterdams wird von ihnen durchzogen wie von einem engmaschigen Spinnennetz.

»Wenn die Pole schmelzen«, sagte Larissa, während wir den Damrak entlang marschierten, »dann liegt all das hier unter Wasser.«

Ich war etwas überrascht von diesem Themenwechsel.

»Warum sollten die Pole schmelzen?«, fragte ich.

»Hast du noch nie von der globalen Erwärmung gehört?«,

erwiderte sie. »Die Atmosphäre heizt sich immer weiter auf. Dann fangen irgendwann die Eisberge am Nord- und Südpol an zu schmelzen. Und dann steigt überall an den Küsten das Wasser ein paar Meter höher. Das wird man hier besonders merken, weil ein großer Teil Hollands ja unter dem Meeresspiegel liegt.«

»Aha«, nickte ich, unklar darüber, worauf sie hinauswollte.

»Ich habe mir überlegt, was man da machen könnte«, fuhr sie fort. »Zum Beispiel könnte man alle Häuser auf hydraulische Stelzen setzen. Wenn dann das Wasser steigt, kann man sein Haus einfach höher pumpen, sodass es immer über der Wasseroberfläche bleiben.«

»Und was ist mit den Straßen und Bürgersteigen?«, fragte ich.

»Die müssten ebenfalls beweglich sein. Vielleicht in Form von schwimmenden Pontons, die mit dem Wasserspiegel steigen und fallen.«

»Das hört sich ziemlich wackelig an«, sagte ich. »Und für Autos ist das auch nichts.«

»Autos gibt es dann natürlich keine mehr. Stattdessen bewegt man sich in einer Hochbahn fort, die auch auf hydraulischen Stelzen steht. So ähnlich wie die Wuppertaler Schwebebahn.«

Ich nickte stumm. Momentan war mir nicht danach, die Probleme eines überfluteten Amsterdam zu durchdenken.

»Warst du schon einmal in einer so großen fremden Stadt?«, fragte ich Larissa, um das Thema zu wechseln.

Sie schüttelte den Kopf. »Ich bin seit sechs Jahren nicht mehr in Ferien gefahren.«

»Ich finde das total spannend hier«, sagte ich. »Sieh dir nur mal die Leute an. Als ob alle Völker der Welt an einem Ort versammelt wären. So was habe ich noch nie gesehen.«

Ich war von den ersten Eindrücken überwältigt. Der Damrak war zwar nicht ganz so voll und laut wie der Bahnhofsvorplatz, aber er bot immer noch mehr Trubel als die belebteste Straße unserer Heimatstadt. Auf der Straße rasselten im Minutentakt die Trams vorbei, und vor den zahllosen Kitsch- und Andenkenläden, dubiosen kleinen Hotels, winzigen Pizzerien, Geldwechselstuben und Imbissbuden, die sich hier schier endlos aneinanderreihten, drängten sich Menschentrauben, aus denen ein babylonisches Sprachengewirr drang. Ich konnte nur einige wenige Sprachen wie Englisch, Französisch oder Deutsch identifizieren. Der Rest war einfach nur Kauderwelsch für mich.

Larissa fuhr fort, ihre Theorien für die Zeit nach der Polschmelze zu schildern. Ich hörte kaum zu. Immer wieder drehte ich mich um. Und immer wieder sah ich wenige Meter hinter uns den Mann mit der Narbe im Gesicht.

Schließlich erreichten wir das Ende der Straße. Der Damrak mündete in einen riesigen Platz, den Dam. Zu unserer Linken ragte eine helle Steinsäule hoch in den Himmel. Sie war auf einem Podest errichtet, auf dessen Stufen überall Menschen hockten, die sich miteinander unterhielten, den Platz fotografierten oder einfach nur in der Sonne dösten.

Meine Sporttasche wurde von Minute zu Minute schwerer. »Lass uns eine Pause machen«, forderte ich Larissa auf. Wir suchten uns eine freie Ecke auf den Stufen, und ich verspürte unendliche Erleichterung, als ich endlich die Tasche von meiner Schulter gleiten lassen konnte.

Larissa zog aus einer Seitentasche ihres Koffers eine Flasche mit Wasser, nahm einen langen Zug und hielt sie mir hin. Ich war etwas beschämt, nicht selbst an etwas zu Trinken gedacht zu haben.

»Danke«, sagte ich. Sie zuckte nur mit den Schultern. Als ich die Flasche absetzte, sah ich etwa zehn Meter vor uns den Hageren mit der Narbe. Er hatte einen Reiseführer in der Hand und tat so, als würde er sich über die Säule informieren. Ich schätzte ihn auf vielleicht vierzig Jahre. Sein schwarzes, fettig glänzendes Haar war lang und hinter seinem Kopf zu einem dünnen Pferdeschwanz zusammengebunden. Mit seiner schwarzen Lederhose und dem langen schwarzen Ledermantel über einem ebenfalls schwarzen T-Shirt sah er aus wie ein Grufti, den die Zeit vergessen hatte. Ich stieß Larissa an.

»Siehst du den da?«, fragte ich und machte eine unauffällige Bewegung mit dem Kopf.

»Wen?«, fragte sie zurück.

»Den alten Grufti mit dem Reiseführer.«

»Und? Was ist mit dem?«

»Ich glaube, er folgt uns seit dem Bahnhof.«

»Bist du sicher? Für mich sieht er aus wie ein harmloser Tourist.«

Ich seufzte. »Egal, was ich sage, du hast immer eine Erklärung parat, warum es nicht so sein kann, wie ich denke.«

Sie lächelte mich an. »Du magst es nicht, wenn man dir widerspricht, was?«

»Ich mag es nicht, wie ein Idiot behandelt zu werden«, gab ich zurück. »Aber wir können ja leicht feststellen, wer von uns recht hat.«

Obwohl ich gerne noch ein wenig sitzen geblieben wäre, rappelte ich mich auf und schwang mir die Tasche wieder über die Schulter. Larissa sah mich fragend an.

»Wenn er nur ein harmloser Tourist ist, dann wird er uns ja sicher nicht folgen«, erklärte ich. »Also machen wir jetzt einen kleinen Rundgang und sehen, wie er sich verhält.«

»OK.« Sie packte ihren Rollkoffer, und wir gingen zurück in Richtung Damrak. Vor dem Eingang eines riesigen Kaufhauses blieben wir stehen und taten so, als würden wir darüber diskutieren, ob wir nun reingehen sollten oder nicht. Dabei drehten wir uns unauffällig um. Es war, wie ich vermutet hatte: Der Hagere stand nur wenige Meter hinter uns, erneut in seinen Reiseführer vertieft.

Wir überquerten die Straße und machten an einem Imbisswagen halt, der Hotdogs und Getränke verkaufte. Ich fischte ein paar Münzen aus der Tasche und wir erstanden jeder eine Cola. Natürlich war uns der Narbengrufti gefolgt.

»Reicht das?«, fragte ich.

Larissa nickte. »Du hast gewonnen.« Langsam schlenderten wir zur Säule zurück.

»Mit unserem Gepäck werden wir ihn nie abschütteln«, sagte ich.

Larissa blickte sich auf dem Platz um und zeigte dann wortlos über meine Schulter. Ich drehte mich um und folgte mit den Augen ihrem ausgestreckten Arm. *Grand Hotel Krasnapolsky* stand in großen Lettern auf dem Dach eines imposanten Gebäudes geschrieben, das auf der anderen Seite der Säule am Rand des Dam lag. Ich sah sie fragend an.

»Da stellen wir unsere Sachen unter«, sagte sie bestimmt.

»Spinnst du? Wieso sollten die für uns die Gepäckaufbewahrung spielen?«

Sie lächelte mich herausfordernd an. »Dann musst du dir eben was einfallen lassen.«

»Und was bitte?«

»Keine Ahnung. Du bist doch der Experte für Ausreden. Erzähl ihnen einfach irgendeine Geschichte. Du schaffst das schon, da bin ich mir sicher.«

Damit war der Schwarze Peter bei mir gelandet. Ich packte meine Tasche, verfluchte mich zum gewiss hundertsten Mal an diesem Tag und bewegte mich in Richtung Hotel, Larissa auf meinen Fersen.

Vor dem Eingang stand ein Mann in grauer Uniform, der uns misstrauisch beäugte. »Nur nichts anmerken lassen«, flüsterte ich Larissa zu. Zielstrebig marschierten wir an dem Hotelzerberus vorbei in die große Eingangshalle.

Als sei es für mich die normalste Sache von der Welt, sich in Luxushotels zu bewegen, durchquerte ich den riesigen Raum mit seinen Ledersesseln, polierten Säulen und livrierten Kellnern und baute mich selbstbewusst an der Rezeption auf. Einer der Empfangschefs dahinter hatte uns schon seit unserem Eintreten beobachtet und musterte mich jetzt mit hochgezogenen Augenbrauen, so als wolle er sagen: »Und was willst *du* hier, Kleiner?«

Ich nahm meinen ganzen Mut zusammen. »Wir haben hier eine Suite reserviert. Von Schenkenberg. Unsere Eltern sind noch bei einem Empfang aufgehalten worden. Wir wollen schon mal unser Handgepäck hier deponieren und dann ein wenig Sightseeing machen.«

Der Empfangschef kniff argwöhnisch die Augen zusammen. »Wie war der Name?«, fragte er.

»Von Schenkenberg«, sagte ich. »Sie wissen schon – Stahl, Großhandel, Logistik.«

Er tippte auf seiner Tastatur herum und starrte auf den Bildschirm. »Ich habe hier keine Reservierung für von Schenkenberg«, knurrte er.

»Das muss ein Irrtum sein«, erwiderte ich. Meine Stimme rutschte vor Aufregung ein paar Stufen die Tonleiter hinauf, und ich atmete tief durch, um sie wieder in ihre normale Tonlage zu bringen. Mein Herz klopfte wie wild.

»Unsere Eltern übernachten immer hier, wenn sie geschäftlich in Amsterdam sind«, half mir Larissa. »Das müssen Sie doch wissen!«

Der Mann schüttelte den Kopf. »Der Name sagt mir gar nichts.«

Ich hatte eine Eingebung. »Wie dumm von mir! Das liegt daran, dass sie immer unter einem Pseudonym reisen«, erklärte ich. »Wegen der Terroristen und so.«

Auch das überzeugte ihn nicht.

»Sie müssen doch eine Aliaskartei haben, in der die Pseudonyme Ihrer wichtigen Gäste verzeichnet sind«, sagte ich. Ob es so etwas wirklich gab, wusste ich nicht – er aber auch nicht, wie sein Gesichtsausdruck verriet.

Ich drehte meine Augen mit gespielter Verzweiflung zur Decke. »Vielleicht sollten wir mal Ihren Chef fragen?«

Jetzt wurde er zum ersten Mal unsicher. Das war der richtige Moment, um nachzusetzen. Ich zog einen 10-Euro-Schein aus meiner Hosentasche und schob ihn dem Mann über die Theke zu.

»Hier, nehmen Sie«, sagte ich gönnerhaft. »Sie stellen jetzt unser Gepäck unter, bis unsere Eltern kommen, und wir werden keinem verraten, dass Sie die wichtigen Gäste nicht alle kennen.«

Der Mann blickte auf den Geldschein, dann auf uns. Dann zuckte er mit den Schultern, strich die zehn Euro ein und dirigierte uns zu einer Tür seitlich vom Empfangstresen. Dahinter verbarg sich der Gepäckaufbewahrungsraum.

Larissa warf mir einen strahlenden Blick zu. »Siehst du, geht doch«, schien sie sagen zu wollen. Ich nickte kurz. Ihr Lob ließ mich zwar ein warmes Kribbeln im Bauch spüren, aber das musste ich ihr ja nicht unbedingt zeigen. Wir stellten unsere Sachen ab.

»Bis gleich dann«, verabschiedete ich mich von dem Mann. »Und dass mir ja nichts wegkommt. Unsere Eltern können ganz schön unangenehm werden.«

Unser Gegenüber nickte stumm. Larissa hustete und drehte sich weg. Als wir durch die Halle zurück zur Tür gingen, prustete sie laut heraus.

»Dass mir ja nichts wegkommt«, imitierte sie mich. »Hast du sein Gesicht dabei gesehen? Der arme Kerl wusste nicht, wie ihm geschah.«

»Psst«, versuchte ich sie zu beschwichtigen. »Nicht hier. Er könnte uns noch beobachten.« Verstohlen warf ich einen Blick über die Schulter. Aber meine Sorge war unbegründet. Der Mann war bereits mit einem neuen Gast beschäftigt. Bei mir dauerte es etwas länger, bis die Spannung sich löste. Erst vor der Hoteltür brach auch ich in ein lautes Lachen aus.

Als wir uns nach ein paar Minuten wieder beruhigt hatten, fühlte ich mich zum ersten Mal seit unserer Ankunft etwas besser. Der Narbengrufti hatte vor dem Hotel Position bezogen und dort auf uns gewartet.

»Was machen wir jetzt?«, frage Larissa.

»Wir führen ihn erst mal ein wenig an der Nase herum und tun so, als seien wir ganz normale Touristen.«

Wir schlenderten quer über den Platz, zunächst zu Madame Tussauds und von dort weiter zu dem mächtigen Gebäude auf der anderen Seite des Dam. Ich zog meinen Reiseführer aus der Hosentasche. Nach einigem Blättern fand ich den richtigen Eintrag.

»Das ist der Königliche Palast«, erklärte ich Larissa. »Er wurde vor über 350 Jahren auf 13.659 Holzstämmen errichtet.«

»Das ist ja ein ganzer Wald«, erwiderte sie. »Und das alles für ein paar Könige und Königinnen. Was meinst du, ob die wohl gerade zu Besuch sind? Ich habe noch nie eine echte Königin gesehen.«

»Hier steht, die Königsfamilie kommt nur im Winter her.«

»Schade. Aber sie würden uns wohl sowieso nicht empfangen.«

Ich steckte den Reiseführer wieder weg. Der Hagere war uns gefolgt, immer in sicherem Abstand, die Nase in sein Buch gesteckt. »Es wird Zeit, ihn endlich abzuhängen«, sagte ich. »Bist du bereit?«

»Aber immer!«

Vom Dam gingen mehrere Straßen ab. Eine davon war die Kalverstraat, Amsterdams Haupteinkaufsstraße und eine reine Fußgängerzone. Parallel zu ihr verlief eine weitere Straße, der Rokin. Er war, wie ich auf dem Stadtplan gesehen hatte, über mehrere schmale Gassen mit der Kalverstraat verbunden.

Wir überquerten erneut den Platz und bogen in den Rokin ein. Kurz vor der ersten Gasse ging ich in die Hocke und tat so, als würde ich mir einen Schnürsenkel zubinden. Unser Verfolger war nur ein paar Häuserlängen entfernt und versteckte sich hinter seinem Reiseführer.

»Wenn ich aufstehe, laufen wir in die Gasse«, erklärte ich Larissa. Langsam richtete ich mich auf.

»Jetzt!«, rief ich, und wir sprinteten los. Die Gasse war nicht lang. Im Nu befanden wir uns in der Fußgängerzone. Wir bogen links ab, hätten fast ein paar Passanten umgerissen und stürmten in die nächste schmale Gasse, die uns zum Rokin zurückführte. Kurz vor ihrem Ende hielt ich an und lugte vorsichtig um die Ecke. Von unserem Verfolger war nichts zu sehen.

»Irgendwann wird er draufkommen, dass wir wieder zurückgelaufen sind«, bemerkte Larissa trocken.

»Das weiß ich auch«, erwiderte ich genervt. Bis hierhin hatte mein Fluchtplan gut funktioniert, aber wie sollte es jetzt weitergehen?

»Auf jeden Fall müssen wir raus aus der Gasse, damit er uns von der Einkaufsstraße aus nicht sehen kann«, sagte ich.

Wir liefen den Rokin entlang, bis wir die nächste Quergasse erreichten.

»Und wenn er irgendwo darauf wartet, bis wir wieder zum Vorschein kommen?«, fragte Larissa.

Sie hatte ein bemerkenswertes Talent, den Finger in die Wunde zu legen. Mein Plan war natürlich ziemlich naiv und wenig durchdacht. Er reichte nicht weiter als die enge Gasse, die vor uns lag.

»Die Fußgängerzone ist auf jeden Fall besser«, erklärte ich. »Da sind wenigstens viele Menschen, zwischen denen wir uns verstecken können. Hier sieht er uns doch sofort.« Ich machte eine Armbewegung den Rokin auf und ab, auf dem nur wenige Fußgänger zu sehen waren.

Wenige Sekunden später standen wir wieder auf der Kalverstraat.

»Was nun?«, fragte Larissa. »Laufen wir zum Hotel und holen unsere Sachen?«

Ich schüttelte den Kopf. »Zu gefährlich. Er könnte dorthin zurückgekehrt sein, um auf uns zu warten. Wir gehen da rein.« Ich wies mit der Hand auf einen schmalen Durchgang zwischen einem Seifengeschäft und einem Jeansladen. Er mündete in einen steinernen Torbogen, über dem die Jahreszahl *1581* in den Stein gehauen war. Das schien mir ein besserer Zufluchtsort zu sein als die ungeschützte Einkaufsstraße. Dort konnte der Narbengrufti jeden Moment auftauchen.

Schnell überquerten wir die Straße. Durch den Torbogen kamen wir in einen Säulengang, der an einem sonnigen Innenhof vorbei zum Historischen Museum führte, wie uns ein großes Schild erklärte. Links von uns lag, durch eine Glastür abgetrennt, ein Durchgang. An seinen Wänden hingen riesige Ölgemälde, auf denen ernst aussehende Männer mit großen Hüten und in altertümlicher Kleidung abgebildet waren. Der Eintritt war offenbar kostenlos, denn ich konnte keine Kasse und keine Einlasskontrolle entdecken.

Das schien mir ein sicherer Zufluchtsort zu sein. Hinter der Glastür, die sich automatisch öffnete, war die Luft angenehm klimatisiert. Der Durchgang war vielleicht zwanzig Meter lang. Auf der anderen Seite befand sich ebenfalls eine automatische Glastür, durch die gerade eine größere Menschengruppe den Gang betrat. Es gab also einen zweiten Ausgang, falls wir hier schnell raus mussten.

Larissa studierte das Gemälde direkt hinter der Tür. Es war bestimmt über drei Meter lang und zeigte zwei Dutzend Männer in verschiedenen Uniformen, mit Säbeln und Hellebarden in den Händen. Alle trugen breitkrempige Hüte und dicke weiße Halskrausen.

»Das Bild ist fast 400 Jahre alt«, staunte Larissa nach einem Blick auf die Informationstafel darunter.

»Damals scheint Bartzwang geherrscht zu haben«, bemerkte ich trocken. Jedes Gesicht zierte nämlich ein Schnurrbart sowie ein mehr oder minder breiter Kinnbart.

»Nur kein Neid!«, lachte Larissa.

»Wieso sollte ich auf diese alten Kniesepeter neidisch sein?«, antwortete ich pikiert. Aber sie war schon weiter zum nächsten Gemälde geeilt.

Ich fand die Bildmotive ziemlich langweilig. Immer waren dieselben Typen mit ihren Bärten, Hüten und Schwertern zu sehen. Wir drückten uns an der Menschengruppe vorbei, die inzwischen in die Mitte des Ganges vorgerückt war und den Erläuterungen einer jungen Frau lauschte, welche offenbar etwas zu den Gemälden erklärte – leider in einer Sprache, die ich nicht verstand.

Wir waren fast am anderen Ende angekommen, als plötzlich eine Stimme direkt hinter uns ertönte:

»Willkommen in der *Schuttersgalerij*.«

Ein neuer Freund?

Larissa und ich fuhren herum. Mein erster Gedanke galt dem Hageren. Aber nicht er war es, der hinter uns stand, sondern ein junger Mann.

Er mochte vielleicht zwanzig Jahre alt sein. Als erstes fiel mir seine merkwürdige Kleidung ins Auge. Er trug eine grob gewebte braune Leinenjacke und darüber eine abgewetzte braune Lederweste. Aus der Jacke ragte ein riesiger weißer Hemdkragen hervor, der eher wie eine Halskrause aussah und sich fast bis zu den Schultern erstreckte. Die ebenfalls braune Hose war an vielen Stellen ausgeblichen und reichte nur bis kurz unter die Knie, wo sie in ein Paar Stiefel aus dickem Leder mündete. Quer über seine Brust spannte sich ein breiter Ledergürtel, an dem in Hüfthöhe eine kleine, ebenfalls lederne Tasche hing. In der Hand trug er einen verbeulten Hut mit großer Krempe. Ein wenig sah er aus wie eine der Gestalten auf den Gemälden, fand ich.

Der Mann verbeugte sich und machte dabei einen kleinen Knicks, während er den Hut mit ausladender Geste vor seinem Knie vorbeischwenkte.

»Gerrit de Fleer, zu euren Diensten«, sagte er in perfektem Deutsch.

Larissa war schwer beeindruckt. »Wow!«, rief sie aus. »Ein echter Hofknicks! Cool.«

Ich war etwas skeptischer. »Und wozu sollten wir Ihre Dienste benötigen?«

Gerrit strahlte mich an. In seinem jungenhaften, braun gebrannten Gesicht blitzen zwei blaue Augen und zwei Reihen leuchtend weißer Zähne, wie man es von den Fotomodels kennt, die Reklame für Deos oder Parfüms machen.

»Zum Beispiel zur Erklärung dieser Ausstellung«, sagte er, gänzlich unbeeindruckt von meinem Ton. »Oder seid ihr schon mal in der Schuttersgalerij gewesen?«

»Nein, sind wir nicht«, erwiderte Larissa. Ich beobachtete mit Sorge, wie fasziniert sie diesen Burschen anstarrte.

Gerrits Strahlen war jetzt auf Larissa gerichtet. »Schuttersgalerij heißt Schützengalerie. Die Schützengilden entstanden als bewaffnete Bürgerwehr. Später verwandelten sie sich in elitäre Klubs, in denen nur adelige oder sehr wohlhabende bürgerliche Familien Mitglieder werden konnten. Was ihr hier seht, sind Bilder verschiedener Schützengilden aus dem 16. und 17. Jahrhundert.«

»Sehr interessant«, kommentierte ich sarkastisch. »Aber wir müssen jetzt weiter.« Ich fasste Larissa am Arm, um sie in Richtung Ausgang zu ziehen.

Mitten in der Bewegung erstarrte ich. Hinter der Glastür, durch die wir gekommen waren, tauchte soeben der Narbengrufti auf.

»Mist!«, fluchte ich. »Er hat uns gefunden.«

Auch Larissa hatte unseren Verfolger entdeckt. Zum Glück stand die Besuchergruppe zwischen ihm und uns und blockierte seinen Weg. Der hintere Ausgang war nur wenige Meter von uns entfernt. Ich wusste leider nur nicht, wo er hinführte.

»Ihr werdet verfolgt?«, fragte Gerrit.

»Schon seit wir in Amsterdam angekommen sind«, sagte Larissa. »Und wir können ihn einfach nicht abschütteln.«

Ich rollte die Augen. Musste Larissa denn jedem Fremden auf Anhieb trauen?

»Kein Problem. Ich kenne ein sicheres Versteck, wo er euch bestimmt nicht finden wird. Kommt!« Gerrit ging zur nahe gelegenen Glastür und winkte uns mit seinem Hut durch.

Ich zögerte. Wir hatten diesen Mann erst vor ein paar Minuten kennengelernt und schon wollte er uns helfen? Das war mir ein Zufall zu viel. Wer hatte es eigentlich noch auf uns abgesehen? Erst der angebliche Hammer, dann der Narbige und jetzt dieser merkwürdig gekleidete Strahlemann. Andererseits: Welche Alternative hatten wir? Vielleicht konnten wir den Narbengrufti mit fremder Hilfe endgültig abschütteln.

»Komm schon!«, rief Larissa, die mit Gerrit bereits draußen stand. Ein Blick zurück zeigte mir, wie der Narbengrufti sich gerade durch die Menschengruppe hindurchzudrängen begann. Er gab sich keine Mühe mehr, seine Anwesenheit vor uns zu verbergen. Das konnte nichts Gutes bedeuten. Ich machte kehrt und folgte Larissa und Gerrit, die den kleinen Hof vor der Glastür schon fast durchquert hatten.

Wir bogen um eine Häuserecke. Vor Staunen wäre ich fast stehen geblieben. Vor uns lag ein idyllischer kleiner Platz mit einer kurz gemähten Wiese in der Mitte, um den ein paar

Dutzend schmale Häuser gruppiert waren. Sie mussten schon ziemlich alt sein, denn viele von ihnen machten einen ziemlich windschiefen Eindruck. Vor jedem Haus befand sich ein gepflegter kleiner Vorgarten. In der Luft lag der Duft von frisch gemähtem Gras, die Vögel zwitscherten, und vom Lärm der Großstadt um uns herum war nichts zu vernehmen. Es war, als ob wir durch ein magisches Tor in eine andere Welt getreten wären.

Gerrit ging mit großen Schritten den Fußweg zu unserer Rechten entlang. Am Ende der Häuserreihe machte er vor dem kleinsten Haus halt, das ein wenig zurückgesetzt im Schatten seiner großen Nachbarn lag. Er trat durch die Gartenpforte und öffnete die niedrige Eingangstür. Mit einem mulmigen Gefühl folgte ich Larissa ins Innere des Hauses.

Wir standen in einem schmalen Flur mit mehreren Türen und einer wackelig aussehenden Treppe ins Obergeschoss. Gerrit schloss die Haustür hinter uns und dirigierte uns durch die erste Tür in einen niedrigen Wohnraum mit einem großen Fenster zum Innenhof.

Trotz des Sonnenlichts, das durch das fast bis zum Boden gezogene Sprossenfenster fiel, war der Raum dunkel. Das lag zum einen an einem riesigen schwarzen Holzschrank an einer Wand, zum anderen an einem großen runden Tisch aus dunkelbraunem Holz mit gleichfarbigen Stühlen und mehreren tiefbraunen Ledersesseln in den Ecken des Raums. Vor dem Fenster war zudem ein halbes Dutzend Blumentöpfe aufgereiht, die einen Teil der Sonnenstrahlen abfingen.

Gerrit trat ans Fenster und winkte uns, ihm zu folgen. Von hier aus konnte man fast den gesamten Hof überblicken. Ich trat neben ihn und machte sofort wieder einen Schritt zurück. Nur wenige Meter von uns entfernt stand der Narbengrufti. Er schritt Haus für Haus ab und starrte in die Fenster. Noch ein paar Schritte, dann würde er direkt vor uns stehen.

Gerrit hatte meine Reaktion bemerkt. »Keine Angst«, beruhigte er mich. »Durch diese Scheiben kann er von außen nichts erkennen.«

Ich traute seinen Worten nicht. Larissa und Gerrit standen direkt hinter dem Fenster, als unser Verfolger vor das Haus trat. Er beugte sich vor, bis wir die lange Narbe auf seiner Wange deutlich erkennen konnten, und blickte uns direkt in die Augen. Ich hielt den Atem an. Auch Larissa machte automatisch einen Schritt nach hinten; nur Gerrit blieb seelenruhig stehen. Der Hagere verharrte mehrere Sekunden in seiner Stellung, dann richtete er sich auf und ging zum nächsten Haus weiter. Erleichtert atmete ich tief durch.

Gerrit drehte sich um. »Setzt euch«, forderte er uns auf und wies auf den Tisch. »Ich glaube, ich bin euch ein paar Erklärungen schuldig.«

Wir folgten seiner Einladung. Gerrit legte seinen Hut auf den Tisch, holte aus dem Schrank eine verkorkte Steingutflasche sowie drei schmale, hohe Gläser und stellte sie auf den Tisch. Er hockte sich zu uns, zog den Korken aus der Flasche und schenkte daraus eine klare Flüssigkeit in die Gläser. Dann verkorkte er die Flasche wieder und hob sein Glas.

Ich zog ein Glas vorsichtig zu mir hin und schnupperte daran. Es roch wie Schnaps. Angewidert lehnte ich mich zurück. Larissas Reaktion fiel ähnlich aus. Gerrit stellte sein Glas zurück und blickte uns fragend an.

»Das ist doch nur Genever«, sagte er. »Trinkt! Es wird euch gut tun.«

»Was ist Genever?«, fragte Larissa.

»Ein traditionelles niederländisches Begrüßungsgetränk für liebe Gäste. Eine Delikatesse, die aus Wacholderbeeren hergestellt wird.«

»Aber das ist Schnaps«, bemerkte ich. »Alkohol.«

»Ja und?«

»Wir sind noch zu jung, um Alkohol zu trinken.«

Gerrit schwieg einen Moment, dann begann er zu lachen.

»Ihr kommt nach Amsterdam, um eines der Vergessenen Bücher vor den Suchern zu retten und wollt zu jung sein, um ein Gläschen Genever zu trinken? Das glaube ich nicht.«

Erneut hob er sein Glas und bedeutete uns, das ebenfalls zu tun.

Larissa und ich blickten uns überrascht an und griffen dann zögernd zu unseren Gläsern.

»*Proost*!«, rief Gerrit und leerte sein Glas in einem Zug. Ich nippte nur an meinem, und der Tropfen Genever, der dabei seinen Weg in meinen Mund fand, zog mir das ganze Gesicht zusammen. Bei Larissa war es genauso.

Wir setzten unsere Gläser gleichzeitig ab. Gerrit schüttelte tadelnd den Kopf. »Ein anderer Gastgeber als ich könnte sich jetzt beleidigt fühlen.«

»Ein anderer Gastgeber wüsste wahrscheinlich auch nichts über die Vergessenen Bücher«, gab ich zurück.

»Gut gekontert«, lachte er. »Und zurecht. Aber ich weiß noch viel mehr: Ihr seid hier, um das ›Buch der Antworten‹ zu finden.«

Larissa und ich warfen uns einen überraschten Blick zu. Von einem Buch der Antworten hatten wir noch nie etwas gehört.

»Was guckt ihr so erstaunt?«, fragte Gerrit. »Das Buch der Antworten ist eines der dreizehn Vergessenen Bücher. Das ist doch der Grund, warum ihr in Amsterdam seid.«

»Dann wissen Sie mehr als wir«, sagte ich und verschränkte meine Arme über der Brust.

Er zwinkerte mir zu. »Du darfst mich ruhig duzen. Wir Holländer ziehen das *Du* dem *Sie* vor. Und so viel älter als ihr bin ich ja auch nicht.«

Dann wurde er wieder ernst. »Man hat euch also vorher nicht genau gesagt, worum es geht? Da habt ihr Glück, mich getroffen zu haben. Ich stehe in dieser Sache voll auf eurer Seite.«

»Und das sollen wir einfach glauben?«, fragte ich.

»Schließlich habe ich euch vor eurem Verfolger gerettet, oder?«

»Das kann auch nur ein Trick gewesen sein, um uns in Sicherheit zu wiegen.« So leicht ließ ich mich nicht überzeugen.

Gerrit lächelte. »Es ist gut, wenn ihr keinem traut, denn es sind einige Menschen hinter dem Buch der Antworten her, die es auf keinen Fall in die Finger bekommen dürfen. Euer Verfolger gehört dazu. Und er arbeitet nicht alleine, sondern hat Helfer.«

»Und du weißt, wer sie sind?«, fragte Larissa.

»Leider nicht. Ich weiß nur, dass sie sich hier versammeln. Denn es ist eine Spur zum Buch der Antworten aufgetaucht.«

»Und was ist das für ein Buch?«, wollte ich wissen.

»Wie der Name schon sagt: Es enthält die Antworten auf alle Fragen, die ein Mensch stellen kann.«

»Aber das ist unmöglich«, widersprach ich ihm. »Sämtliche Bibliotheken der Welt enthalten diese Antworten nicht – wie können sie da in *einem* Buch stehen?«

Gerrit schüttete sich noch etwas von dem Genever nach. »Du zweifelst, weil du nicht genug über die Vergessenen Bücher weißt. Deshalb will ich euch ein wenig darüber erzählen. Nur dann könnt ihr auch die Gefahren richtig einschätzen, die von ihnen ausgehen.«

Er nahm einen Zug aus seinem Glas. »Stellt euch eine Wüste vor, so endlos wie das Meer, so heiß wie die Sonne und so unerforscht wie die fernsten Planeten unseres Sonnensystems. Das ist die Rub'al-Khali, die unheimlichste der arabischen Wüsten. In ihrer Mitte liegt eine Stadt ohne Namen. Ihre zerfallenen Mauern sind bedeckt vom Sand ungezählter Jahrtausende. Sie ist so alt, dass es keine Legende gibt, die ihren Namen erwähnt. Nur die Beduinenstämme in der Wüste flüstern an ihren Lagerfeuern von diesem Ort, den sie selbst nicht zu betreten wagen. Diese Stadt wurde einst von einem Volk von Magiern bewohnt, die tausend Generationen lang alles Wissen über die Natur und ihre unbekannten Kräfte erforscht und gesammelt haben. Alle geheimen Erkenntnisse schrieben die Magier in den Vergessenen Büchern auf. Wer die Bücher besitzt, verfügt über einen Zugang zu den tiefsten Geheimnissen der Welt – und dadurch über unendliche Macht.«

»Wenn diese Stadt schon so lange verschüttet ist, woher weißt du dann so viel über sie?« fragte ich skeptisch.

»Weil es Überlieferungen gibt«, erwiderte er. »Nicht alles Wissen der Welt besteht aus Geschriebenem. Die größten Geheimnisse werden nur selten zu Papier gebracht. Sie werden mündlich weitergegeben. Das haben die meisten Menschen leider vergessen.«

Das klang einleuchtend, überzeugte mich aber nicht. Ich musste wieder an den vorgeblichen Antiquar im Zug denken, der behauptet hatte, der Bücherwurm habe die Vergessenen Bücher nur erfunden, um den Diebstahl eines wertvollen Buches zu entschuldigen. Was Gerrit uns erzählte, war genau das Gegenteil – aber war es deshalb automatisch die Wahrheit? Mein Kopf schwirrte vor lauter Fragen.

»Und wieso sind die Bücher nicht mit der Stadt untergegangen?«, fragte Larissa.

»Keine Ahnung«, erwiderte Gerrit. »Irgendwie haben sie ihren Weg nach Córdoba gefunden – und von dort in ihre jetzigen Verstecke.«

»Wo sie die Bewahrer verborgen haben.«

Gerrit nickte. »Genau so ist es. Mit dem Wissen, das in den Vergessenen Büchern steckt, könnte man das gesamte Universum zerstören. In den falschen Händen stellen sie eine furchtbare Waffe dar. Das ist auch der Grund, warum es heute noch Bewahrer geben muss.«

»Ist das Buch der Antworten auch so gefährlich?«, wollte ich wissen.

»Ihr müsst wissen, dass es drei Arten von Vergessenen Büchern gibt«, erklärte Gerrit. »Die Dunklen Bücher sind die ältesten. Sie enthalten die unaussprechlichsten Schrecken, die seit Anbeginn der Tage in unserer Welt lauern. Sie sind auch die gefährlichsten Bücher, denn mit ihrer Hilfe lässt sich das Grauen heraufbeschwören, das uns alle zerstören würde. An ihnen gibt es keine gute Seite. Ihr Gebrauch hat ausschließlich negative Folgen.

Die Grauen Bücher sind nicht ganz so gefährlich. Was in ihnen steht, kann für gute ebenso wie für schlechte Ziele nutzbar gemacht werden. Allerdings enthalten sie noch genug geheimes Wissen, um in den falschen Händen zu einer furchtbaren Waffe zu werden.

Die Weißen Bücher dienen ausschließlich guten Zwecken. Allerdings sind sie gerade deshalb auch ein Ziel der Sucher, denn sie wollen diese Bücher aus dem Verkehr ziehen, um ihre Macht ungehindert ausüben zu können.«

»Und was ist das Buch der Antworten?«, fragte Larissa.

»Es ist eines der Grauen Bücher.«

»Also nicht ganz so schlimm«, warf ich ein.

Gerrit blickte mich ernst an. »Keines der Vergessenen Bücher ist harmlos, wenn es in die falschen Hände gelangt. Die Bewahrer wussten das. Deshalb haben sie dafür gesorgt, dass der Verbleib jedes einzelnen Exemplars immer genau dokumentiert ist.«

»Aber es gibt keine Bewahrer mehr«, warf ich ein.

Gerrit sah auf seine Hände, die mit dem leeren Geneverglas spielten. »Das stimmt nicht ganz«, sagte er schließlich. »Die Tradition der Bewahrer ist nach wie vor lebendig. Sie muss nur jede Generation erneuert werden. Und das ist eine meiner Aufgaben.«

»Du gehörst also dazu?« Larissa blickte Gerrit mit weit aufgerissenen Augen an. »Du bist ein Bewahrer?«

»Leider nein.« Er stellte das Glas weg und erhob sich von seinem Stuhl. »Ihr solltet jetzt gehen. Euer Verfolger dürfte seine Suche aufgegeben haben. Und ihr werdet sicher schon erwartet.«

»Aber ...«, begann ich, doch er winkte ab.

»Klar, ihr habt noch jede Menge Fragen«, sagte er. »Die Antworten darauf müsst ihr zum Teil selber herausfinden. Ich werde euch dabei so gut ich kann helfen.«

Larissa war, ebenso wie ich, erstaunt von dem abrupten Ende des Gesprächs. »Du kannst uns doch jetzt nicht so einfach wegschicken!«, protestierte sie.

Gerrit setzte wieder sein Strahlemann-Gesicht auf. Er legte Larissa die Hand auf die Schulter. »Keine Sorge. Ihr seid jetzt erst einmal sicher. Denkt über das nach, was ihr heute erfahren habt und was ihr noch von eurem Gastgeber lernen werdet. Dann unterhalten wir uns weiter. Ihr wisst ja jetzt, wo ihr mich finden könnt.«

Mit diesen Worten bugsierte er uns in Richtung Tür. Das hieß ganz klar: Schluss für heute. Wir traten wieder in den grünen Innenhof. Gerrit begleitete uns noch bis zur Schuttersgalerij und verabschiedete sich dann von uns.

Zurück auf der Kalverstraat ließ ich meinen Blick nach beiden Seiten über die Passanten gleiten, bis ich sicher war, den Narbengrufti nirgendwo zu sehen. Larissa bemerkte, was ich tat.

»Gerrit hat doch gesagt, dass wir jetzt sicher sind.« Bei der Nennung seines Namens nahm ihr Gesicht einen leicht verklärten Ausdruck an. Was hatte das nun wieder zu bedeuten?

»*Gerrit* kann sagen, was er will«, erwiderte ich barsch. »Er ist ja auch nicht allein in einer fremden Stadt unterwegs und wird auch nicht verfolgt. Wir hingegen schon.«

»Du bist ja nur eifersüchtig auf ihn«, sagte sie. »Weil er mehr weiß als du und sich besser mit den Vergessenen Büchern auskennt.«

»Pah! Wieso sollte ich eifersüchtig sein?«, entfuhr es mir. Aber so sicher, wie ich klang, war ich mir nicht.

Lehrgeld

Wir gelangten ohne Probleme zum Krasnapolsky. Hinter der Rezeption stand noch immer derselbe Mann wie vorhin. Diesmal hatte ich weniger Herzklopfen, als ich auf ihn zuging.

»Sind unsere Eltern inzwischen eingetroffen?«, fragte ich.

»Woher soll ich das wissen?«, antwortete er. »Sie reisen ja nicht unter ihrem richtigen Namen. Vielleicht sind sie da, vielleicht auch nicht.«

»Dann geben Sie uns bitte unsere Taschen zurück und wir sehen selbst nach.« Der arrogante Tonfall ging mir inzwischen gut von der Zunge.

Aber der Mann rührte sich nicht.

»Was ist?«, fuhr ich ihn an. »Wollen Sie, dass sich unsere Eltern über Sie beim Direktor beschweren?«

Der Mann beugte sich vor, bis seine Nase fast die meine berührte. Ich konnte das Aftershave riechen, das er heute Morgen aufgetragen hatte.

»Einmal klappt der Trick vielleicht, Kleiner«, zischte er. »Aber nicht zweimal nacheinander. Wenn ihr eure Taschen wiederhaben wollt, dann musst du schon was springen lassen. Und ein Zehner wird diesmal nicht genügen.«

Ich schluckte. Soviel zum Thema Arroganz. Jetzt konnten

wir nur noch versuchen, möglichst preiswert aus der Sache herauszukommen.

Ich machte ein zerknirschtes Gesicht (was mich nicht viel Anstrengung kostete), fummelte in meiner Hosentasche herum und zog schließlich zwei zerknitterte Geldscheine hervor. Es waren 15 Euro. Dazu legte ich noch ein paar Münzen, die ich in der linken Tasche gebunkert hatte. Insgesamt waren es 18 Euro und 50 Cent.

»Das ist alles, was ich noch habe«, stotterte ich.

Der Mann sah mich skeptisch an. »Und was ist mit der Kleinen da? Hat die nichts mehr?«

»Das ist unser letztes Geld, ehrlich«, beteuerte ich. »Bitte, geben Sie uns unsere Taschen wieder.«

Der Mann strich das Geld mit einer gut geübten Bewegung ein. »Da hast du noch mal Glück gehabt, Kleiner. Ich hätte auch die Polizei benachrichtigen können. Die sehen das gar nicht gerne, wenn Minderjährige hier alleine in der Stadt herumstromern.«

Er ließ uns unsere Sachen aus dem Gepäckaufbewahrungsraum holen. Ich sparte mir ein Dankeschön. »Und lasst euch hier bloß nicht mehr blicken!«, rief er uns nach, als wir uns auf den Weg zum Ausgang machten.

Jetzt waren wir um 18 Euro ärmer und eine Erfahrung reicher: Um jemanden dauerhaft zu täuschen, braucht man mehr als nur eine schnelle Idee.

»So ein gemeiner Blödmann«, schimpfte Larissa, als wir den Rokin in Richtung Spiegelkwartier entlang marschierten. »Kinder erpressen, das ist doch wohl das Letzte.«

»Wir haben schließlich angefangen«, gab ich zu bedenken.

»Hätte ich ihn beim ersten Mal nicht so runtergeputzt, dann wäre er vielleicht auch nicht so gierig gewesen.«

Aber das beruhigte sie ganz und gar nicht. »Anzeigen sollte man den Kerl! Stell dir vor, wir hätten wirklich kein Geld mehr gehabt. Dem war das doch völlig egal! Zwei mittellose Kinder, hilflos in den Straßen einer fremden Stadt!«

Das war's. Ich prustete laut los. Larissa sah mich ärgerlich an, aber dann lösten sich ihre Züge und sie stimmte in das Lachen ein. Eigentlich, dachte ich, ist sie doch ganz OK.

Am Ende des Rokin bogen wir in die Amstel ein. Das war etwas verwirrend: eine Straße, die genau so hieß wie der Fluss, neben dem sie verlief. Nach diesem Fluss war übrigens die Stadt benannt, denn Amsterdam bedeutet ›Damm über die Amstel‹.

Weit vor uns konnten wir im Gegenlicht der Sonne die Umrisse der *Magere Bruk* erkennen, einer der ältesten und schönsten Hebebrücken der Stadt. So weit mussten wir aber nicht gehen. An der Keizersgracht bogen wir rechts ab und liefen weiter geradeaus, bis wir die Nieuwe Spiegelstraat erreichten.

Hier reihten sich Dutzende von Galerien und Antiquitätengeschäften aneinander. Entsprechend dicht war auch der Besucherstrom, der sich über die schmalen Gehsteige drängte. Es dauerte noch einmal fast zehn Minuten, bis wir vor dem Antiquariat von Karel van Wolfen standen.

Durch eine Glastür mit verblichener goldener Schrift gelangten wir in einen engen dunklen Raum, dessen Luft vom staubigen Geruch alter Bücher erfüllt war. Ich kannte dieses Aroma vom Hinterzimmer des Bücherwurms, in dem er seine alten Bücher aufbewahrte. Das hier war dagegen der reinste Bücherfriedhof. Vergilbte Taschenbücher stapelten sich auf einem großen Tisch in der Mitte des Raums. Die Wandregale bogen sich unter Hunderten von Buchskeletten unterschiedlichen Alters, mit teilweise eingerissenem oder fehlendem Rücken, dunklen Wasserflecken auf dem Einband und anderen Spuren, welche die Zeit hinterlassen hatte.

Aus dem Schatten im Hintergrund des Ladens löste sich eine gebückte Gestalt. Es war ein vielleicht 60-jähriger Mann. Er trug einen grauen Anzug und ein weißes Hemd, das unter dem Kinn von einer leuchtend roten Fliege abgeschlossen wurde. Sein volles graues Haar war in wuchtigen Wellen nach hinten gekämmt, und aus dem hageren Gesicht blitzten zwei braune Augen über einer etwas zu groß geratenen Nase.

»Ah, ah«, murmelte er, als er uns sah. »Ihr müsst Larissa und Arthur sein. Wir haben uns schon Sorgen um euch gemacht.«

»Dann sind Sie Herr van Wolfen«, stellte ich fest.

Er nickte eifrig. »Natürlich, natürlich.« Inzwischen war er um den Tisch herum geschlurft und streckte uns seine Hand entgegen. Er war gewiss ein Meter neunzig groß, wirkte aber durch seine gebeugte Haltung viel kleiner.

»Willkommen in Amsterdam«, sagte er, während er Larissas Arm auf und ab pumpte. »Dein Großvater hat bereits mehrmals angerufen. Ihr müsstet doch eigentlich schon vor drei Stunden hier gewesen sein.«

»Wir sind ein wenig aufgehalten worden«, sagte Larissa.

»So, so«, nickte er. Jetzt war mein Arm der Pumpenschwengel. »Aber das könnt ihr mir gleich erzählen, bei einer schönen Tasse Tee.«

Er ließ meine Hand frei, verschloss die Ladentür und nahm Larissas Koffer.

»Folgt mir, folgt mir«, sagte er und bewegte sich zu der Ecke, aus der er aufgetaucht war. Ich musste meine Tasche natürlich selber schleppen. Hinter einer kleinen Theke führte eine schmale Treppe in den ersten Stock. Ächzend zog van Wolfen den Koffer hinter sich hoch. Ich folgte ebenso ächzend hinter Larissa.

Wir gelangten in einen kleinen Flur, von dem aus mehrere Türen abgingen. »Jan!«, rief van Wolfen. *»Onzere bezoekers zijn da!«*

Eine Türe am Ende des Gangs öffnete sich. Heraus trat eine weitere hagere und gebückte Gestalt, allerdings nicht im Anzug, sondern mit einer Küchenschürze vor dem Bauch. Mit wenigen Schritten war er bei uns. Dann begann das Pumpen erneut. Sein Händedruck war allerdings nicht ganz so fest wie der van Wolfens, und ich konnte meine Hand nach wenigen Auf- und Abbewegungen befreien.

»Wir haben uns schon solche Sorgen gemacht!«, wiederholte er van Wolfens Worte. »Kommt, der Tee ist fertig. Ihr müsst doch sicher todmüde sein.«

»Jan und ich leben schon seit vielen Jahren zusammen«, erklärte van Wolfen, während wir Jan in eine überraschend große Küche folgten. »Er kümmert sich um den Haushalt und hilft mir bei den Abrechnungen. Beides ist nicht gerade meine Stärke«, fügte er mit einem entschuldigenden Lächeln hinzu.

Endlich konnte ich meine Tasche abstellen. Wir setzten uns um einen hölzernen Küchentisch, auf dem bereits ein prächtiger Apfelkuchen und eine Schale mit Sahne auf uns warteten. Jetzt merkte ich erst, wie hungrig ich war. Die Aufregung der letzten Stunden hatte mich ans Essen überhaupt nicht denken lassen.

Larissa musste dasselbe empfinden. »Hmmm«, schwärmte sie. »Das duftet ja gut.«

Van Wolfen tat jedem von uns ein Stück Kuchen auf, während Jan aus einem Kessel heißes Wasser in eine bauchige blaue Teekanne goss, die er dann mit zum Tisch brachte.

»Jan macht das beste *appelgebak* in ganz Amsterdam«, sagte van Wolfen. Der so Gelobte errötete und beschäftigte sich damit, jedem von uns einen großen Berg Sahne auf den Teller zu schaufeln.

Nachdem Larissa und ich jeder zwei Stück Apfelkuchen mit Sahne vertilgt und eine Tasse des exotisch schmeckenden Tees getrunken hatten, lehnten wir uns zufrieden zurück. Ich hätte jetzt gern ein Nickerchen gehalten, merkte aber, wie van Wolfen und Jan vor Neugier platzten. Sie hatten sich, während wir aßen, mit Fragen zurückgehalten. Aber jetzt mussten wir erzählen.

Also berichteten wir von unseren Erlebnissen im Zug und nach der Ankunft in Amsterdam. Unsere Gastgeber hörten uns aufmerksam zu, unterbrachen uns nur manchmal mit einer kurzen Nachfrage.

»Das war sehr mutig und klug von euch«, lobte uns Jan, als wir mit unserer Erzählung fertig waren.

Ich sah ihn mir zum ersten Mal etwas genauer an. Er besaß nicht nur die Statur seines Lebensgefährten, sondern war auch etwa im gleichen Alter. Doch während van Wolfens Gesicht mit seinen vielen Falten eher einen sorgenzerfurchten Eindruck machte, trug Jan ein ständiges Lächeln auf den Lippen.

»Damit ihr versteht, was hier vorgeht, muss ich euch eine kleine Geschichte erzählen«, ergriff van Wolfen das Wort. »Sie reicht weit zurück in die Zeit, als Larissas Großvater und ich als junge Buchhändler in einem Antiquariat in einer großen Stadt arbeiteten.«

Er faltete die Hände auf dem Tisch und lehnte sich vor. »Außer dem Besitzer, Johann und mir gab es noch eine weitere Kollegin. Wir kannten uns alle von der Universität. Johann und sie standen sich dort schon nahe; irgendwann wurden sie dann ein Paar. Ich weiß bis heute nicht, ob es nur die Flucht vor der Einsamkeit war, die die beiden zusammenbrachte oder wirkliche Liebe.

Die Kollegin, sie hieß Sylvia, war besessen davon, alles über die sogenannten Vergessenen Bücher in Erfahrung zu bringen. Die Suche forderte unsere ganzen antiquarischen Fähigkeiten heraus, und wir halfen Sylvia so gut wir konnten. Es gelang uns, eine Liste der Vergessenen Bücher zu erstellen, die insgesamt 13 Titel umfasste.

Es dauerte ein Jahr, bis wir endlich auf eine erste konkrete Spur stießen. Ich hatte schon damals erste Zweifel, ob es richtig war, diese Bücher aufzuspüren. Zahlreiche Menschen, denen ich bei meiner Suche begegnet war, hatten mir davon abgeraten. ›Die Vergessenen Bücher bringen nur Unheil‹ – das sagte mir ein alter Mönch, der selbst zwanzig Jahre seines Lebens mit der Jagd nach ihnen vertan hatte.

Aber Sylvia war gegenüber solchen Argumenten taub. Heute weiß ich, dass sie schon damals von dem Gedanken besessen war, Macht zu besitzen. Ihr ging es ausschließlich um ihre eigenen Ziele.

Johann war leider noch nicht so weit. Gemeinsam mit Sylvia machte er sich auf die Reise in ein winziges Bergdorf in den Pyrenäen, wo eines der Bücher angeblich versteckt sein sollte. Der Altar der Dorfkapelle war aus Stein und innen hohl. Er sollte eine Reliquie aus der Zeit Jesu enthalten. Genau dort würde sich das Buch, das wir suchten, nach Sylvias Meinung befinden. Ihr Plan war, in der Nacht in die Kapelle einzudringen, den Altar aufzubrechen, das Buch zu nehmen und zu verschwinden.

Johann hatte inzwischen starke Skrupel bekommen und seine Zweifel wuchsen von Minute zu Minute, doch gleichzeitig war er begierig danach, das Buch, nach dem wir so lange gesucht hatten, in den Händen zu halten. So half er Sylvia, die Truhe aufzubrechen und das Buch zu stehlen.«

Van Wolfen schwieg, erschöpft von seinem langen Vortrag.

»Und was ist dann passiert?«, fragte ich.

Er machte eine müde Handbewegung. »Johann ist es tatsächlich gelungen, Sylvia das Buch abzunehmen, ohne dass sie es merkte. Seitdem hasst sie ihn mehr als alles andere auf der Welt.«

»Was ist denn aus dem Buch geworden?«, wollte Larissa wissen.

»Das musst du deinen Großvater selbst fragen. Er hat es uns nie erzählt. ›Es ist besser, ihr wisst so wenig wie möglich darüber.‹ Das waren seine Worte, wann immer wir auf das Thema zu sprechen kamen.«

Ich dachte darüber nach, warum van Wolfen uns diese Geschichte erzählt hatte. »Diese Sylvia – sie ist wieder aufgetaucht, oder?«

Er nickte. »Sie nennt sich jetzt Madame Slivitzky. Wir verfolgen ihre Aktivitäten seit Jahren aus der Ferne. Sie hat nie aufgegeben, nach den Vergessenen Büchern zu suchen. Diesmal hat sie ihre Söhne geschickt, um Johann einen *Besuch* abzustatten. Denn sie macht sich schon lange nicht mehr selber die Finger schmutzig, sondern schickt ihre missratenen Sprösslinge vor. Dummerweise haben sie bei ihrem Besuch bei Johann sein Heft mit Aufzeichnungen zu den Vergessenen Büchern gefunden. Zum Glück weiß Sylvia nicht, welche Spur wir gefunden haben – nur, dass sie sich in Amsterdam befindet.«

Ich hatte eine plötzliche Eingebung. »Die Söhne dieser Sylvia – wissen Sie, wie die beiden aussehen?«

»Sam und Ham?« Van Wolfen nickte. »Sie treiben sich ab und zu auf antiquarischen Kongressen herum. Ham ist der Clevere. Er ist klein und dicklich und hat eine Glatze. Sam hingegen ist lang und hager und ist an seiner langen Narbe auf der rechten Wange sofort zu erkennen.«

»Ha!«, rief ich, zu Larissa gewandt. »Dein *netter Antiquar* im Zug war niemand anders als Ham Slivitsky. Hermann *Hammer*. Und der Narbengrufti, der uns verfolgt hat, war sein Bruder Sam!«

»Das habe ich auch sofort gedacht, als ihr vorhin von euren Abenteuern berichtet habt«, sagte van Wolfen mit bekümmerter Miene. »Sie sind schnell, das muss man ihnen lassen.«

In dem Moment klingelte in einem Nebenraum das Telefon. »Ach herrje, ach herrje!«, rief er. »Das muss Johann sein. Den haben wir ganz vergessen.«

Er sprang auf und verschwand durch eine Tür. Schon wenige Sekunden später tauchte er mit einem Schnurlostelefon in der Hand wieder auf. Er streckte mir den Hörer hin.

»Hallo?«, sagte ich.

»Arthur!«, tönte die Stimme des Bücherwurms aus dem Lautsprecher. »Wie geht es euch?«

Ich warf einen Blick auf Larissa. »Uns geht es gut«, antwortete ich. »Abgesehen von einer ersten Begegnung mit Sam und Ham Slivitsky.«

»Aber ihr seid ihnen entwischt, was? Das ist die Hauptsache.« Er schien nicht wirklich überrascht von meiner Neugkeit zu sein. Das machte mich stutzig. Hatte er mit dem Auftauchen der beiden gerechnet und uns ins offene Messer laufen lassen?

»Und warum haben Sie uns nicht gesagt, dass wir das Buch der Antworten suchen sollen?«

»Die Zeit war ein wenig knapp dafür. Und außerdem habt ihr es ja auch so herausbekommen. War es Larissa?«

Ich stutzte erneut. Was war das für eine Frage? Wieso Larissa? Steckte sie irgendwie mit dem Bücherwurm unter einer Decke?

»Nein«, sagte ich. »Es war Gerrit.«

»Gerrit?«

Er kannte ihn also nicht. Oder er tat zumindest so. Na gut – was er konnte, das konnte ich schon lange.

»Das erkläre ich Ihnen ein anderes Mal. Wollen Sie Larissa sprechen?«

Er schwieg einen Atemzug lang. »Ja, bitte. Und Arthur – seid vorsichtig, mit wem ihr euch einlasst.«

»Werden wir. Ich reiche Sie jetzt weiter.«

Ich gab Larissa den Hörer. Sie berichtete ein paar weitere Details über unsere Verfolgung und schwärmte ihm von Gerrit vor. Ich tat so, als würde ich nicht zuhören. Schließlich verabschiedete sie sich und reichte Jan den Hörer zurück.

Einen Augenblick lang saßen wir alle schweigend um den Tisch. Schlagartig spürte ich wieder, wie müde ich war. Nur mit Mühe konnte ich ein Gähnen unterdrücken. Jan hatte es trotzdem bemerkt.

»Ihr hattet einen anstrengenden Tag. Was haltet ihr davon,

wenn ich euch eure Zimmer zeige und wir unser Gespräch morgen fortsetzen?«

Das war ein guter Vorschlag. Wir wünschten van Wolfen eine gute Nacht und folgten Jan mit unseren Taschen eine weitere wackelig anmutende Treppe hoch ins Dachgeschoss.

Er zeigte auf zwei nebeneinanderliegende Türen. »Da könnt ihr schlafen«, sagte er. Ich öffnete eine der Türen. Der Raum dahinter war so winzig, dass ich mich wunderte, wie ein normales Bett hier herein passen konnte. Stehen konnte ich nur in der rechten Hälfte des Zimmers; die linke wurde von einer Dachschräge begrenzt, die sich fast bis zum Boden erstreckte. Außer einem Stuhl und einem kleinen Holztisch befanden sich keine weiteren Möbel im Raum. Aber das Bett war frisch bezogen und sah ausgesprochen einladend aus.

Ich stellte meine Tasche ab und warf einen Blick in Larissas Zimmer. Es was das exakte Spiegelbild meines Raums.

Jan wies auf eine Tür am Ende des schmalen Flurs. »Dahinten findet ihr Bad und Toilette. Ich habe frische Handtücher für euch rausgelegt. Und wenn ihr sonst noch was braucht – ich bin noch etwas länger wach.«

Er wünschte uns eine gute Nacht und kletterte die Treppe herab. Ich ließ Larissa den Vortritt im Bad und packte ein paar Sachen aus meiner Tasche auf den kleinen Tisch. Heute wollte ich nicht mehr über Vergessene Bücher, den Bücherwurm, die Bewahrer und anderes wirres Zeugs nachdenken, sondern nur noch schlafen.

Als das Bad frei war, putzte ich mir schnell die Zähne, machte eine kurze Katzenwäsche und ließ mich wenig später ins Bett sinken. Vorher öffnete ich noch das kleine Fenster ein Stück, um frische Luft ins Zimmer zu lassen. Dann stülpte ich mir die Kopfhörer meines MP3-Players über die Ohren, denn mit Musik kann ich am besten einschlafen.

Die Matratze war angenehm weich, die Bettwäsche duftete frisch, und ich glaube, ich brauchte nur wenige Minuten, um in einen tiefen Schlaf zu sinken.

Die geheime Botschaft

In meinen Träumen wurde ich wiederholt durch eine große Stadt gehetzt, die Amsterdam nicht unähnlich war. Ich wusste nicht, wer hinter mir her war; meine Verfolger waren stets nur dunkle Schatten ohne Gesicht.

Ich war allein und versuchte verzweifelt Larissa zu finden. Nur sie hatte die Adresse, zu der wir mussten. Ich ging ins Hotel Krasnapolsky, um dort auf sie zu warten, aber der Empfangschef schob mich kurzerhand zur Türe hinaus, wo schon die Schatten auf mich warteten.

Ich konnte ihnen gerade noch entwischen und floh in die Schuttersgalerij. Dort stieß ich auf Gerrit und Larissa. Als ich erleichtert auf sie zuging, gab Gerrit ein Zeichen und die Bartträger kletterten aus den Gemälden heraus, um mit vorgestreckten Hellebarden auf mich zuzukommen. Larissa hatte sich umgedreht und verließ mit Gerrit den Raum durch die andere Tür.

Draußen war es inzwischen Nacht geworden. Erneut rannte ich durch die Straßen, bis ich zu einem Buchgeschäft kam, das dem des Bücherwurms ähnelte und in das ich mich flüchtete. Drinnen war kein Mensch zu sehen. Aus dem Hinterzimmer hörte ich eine dunkle Stimme, die meinen Namen rief. Sie klang wie die Stimme des Bücherwurms, andererseits aber auch wieder nicht. Ich wollte den Laden verlassen, aber die Tür ließ sich nicht mehr öffnen. Dann gingen plötzlich alle Lichter aus. Ich stand im Dunkeln und hörte ein lautes Schlurfen, das sich auf mich zubewegte. Ich wollte schreien, bekam aber keinen Laut heraus. Genau so schlagartig, wie es verloschen war, ging das Licht wieder an. Ich war geblendet – denn ich starrte genau in die helle Morgensonne, die durch mein Dachzimmerfenster schien. Meine Decke lag auf dem Boden, und mein Bettlaken war schweißnass und zerwühlt.

Ich atmete einige Male tief durch und lauschte. Durch das geöffnete Fenster drangen die üblichen Geräusche der Stadt herein: Automotoren, Fahrradklingeln, Musikfetzen, Stimmen, das Klappern von Mülltonnen und das Knattern von Mofas.

Ich rappelte mich auf und warf einen Blick aus dem Fenster. Das Erste, was ich sah, war Wasser. Einen Moment stutzte ich, dann fiel mir wieder ein, dass van Wolfens Haus ja an einer Gracht lag. Ein paar kleine Boote tuckerten gemächlich vorbei und rundeten das Klangbild ab.

Ich tappte zu meiner Zimmertür und zog sie vorsichtig auf. Der Traum hing mir noch im Kopf. Aber draußen wurde ich nicht von finsteren Schatten begrüßt, sondern vom Duft frischgebackener Pfannkuchen.

Larissas Zimmertür war geschlossen. Vielleicht schlief sie also noch. Ich eilte ins Bad, das nur halb so groß war wie mein Zimmer, duschte schnell und zog mir frische Sachen an. Dann folgte ich dem verlockenden Duft.

Er führte mich geradewegs in die Küche, wo Larissa bereits

dabei war, einen riesigen Pfannkuchen mit Marmelade zu vertilgen. Jan drehte sich am Herd um, als er mich eintreten hörte.

»Guten Morgen, Arthur! Du kommst gerade richtig. Magst du auch einen Pfannkuchen?«

»Gern«, antwortete ich und setzte mich an den Tisch. »Gut geschlafen?«, fragte ich Larissa.

»Abdäume«, brummelte sie mit vollem Mund. Das sollte wohl *Albträume* bedeuten.

»Willkommen im Klub«, sagte ich.

Die Tür öffnete sich, und van Wolfen kam herein. »Guten Morgen, guten Morgen!«, rief er. »Wie ich sehe, macht ihr schon Bekanntschaft mit Jans außergewöhnlichen Pfannkuchen. Machst du mir auch noch einen?«, fragte er seinen Lebensgefährten.

»*Je moet op je buikje oppassen*«, antwortete Jan gut gelaunt.

»Ach was, ach was. Mein Bauch wird von einem Pfannkuchen mehr oder weniger nicht dicker oder dünner«, gab van Wolfen zurück.

Jan brachte den Teller mit meinem Pfannkuchen an den Tisch.

»*Eet smakelijk*«, sagte er.

Das konnte sogar ich verstehen – und ließ es mir nicht zweimal sagen. Ich suchte mir eine der Marmeladen auf dem Tisch aus, deren Farbe mir am meisten zusagte und verstrich sie auf dem Pfannkuchen. Dann säbelte ich mir ein großes Stück ab. Der Teig war luftig und locker, die Marmelade schmeckte frisch und fruchtig. Kurz: Es war ein Genuss. Jan servierte uns noch zwei große Tassen mit frisch zubereitetem Kakao mit Schlagsahne, der ebenfalls alles toppte, was ich bis dahin an Kakao getrunken hatte.

Wir aßen und tranken schweigend. So gut hatte ich selten gefrühstückt. Als ich fertig war, lehnte ich mich satt und zufrieden zurück. In diesem Augenblick fühlte ich mich wie im Urlaub und nicht wie auf der Jagd nach einem verschollenen Buch.

Nach dem Frühstück verschwand van Wolfen, um kurz darauf mit einem alten Buch und einer Aktenmappe unter dem Arm wiederzukommen. Während Jan den Tisch abräumte, tippte er mit dem Finger auf das Buch.

»Dies sind die Memoiren des Comte du Vallac. Das Buch ist 1822 in einer Auflage von nur 50 Exemplaren erschienen. Wahrscheinlich hat der Comte es lediglich zur Befriedigung seiner Eitelkeit drucken lassen, denn ein Schriftsteller war er wahrlich nicht, und der Inhalt dreht sich hauptsächlich um seine Lieblingsbeschäftigungen: die Jagd und das Zelebrieren von Empfängen für die Nachbarschaft.«

Er schob uns das Buch über den Tisch. Ich schlug es vorsichtig auf. Larissa sah mir über die Schulter. Auf der ersten Vorsatzseite war mit schwarzer Tinte etwas in altertümlicher Schrift geschrieben, offenbar ein Name, den ich nicht entziffern konnte.

»Das Buch ist nicht besonders wertvoll«, fuhr van Wolfen fort. »Ich habe es vor zwei Wochen bei einer Haushaltsauflösung auf einem Dachboden gefunden und zusammen mit einem Dutzend weiterer Bände für einen kleinen Betrag erworben. Die Verkäufer waren junge Leute, die das Haus gerade gekauft hatten. Sie hatten keinerlei Informationen über den Besitzer der Bücher. Beim Durchblättern der Erinnerungen fielen mir einige Unterstreichungen im Text auf. Es waren keine ganzen Sätze, sondern nur Wortbestandteile oder einzelne Buchstaben, die so markiert waren. Das kam mir merkwürdig vor. Also habe ich mir jede Seite genau angesehen und alle unterstrichenen Textstellen herausgeschrieben. Das Ergebnis war eine Ansammlung von scheinbar sinnlosen Wortkombinationen. Jan und ich haben uns dann einen Abend Zeit genommen und versucht, ob sich aus diesen Bruchstücken sinnvolle Begriffe bilden lassen. Das Ergebnis sieht so aus.«

Er zog ein Blatt aus der Aktenmappe und reichte es uns über den Tisch. Larissa und ich beugten uns darüber. In säuberlichen Druckbuchstaben stand dort:

Antworten
Amsterdam
Vergessen
Versteck
Hod
Bücher
Bewahrer

»Und das soll ein Hinweis auf das Buch der Antworten sein?«, fragte Larissa skeptisch.

Ich pflichtete ihr bei. »Nur wegen ein paar zufälliger Buchstabenkombinationen geraten Sie, Larissas Großvater, die Slivitsky und wer weiß noch sonst in helle Aufregung?«

Van Wolfen hob beschwichtigend die Hände. »Ich kann

eure Zweifel ja verstehen«, sagte er. »Wahrscheinlich würde ich an eurer Stelle genau so reagieren. Wenn man allerdings weiß, wem dieses Buch einmal gehört hat, dann erscheinen die Unterstreichungen in einem anderen Licht.«

Er wies auf die Handschrift, die ich nicht lesen konnte. »Die Erinnerungen waren einmal im Besitz von Hermanus van Houttenstam. Der Name wird euch nicht viel sagen. Er war ein Universitätsprofessor in Leyden und ist 1912 verstorben. Was aber viel wichtiger ist: Er war einer der Bewahrer.«

Ich war nicht überzeugt. »Deshalb muss doch nicht alles, was er notiert hat, mit den Vergessenen Büchern zusammenhängen.«

»Wohl wahr, wohl wahr«, nickte er. »Wenn man allerdings weiß, dass van Houttenstam äußerst penibel war, wenn es um Bücher ging, dann sieht die Sache anders aus. So berichtet seine Tochter, wie aufgebracht er reagierte, als er sie als Schülerin dabei ertappte, wie sie Textstellen in einem Buch markierte. Für van Houttenstam waren Bücher keine Gebrauchsgegenstände, sondern Objekte der Verehrung. Er hätte nie darin herumgekritzelt.«

Ich konnte den Mann gut verstehen. Für mich war es auch ein absolutes Tabu, meine Bücher zu verschandeln. Vielleicht lag das daran, dass die meisten Exemplare, die ich gelesen hatte, aus den Regalen des Bücherwurms stammten und ja noch verkauft werden sollten. Da hatte ich gelernt, Bücher besonders vorsichtig zu behandeln. Wenn ich meine Schulbücher mit denen meiner Klassenkameraden verglich, dann hätte ich sie am Ende des Schuljahres glatt als neu verkaufen können.

»Also gut«, räumte ich ein. »Vielleicht sind es wirklich Hinweise. Aber was bedeuten sie?«

Van Wolfen zuckte mit den Schultern. »Jan und ich sind noch nicht dazu gekommen, uns näher damit zu befassen. Ich muss jetzt runter ins Geschäft, und Jan hat Termine bei zwei Kunden, die ihre Bibliothek auflösen wollen. Aber vielleicht kommt ihr dem Geheimnis ja auf die Spur. Unten im Büro hinter dem Buchladen findet ihr einen Computer mit Internetzugang. Den könnt ihr gerne dafür nutzen.«

Was sollten wir tun? Nein sagen konnten wir ja schlecht. Und im schlimmsten Fall würden wir nur ein paar Stunden unserer Zeit vertrödeln.

Also nahmen wir den Zettel und einen Schreibblock, den Jan aus einer Schublade holte und verzogen uns an den Computer in van Wolfens Büro.

Alle Wörter erklärten sich von selbst – bis auf eines: *Hod*. Aber wozu gab es Google? Im Nu tauchten die Ergebnisse vor uns auf – und waren eine Enttäuschung: Es gab nur drei Einträge für *Hod*. Und vielversprechend war nur der aus der Wikipedia.

Es war natürlich die englischsprachige Version. Mühsam kämpften wir uns durch die Seite. Insgesamt gab es zwölf mögliche Definitionen. Die Hälfte davon konnten wir sofort ausschließen, weil es Abkürzungen für kompliziert klingende Krankheiten oder englische Bahnhöfe waren.

Schnell konzentrierten wir uns auf den interessantesten Kandidaten: das hebräische Wort *Hod*. Auf Deutsch hatte es allerdings neun Bedeutungen: *Majestät, Würde, Erhabenheit, Pracht, Glanz, Herrlichkeit, Ruhm, Respekt* oder *Ehre*. Frustriert blickte ich Larissa an.

»Wenn es einfach wäre, dann säßen wir ja nicht hier«, sagte sie. Sie hatte die verschiedenen Bedeutungen auf ihrem Block notiert und starrte nachdenklich darauf.

»Wenn es sich bei den Wörtern aus dem Buch tatsächlich um Hinweise handelt, dann sind sie bewusst so formuliert, dass es keine einfache Lösung gibt. Ich habe mich eine Zeit lang mit Geheimschriften und geheimen Botschaften beschäftigt. Dahinter verbirgt sich meistens eine zweite oder sogar eine dritte Bedeutung.«

»Wie sollen wir denn dann auf die richtige Lösung kommen?«, stöhnte ich. »Majestät, Respekt, Ruhm – das kann doch alles Mögliche bedeuten.«

Meine innere Ruhe vom Frühstückstisch war inzwischen völlig verflogen. Ich musste wieder an das Gespräch mit dem Bücherwurm gestern Abend denken und daran, dass er uns ins offene Messer hatte laufen lassen.

Mein Frust über das scheinbar unlösbare Rätsel und mein Ärger über den Bücherwurm rumorten in meinem Kopf und auch in meinem Bauch herum. Während Larissa weiter über die Lösung nachgrübelte, ging mir die Frage des Bücherwurms nicht aus dem Kopf, ob es Larissa war, die den Hinweis auf das Buch der Antworten gefunden hatte. Und je mehr ich darüber nachdachte, desto mehr gelangte ich zu der Überzeugung, dass Larissa mehr wusste über die Sache, als sie zugab.

»Vielleicht sind wir auf der falschen Fährte«, unterbrach Larissa meine Gedanken. »Lass uns noch mal nachsehen, welche weiteren Möglichkeiten es gibt.«

Sie fand nach einigem Suchen eine Seite im Internet, die Hod in Zusammenhang mit der Kabbala behandelte. Ich wusste zwar, was die Kabbala war: eine mystische Tradition des Judentums, die auf die Tora zurückgeht, die Heilige Schrift der Juden. Viel mehr war mir allerdings nicht bekannt.

Die Wikipedia-Seite sah ziemlich kompliziert aus. Gleich der erste Satz bestätigte diesen Eindruck: »Hod bezeichnet in der Kabbala den achten Sephirot des kabbalistischen Lebensbaums.«

»Was um alles in der Welt ist ein Sephirot?«, fragte ich Larissa. Statt einer Antwort öffnete sie ein neues Fenster, rief die deutsche Wikipedia auf und gab den Begriff ins Suchfeld ein. Das Ergebnis:

»Sephiroth, Sephirot, Sefirot oder Sefiroth (hebr. Singular סְפִידָה *Sefira*, Plural. סְפִידוֹת *Sephiroth*) ist der hebräische Name der zehn göttlichen Emanationen im kabbalistischen *Lebensbaum*. Sie bilden in ihrer Gesamtheit symbolisch den *himmlischen Menschen*, den *Adam Kadmon*.«

»Cool«, kommentierte ich das Resultat sarkastisch. »Jetzt sind wir so schlau wie zuvor.«

»So nörgelig kenne ich dich ja gar nicht«, sagte Larissa. »Was ist los mit dir? Reizt es dich nicht, ein Rätsel zu lösen, an dem sich viele andere bereits die Zähne ausgebissen haben?«

»Du hast gut reden!« platzte es aus mir heraus. »Wahrscheinlich steckst du mit deinem Großvater unter einer Decke, und ihr lacht euch heimlich ins Fäustchen, in mir einen Blöden gefunden zu haben, den ihr in eure Pläne einspannen könnt!«

Larissa sah mich geschockt an. »Was soll denn das heißen?«

»Warum hat mich dein Großvater gestern gefragt, ob du es warst, die den Hinweis auf das Buch der Antworten gefunden hat? Das hörte sich so selbstverständlich an. Nicht ›ihr‹, nein, ›Larissa‹ hat er gesagt. Warum hat er uns nicht von Anfang an erklärt, was er weiß? Oder stehe nur ich im Dunkeln und du bist genau im Bilde?«

Larissa schwieg einen Moment und kaute auf ihrer Unterlippe herum. Dann sprang sie abrupt auf. »Das hätte ich nicht von dir gedacht«, sagte sie, während sie aufgeregt hin und her stiefelte. »Du verdächtigst mich und Opa, dich zu benutzen? Wir haben dich bei uns aufgenommen und fast zu einem Teil unserer Familie gemacht, und du glaubst, wir betrügen dich? Das ist doch krank!«

Ihre Erregung war echt, das merkte ich. Oder sie war eine bessere Schauspielerin, als ich dachte – aber das glaubte ich nicht. Ich hatte sie mit meinen Worten wirklich verletzt. Aber mein angestauter Ärger ließ sich nicht mehr zurückhalten.

»Du hast meine Frage nicht beantwortet!«, rief ich. »Was weißt du alles über die Vergessenen Bücher? Und was ist mit Gerrit?«

Sie blieb stehen. »Gerrit? Was soll mit Gerrit sein? Ich habe ihn gestern zum ersten Mal getroffen, genau wie du.«

»Ach«, höhnte ich. »Und er hat dir gleich so gut gefallen, dass du sofort deinen Verstand abgeschaltet hast.«

»Du spinnst doch!«, rief sie, aber ich sah, wie sie errötete.

»Na gut, dann spinne ich eben. Immer noch besser als zu lügen.«

Sie schlug mit der flachen Hand auf den Tisch. »Wieso will das nicht in deinen Dickschädel rein? Ich habe dich nicht belogen! Heute nicht, gestern nicht und davor auch nicht!«

So einen Ausbruch hatte ich bei ihr noch nie erlebt. Sie ließ den Kopf hängen. »Wenn du mir nicht glaubst, dann können wir ebenso gut sofort mit der Suche aufhören und zurückfahren.«

Jetzt, da der größte Druck abgelassen war, beruhigte auch ich mich wieder ein wenig.

»Aber warum hat dein Opa das gefragt? Warum war er überzeugt, *du* hättest die Information über das Buch der Antworten gefunden?«

»Ich weiß es wirklich nicht«, seufzte Larissa und ließ sich wieder auf ihren Stuhl fallen. »Du musst nicht glauben, dass Opa mich in alle seine Geheimnisse einweiht. Wir leben meistens ziemlich nebeneinander her. Wahrscheinlich kennst du ihn sogar besser als ich.«

Als ich sie so dasitzen sah wie ein Häuflein Elend, verrauchte auch der letzte Rest meiner Wut.

»Na gut«, sagte ich. »Ich vertraue dir. Wir sitzen hier zusammen drin, also sollten wir auch gemeinsam versuchen, wieder rauszukommen.«

Larissa blickte auf. »Du willst die Suche also nicht aufgeben?«

Ich schüttelte den Kopf. »Im Augenblick nicht. Obwohl ich das Gefühl habe, hier verfolgt jeder seine eigenen Interessen: Gerrit, dein Opa, vielleicht auch Jan und van Wolfen. Und wir sind die Einzigen, die völlig ahnungslos durch die Welt stiefeln.«

»Dann lass uns sehen, dass wir nicht mehr länger ahnungslos sind«, sagte sie entschlossen. »Zum Beispiel, indem wir dieses Geheimnis hier knacken.«

Und so machten wir es auch. Erst recherchierte Larissa eine halbe Stunde im Web, dann ich. Anschließend trugen wir unsere Ergebnisse zusammen.

»Die Anhänger der Kabbala glauben, mit ihrer Hilfe die spirituelle Welt verstehen zu können. Und weil ihrer Meinung nach unsere Welt aus der spirituellen Welt abgeleitet ist, liefert die Kabbala auch dazu den Schlüssel«, begann Larissa.

»Die Geschichte der Kabbala reicht zurück bis in biblische Zeiten. Manche glauben, dass Moses auf dem Berg Sinai neben den Zehn Geboten noch weitere geheime Lehren empfangen haben soll, in die nur Auserwählte eingeweiht werden durften. Daraus entstand dann im ersten Jahrhundert nach Christus die erste Fassung der Kabbala. Ursprünglich war der Begriff die Bezeichnung für alles, was nicht zu den fünf Büchern Mose gehörte.«

»Höchst mysteriös und geheimnisvoll also«, sagte ich. »Genau wie die Vergessenen Bücher. Das könnte also gut zusammenpassen.«

Larissa nickte. »Vor allem, wenn man die Macht berücksichtigt, die der Kabbala zugeschrieben wird. Sie ist fast noch größer als die der Vergessenen Bücher.«

»Dabei spielen Zahlen eine große Rolle«, fuhr ich fort. »Die Kabbala beschreibt die Erscheinungsformen Gottes in den Sephirot, in denen die Zahlen Eins bis Zehn zusammengefasst und in Form eines Baumes dargestellt werden. Die Sephirot ergeben zusammen das Bild eines vollkommenen Menschen, der im Hebräischen *Adam Kadmon* heißt. Wer die Kabbala beherrscht, der kann, so glauben ihre Anhänger, allein aufgrund der 22 Buchstaben des hebräischen Alphabets und der zehn Zahlen die Grundgesetze des Universums nach seinen Wünschen beherrschen und verändern – und es damit natürlich auch zerstören.«

»Puuh. Gruselig, was?«, schauderte Larissa.

»Schon«, pflichtete ich ihr bei. »Aber das klingt doch ein wenig einfach, findest du nicht? 22 Buchstaben und zehn Zahlen – das soll zur Weltherrschaft genügen?«

»Das ist ja nicht alles. Du musst auch wissen, wie du sie anzuwenden hast. Und darin liegt die Schwierigkeit.«

»Zum Glück«, erwiderte ich. »Ich habe von dem, was ich gelesen habe, nicht mal die Hälfte verstanden – und das war ja nur ein winziger Ausschnitt.«

»Hast du was über *Hod* rausgefunden?«, wollte Larissa wissen.

»Dazu wollte ich gerade kommen.« Ich nahm mir einen Zettel vor, auf dem ich mir Notizen gemacht hatte. »*Hod* ist also der achte Sephirot. Welche Bedeutung er genau hat, das habe ich nicht ermitteln können. Die meisten Texte dazu hörten sich ziemlich durcheinander an. Allerdings gibt es zwei geometrische Formen, die mit Hod in Zusammenhang gebracht werden: das Oktagon und das Oktagramm.«

»Das war's?«, fragte Larissa.

»Das war's«, bestätigte ich. »Wahrscheinlich könnten wir das Thema jahrelang studieren und wären dann immer noch nicht viel schlauer.«

»Gut.« Larissa nahm ein leeres Blatt. »Dann lass uns doch mal sehen, was wir haben: einen Verweis auf die Kabbala, eine mächtige Geheimlehre, die irgendwie der Macht der Vergessenen Bücher gleicht.«

Sie schrieb *Kabbala* auf ihr Blatt und fuhr fort: »Dann haben wir Hod, die Acht, und daraus abgeleitet das Oktagon oder Oktagramm.« Erneut machte sie eine Notiz.

»Das verbinden wir jetzt mit *Amsterdam* – und was erhalten wir dann?«

»Ein Oktagramm in Amsterdam?«, fragte ich.

»Genau«, sagte Larissa. »Hört sich fast an wie der Titel eines Schlagers oder eines Gedichtes.«

»Ja, aber was haben wir davon? Bringt uns das weiter?«

»Lass uns doch mal googeln.« Sie setzte sich an den Rechner und tippte die beiden Worte in die Suchbox ein. Das Resultat war mager: eine nur halb volle Seite mit Suchergebnissen, die vorwiegend etwas mit Feng-Shui zu tun hatten.

»OK«, konstatierte Larissa. »Dann fragen wir halt Gerrit.«

Ich war von dem Vorschlag zwar nicht besonders begeistert, hatte aber auch keine andere Idee. Und angesichts unserer frischen Versöhnung wollte ich auch nicht sofort wieder einen neuen Streit vom Zaun brechen. Also willigte ich ein.

»Was haltet ihr von einem Wassertaxi?«, fragte Jan, als er hörte, was wir vorhatten. Er und van Wolfen hatten in der Gracht vor dem Laden ein Boot mit Außenbordmotor liegen. »Damit kann ich euch fast bis zur Schuttersgalerij bringen«, sagte er. »So seht ihr wenigstens mal was von Amsterdam.«

Wenige Minuten später kletterten wir in das etwa vier Meter lange Holzboot, das an einem Poller festgemacht war. Die blaue Farbe blätterte an vielen Stellen ab, und auch der Motor hatte schon bessere Zeiten gesehen.

Jan hatte sich eine graue Ballonmütze über das schüttere Haar geschoben und einen beigen Seidenschal um den Hals geschlungen. Er fingerte unter einem der drei Sitzbretter herum, die über die Länge des Bootes verteilt waren, und zog einen Schlüssel hervor. »Fürs Motorenschloss«, erklärte er. »Karel und ich haben den Schlüssel im Haus so oft verlegt, dass wir ihn jetzt hier im Boot versteckt haben. So müssen wir nicht vor jeder Fahrt eine Stunde danach suchen.«

Er steckte den Schlüssel ins zugehörige Schloss. »Machst du bitte das Seil vom Poller ab«, bat er mich. Ich kletterte auf den Anleger, löste das dünne Tau und sprang wieder an Bord. Jan zog das Starterkabel, und beim dritten Versuch sprang der Motor stotternd an. Er gab etwas Gas, und nach ein paar Metern tuckerte der Motor gleichmäßig vor sich hin.

»Wir benutzen das Boot nur selten«, erklärte Jan entschuldigend. »Es ist nicht besonders schnell, aber für die Grachten reicht es allemal.«

Als wir auf die Gracht herausfuhren, fühlte ich mich auf einmal ganz weit von der Großstadt entfernt, obwohl wir gerade mitten hindurch fuhren. Der leichte Fahrtwind strich mir übers Gesicht und brachte das Versprechen des Meeres mit sich. Das Sonnenlicht spielte auf den Fassaden der alten Häuser mit ihren roten, blauen oder grauen Dächern. Die geraden Linien der Fenster und Giebel spiegelten sich auf der Wasseroberfläche und änderten wie Schlangen ständig ihre Form. Es war, als träten die Häuser aus ihren Reihen hervor um sich auf der Gracht in ihrer ganzen Schönheit zu präsentieren, wie Modelle auf dem Laufsteg.

Hier auf dem Wasser lag das wahre Herz Amsterdams, zeigten sich seine Geheimnisse und Rätsel dem aufmerksamen Auge. Und auch die Bäume, welche die Gracht auf beiden Seiten säumten, erschienen mir wie Lebewesen. Mal streckten sie ihre Zweige wie Arme fast bis zum Wasser herunter, mal reckten sie ihre Wipfel selbst über das höchste Dach.

Jans Stimme riss mich aus meinen Träumen. »Wollt *ihr* das Boot mal steuern?« fragte er. Er zeigte uns, wie man das Ruder und den Gashebel bediente. Dann tauschten er und ich die Plätze.

Das Ruder vibrierte leicht, und ich musste einen ständigen Druck ausüben, um uns auf geradem Kurs zu halten. War ich vorher nur *auf* dem Wasser gefahren, so fühlte ich mich jetzt als Teil der Gracht, magisch verbunden mit den Adern dieser Stadt, die mir ihre Geschichten zuflüsterten. Hätte ich sie doch nur verstanden! Aber damals wusste ich noch nicht, dass man nicht nur mit den Ohren hören und mit den Augen sehen kann.

Nach zehn Minuten wechselte ich den Platz am Ruder mit

Larissa. Jan gab Anweisungen, wo wir abzubiegen hatten und griff ab und zu helfend ein, wenn uns eines der großen Ausflugsschiffe begegnete und wir seitlich ausweichen oder abbremsen mussten.

Schließlich erreichten wir unser Ziel. Jan ließ uns an einem der vielen Anleger ans Ufer. Von hier aus waren es nur noch wenige Meter bis zur Schuttersgalerij. Wir winkten ihm nach, bis er um die nächste Ecke verschwunden war, und machten uns dann auf den kurzen Weg.

Ein paar Dutzend Menschen drängten sich in dem schmalen Gang, nur von Gerrit war nichts zu sehen. Wir arbeiteten uns durch die Menge zum anderen Ausgang vor, der zu dem Innenhof mit Gerrits Häuschen führte. Als wir kurz vor der Tür waren, rief eine Stimme hinter uns: »Arthur! Larissa!«

Da stand er, in derselben merkwürdigen Kleidung wie gestern, und winkte uns mit seinem breitkrempigen Hut zu.

Mit wenigen Schritten war er bei uns. »Schön, euch wiederzusehen«, strahlte er.

Ich fragte mich, ob er hier wohl den ganzen Tag herumstand und auf uns wartete. Das würde dem Wachmann in der Mitte des Gangs doch sicher auffallen. Aber wieso war er dann genau zum selben Zeitpunkt hier wie wir? Kaum hatte ich die Frage gedacht, da war sie mir auch schon rausgerutscht.

»Kein Problem«, lachte er. »Ich wohne doch direkt nebenan. Da mache ich einfach ab und zu eine kleine Runde durch die Galerie.«

»Aber genau dann, wenn wir gerade eingetroffen sind?«

»Reiner Zufall«, strahlte er. »Kommt, wir gehen zu mir, da können wir besser reden.«

Diesmal ließ Gerrit den Genever im Schrank. Stattdessen servierte er uns einen Kakao, der fast noch besser schmeckte als der von Jan heute Morgen.

»Hmm«, grübelte er, nachdem wir ihm von unseren Nachforschungen erzählt hatten. »Oktagramm oder Oktagon in Zusammenhang mit Amsterdam sagt mir nichts. Aber Kabbala – da fällt mir sofort das Haus mit den Blutflecken ein.«

Er bemerkte unseren fragenden Blick.

»Das ist ein Haus an der Amstel. Es wurde vor rund vierhundert Jahren von einem Amsterdamer Bürgermeister bewohnt. Er hieß Coenraad van Beuningen. Nach dem Ende seiner politischen Laufbahn investierte er fast sein ganzes Vermögen in Anteile der Ostindischen Handelsgesellschaft. Aber statt Gewinn zu machen, verlor er sein ganzes Geld und ging bankrott. Danach hat er scheinbar den Verstand verloren. Er studierte die Kabbala, und um 1690 herum soll er sich den Arm aufgeschlitzt und mit seinem Blut merkwürdige Zeichen an die Hauswand gemalt haben, darunter auch kabbalistische Symbole. Das mit dem Blut ist nur ein Gerücht. Tatsache ist allerdings, dass es bis heute niemandem gelungen ist, Coenraad van Beuningens Zeichnungen zu entfernen. Sie haben selbst Säure und Hochdruckreinigern widerstanden.«

»Man kann sie heute noch sehen?«, fragte ich.

Gerrit nickte. »Ihr seid auf dem Weg zum Spiegelkwartier wahrscheinlich sogar an dem Haus vorbeigekommen. Es trägt die Hausnummer 216.«

»216!« rief Larissa. »Das ist acht mal 27! Schon wieder eine Acht!«

»Das könnte auch ein Zufall sein«, bemerkte ich.

»Ziemlich viele Zufälle, finde ich. Wir entdecken das Zeichen für den achten Sephirot, ein Haus, dessen Nummer durch acht teilbar ist – und dann noch ein verrückter Holländer, der Kabbalist war.«

»Was haltet ihr davon, wenn wir uns das Haus mit den Blutflecken mal ansehen?«, fragte Gerrit. »Es ist ja nicht weit von hier.«

Sobald wir auf der Straße standen, überzeugte ich mich davon, dass die Slivitsky-Brüder nicht in der Nähe waren. Sie befanden sich bestimmt noch in Amsterdam und auf der Suche nach uns. Ich hatte keine Lust, dem Narbengrufti oder seinem Bruder in die Hände zu fallen. Zum Glück war keiner von beiden irgendwo zu sehen.

Wie in der Schuttersgalerij, schien auch auf den Straßen niemand Gerrits ungewöhnliche Kleidung aufzufallen. Das war allerdings kein Wunder, denn verglichen mit unserer Heimatstadt liefen hier ziemlich viel exzentrisch gekleidete Leute herum.

Am Haus Amstel 216 waren wir gestern wirklich schon vorbei gekommen, ohne dass es uns weiter aufgefallen wäre. Diesmal nahmen wir uns die Zeit, es genauer zu betrachten.

Wir standen auf der anderen Straßenseite mit dem Rücken zur Amstel und ließen unsere Augen die Hausfassade von Nummer 216 entlangwandern. Auf den ersten Blick sah es nicht viel anders aus als die Nachbarhäuser auch: ein prachtvolles Patrizierhaus mit hohen Fenstern und ohne Ornamente und Verzierungen, von denen die Holländer nur wenig hielten.

Dann führte uns Gerrit über die Straße und wies uns auf

eine Stelle an der Sandsteinfassade hin. Tatsächlich waren auf den Steinen ganz schwach rötliche Linien zu erkennen. Doch so sehr ich mich auch bemühte, klare Formen konnte ich nicht ausmachen.

»Das hier sieht aus wie ein Segelschiff«, sagte Larissa.

»Ganz richtig«, bestätigte Gerrit. »Und das hier, unter dem Schiff, ist sein Name: van Beuningen. Und was seht ihr, wenn ihr diese Stelle betrachtet?«

Ich trat etwas zurück und dann wieder näher heran. Aus dem richtigen Blickwinkel betrachtet war es – ein Oktagramm!

»Ein Achteck«, rief auch Larissa.

Es sah krumm und schief aus, wie von einem Kind gekrakelt. Daneben befanden sich weitere Symbole und Buchstaben, die ich aber nicht entziffern konnte. Ich strich vorsichtig mit der Hand über das Oktagramm. Ob das wirklich Blut war? Obwohl die Sonne schien, fröstelte ich plötzlich. Schnell nahm ich die Hand wieder weg und trat einen Schritt zurück.

»Bedeutet das jetzt, das Buch der Antworten befindet sich in diesem Haus?«, fragte ich Gerrit.

Er strahlte mal wieder. »So einfach ist das nicht.«

Ich stöhnte innerlich. Auf dieser Reise war wohl gar nichts einfach – wenn wir nicht sowieso einem Phantom hinterher jagten. Noch immer nagte an mir der Zweifel, ob es diese Vergessenen Bücher wirklich gab. Auch wenn ich Larissa glaubte, dass sie ebenso ahnungslos war wie ich – das Ganze kam mir mehr und mehr vor wie ein Abenteuerroman. Und die sind schließlich auch immer frei erfunden.

Larissa war inzwischen zur Tür gegangen und studierte die Klingelschilder. Neben den Namen saß eine Videokamera hinter einem Glasauge und bildete einen merkwürdigen Kontrast zu der alten Klingelkette, die direkt dahinter an der Hauswand hing. Ich stellte mir vor, wie früher im Haus die Glocke geläutet hatte, wenn jemand daran zog. Die schweren hölzernen Haustüren waren mit zwei Löwenköpfen aus Metall verziert, die jeder einen Türklopfer im Maul trugen.

»Auf einer Klingel steht kein Name«, rief Larissa zu uns herüber. »Der Rest sieht aus, als seien es Büros oder Firmen.«

»Dann wollen wir doch mal sehen, ob wir nicht etwas mehr über die Wohnung hinter dem leeren Schild in Erfahrung bringen können«, sagte Gerrit und drückte entschieden auf den untersten Klingelknopf.

»*Alstublieft?*«, tönte eine weibliche Stimme aus der Gegensprechanlage.

Gerrit sagte ein paar Sätze auf Niederländisch, und die Tür öffnete sich. Er drehte sich zu uns um.

»Ihr wartet besser hier. Ich bin gleich wieder zurück.«

Die Tür fiel hinter ihm zu, bevor ich viel vom Hausflur erkennen konnte.

»Was meinst du wohl, warum dieser van Beuningen das gemacht hat?« Larissa deutete auf die Stelle mit den Zeichnungen.

»Er war wahnsinnig, das hast du doch gehört.«

»Das sagen die Leute immer, wenn sie das Verhalten eines Menschen nicht erklären können«, gab sie zurück. »Aber das erklärt nicht, warum man seine Zeichnungen selbst mit modernsten Methoden nicht weggekriegt hat.«

»Du glaubst doch nicht an irgendwelchen übersinnlichen Hokuspokus?«

»Ich glaube das, was ich sehe«, stellte sie trocken fest. »Und dafür suche ich eine Erklärung. Aber eine, die hieb- und stichfest ist.«

»Und hast du die auch schon für die Vergessenen Bücher gefunden?«

»Die Frage ist unfair.« Sie stupste mich in die Seite. »Darüber wissen wir noch viel zu wenig.«

»Genau wie über Gerrit«, bemerkte ich.

Sie sah mich scharf an. »Zumindest wissen wir, dass er uns hilft.«

»Das ist auch alles – und selbst da bin ich mir noch immer nicht sicher. Aber wer ist er? Wovon lebt er? Woher hat er das Geld, sich dieses Haus im Zentrum Amsterdams zu leisten? Und woher weiß er, was er weiß?«

Larissa hob abwehrend die Hände. »Das werden wir vielleicht alles noch erfahren.«

»Oder auch nicht«, murmelte ich. Ich wollte noch etwas sagen, aber da öffnete sich die Tür und Gerrit trat heraus.

»Und?«, fragten wir beide gleichzeitig.

»Die Wohnung steht schon seit vielen Jahrzehnten leer. Sie gehört einer Stiftung, über die niemand im Haus etwas Näheres weiß. Die laufenden Kosten werden regelmäßig überwiesen, und es gibt auch einen Notar, der als Ansprechpartner für die Wohnung dient. Aber selbst der scheint seine Auftraggeber nicht persönlich zu kennen.«

»Mysteriös und mysteriöser«, sagte Larissa, und es schien ihr zu gefallen.

»Damit passt es ja wunderbar zu allem anderen.« Ich konnte meinen Sarkasmus nicht verbergen.

»Zumindest lohnt es sich, einen Blick hineinzuwerfen«, meinte Gerrit. »Aber dafür sollten wir warten, bis es dunkel ist und die Büros leer sind.«

Ich sah nach oben. Die Sonne hatte noch eine ordentliche Strecke bis zum Horizont zurückzulegen.

»Und was machen wir so lange?«, fragte ich.

»Ich wüsste da was«, erwiderte Gerrit. »Es ist ein kleines Spiel. Aber es wird uns die Zeit bis zum Einbruch der Dunkelheit vertreiben.«

Wir hatten keinen anderen Vorschlag und willigten ein. Hätte ich damals gewusst, was Gerrit vorhatte – ich wäre so schnell wie möglich in die andere Richtung gelaufen.

Doch so ging ich mit.

Die leere Bibliothek

Gerrit führte uns quer durch die Stadt. Wie gestern auch, war Amsterdam dicht gefüllt mit Menschen. Wir kamen an Straßenmusikanten vorbei, überfüllten Straßencafés und Museen, vor denen lange Schlangen mit Hunderten von Menschen auf Einlass warteten. Das alles wurde untermalt vom Quietschen der Straßenbahnen, dem Knattern von Mopeds und dem Lärm Tausender Stimmen in allen erdenklichen Sprachen.

Schließlich erreichten wir ein etwas ruhigeres Stadtviertel. Die Häuser hier waren kleiner, die Straßen enger. Es gab nur wenige Geschäfte und noch weniger Autoverkehr. Vor manchen der Häuser standen Blumentöpfe und hölzerne Sitzbänke; hier und da saß eine Katze hinter einem kleinen Sprossenfenster und beobachtete das vorbeiziehende Fußvolk.

»Der *Jordaan* ist das ehemalige Arbeiterviertel von Amsterdam«, erklärte Gerrit. »Die Arbeiter wohnen allerdings inzwischen in Hochhäusern in den Vorstädten. An ihrer Stelle sind hier Studenten, Künstler und kleine Geschäfte eingezogen.«

Ich verlor schnell die Orientierung. Die Straßen sahen sich alle ähnlich, die Häuser und die Holzbänke auch. Gerrit führte uns durch eine Toreinfahrt in einen Innenhof mit Blumenbeeten und Bäumen.

Wir folgten ihm zu einem der kleinen weiß gekalkten Häuser, die um den Hof gruppiert lagen. Gerrit schloss die Tür auf und winkte uns herein. Durch einen niedrigen, windschiefen Flur gelangten wir in einen holzgetäfelten Raum. Rechts und links an der Wand standen zwei gewaltige Bücherschränke mit Glastüren, und in den Sonnenstrahlen, die durch das winzige Fenster hereinfielen, tanzten Staubkörnchen.

»Voilá«, sagte Gerrit mit einer ausholenden Armbewegung. »Die Reste der Bibliothek des Barto Blegvad.«

Ich trat zu einem der Bücherschränke und öffnete die Tür. Sofort schlug mir der Geruch von altem Papier und Säure entgegen.

»Fällt euch etwas auf?«, fragte Gerrit erwartungsvoll.

Ich sah mir die Bücher genauer an. Es waren die typischen alten Schinken, wie sie auch zuhauf bei van Wolfen im Laden standen. Mit einem Unterschied ...

»Die Bücher haben keinen Titel!«, rief Larissa, die den Schrank auf der gegenüberliegenden Seite inspizierte.

»Richtig.« Gerrit nickte. Er zog einen der Lederbände hervor. Der Buchrücken war ebenso leer wie der Buchdeckel. Keine goldenen Buchstaben, keine Prägungen – nur das blanke Leder.

Gerrit reichte Larissa das Buch. »Schlag es einmal auf«, forderte er sie auf.

Vorsichtig öffnete Larissa das Buch in der Mitte. Die Seiten waren leer. Sie versuchte es an ein paar weiteren Stellen, aber das Ergebnis war immer dasselbe.

»Kein Titel, keine Seitenzahlen, keine Bilder, kein Text«, konstatierte ich. »Die Bücher sind leer.«

»Nicht alle«, erklärte Gerrit, während er Larissa das Buch wieder abnahm und zurück in den Schrank stellte.

»Aber wer bewahrt leere Bücher auf?«, fragte ich. »Und warum?«

»Nun, der Besitzer dieser Bibliothek war, wie ich bereits gesagt habe, Barto Blegvad«, erklärte Gerrit. »Er war ein schwedischer Adeliger, der im siebzehnten Jahrhundert nach Amsterdam kam. In seinem Gepäck befand sich eine Reihe von Büchern von großem Wert. Das sprach sich in seiner neuen Heimat schnell herum. Und wie zu jeder Zeit gab es auch damals Menschen, die nicht davor zurückschreckten, andere zu berauben, sofern sie davon einen Vorteil hatten.

Also kam Blegvad auf die Idee, seine Bücher unsichtbar zu machen. Er ließ sie von einem Buchbinder, der sein Vertrauen genoss, neu einbinden – in einen Einband ohne jede Beschriftung darauf. Außerdem ließ er sich mehrere Tausend Blanko-Bücher in verschiedenen Größen binden – so wie jenes, das Larissa soeben in der Hand hatte. Dann füllte er seine Bücherschränke mit diesen leeren Büchern und versteckte die wertvollen Bücher darunter.

Wer sie jetzt stehlen wollte, der musste entweder alle Bücher mitnehmen oder Stunden damit verbringen, jedes Buch einzeln zu prüfen. Beide Alternativen erschienen Amsterdams Dieben nicht besonders verlockend, und Blegvads Bücher sind nie gestohlen worden.«

»Aber die beiden Schränke hier sind doch schnell durchstöbert«, wandte ich ein.

»Wie gesagt, dies sind die *Reste* von Blegvads Bibliothek. Ursprünglich erstreckte sie sich über mehrere Säle mit Dutzenden von Bücherschränken, die zum Teil bis zu fünf Meter hoch waren.«

»Ganz schön viel Aufwand für ein paar Bücher«, sinnierte Larissa. »Da hätte er sie doch auch einfach in einen Tresor schließen können.«

Gerrit lächelte. »Ihr kennt Barto Blegvad nicht. Für ihn stellte das Leben eine Abfolge von Herausforderungen dar. Und wenn diese nicht von außen an ihn herangetragen wurden, dann schuf er sich selber welche.«

Für einen Moment hatte ich den Eindruck als spräche Gerrit von einem alten Bekannten. Aber das war ja unmöglich, und so verwarf ich den Gedanken sofort wieder.

»Wie hat Blegvad denn seine Bücher gefunden?«, fragte ich. »Musste er nicht auch immer danach suchen?«

»Das war sein Geheimnis«, antwortete Gerrit. »Oder auch seine besondere Begabung. Er fand auf Anhieb immer das richtige Buch. Und das ist, berücksichtigt man die Größe seiner Bibliothek, schon eine bemerkenswerte Leistung.«

»Er hatte einfach ein gutes Gedächtnis«, warf Larissa ein.

»Das wäre die einfache Erklärung«, sagte Gerrit. »Und natürlich auch die rationalste. Aber es gibt noch eine andere Möglichkeit. Und deshalb möchte ich jetzt ein kleines Spiel mit euch machen.«

Wir blickten ihn fragend an.

»In jedem dieser Schränke steht eines der echten Werke aus der Bibliothek Blegvads«, erklärte Gerrit. »Und ich möchte, dass ihr es findet. Und zwar ohne jedes Buch einzeln herauszunehmen.«

»Das ist unmöglich«, protestierte ich.

»Wir sind doch keine Hellseher«, stimmte mir Larissa zu.

Gerrits Lächeln blieb unverändert. »Warum versucht ihr es nicht einfach mal. Mehr als daneben greifen könnt ihr ja nicht. Ich schlage vor, Larissa fängt an.«

Er fasste sie leicht an den Schultern und drehte sie zu dem Schrank auf ihrer Seite hin. »Konzentrier dich einfach auf die Bücher und folge dann deinem Instinkt.«

Ich beobachtete Larissa gespannt. Was würde sie tun? Würde sie den Hokuspokus, den Gerrit veranstaltete, einfach so mitmachen? Ich erwartete jeden Augenblick ein Widerwort von ihr. Aber davon war nichts zu hören. Stattdessen konzentrierte sie sich und lief mit ihren Augen die Bücherreihen entlang. Dann streckte sie langsam ihre Hand nach dem zweiten Regal von oben aus, zögerte einen Moment, bewegte die Hand nach links, dann wieder nach rechts und schließlich nach vorne, um ein Buch herauszuziehen.

Sofort schlug sie das Buch auf. Die Enttäuschung war auf ihrem Gesicht abzulesen.

»Leer«, murmelte sie.

»Das war doch auch zu erwarten«, kommentierte ich. »Du hast einen Schrank mit zweihundert Büchern, von denen eines bedruckt ist. Das heißt, deine Chancen, auf Anhieb das richtige Buch zu finden, stehen 1:200. Das ist doch ganz simple Mathematik.«

»Ist es das?«, fragte Gerrit, während er Larissa das Buch aus den Händen nahm und wieder in den Schrank zurückstellte. »Dann dürften deine Aussichten ja auch nicht viel besser sein.«

Ehe ich mich versah, stand er neben mir und hatte mich zu

dem Schrank auf meiner Seite dirigiert. Ich hatte keine Lust auf seine Spiele. Also versuchte ich gar nicht erst, irgendeine *Eingebung* zu haben, sondern griff zum ersten besten Buch vor mir und hielt es Gerrit hin.

Er schüttelte den Kopf. »Mach es selbst auf«, sagte er. Mit einem frustrierten Seufzer schlug ich das Buch in der Mitte auf – und hätte es vor Überraschung fast fallen lassen: Beide Seiten waren bedruckt. Hektisch blätterte ich weitere Seiten auf, stets mit demselben Resultat.

»Hey, coole Leistung«, lobte mich Larissa.

Ich sah das immer noch anders. »Das war doch reines Glück«, sagte ich. »Zufall, nichts anderes.«

Gerrit blickte mich noch immer mit seinem undurchschaubaren Lächeln an.

»Dann versuchen wir es noch mal«, schlug er vor. »Wir haben ja noch einen Schrank.« Und er wollte mich zur anderen Seite des Raums bugsieren.

Ich wehrte mich. »Das funktioniert sowieso nicht zweimal nacheinander.«

»Nun stell dich nicht so an, sondern versuch's einfach«, sagte Larissa. Sie war sichtlich ungeduldig, das Ergebnis zu erfahren.

»Es spricht für dich, dass du deine Meinung nicht so schnell wechselst«, sagte Gerrit. »Aber du solltest dich deshalb nicht vor neuen Einsichten verschließen.«

»Ich werde keine neue Einsicht gewinnen«, murrte ich, begab mich aber doch zum anderen Schrank. Wenn sie es denn wollten, sollten sie ihre Show haben.

Diesmal langte ich nicht einfach zu, sondern tat so, als würde ich mich konzentrieren. Die Bücher vor mir sahen alle gleich leer aus. Ich hob die rechte Hand, verspürte aber keine *Magnetwirkung* oder was auch immer sonst mich zu dem richtigen Buch führen sollte. Um meinen Zuschauern noch etwas mehr zu bieten, ging ich in die Hocke, zögerte ein wenig und zog dann auf gut Glück ein dünnes Buch aus der untersten Reihe hervor.

Um den Spaß fortzusetzen, fuhr ich einige Male mit der Hand wenige Zentimeter über dem Buchdeckel hin und her, so wie es Zauberer gerne machen. Dann sah ich das Buch streng an, hielt es Larissa und Gerrit hin und schlug es auf.

Die Reaktion war anders, als ich erwartet hatte. Gerrit verschränkte, unverdrossen lächelnd, die Arme vor der Brust als wolle er sagen: »Siehst du.« Larissa klatschte in die Hände.

»Oh, Arthur, du kannst es!«, rief sie.

Ungläubig drehte ich das Buch um. Die Seiten waren bedruckt. Das war nicht möglich! Einmal war Glück, aber zweimal?

Ich reichte Larissa das Buch und zog nacheinander zehn andere Bücher aus dem Schrank. Sie waren alle leer. Schließlich gab ich auf.

»Und?«, fragte ich Gerrit. »Was hat das nun zu bedeuten?«

»Was denkst du denn?«, fragte er zurück.

Ich überlegte, was soeben vorgefallen war. Ich hatte keine Eingebungen gehabt, hatte mich nicht konzentriert, sondern einfach nur zugegriffen. Und jedes Mal genau das richtige Buch erwischt. Aber würde das auch ein drittes oder viertes Mal funktionieren? Mein Verstand antwortete mit einem klaren *Nein*, aber irgendwo in meinem Bauch regte sich ein zaghaftes *Möglich*.

»Also schön«, räumte ich ein. »Vielleicht kann ich aus ein paar Hundert Büchern das Richtige herausfinden. Aber was hilft mir das?«

»Das ist eine Fähigkeit, die nur wenige Menschen besitzen«, antwortete Gerrit. »Sie tritt zum Beispiel besonders häufig bei den Bewahrern auf.«

Ich sah ihn scharf an. »Was willst du damit sagen?«

»Nicht mehr als das, was ich gesagt habe«, lächelte er. »Ihr seid auf der Suche nach dem Buch der Antworten, und ich weiß einige Dinge, die euch dabei helfen könnten. Da muss ich natürlich vorher sicher sein, dass dieses Wissen bei euch in den richtigen Händen ist. Und der kleine Test gerade hat mir diese Gewissheit gegeben.«

Er stellte das Buch zurück und schloss beide Schränke.

»Ich werde euch jetzt etwas erzählen, das mit eurer Suche zu tun hat und das nur wenige wissen. Der Bund der Bewahrer hat es sich zur Aufgabe gemacht, die Vergessenen Bücher vor all jenen zu beschützen, die sie nur für ihre persönlichen Zwecke nutzen wollen. So viel wisst ihr schon. Was ihr noch nicht kennt, ist das ausgeklügelte System, das die Bewahrer zu diesem Zweck entwickelt haben. Denn es gibt ein Problem: Was passiert, wenn ein Bewahrer stirbt, ohne dass er sein Wissen weitergegeben hat?«

»Dann gehen die Spuren zu den Büchern, die er kannte, verloren«, sagte ich.

»Ganz richtig. Und das ist genau die Situation, in der wir uns derzeit befinden. Niemand weiß, wo das Buch der Antworten versteckt ist. Wir haben Glück, dass van Wolfen die Hinweise in den Erinnerungen des Comte de Vallac gefunden hat. Sie alleine würden aber nicht ausreichen, das Buch der Antworten zu finden.«

»Dann führt die Spur zum Haus mit den Blutflecken also ins Leere?«, fragte ich.

Gerrit lächelte. »Nicht ganz. Sie wird euch nur nicht direkt zum Buch führen, sondern zu einer Zwischenstation: dem ›Register von Leyden‹.«

»Leiden ist doch der Ort, in dem der Besitzer des Buches Professor an der Universität war!«, rief Larissa.

»Und das ist kein Zufall«, nickte Gerrit. »Van Houttenstam war einer der Bewahrer. Aber nicht irgendeiner, sondern der, dem die Aufgabe zufiel, das Wissen der Bewahrer für die Nachwelt zu erhalten. Und dieses Wissen ist im Register von Leyden niedergeschrieben. Leider ist er überraschend ums Leben gekommen und konnte mir das Versteck des Registers nicht mehr mitteilen.«

Ich stutzte. »Wieso dir? Das war doch vor beinahe hundert Jahren!«

Gerrit machte ein verdutztes Gesicht. »Habe ich *mir* gesagt? Das ist natürlich Unsinn, ein dummer Versprecher.« Er lachte und setzte wieder sein typisches Strahlen auf. »Ihr wisst schon, wie ich das gemeint habe.«

Woher sollte ich wissen, was er gemeint hatte? Ich kannte ihn gerade mal seit einem Tag. Aber eines hatte ich bereits begriffen: Er war nicht der Typ für Versprecher.

»Das bedeutet, wir müssen zunächst nach dem Register von Leyden suchen?«, unterbrach Larissa meinen Gedankengang.

Gerrit nickte. »Das ist der erste Schritt. Wie gesagt, im Register sind die Verstecke aller Vergessenen Bücher notiert. Auch wenn die Hinweise in verschlüsselter Form abgefasst sind – es darf niemals einem Sucher in die Hände fallen, ebenso wenig wie die Vergessenen Bücher selbst.«

Ich stutzte. »Verschlüsselt? Verstehe ich das richtig? Selbst wenn wir das Register finden sollten, beginnt unsere Suche wieder von vorn?«

»Die Bewahrer waren groß im Verstecken«, grinste er. »Deshalb gelingt es den Suchern ja so selten, die Spur eines Buches aufzunehmen. Leider bedeutet das auch für uns, dass wir uns dieser Mühsal unterziehen müssen.«

»Klasse«, stöhnte ich. »Das ist wie mit den russischen Puppen: Hast du eine geöffnet, verbirgt sich darin die Nächste. Und darin wieder die Nächste. Und immer so weiter.«

»Aber irgendwann kommt man auch mal ans Ende«, sagte Larissa.

»Bei den russischen Puppen vielleicht. Aber bei den Vergessenen Büchern?«

Einen Moment lang sahen wir uns stumm an.

»Ich brauche jetzt erst mal eine Cola«, brach ich das Schweigen. »Hier um die Ecke war doch ein kleines Café – was haltet ihr davon, wenn wir unsere Diskussion da fortführen?«

»Welche Diskussion?« Gerrit grinste immer noch, und Larissa fing jetzt auch damit an. Sollte sie doch mit ihm die Suche fortführen! Aber diese Vorstellung war mir auch nicht besonders sympathisch. Also verkniff ich mir meinen Kommentar und folgte den beiden zur Tür hinaus.

Das Haus mit den Blutflecken

Es war etwa halb elf Uhr abends, als wir wieder vor dem Haus Amstel 216 standen. Inzwischen war es dunkel geworden. Ein schmaler heller Streifen am Horizont war alles, was vom Tag noch übrig war. Auch im Haus war kein Licht zu sehen. Ich rüttelte an der Tür, aber sie war natürlich geschlossen.

»Zum Glück bin ich seit zwei Jahren Mitglied bei den *Sportsfreunden der Sperrtechnik*«, sagte Larissa.

Gerrit und ich blickten sie verständnislos an.

»Wir knacken Schlösser als Sport. Richtig mit Meisterschaften und so«, erklärte sie.

»Panzerknacker also«, grinste ich.

»Gar nicht – es ist rein sportlich. Wir müssen uns verpflichten, nur Schlösser zu öffnen, die uns gehören oder zu denen man uns die Erlaubnis gegeben hat.«

»Dann brichst du jetzt dein Versprechen«, konstatierte Gerrit.

Larissa nickte. »Weil es nötig ist. Und weil ich weiß, dass ihr es keinem verraten werdet. Denn sonst fliege ich bei den Sportsfreunden raus.«

Sie zog ein schwarzes Lederetui aus einer der Taschen ihrer Cargohose und schüttete den Inhalt in ihre andere Hand.

Es war eine Reihe von Stäben mit unterschiedlichen Spitzen. Manche endeten in einer Schlangenlinie, manche sahen aus wie ein Löffel oder ein Dreieck. Auch einige pinzettenähnliche Geräte waren darunter.

»Ihr deckt mich«, sagte Larissa. Wir stellten uns hinter sie und taten so, als würden wir uns unterhalten. Zum Glück befanden sich gerade keine Passanten in der Nähe. Nur ab und an fuhr ein Auto vorbei, dessen Insassen uns jedoch keine Aufmerksamkeit schenkten.

Larissa wählte zwei der Werkzeuge aus und packte den Rest wieder in das Etui. Dann führte sie den vorne gebogenen Stab vorsichtig in das Schloss ein. Sie hielt ihn mit der linken Hand fest, während sie mit der rechten ein Werkzeug mit schlangenförmiger Spitze in die Schlossöffnung drückte. Nach einem kurzen Moment des Herumtastens machte sie mit dem rechten Werkzeug ein paar schnelle Auf- und Abbewegungen, drehte die linke Hand und klack! – die Tür öffnete sich.

Sie zog ihre Werkzeuge aus dem Schloss und schob die Tür ganz auf.

»Bitte sehr«, grinste sie uns an. Ich blickte mich noch einmal schnell auf der Straße um, aber niemand schien uns bemerkt zu haben. Schnell folgten Gerrit und ich ihr in einen langen, hohen Hausflur. Von der Straßenlaterne vor der Tür fiel nur ein schwaches Licht herein.

Larissa packte ihr Werkzeug wieder in das Etui zurück. »Wir hatten Glück, das war ein einfaches Schloss. Eine Spezialanfertigung hätte länger gedauert.«

Sie steckte das Etui weg, holte stattdessen eine kleine Taschenlampe hervor und knipste sie an. Vor uns lag die Treppe.

Schnell huschten wir die Stufen empor. Im ersten Stock fanden wir zwei verschlossene Türen vor. Die eine führte zu einem Anwaltsbüro, wie ein goldenes Firmenschild verkündete. Die andere Tür war nicht gekennzeichnet; lediglich ein kleines Schild auf der Klingel trug die Inschrift *Stichting Sassinger.*

Auch diese Türe war verschlossen. Larissa rüttelte kurz am Griff. Dann klemmte sie die Taschenlampe zwischen die Zähne und holte aus der anderen Tasche eine weiße Plastikkarte mit einem runden Griff an einer Seite. Während sie mit der linken Hand behutsam am Türgriff zog, steckte sie mit der Rechten die Karte oberhalb des Griffes in den schmalen Schlitz zwischen Tür und Türrahmen. Langsam zog sie die Karte nach unten. Als sie mit der Karte kurz unterhalb des Türgriffs angekommen war, gab sie der Tür einen Stoß und sie sprang auf.

»Was war das denn?«, fragte ich, als wir im Wohnungsflur standen und die Tür hinter uns geschlossen hatten.

»Das nennt man eine Türfallenöffnungskarte«, erklärte Larissa. »Sie gehört zur Standardausrüstung der Sportsfreunde. Sehr praktisch, wenn mal die Haustür hinter dir zufällt und du deinen Schlüssel vergessen hast.«

Meine Hochachtung vor ihr wuchs. Bislang hatte ich ihre Basteleien und Experimente immer als merkwürdigen Spleen abgetan. Ihre Fähigkeiten beim Schlossknacken belehrten mich eines Besseren. Vielleicht hätte ich ihr in den letzten Jahren doch besser zuhören sollen.

Die Luft in der Wohnung war muffig, so wie Räume riechen, die schon ewig nicht mehr gelüftet worden sind. Vom Flur aus gingen zwei Türen nach rechts und zwei nach links ab.

Larissa zog eine zweite Taschenlampe aus ihrer Umhängetasche und drückte sie mir in die Hand. »Wir teilen uns auf, dann geht es schneller. Du nimmst die Türen rechts, Gerrit und ich die auf der linken Seite.«

Das gefiel mir nun gar nicht: allein im Dunkeln durch eine verlassene Wohnung zu gehen, die vorher von einem wahnsinnigen Kabbalisten bewohnt worden war. Wer weiß, welche unangenehmen Überraschungen mich da erwarteten.

Ich kam aber gar nicht dazu, irgendwelche Einwände zu äußern, denn Larissa und Gerrit verschwanden hinter ihrer ersten Tür. Schnell knipste ich meine Taschenlampe an und öffnete widerwillig die Tür zu meiner Rechten.

Ein infernalischer Gestank von Fäulnis und Verfall schlug mir wie eine Welle entgegen. Unwillkürlich trat ich einen Schritt zurück, um nach Luft zu schnappen. Im Zimmer auf der anderen Flurseite hörte ich Gerrit und Larissa leise miteinander reden.

Beim zweiten Versuch klappte es etwas besser. Ich hielt mir die Nase zu und atmete nur durch den Mund. Die Quelle des Geruchs war schnell gefunden. Der Lichtstrahl meiner Taschenlampe fiel auf einen großen Tisch in der Mitte des Raums, der aussah, als sei er mitten in einem Festmahl von allen Teilnehmern fluchtartig verlassen worden – und das schon vor langer, langer Zeit.

Am Tisch waren acht Plätze eingedeckt. Das Essbesteck war achtlos auf oder neben die Teller geworfen, die teilweise noch komplett mit Essen gefüllt waren. Oder besser: mit dem, was vor langer Zeit einmal Nahrungsmittel gewesen sein mochten. Die Reste waren von einer grüngrauen pelzigen Schicht überzogen, die sich über die Tellerränder hinaus auf den Tisch ausgebreitet hatte. In der Mitte der Tafel standen mehrere dickbauchige Porzellanschalen, aus denen es ebenfalls haarig hervorwucherte.

Zwischen den Tellern lagen umgestürzte Gläser, deren Inhalt schon lange vertrocknet war, jedoch große dunkle Flecken auf dem Tischtuch hinterlassen hatte. Die Stühle waren achtlos vom Tisch zurückgeschoben worden; zwei von ihnen lagen am Boden.

Was war hier geschehen? Aus welchem Grund hatte das Mahl so ein abruptes Ende gefunden? Und warum hatte niemand etwas angerührt, sondern alles so gelassen wie zu jenem Zeitpunkt, als die Gäste geflohen waren?

Mir lief ein Schauer den Rücken herunter. Langsam ließ ich den Schein der Taschenlampe kreisen, fand aber keinerlei Hinweis darauf, was hier vorgefallen sein konnte. Außer dem Tisch und den Stühlen befand sich lediglich ein Holzschrank in dem Raum und an den Wänden hingen drei gemalte Porträts, offenbar von ein- und derselben Person im Zustand zunehmenden Verfalls. Das konnte nur Coenraad van Beuningen sein, der hier mit wahnsinnigem Grinsen das Chaos vor sich betrachtete.

Am liebsten hätte ich nicht nur das Zimmer, sondern die ganze Wohnung sofort verlassen. Die Luft war plötzlich dichter geworden und drohte, mir den Atem zu nehmen. Was ich in diesem Raum spürte, war einfach nur *das Böse*. Es steckte in jedem Winkel, jedem Gegenstand, ja, jedem Luftmolekül, und mit jedem Atemzug nahm ich es in mich auf. Angewidert drehte ich mich um, stolperte aus dem Raum und warf die

Tür hinter mir zu. Dann löste ich die Finger von meiner Nase und holte ein paarmal tief Luft.

Auf die Inspektion des nächsten Zimmers hätte ich gerne verzichtet. Aber wie sollte ich das Gerrit und Larissa erklären? Dass ich Angst hatte, weil altes Essen auf ein paar Tellern vor sich hinmoderte?

Die beiden waren, ihren Stimmen zufolge, bereits einen Raum weiter. Vorsichtig schob ich die Tür zum nächsten Raum auf, bereit, sie sofort wieder zu schließen, sollte mir ein ähnlicher Pesthauch entgegen schlagen.

Zum Glück geschah nichts dergleichen. Ich öffnete die Tür ganz und trat ein. Dieser Raum war, abgesehen von einem Stapel Papier in der Ecke und einem großen Spiegel an der Wand völlig leer. Es roch lediglich ein wenig muffig, und die Atmosphäre war auch nicht mit der im Nebenzimmer zu vergleichen.

Ich durchquerte den Raum und trat ans Fenster, das von schweren, zerschlissenen Vorhängen verhüllt wurde, die bis zum Boden reichten. Vorsichtig zog ich einen der Vorhänge beiseite.

Es war ein fantastischer Anblick, der sich mir bot. Am anderen Ufer der Amstel lagen mehrere beleuchtete Wohnboote, deren Lichter sich im Wasser spiegelten. Kleine Boote mit flackernden Positionslichtern tuckerten vor den mächtigen Gebäuden der *Stopera* und der *Eremitage* vorbei, deren Lichter die gegenüberliegende Seite des Flusses beschienen.

Ich ließ den Vorhang wieder zurückfallen und wandte mich dem Papierstapel zu. Er bestand vorwiegend aus alten Zeitungen. Und alt bedeutet in diesem Fall: mehrere Jahrzehnte.

Vorsichtig zog ich die obersten vergilbten Exemplare zur Seite. Das wirbelte eine kleine Staubwolke auf, und ich musste niesen.

Das Geräusch erschien mir in dem leeren Zimmer so laut wie ein Kanonenschuss. Einen Augenblick rührte ich mich nicht. Es kam mir so vor, als hörte ich Schritte in der Wohnung über uns. Das konnte eigentlich nicht sein, denn wir hatten in keinem Stockwerk Licht gesehen. Ich lauschte noch einmal angestrengt, hörte aber nichts mehr. Wahrscheinlich hatte ich mir das Geräusch nur eingebildet.

Ich stocherte noch ein wenig in dem Zeitungsstapel herum. Zwischen den Zeitungen lagen einige alte Zettel, die offenbar aus einem Notizbuch herausgerissen waren. Ich stopfte sie in meine Hosentasche, um sie später genauer in Augenschein zu nehmen. Da ich nichts weiter finden konnte, erhob ich mich aus der Hocke, drehte mich um – und das Herz rutschte mir vor Schreck in die Hose! Eine Gestalt bewegte sich im Halbdunkel der gegenüberliegenden Wand! Da war noch jemand im Raum außer mir!

Instinktiv leuchtete ich mit der Taschenlampe in seine Richtung. Nichts war zu sehen – außer dem Spiegel. Ich stieß ein nervöses Lachen aus. Der Spiegel hatte lediglich meine Drehbewegung zurückgeworfen.

Trotzdem überkam mich jetzt wieder das mulmige Gefühl, nicht allein zu sein. Mit großen Schritten eilte ich zur Tür und wäre beinahe mit Larissa und Gerrit zusammengestoßen.

»Hast du was gefunden?«, flüsterte Larissa.

»Nur ein paar alte Zettel«, erwiderte ich und deutete auf meine Hosentasche. »Und ihr?«

»Nichts.« Larissa schüttelte den Kopf.

»Dann lasst uns hier verschwinden!« Ohne auf eine Antwort zu warten, eilte ich voraus zur Wohnungstür.

Larissa und Gerrit folgten mir. Wir verließen die Wohnung so leise, wie wir gekommen waren. Unten angekommen, zog ich die Haustür vorsichtig einen Spalt auf. Draußen war niemand zu sehen. Ich gab den anderen ein Zeichen, und wir drückten uns durch den Türspalt und zogen die Tür hinter uns zu. Mit ein paar schnellen Schritten umrundeten wir die Ecke zur Herengracht.

Auf einer Bank unter einer Straßenlaterne ließen wir uns nieder.

»Ein unheimliches Haus«, sagte ich. »Habt ihr auch Schritte in der Wohnung darüber gehört?«

Larissa und Gerrit blickten sich kurz an und schüttelten dann beide den Kopf. »Wir haben nichts gehört – und leider auch nicht viel gesehen. Nur ein paar alte Möbel und verstaubte Bilder, das war alles.«

»Da hätte ich gerne mit euch getauscht.« Ich berichtete von der Szene in dem Esszimmer. Gerrit machte ein nachdenkliches Gesicht, sagte aber nichts.

Schließlich zog ich die Notizbuchseiten hervor, die ich in dem zweiten Zimmer gefunden hatte. Larissa und Gerrit beugten sich vor, und ich blätterte das kleine Häufchen schnell durch. Sie enthielten einzelne Worte und Gekrakel, wie ich es vom Rand meiner Schulhefte kannte: Strichmännchen, schraffierte Dreiecke, ineinander gemalte Kreise. Gerrit bat mich, ihm die Blätter zu reichen, um sich die Wörter näher anzusehen.

Als er mir die Seiten aus der Hand nahm, segelte ein schmales Stück Papier heraus. Ich hob es auf und betrachtete es näher.

Es schien eine Eintrittskarte zu sein – und eine alte dazu. Oben konnte man fett gedruckt die Worte *Teylers Museum* erkennen. Das letzte »m« fehlte. Darunter stand in kleinerer Schrift *Entree Volwassenen*.

»Das ist eine Eintrittskarte für Teylers Museum in Haarlem«, sagte Gerrit und gab mir die Notizzettel zurück.

Ich drehte die Karte um. Die Rückseite war unbedruckt. Handschriftlich hatte jemand ein Wort darauf notiert, das wie *Didrot* aussah.

»Kannst du dir darauf einen Reim machen?«, fragte ich Gerrit.

»Das soll *Diderot* heißen. Denis Diderot war einer der großen französischen Philosophen der Aufklärung. Gemeinsam mit seinem Kollegen D'Alembert verfasste er das bedeutendste Lexikon des 18. Jahrhunderts, die *Encyclopedie*.«

»Aha«, nickte ich. »Und was hat das eine mit dem anderen zu tun?«

»Teylers Museum ist das älteste Museum der Niederlande«, erklärte er. »Dort gibt es eine riesige wissenschaftliche Bibliothek. Und Teylers ist zudem eines der wenigen Museen auf der Welt, die über die 35-bändige Originalausgabe von Diderots Encyclopedie verfügen.«

»Schön und gut. Aber das können wir wahrscheinlich in jedem Fremdenführer lesen. Was hat das mit uns zu tun?«

Gerrit seufzte. »Ich kann auch nur raten. Aber ich vermute, dass sich das Register von Leyden irgendwo in der Bibliothek von Teylers Museum befindet.«

Ich sprang von der Bank auf. »Das ist doch hirnrissig! Wieso sollte ausgerechnet eine alte Eintrittskarte ein Hinweis sein? Das war wahrscheinlich nur der Stapel Altpapier!«

»Hast du eine bessere Spur gefunden?«, fragte Gerrit zurück.

»Spur, Spur! Wir haben überhaupt keine Spur gefunden, falls du nicht auf den Notizzetteln etwas entdeckt hast.«

Gerrit zuckte mit den Schultern. »Nur ein paar belanglose Wörter, achtlos hingekritzelt. Ich habe jedenfalls keinen Bezug zu unserer Suche herstellen können. Aber Teylers Museum – das ist etwas anderes.«

»Was ist denn so besonders daran?«, Larissa hatte bislang geschwiegen und die Eintrittskarte näher studiert.

»Nun, es gibt eine gewisse Beziehung zwischen Teylers Museum und den Bewahrern«, erklärte Gerrit. »Mindestens zwei der Museumskuratoren im 18. und 19. Jahrhundert gehörten zu dieser Gruppe. Von daher liegt es nahe, das Museum als

Versteck für das Register von Leyden auszuwählen. Zumal es kein besseres Versteck für ein Buch gibt als eine Bibliothek mit Hunderttausenden von Büchern.«

»Wie weit ist Haarlem von hier entfernt?«, fragte sie.

»Nur etwa zwanzig Kilometer«, sagte Gerrit.

»Dann könnten wir da morgen mit dem Zug hinfahren?«

Er nickte. »Züge nach Haarlem verlassen Amsterdam alle zwanzig Minuten. Kurz hinter Haarlem liegt nämlich das Nordseebad Zandvoort, sozusagen Amsterdams größtes Freibad. Deshalb ist die Strecke so gut befahren.«

Ich merkte, dass Widerstand zwecklos war. Larissa hatte sich bereits entschieden. »OK. Also morgen«, sagte ich. Ich wusste zwar nicht, was genau wir in diesem Museum anstellen und wie wir das Register finden sollten, aber mir war klar: Je eher wir nach Haarlem fuhren, desto eher würde diese ganze Sache auch vorbei sein.

Gerrit begleitete uns noch ein Stück und verabschiedete sich dann.

»Kommst du denn mit nach Haarlem?«, fragte Larissa.

»Das geht leider nicht. Ich habe morgen eine Reihe von Dingen zu erledigen. Aber ich bin sicher, ihr kommt auch gut ohne mich zurecht.«

Ich war ganz froh über diese Auskunft. Auch wenn ich mich in Gerrits Gegenwart etwas sicherer fühlte – er ließ mich vor Larissa zu oft wie einen kleinen, dummen Jungen aussehen.

»Schade«, sagte Larissa.

»Kein Problem!«, rief ich. »Wir werden das Museum auch alleine finden.«

»Davon bin ich überzeugt«, pflichtete Gerrit mir mit einem

merkwürdigen Lächeln bei. Machte er sich vielleicht über mich lustig?

Dann sah er uns ernst an. »Ihr dürft auch niemand anderen um Hilfe bitten«, sagte er. »Die Regeln sehen vor, dass ihr ganz alleine das Register holt – oder niemand.«

»Welche Regeln?«, fragte ich.

»Die Bewahrer haben vor langer Zeit eine Reihe von Vorschriften festgelegt«, erklärte er. »Sie sollen sicherstellen, dass nur möglichst wenige Menschen vom Geheimnis der Vergessenen Bücher erfahren. Und zugleich stellen sie einen Test für diejenigen dar, die für den Schutz der Bücher zuständig sind.«

»Und was soll dabei getestet werden?«, wollte ich wissen.

»Um zu einem Bewahrer zu werden, reicht es nicht aus, eine besondere Begabung zu haben. Man muss auch seine Fähigkeit beweisen, unter Druck einen kühlen Kopf zu behalten.«

»Hmm«, brummte ich. »Das hört sich wie eine Aufgabe für Erwachsene an. Indiana Jones vielleicht. Oder James Bond. Oder dich. Das frage ich mich sowieso die ganze Zeit: Du weißt so viel, aber wir sollen für dich die Kastanien aus dem Feuer holen. Wieso fährst du nicht selbst nach Haarlem? Wenn du morgen keine Zeit hast, dann kannst du es ja übermorgen tun. Oder den Tag danach.«

Gerrit schwieg einen Moment. Dann stieß er einen für ihn völlig untypischen Seufzer aus.

»Na gut. Ich will euch die Wahrheit sagen: Ich kann Amsterdam nicht verlassen.«

Das klang mir als Ausrede ziemlich mager. »Und warum nicht?«, fragte ich.

»Das hat auch etwas mit den Gesetzen der Bewahrer zu tun. Mehr darf ich euch im Augenblick nicht sagen. Die Stadtgrenzen von Amsterdam sind auch meine Grenzen. Wenn ich dieses Gesetz breche, wird das fatale Folgen haben für den Schutz der Vergessenen Bücher.«

»Das sagst *du*. Und wir sollen das schlucken.«

Er zog die Schultern hoch und ließ sie wieder fallen. »Eine bessere Erklärung kann ich euch leider nicht anbieten. Ihr müsst mir einfach glauben.«

»Du machst es dir ziemlich einfach«, brummelte ich.

»Wenn ich es mir einfach machen würde, dann wäre ich gar nicht hier«, erwiderte er mit ernstem Gesicht. »Sobald ihr die Regeln besser kennt, werdet ihr das verstehen.«

»Ich glaube dir auch so«, sagte Larissa. Das hatte ich auch nicht anders erwartet. Für den Moment gab ich mich geschlagen. Mir war klar, dass ich aus Gerrit nicht viel mehr herausbekommen würde.

»Dann bleibt mir nur noch, euch viel Erfolg zu wünschen.« Er tippte sich an den Hut. »Und denk dran, Arthur: Verlass dich auf deine Gefühle.«

Mit diesen Worten verschwand er um die nächste Straßenbiegung. Wir gingen weiter die Gracht entlang. Mir ging immer noch das Bild der verlassenen Festtafel durch den Kopf – und das Gefühl, das dort von mir Besitz ergriffen hatte. Ich fühlte mich innerlich wie äußerlich beschmutzt.

Bei dem Gedanken an die Gemälde lief mir trotz der warmen Nacht erneut ein Schauer den Rücken herunter. Unwillkürlich warf ich einen Blick über die Schulter, ob dort nicht vielleicht der wahnsinnige van Beuningen hinter uns herstiefelte. Ich konnte allerdings nur einen Jungen in Baggy Pants und Kapuzenjacke entdecken, der auf seinem Handy herumspielte. Sonst war niemand zu sehen. Das merkwürdige Gefühl wollte allerdings nicht von mir weichen.

»Ist was?«, fragte Larissa.

»Ich weiß nicht. Ich habe nur so ein komisches Gefühl«, erwiderte ich.

»Das hast du heute schon den ganzen Tag«, sagte sie.

»Stimmt. Vielleicht hat das etwas mit den Albträumen zu tun, die mich die ganze Nacht geplagt haben.«

»Und damit, was wir seit gestern alles erlebt haben«, ergänzte sie. »Die Slivitskys machen mir weniger Angst, das sind ja ganz normale Menschen. Aber diese ganzen alten Geschichten um die Vergessenen Bücher und ihre Bewahrer – das finde ich ziemlich unheimlich.«

Inzwischen hatten wir die Straße erreicht, in der van Wolfens Laden lag.

Nur wenige Minuten später saßen wir an van Wolfens Küchentisch und ließen uns einen Mitternachtshappen aus Huhn und Gemüse mit exotischen Gewürzen schmecken, den Jan in nur zehn Minuten gezaubert hatte.

Nachdem wir von unseren Erlebnissen berichtet hatten, blickte uns van Wolfen, der trotz der späten Stunde noch immer seine korrekt gebundene Fliege trug, besorgt an.

»Hm, hm«, begann er. »Von diesem Register habe ich noch nie gehört – und ich beschäftige mich schon lange mit den Vergessenen Büchern. Ich möchte wetten, dass auch Johann nichts davon weiß. Und das wirft zwei Fragen auf: Erstens, ist diese Information richtig und gibt es das Register von Leyden wirklich? Und zweitens: Wenn das so sein sollte, wer ist dieser Gerrit und woher weiß er mehr über die Vergessenen Bücher als alle anderen, die sich schon seit Jahrzehnten damit beschäftigen?«

»Eine gute Frage«, pflichtete ich ihm bei.

»Ist das wirklich so wichtig?«, warf Larissa ein. »Er hat uns vor unseren Verfolgern versteckt und dabei geholfen, die Spur zum Buch der Antworten aufzunehmen. Ist das nicht Beweis genug dafür, dass er auf unserer Seite steht?«

»Das werden wir wohl erst wissen, wenn ihr aus Haarlem zurück seid«, sagte van Wolfen. »Vorausgesetzt, ihr wollt euch überhaupt auf dieses Abenteuer einlassen.«

»Haben wir eine andere Wahl?«, fragte ich.

»Ihr könntet die Suche auch abbrechen«, sagte Jan und hängte seine Schürze an den Haken. »Niemand würde euch das übel nehmen.«

»Einfach so nach Hause zurückkehren?« Der Gedanke gefiel mir nun auch wieder nicht. Klar, ich war nicht besonders zufrieden damit, wie die Dinge sich entwickelten. Das lag aber in erster Linie daran, dass ich das Gefühl hatte, ständig im Dunkeln zu tappen. Alle anderen schienen mehr über die Vergessenen Bücher zu wissen als ich. Aber außer ein paar guten Ratschlägen war niemand bereit, sich die Hände schmutzig zu machen. Das überließ man Larissa und mir.

Wie sollte ich mich entscheiden? Die Slivitsky-Brüder waren mir bislang nicht übermäßig gefährlich erschienen; außerdem war es uns relativ leicht gelungen, sie abzuhängen. Allerdings wussten wir nicht, was uns in Haarlem und danach noch erwartete. Und dass es sich um mehr handelte als nur ein paar alte Bücher, das hatte ich deutlich in jenem Zimmer mit dem verlassenen Esstisch gespürt.

Mit einem Mal wurde mir klar, worum es hier ging: Meine erste große Prüfung im Leben.

Was ich bislang zu meistern hatte, waren die üblichen Probleme eines Schülers: Klassenarbeiten, Stress mit den Eltern (obwohl das in meinem Fall selten vorkam), Mutproben mit dem Skateboard oder mit Schülern aus den höheren Klassen.

Aber das hier war etwas anderes. Und ich fragte mich, ob ich für diese Prüfung schon bereit war. Was würde geschehen, wenn ich *Nein* sagte? Würde Larissa alleine nach Haarlem fahren? Wie sollte sie das Register unter Tausenden von Büchern finden ohne mich? Ich würde für ewig mit der Gewissheit durchs Leben gehen, sie im Stich gelassen zu haben.

Ich spürte, wie sich meine Finger in die Tischplatte krallten. Die Blicke Larissas und der beiden Antiquare waren gespannt auf mich gerichtet. Ich musste eine Entscheidung fällen.

»Wir fahren«, sagte ich.

Im Museum

Die Sonne weckte mich früh am nächsten Morgen. Jan war bereits auf den Beinen, als ich in die Küche kam, und beglückte mich unverzüglich mit einem seiner hervorragenden Pfannkuchen.

Larissa stieß nur wenig später zu uns. Heute trug sie eine schwarze Cargohose sowie ein schwarzes T-Shirt. Ihr ohnehin schon weißes Gesicht wirkte dadurch noch blasser als sonst – was ich, zu meiner eigenen Überraschung, gar nicht so übel fand.

Als auch sie versorgt war, setzte sich Jan zu uns an den Tisch. »Karel macht sich große Sorgen um euch«, begann er. »Ihm ist nicht wohl bei dem Gedanken, euch alleine nach Haarlem fahren zu lassen. Deshalb hat er mir vorgeschlagen, euch zu begleiten.«

Der Gedanke, einen Erwachsenen mit nach Haarlem zu nehmen, war verlockend. Falls wir das Register von Leyden dort tatsächlich finden sollten, wäre es so gewiss geschützter vor dem Zugriff der Slivitskys. Andererseits musste ich an Gerrits Worte denken. Er hatte ja ausdrücklich betont, dass wir nur allein das Register von Leyden suchen sollten. Aber mussten wir uns unbedingt daran halten?

Mit einem fragenden Blick drehte ich mich zu Larissa. »Was meinst du?«

Sie dachte offenbar dasselbe wie ich. »Das geht nicht«, sagte sie nach einer kurzen Pause. »Wir müssen da alleine hin.«

»Ich habe mir schon gedacht, dass eure Antwort so ausfallen würde«, sagte Jan. »Dann nehmt wenigstens das.«

Er zog ein Handy aus seiner Tasche und legte es auf den Tisch. »Ich habe unsere Telefonnummer unter der Schnellwahltaste 1 einprogrammiert«, erklärte er. »Behaltet das Handy immer bei euch. Wenn ihr Probleme bekommt, dann ruft unbedingt hier an.«

»Vielen Dank.« Ich nahm das Handy an mich und fühlte mich gleich etwas besser. »Und jetzt sollten wir uns auf den Weg machen.«

Eine Viertelstunde später trafen Larissa und ich uns wieder in der Küche. Wir hatten jeder eine Umhängetasche dabei. Larissas war wahrscheinlich gefüllt mit den Werkzeugen, die nicht in die zahlreichen Taschen ihrer Cargohose passten. Ich hatte lediglich mein Notizbuch, das Handy und meinen MP3-Player dabei. Ich war ihrem Vorbild gefolgt und hatte mir eine schwarze Jeans und ein dunkelblaues T-Shirt angezogen. Fehlte nur noch das schwarze Kopftuch und wir hätten ausgesehen wie professionelle Einbrecher in einem Hollywoodfilm.

Der Weg zum Bahnhof verlief ohne Probleme. Von unseren Verfolgern war nichts zu sehen. Wir hielten uns, so weit möglich, immer zwischen anderen Menschen auf, was bei dem Gedränge auf den Straßen, die zum Bahnhof führten, kein Problem war.

Der Zug war voll mit Jugendlichen, die mit Schlauchbooten, Schwimmringen und Luftmatratzen zum Baden an den Strand von Zandvoort fuhren. Entsprechend gut war die Stimmung an Bord.

Wir erreichten Haarlem nach nur 20 Minuten. Mit ein wenig Bedauern verließen wir den Zug.

»Ich wäre jetzt auch gern Schwimmen gegangen«, seufzte Larissa.

»Ich auch«, pflichtete ich ihr bei. Es war ein ganz schön undankbarer Job, die Welt (oder zumindest die Vergessenen Bücher) vor dem Zugriff der Bösen zu retten.

Als wir schließlich aus dem schönen alten Bahnhofsgebäude traten, war der Kontrast groß. So ansprechend das Gebäude von innen war, so hässlich war seine Umgebung: ein Busbahnhof, Bürohäuser und ein Parkhaus. Aus einem Pulk von abgestellten Fahrrädern ragte ein Wegweiser mit mehreren Schildern auf. Eines davon gab die Richtung zu Teylers Museum an.

Wir überquerten den Bahnhofsvorplatz. Auf der anderen Seite drehte ich mich noch einmal um, um mir das Bahnhofsgebäude in seiner Gesamtheit anzusehen. Erst jetzt nahm ich die beiden Türme wahr, die rechts und links vom Haupteingang aufragten und dem Bau die Anmutung einer Ritterburg verliehen.

Ich wollte mich schon wieder zurückdrehen, als mir eine Gestalt auffiel, die soeben aus dem Nebeneingang des Bahnhofs trat. Es war der vorgebliche Antiquar Hammer! Ich gab

Larissa, die interessiert die Schlösser der nahen Fahrräder studierte, einen Stoß.

»Sieh mal, wer da ist«, flüsterte ich.

»Wo?«, fragte sie und starrte angestrengt über den Platz.

»Nicht so auffällig«, ermahnte ich sie. »Da, am Nebeneingang des Bahnhofs.«

Sie drehte ihren Kopf leicht. »Ich sehe nichts«, sagte sie. »Wer soll denn da sein?«

Sie hatte recht: Hammer war verschwunden. Ich suchte den Platz nach ihm ab, ohne ihn irgendwo zu entdecken. Wahrscheinlich hatte er sich, als ich mich umdrehte, in den Bahnhof zurückgezogen und wartete jetzt darauf, dass wir weitergingen.

»Da war unser Freund aus dem Zug«, sagte ich. »Ham Slivitsky.«

»Bist du sicher?«

»Den würde ich überall erkennen. Er muss irgendwie unsere Fährte aufgenommen haben.«

»Dann sollten wir dafür sorgen, dass er sie so schnell wie möglich wieder verliert«, sagte Larissa. »Was uns mit seinem Bruder geglückt ist, das sollten wir bei ihm doch auch schaffen.«

Es hieß also mal wieder Katz-und-Maus spielen. Sobald wir die Ecke umrundet hatten und vom Bahnhof aus nicht mehr sichtbar waren, begannen wir zu rennen. Nur wenige Hundert Meter weiter befanden wir uns schon in der Innenstadt von Haarlem. Hier gingen rechts und links eine Reihe kleiner Straßen ab, von denen wir die Erste ansteuerten.

Einige der alten Häuser lehnten sich gefährlich nach vorne.

Bunte Reklameschilder luden die Vorbeigehenden in indische Restaurants, Kneipen oder Friseursalons ein. Am Ende der Straße ragte eine gewaltige Kirche mit einem großen und vielen kleinen Türmen auf.

Wir liefen, bis wir die Kirche erreicht hatten. Rechts von uns erstreckte sich ein großer Platz, auf dem zahlreiche Marktstände aufgebaut waren. Wer sich nicht durch die Reihen zwischen den Ständen drängte, der saß in einem der vielen Straßencafés, die rund um den Markt angeordnet waren.

Wir tauchten in die Menge der Marktbesucher ein. Langsam bahnten wir uns den Weg zu den Einkaufsstraßen auf der gegenüberliegenden Seite – zu langsam für meinen Geschmack. Wir hatten bis hierhin zwar ein ordentliches Tempo vorgelegt, aber ich war mir sicher, unser Verfolger würde uns dicht auf den Fersen bleiben. Immer wieder versuchte ich, schneller voranzukommen – vergebens. Die Marktbesucher bummelten gemütlich an den Ständen entlang und dachten nicht daran, den Weg für uns freizumachen.

Nach einer kleinen Ewigkeit erreichten wir endlich die andere Seite. Ein Blick zurück beruhigte mich ein wenig. Von Ham Slivitsky war nichts zu sehen.

Hier waren auch nicht so viele Menschen unterwegs wie auf dem Marktplatz. Wir passierten eine Reihe von kleinen Restaurants, Antiquariaten und Kunstgalerien, deren Besitzer vor den Türen standen und mit ihren Nachbarn ein Schwätzchen hielten.

Am Ende der Fußgängerzone stießen wir auf ein winziges Café mit roten runden Tischen und grünen Holzstühlen. Ich fühlte mich wieder etwas sicherer, und als Larissa vorschlug, eine kurze Rast einzulegen, willigte ich ein. Wir suchten uns einen Platz am Fenster, der von einem Gummibaum verdeckt wurde. Von dort konnten wir die Straße beobachten, ohne selbst sofort gesehen zu werden.

Nachdem die junge, dunkelhäutige Kellnerin uns unsere Colas gebracht hatte, verschwand sie wieder hinter der Theke, wo sie mit ihrem Handy herumspielte. Ich zog einen Reiseführer von Haarlem aus der Tasche, den ich mir noch kurz vor der Abfahrt am Amsterdamer Bahnhof gekauft hatte. Larissa beobachtete währenddessen die Straße.

»Wusstest du, dass Haarlem eine der ältesten Städte der Niederlande ist?«, fragte ich sie, über meinen Reiseführer gebeugt. »Der Name bedeutet so viel wie ›Haus auf der Höhe‹. Der berühmte Maler Frans Hals hat hier gelebt. In Haarlem gab es die erste holländische Eisenbahnlinie, die erste elektrische Straßenbahn, den ersten Fußballverein, die erste Zeitung in ganz Europa und das erste Baseballstadion.«

»Wow«, sagte sie. »Das sieht man der Stadt gar nicht an. Sie macht eher einen verträumten Eindruck.«

Larissa hatte recht. Verglichen mit Amsterdam, war Haarlem ein beschaulicher Ort. Die Häuser waren nicht so hoch und die Straßen nicht so lang – und vor allem nicht so voll, mal abgesehen von dem großen Marktplatz. Insgesamt kam mir die Atmosphäre entspannter und weniger hektisch vor.

Der Duft von frischen Pommes stieg mir in die Nase und ich merkte, wie hungrig ich war. Wenn wir schon hier saßen, dann konnten wir auch gleich essen – wer weiß, wann sich die nächste Gelegenheit dazu ergeben würde.

Larissa ließ sich nicht lange bitten, und wir bestellten jeder eine *frikandel speciaal* mit *fritjes*. Ich kannte die wurstartigen Gebilde von meinen Ferien in Holland. Larissa hatte so etwas noch nie gegessen und beäugte die Rolle auf ihrem Teller zunächst misstrauisch.

»Was ist da drauf?«, fragte sie mich.

»Curryketchup, Zwiebeln und Mayo«, erwiderte ich, während ich mir den ersten Bissen in den Mund schob.

Vorsichtig nahm sie einen Happen und kaute. »Hmm, nicht schlecht«, sagte sie anerkennend.

Während wir unsere Mägen füllten, schmiedeten wir unseren Plan für das weitere Vorgehen. Ein richtiger Plan war es eigentlich nicht. Wir wollten versuchen, ungesehen bis zum Museum zu gelangen, indem wir die Innenstadt mieden und uns dem Gebäude von der anderen Seite näherten.

»Dort werden sie uns bestimmt nicht vermuten«, meinte Larissa zwischen zwei Bissen. »Sie wissen ja nicht, wohin wir wollen, und werden eher in der Innenstadt suchen.«

Ich pflichtete ihr bei. Mein Reiseführer enthielt einen Stadtplan von Haarlem, mit dessen Hilfe ich unseren Weg festlegte. Nachdem wir unsere Frikandels verputzt hatten, gingen wir zur Theke, um zu bezahlen. Die Kellnerin war immer noch in ihr Handy vertieft und legte es beinahe erschrocken beiseite, als sie uns bemerkte. Ich lächelte sie freundlich an: »Ich wollte Sie nicht erschrecken.«

»Nein, nein, schon gut«, sagte sie. »Ich war mit meinen Gedanken nur gerade ganz woanders.« Dabei sah sie mich ein wenig schuldbewusst an.

Wir zahlten, und ich gab ihr ein großzügiges Trinkgeld. Larissa trat als Erste auf die Straße, um zu prüfen, ob die Bahn frei war. Wir liefen stadtauswärts, bis wir kaum noch Passanten begegneten. Dann überquerten wir eine Gracht und schlugen einen Bogen durch ein Wohnviertel zurück in Richtung Innenstadt.

Die Luft war inzwischen schwer geworden und die trockene Sommerhitze machte einer zunehmenden Schwüle Platz. Ich spürte, wie ich zu schwitzen begann.

»Man müsste sich unsichtbar machen können«, bemerkte ich. »Dann bräuchten wir keine Angst vor unseren Verfolgern zu haben.«

»Darüber habe ich auch schon nachgedacht«, sagte Larissa ernsthaft. »Das ist nur eine Frage der Lichtbrechung. Man sieht uns ja nur deshalb, weil das Licht von unseren Körpern reflektiert. Könnte man das Licht um den Körper herumleiten, dann wären wir für andere nicht zu sehen.«

»Aber das ist doch Science-Fiction«, entgegnete ich. Ich hatte keine Lust, wieder eine ihrer wilden Theorien zu hören.

»Erzähl das mal dem Verteidigungsministerium der USA. Die forschen da schon länger dran und haben es sogar schon geschafft, kleine Teilchen komplett unsichtbar zu machen.«

Ich sah sie skeptisch an. »Glaubst du das?«

»Das hat mit Glauben nichts zu tun«, gab sie beleidigt zurück. »Das ist Wissenschaft. Harte Fakten.«

»Und woher hast du diese Fakten? Aus dem Fernsehen oder der Tageszeitung?«

Larissa öffnete den Mund, um etwas zu erwidern, klappte ihn dann aber wieder zu und sagte nichts.

Bald darauf erreichten wir die Gracht, die an Teylers Museum vorbei floss. Auf dem Wasser tuckerten offene Motorboote mit Gruppen älterer Jugendlicher darauf vorbei. Links von uns füllten sich gerade zwei verglaste Ausflugsschiffe mit Touristen. Die warme Luft roch nach Wasser, Sonnencreme und Urlaub.

Bevor wir die Ziehbrücke überquerten, inspizierten wir das gegenüberliegende Ufer noch einmal genau. Es war nichts Verdächtiges zu entdecken. Das Museum sah von außen eher wie ein typisches altes Wohnhaus aus. Lediglich die Fahnenmasten vor der Tür wiesen auf eine andere Funktion hin. Wir liefen schnell über die Brücke. Die Strecke bis zum Museum legten wir in weniger als einer halben Minute zurück. Mir kam es eher wie eine halbe Stunde vor. In den Seitenstraßen hatte ich mich sicher gefühlt. Hier kam ich mir schutzlos und ausgeliefert vor. Ich war froh, als die Museumstür sich hinter uns schloss.

Wir kauften an der Kasse unsere Eintrittskarten und traten in einen prächtig dekorierten, kreisrunden Eingangssaal. Riesige Holztüren führten von hier in verschiedene Räume.

Durch die mittlere Tür erreichten wir den ersten Ausstellungsraum. Das war der *Kleine Fossiliensaal*, ein Raum voller alter Holzkommoden und Glasschränke. Keine modernen Museumsvitrinen, sondern die Schränke, in denen die Fossilien bereits vor mehreren Hundert Jahren ausgestellt worden waren. Hier gab es einen Mammutschädel ebenso wie das Skelett eines Höhlenbären und eines Seekrokodils mit der merkwürdigen Bezeichnung *Mystriosaurus Tiedemanni*.

Direkt dahinter folgte ein zweiter Raum, der *Große Fossiliensaal*. In seiner Mitte zog sich eine riesige Glasvitrine den ganzen Raum entlang. Rechts und links davon befanden sich wieder große Glasschränke voller versteinerter Salamander, Tierknochen und Fische, die vor vielen Hunderttausend oder Millionen Jahren einmal durch die Ozeane geschwommen waren.

Als Nächstes kam der Instrumentensaal, in dessen Mittelpunkt eine riesige Elektrisiermaschine stand. Das war, wie ein Schild erklärte, die damals größte Elektrizität erzeugende Maschine der Welt. Sie konnte einen Strom von 500.000 Volt Stärke in Form eines Blitzes erzeugen, der von einem Ende der Maschine bis zum anderen sprang.

Der letzte Raum in gerader Richtung war der *Ovale Saal.* Es war der älteste Raum des Museums und voll von altertümlichen wissenschaftlichen Instrumenten. Auf einer Empore, die den Saal umrundete, konnten wir zahlreiche Bücherschränke mit alten Schinken darin erkennen – allerdings keinen Weg, der nach oben führte. Wenn das Register von Leyden dort versteckt war, dann hatten wir ganz schön was zu knacken.

Wir setzten unseren ersten schnellen Rundgang durch die beiden Kunstkabinette und den Anbau fort. Von der Bibliothek war jedoch nichts zu sehen.

»Fragen wir doch einfach jemanden«, schlug Larissa vor. Also machten wir uns auf die Suche nach einem Museumsangestellten.

Auf einem Hocker, von dem aus er den Großen Fossiliensaal überblicken konnte, saß ein Mann in blauem Jackett mit einem Wappen des Museums auf der Brusttasche.

»Wo ist denn bitte die Bibliothek?«, fragte ich.

»Die ist genau über uns, im ersten Stockwerk«, erwiderte er und zeigte mit der Hand nach oben.

»Und wie kommen wir da hin?«

»Überhaupt nicht«, antwortete er. »Die Bibliothek ist für den Publikumsverkehr geschlossen.«

»Oh«, sagte ich und blickte Larissa an. Damit hatten wir nicht gerechnet.

»Ist das nur heute so oder immer?«, fragte sie.

»Das ist leider immer so. Die Bücher sind einfach zu wertvoll, und wir haben nicht genug Personal, um sie ständig zu überwachen.«

»Man kann sie also nie sehen?«, hakte Larissa nach.

»Nur nach vorheriger Terminabsprache«, erwiderte der Mann.

»Können wir denn jetzt mit Ihnen einen Termin für nachher absprechen?«

Er lachte. »Nein, dafür bin ich nicht der richtige Ansprechpartner. Da müsst ihr den zuständigen Kurator fragen, und der ist heute nicht im Hause.«

»Vielen Dank«, sagte ich und zog Larissa mit mir, bevor sie sich mit ihren Fragen noch verdächtig machte.

Wir zogen uns in die lichtdurchflutete Cafeteria im Neubau zurück, um zu beratschlagen.

»Wenn wir so nicht reinkommen, dann eben anders«, sagte Larissa bestimmt.

»Und wie?«, fragte ich skeptisch.

»Indem wir uns hier im Museum verstecken und hoch gehen, wenn alle weg sind.«

»Dazu müssen wir aber erst einmal ein sicheres Versteck finden«, wandte ich ein.

»Das wird es in einem so alten Haus mit Sicherheit geben«, erwiderte sie.

Ich war zwar nicht garade begeistert von ihrer Idee, hatte aber auch keine Alternative. Also stimmte ich ihr widerwillig zu. So ganz war ich immer noch nicht davon überzeugt, dass dieses Register von Leyden wirklich existierte. Gerrit wusste zwar eine ganze Menge über die Vergessenen Bücher, aber auch der Bücherwurm hatte uns schließlich wissentlich in die Gefahr laufen lassen. Eine Gefahr, die andererseits natürlich wieder ein Beweis für die Wahrheit der ganzen Geschichte sein konnte.

Wir beschlossen, getrennt voneinander durch das Museum zu streifen, um nicht all zu viel Aufmerksamkeit auf uns zu ziehen und dabei nach einem geeigneten Versteck Ausschau zu halten. Ich rüttelte unauffällig an Schränken und drückte mich in den hintersten Winkeln der Fossiliensäle herum, ohne fündig zu werden. Dabei begegneten wir uns immer wieder, sprachen allerdings nicht miteinander, sondern schüttelten nur immer leicht den Kopf als Zeichen unserer erfolglosen Suche.

Als wir zum wohl zehnten Mal durch den Großen Fossiliensaal trabten, hielt mich Larissa fest.

»Sieh mal unauffällig nach unten«, sagte sie, während sie so tat, als betrachte sie aufmerksam eines der Exponate in der riesigen Glasvitrine.

Ich folgte ihrer Anweisung, konnte aber nichts Besonderes entdecken.

»Wovon sprichst du?«, flüsterte ich.

»Der Boden«, flüsterte sie zurück. »Siehst du nicht das Gitter?«

Ich sah noch einmal hin. Entlang der gesamten Länge des

Saales zog sich ein etwa einen halben Meter breites Gitter, das mit zahlreichen Ziselierungen versehen war. Darunter konnte man an einigen Stellen Rohre erkennen.

»Ja und?«, fragte ich.

»Wir könnten uns unter den Gittern verstecken und dann nach Museumsschluss in die Bibliothek gehen.«

»Keine gute Idee«, erwiderte ich.

»Und wieso nicht?«

Ich konnte ihr schlecht sagen, dass ich einen grässlichen Ekel vor Spinnen und anderem Krabbelgetier habe. Und diese Schächte unter meinen Füßen sahen genau so aus, als würde es dort von diesen Viechern nur so wimmeln.

»Die Kameras«, sagte ich stattdessen und machte mit dem Kopf eine Bewegung zu den beiden Türen, über denen zwei Videokameras angebracht waren.

»Kein Problem«, antwortete Larissa triumphierend. »Ich habe vorhin im Café das Telefongespräch eines Technikers mit seiner Firma mitgehört. Die Kameras und Bewegungsmelder funktionieren derzeit nicht, weil die gesamte Anlage generalüberholt wird.«

»Seit wann verstehst du denn Niederländisch?«, fragte ich skeptisch.

»Kann ich nicht. Und musste ich auch nicht. Die Anlage ist von einer deutschen Firma installiert worden und der Techniker kam, wie wir, aus Deutschland. Also haben sie auch Deutsch miteinander gesprochen.«

»Aber das rote Licht brennt«, wandte ich ein.

Unter jeder Kamera leuchtete ein kleiner roter Punkt – ein klares Zeichen, dass sie eingeschaltet waren.

»Das dient bestimmt nur zur Tarnung «, überlegte sie. »So wird der Eindruck erweckt, dass alle Räume überwacht werden. In Wahrheit haben wir freie Bahn.«

Ich suchte verzweifelt nach einem weiteren Gegenargument. Es waren nicht nur die Krabbler, die mich vor ihrem Vorschlag zurückschrecken ließen. Wenn wir entdeckt würden, dann würde das mit Sicherheit ziemlich unangenehme Folgen haben.

»Kriegen wir die überhaupt auf?«, fragte ich nach einem erneuten Blick auf die Gitter. »Die sind doch an den Ecken alle verschraubt.«

»Nicht alle«, grinste sie mich an und streckte mir ihre geöffnete Hand hin, in der vier lange Schrauben lagen. Schnell schloss sie ihre Hand wieder und steckte sie in die Hosentasche.

Ich hätte es wissen sollen. Wer mal eben so ein Türschloss knackt, für den ist es natürlich ein Kinderspiel, ein paar Schrauben herauszudrehen. Trotzdem war ich neugierig, wie sie das angestellt hatte.

»Ich habe mir vorhin meine Sneaker zubinden müssen und hatte zufällig den hier in der Hand.« Sie hob ihr Sweatshirt und zeigte auf ein schwarzes Lederetui, das an ihrem Gürtel befestigt war und auf dem in goldener Schrift das Wort *Leatherman* eingeprägt war.

»Ein Werkzeugkasten im Miniformat«, erklärte sie, als sie meinen fragenden Blick bemerkte. »Eine Zange, eine Säge und ein paar Schraubenzieher – alles klein und handlich verpackt. So was kann man immer brauchen.«

Ich hätte nicht gewusst, wozu *ich* so ein Gerät hätte gebrauchen können. Zu Larissa passte es aber ohne Frage. Leider bedeutete das auch, dass der Abstieg ins Krabbelreich unvermeidlich war. Jetzt mussten wir uns nur noch zwei Stunden die Zeit vertreiben, ohne dabei groß aufzufallen.

Also wanderten wir langsam durch alle Räume des Museums und sahen uns die Ausstellungsstücke etwas genauer an. Das war gar nicht so uninteressant, wie ich anfangs gedacht hatte. Speziell im Ovalen Saal waren eine Reihe interessanter Gerätschaften ausgestellt, mit denen die Naturwissenschaftler früher gearbeitet hatten.

Besonders faszinierte mich das *Tellurium*, ein etwas über einen Meter hohes Metallgebilde, das die tägliche Drehung der Erde um ihre Achse und ihre jährliche Bahn um die Sonne zeigte. Erde und Sonne waren mit einer komplizierten Vorrichtung aus Metall auf einer Platte befestigt, in die zwei ineinander liegende Kreise eingraviert waren. Auf ihnen waren ein Kalendarium und die Tierkreiszeichen abgebildet. Ein Zeiger gab den Tag an sowie das Sternenbild, in dem die Sonne, von der Erde aus gesehen, stand.

»Schade, dass man die Maschinen nicht ausprobieren darf«, sagte Larissa, die eine alte Vakuumpumpe studierte. Wir entdeckten einen russischen Magnetstein, verschiedene Gerätschaften zur Erzeugung von Elektrizität, Teleskope und Mikroskope sowie ein frühes Tonaufzeichnungsgerät, einen *Phonoautograph*.

So verging die Zeit schneller, als ich befürchtet hatte. Etwa eine halbe Stunde vor Museumsschluss kehrten wir in den Großen Fossiliensaal zurück. Der Mann im blauen Jackett saß immer noch auf seinem Hocker. Solange er da war, konnten wir unser Vorhaben unmöglich in die Tat umsetzen. Insgeheim hoffte ich, dass er bis Museumsschluss sitzen bleiben würde. In meiner Fantasie sah ich mich schon unter dem Gitter liegen und eine dicke Spinne über mein Gesicht krabbeln, ohne dass ich etwas dagegen tun konnte, weil es an Platz fehlte, um die Arme zu bewegen.

Leider ging mein Wunsch nicht in Erfüllung. Einer der jüngeren Museumsangestellten kam aus dem Anbau zum Vorschein, sprach kurz mit dem Mann auf dem Hocker und verschwand dann mit ihm im benachbarten Gebäudeteil. Ein Blick in die andere Richtung zeigte uns, dass der Weg auch dort frei war.

Larissa bückte sich und schob ihre Finger unter ein Gitterstück. »Los!«, zischte sie mir scharf zu, als sie mein Zögern bemerkte.

Mit einem Seufzer beugte ich mich nach unten und half ihr, das Gitter herauszuheben. Mitgegangen, mitgefangen, mitgehangen, dachte ich. Larissa schlängelte sich sofort in den schmalen Raum unter dem Gitter und rutschte ein Stück hoch, um Platz für mich zu schaffen.

Ich warf einen letzten sehnsuchtsvollen Blick in die spinnenfreie Welt und tauchte ebenfalls ins Unbekannte ab. Mir fiel es nicht ganz so leicht wie Larissa, mich neben das Leitungsrohr zu quetschen, doch irgendwie gelang es mir. Wir lagen Kopf an Kopf. Vorsichtig fasste ich das Gitter und zog es über unsere Gesichter, bis es seine ursprüngliche Position wieder erreicht hatte.

Von hier unten konnte man den Raum über uns gut erkennen. Ich stellte mir vor, wie der Erste, der hier entlang marschierte, uns sofort entdecken würde. So blind war doch bestimmt *niemand*!

Ich konnte meine Arme, die ich zum Schließen des Gitters über meinen Kopf gestreckt hatte, wegen der Enge nicht mehr neben meinen Körper ziehen. An meinen Fingern spürte ich Larissas Haare, was mir einen kleinen Schauer über den Rücken jagte.

So lag ich also in ziemlich unbequemer Haltung da und hoffte darauf, dass mir die Arme nicht einschliefen. Die befürchteten Spinnen ließen sich nicht blicken, dafür allerdings ein paar Schuhe mit schwerem Schritt. Vielleicht kam es mir aber auch nur so vor, weil jeder Schritt hier unten nicht nur laut zu hören, sondern durch die Vibrationen des Gitters auch zu spüren war.

Die Welt sieht aus der Regenwurmperspektive ganz anders aus. Es ist ein merkwürdiges Gefühl, von unten auf ein Paar Schuhsohlen zu starren, die über deinen Kopf hinweggehen! Ich zuckte jedes Mal zusammen, weil ich das Gefühl hatte, gleich würde der Schuh in meinem Gesicht landen.

Zum Glück kamen nicht besonders viele Leute vorbei. Und zum Glück wurde es schnell fünf Uhr und ein Klingelsignal kündigte die Schließungszeit des Museums an.

Die Zeit bis dahin kam mir unendlich vor. Meine Hände begannen zu kribbeln, und ich streckte und beugte meine Finger. Dabei stieß ich immer wieder an Larissas Kopf.

»Hey«, wisperte sie.

»Eingeschlafen«, wisperte ich zurück.

»Ich bin nicht eingeschlafen«, flüsterte sie.

»Nicht du. Meine Hände.«

»Dann musst du die Finger bewegen.«

»Genau das versuche ich ja.«

»Ach so«, sagte sie und schwieg dann wieder.

So lagen wir da und warteten. Schließlich wurde es ruhig im Museum. Es knallten keine Türen mehr, und auch Schritte oder Stimmen waren keine mehr zu vernehmen. Vorsichtig hob ich meine Arme an und drückte das Metallgitter nach oben. Ich konnte meine Finger kaum noch spüren. Sobald der Weg frei war, zog ich mich hoch. Ich hockte mich neben den Schacht und begann, meine Hände hin und her zu schütteln, um das Blut wieder zum Zirkulieren zu bringen.

Für die Tageszeit war es ausgesprochen dunkel im Saal. Ein Blick durchs Fenster zeigte mir, dass es sich draußen mächtig zugezogen hatte. Von der Sonne war nichts mehr zu sehen. Die schwüle Luft heute Mittag hatte es bereits angekündigt – wahrscheinlich würde es gleich ein fettes Gewitter geben. Aber das konnte unserem Vorhaben nur nutzen.

Larissa quetschte sich hinter mir aus ihrem Versteck, kletterte aus dem Versorgungsschacht und reckte sich. Besorgt warf ich einen Blick auf die Kameras. Sah uns jetzt vielleicht gerade jemand zu und alarmierte den Wachdienst?

Bevor ich diesen Gedanken weiterspinnen konnte, versetzte mir Larissa einen Knuff.

»Auf, auf!«, rief sie. »Je eher wir hier wieder raus sind, desto besser.«

Mühsam rappelte ich mich hoch. Meine Hände brannten. Ich folgte Larissa zur Tür, die zum ersten Fossiliensaal führte. Sie war zum Glück nicht verschlossen.

Wir hatten weniger Glück mit der Tür zur Eingangshalle. Larissa brauchte allerdings nur zwei Minuten mit ihrem Panzerknacker-Set und die Tür war offen. Ich linste vorsichtig durch den Spalt – niemand war zu sehen. Schnell durchquerten wir den Saal und huschten die Treppe ins erste Stockwerk empor.

Hier befanden sich die Hörsäle, in denen früher wissenschaftliche Vorlesungen stattgefunden hatten. Wir mussten den größeren davon durchqueren, um in die Bibliothek zu gelangen.

Larissas Fähigkeiten mit den Dietrichen verschafften uns schnell Zugang zum Hörsaal. Eine Holztüre an der gegenüberliegenden Seite war unser letztes Hindernis vor der Bibliothek.

Larissa zögerte einen Moment, bevor sie sich am Schloss zu schaffen machte. »Hoffentlich ist die Alarmanlage für diesen Raum auch außer Betrieb«, sagte sie. Dann nahm sie das Schloss näher in Augenschein.

Sie brauchte ungewöhnlich lange dafür.

»Probleme?«, fragte ich sie.

»Das ist eine Marke, die ich nicht kenne«, erwiderte sie nachdenklich. Sie fischte zwei Werkzeuge aus ihrem Etui, steckte sie nacheinander in das Sicherheitsschloss und begann vorsichtig, das Werkzeug in der linken Hand hin und her zu drehen.

»Modifizierte Gehäusestifte«, sagte sie nach ein paar Minuten. »Ich brauche den Halbdiamanten.« Sie zog einen Stab mit einer dreieckigen Spitze hervor und führte ihn in das Schloss ein.

»Ha!«, rief sie. »Ein umgedrehter Pilzkopfstift.«

Ich verstand nur Bahnhof. Larissa fummelte weiter herum.

Ab und an zischte sie eine Bemerkung vor sich hin wie »Hab ich dich!« oder »Nun kipp doch endlich!«

Ich überlegte, was wir machen sollten, wenn Larissa die Tür nicht öffnen konnte. Wir konnten höchstens versuchen, vom Ovalen Saal aus in die Bibliothek einzudringen. Dazu mussten wir aber erst einmal auf die Empore dort gelangen – und ich wusste nicht, wie wir das anstellen sollten.

Ein deutliches *Klack* riss mich unvermittelt aus meinen Gedanken. Larissa blickte mich triumphierend an. Ich nickte anerkennend.

»Jetzt folgt dein Auftritt«, sagte sie.

In dem Augenblick gab es eine gewaltige Explosion und der Raum, der gerade noch im Halbdunkel gelegen hatte, wurde grell erleuchtet.

Wir erstarrten. Einen Moment lang fürchtete ich, wir hätten einen verborgenen Schutzmechanismus ausgelöst. Doch dann begriff ich, was geschehen war: Das Gewitter hatte die Stadt erreicht; die vermeintliche Explosion war nichts anderes als ein gewaltiger Donnerschlag, der von einem Blitz begleitet wurde.

Wir schlüpften durch den Türspalt in die Bibliothek. Vor uns lag ein gewaltiger Raum mit hölzernem Fußboden, einem riesigen Holztisch in der Mitte und verglasten Bücherschränken auf zwei Ebenen, die sich im Zwielicht bis ins Unendliche zu erstrecken schienen. Auf das große Fenster in der Decke prasselten die ersten fetten Regentropfen nieder.

Ich erschrak bei dem Anblick. Das mussten Tausende, wenn nicht Zehntausende von Büchern sein. Wie sollte ich da das Register von Leyden finden? Bei Gerrits Test in Blegvads Bibliothek hatte ich eine Auswahl von 200 Bänden vor mir – aber hier ...

Ich holte tief Luft. Larissa blickte mich an.

»Wo fangen wir an?«, fragte sie.

Ich wünschte, ich hätte ihr die Frage beantworten können. Aber es war wie in Blegvads leerer Bibliothek: Ich spürte überhaupt nichts. Ich schloss die Augen und achtete darauf, ob es meinen Körper in irgendeine Richtung zog.

Nichts.

Langsam ging ich an dem langen Lesetisch entlang. Ich wusste nicht einmal, ob ich hoch auf die Empore musste oder in eine der Nischen, die rechts und links von den Regalreihen gebildet wurden.

Ich streckte die Arme aus und drehte mich.

Nichts.

Ich legte den Kopf in den Nacken und ließ ihn kreisen.

Nichts.

Erneut erhellte ein greller Blitz den Raum. Auf der Empore über uns sah ich eine dreistufige Trittleiter vor einem Regal. Ich blickte mich suchend um und entdeckte eine schmale Treppe, die nach oben führte. Larissa und ich stiegen sie hinauf, bis wir an der Trittleiter standen. Ich musterte die Buchrücken vor uns. Es waren alles dicke Wälzer, aber kein schmales Register. Ein weiterer gewaltiger Donnerschlag ließ die Luft vibrieren.

Ich seufzte und ließ mich auf der Trittleiter nieder.

»Ich weiß nicht weiter«, erklärte ich Larissa.

Sie stemmte die Hände in die Hüften und sah mich streng an.

»Du wirst jetzt nicht aufgeben, Arthur«, sagte sie. »Gerrit hat dir dein Talent, Bücher zu finden, gezeigt. Du musst es nur nutzen!«

»Wenn ich wüsste, wie, dann würde ich es ja auch gerne tun«, erwiderte ich und erschrak über meinen quengeligen Ton. Aber ich fühlte mich mut- und hilflos. Wie soll man ein Talent einsetzen, von dem man nicht weiß, wie es funktioniert?

Mehr um irgendwas zu unternehmen als aus innerer Überzeugung stand ich auf, kletterte auf die Stehleiter und zog das erstbeste Buch vor mir aus dem Regal. Es trug den Titel *Annalen der Physik* und stammte aus dem Jahr 1799. Unentschlossen blätterte ich ein wenig darin herum, konnte aber nichts entdecken, was uns unserem Ziel näher gebracht hätte.

Larissa war neben mir auf die Leiter geklettert und hielt sich mit einer Hand an mir fest. Trotz der Situation, in der wir uns befanden, registrierte ich eine angenehme Wärme, die mich durchströmte. Ich klappte die Annalen zu und wollte sie gerade wieder zurückstellen, als ein weiterer Blitz das Regal taghell erleuchtete. Larissa rief: »Da!«

Sie zeigte in die Lücke, welche die Annalen in der Buchreihe hinterlassen hatten. Ich quetschte meine Hand durch den Zwischenraum und spürte ein dünnes Buch, das hinter den anderen versteckt lag.

Schnell reichte ich Larissa die Annalen und zog auch die Bücher rechts und links davon heraus, die ich ihr ebenfalls aufpackte. Dann konnte ich das Buch dahinter ohne Mühe hervorziehen.

Es war in braunes Leder gebunden und trug keine Aufschrift auf dem Einband. Ich klemmte es mir unter den Arm und stellte die Bücher, die Larissa hielt, wieder an ihren Platz zurück. Dann sprang ich von der Trittleiter herunter und schlug das schmale Buch auf.

Die Seiten waren in drei Spalten aufgeteilt, welche mit Text in unterschiedlichen Handschriften gefüllt waren. Die meisten davon waren für mich nicht lesbar. In der ersten Spalte standen verschiedene Begriffe, die ich zumindest als lateinische Wörter identifizieren konnte. Sie begannen alle mit dem Wort *liber*, also Buch.

Die dritte Spalte bestand ausschließlich aus Initialen. Ich vermutete dahinter die Namen der jeweiligen Eintragsverfasser.

Es sah so aus, als hielte ich wirklich das Register von Leyden in den Händen. Dann hatte Gerrit also doch recht gehabt.

Larissa, die mir über die Schulter gelinst hatte, schlang ihre Arme um mich und drückte mir einen Kuss auf die Backe.

»Du hast es gefunden!«, rief sie. »Ich wusste doch, du kannst es!«

Dann merkte sie, was sie gerade getan hatte und ließ mich los. Einen Augenblick lang standen wir uns schweigend gegenüber. Die Stelle auf meiner Backe, wo der Kuss gelandet war, brannte wie Feuer.

Sie brach das Schweigen als Erste. »Wir sollten sehen, dass wir hier rauskommen.«

Ich steckte das Register vorsichtig in meine Umhängetasche. Wir verließen die Bibliothek und eilten durch den großen Hörsaal zum Treppenhaus. Larissa hatte zuvor einen schmalen Metallstreifen zwischen Tür und Rahmen gesteckt, damit die Tür nicht wieder ins Schloss fiel.

Ich öffnete sie schwungvoll – und schob sie sofort wieder zu. Im Flur unter uns waren Stimmen zu vernehmen! Und eine davon war unverkennbar die des vorgeblichen Antiquars Hammer, den wir vorhin noch am Bahnhof gesehen hatten.

⁜ Hetzjagd durch Haarlem ⁜

Wie hatte er uns gefunden? Und wie war er ins Museum gelangt? Und vor allen Dingen: Wie sollten wir jetzt aus dem Museum herauskommen?

Während diese Fragen durch meinen Kopf schossen, hörte ich die Stimmen lauter werden. Das konnte nur eines bedeuten: Sie kamen die Treppe herauf.

So vorsichtig wie möglich drückte ich die Tür ins Schloss. Das leichte Klacken kam mir so dröhnend laut vor wie einer der Donnerschläge von vorhin. Ob unsere Verfolger das gehört hatten?

Larissa und ich sahen uns nach einem Fluchtweg um. Der Hörsaal, in dem wir uns befanden, hatte nur einen anderen Ausgang: zurück in die Bibliothek, woher wir gerade gekommen waren.

»Hier muss irgendwo eine Feuertreppe abgehen«, sagte ich leise zu Larissa. »Ich habe sie vorhin vom Museumsshop aus gesehen.«

Wir suchten die Wand ab, konnten aber keine Fluchttüre entdecken. Dann musste die Treppe wohl an die Bibliothek angebaut sein.

Wir hatten die Türe beim Verlassen der Bibliothek natürlich hinter uns geschlossen, aber Larissa wusste jetzt zumindest, welche Werkzeuge sie zum Öffnen benötigte. Während sie noch am Schloss herumhantierte, ertönte hinter uns ein Geräusch. Ich drehte mich um. Die Tür zum Hörsaal öffnete sich, und der Narbengrufti betrat den Raum. Er hatte dieselben Klamotten an wie in Amsterdam. Nur einen Schritt hinter ihm folgte der vorgebliche Antiquar, ebenfalls ganz in Schwarz. Sam und Ham Slivitsky waren nicht allein. Hinter ihnen trat ein dritter Mann ein, der einen Schlüsselbund in der Hand hielt. Das erklärte, wie sie die Tür so schnell aufbekommen hatten. Sie mussten einen Mitarbeiter des Museums bestochen haben.

Sam Slivitsky hatte uns sofort entdeckt.

»Da sind sie!«, rief er. Einen Moment lang starrten wir uns alle über die Distanz hin an und niemand rührte sich. Ham überwand die Starre als Erster.

»Worauf wartest du?«, rief er seinem Bruder zu und gab ihm einen Stoß in den Rücken.

Sofort begann der, in einen weit ausgreifenden Laufschritt zu verfallen. Sein langer Mantel wehte hinter ihm wie zwei dunkle, drohende Flügel. Ich stand wie gebannt da, unfähig zu jeder Bewegung.

Noch zehn Schritte.

Mein Herz klopfte wie wild in meiner Brust.

Noch acht Schritte.

Das Blut schoss mir in den Kopf.

Noch sechs Schritte.

Der Raum verschwamm vor meinen Augen.

Noch vier Schritte.

Ich schloss die Augen.

Noch zwei Schritte.

Die Hand des Narbengruftis fiel auf meine Schulter und riss mich – nicht nach vorn, sondern nach hinten. Ich schlug die Augen auf. Es war nicht Sam Slivitsky gewesen, sondern Larissa, die mich in die Bibliothek zog und die Tür hinter uns zu warf. Auf der anderen Seite trommelte Sam Slivitsky wütend dagegen.

»Sie haben Schlüssel«, keuchte ich.

»Sollen sie«, antwortete Larissa trocken. Sie nahm eines ihrer Werkzeuge, steckte es in das Schloss und drehte es ruckartig um, sodass der vordere Teil abbrach und im Schloss stecken blieb.

»Daran werden sie eine Weile zu knacken haben«, konstatierte sie.

Inzwischen waren wohl auch die anderen beiden angekommen, denn wir hörten gedämpftes Fluchen durch die Tür. Offenbar hatten sie das Hindernis schon entdeckt.

Mein Herzschlag hatte sich wieder etwas beruhigt, und ich schämte mich für meine Reaktion vorhin. Ich warf Larissa einen verstohlenen Blick zu, aber sie schien meinen Zustand nicht zu bemerken.

Wir durchquerten erneut die Bibliothek und hielten Ausschau nach dem Ausgang. Direkt vor uns lag eine weitere Tür. Sie musste auf die Empore des Ovalen Saals führen. Direkt davor ging es links in einen kleinen Raum, an dessen Wänden Holzkisten gestapelt waren. Durch die Kistenreihen hindurch konnten wir am anderen Ende die Feuertür sehen, gegen die von außen der Regen prasselte.

»Wenn wir die Tür öffnen, wird ein Alarm ausgelöst«, sagte Larissa, als ich die Hand auf die Klinke legte.

»Bis jemand hier ist, sind wir doch schon lange weg«, erwiderte ich. »Die werden höchstens die Slivitskys erwischen.«

Entschlossen drückte ich die Klinke herab. Sofort begann eine Sirene zu heulen.

Hinter der Tür befand sich eine Feuertreppe aus Metall, die in einen kleinen Hof führte. Wir sprangen die Stufen hinunter. Im Nu waren wir klatschnass. Zum Glück war der Notausgang markiert: Auf der anderen Seite des Hofes wies ein großer roter Pfeil in einen engen Durchgang zwischen zwei Häusern.

Wir rasten durch die Gasse, die in eine kleine Nebenstraße hinter dem Museum mündete. Wegen des Sturzregens waren kaum Passanten unterwegs, und niemand sah uns aus der Seitengasse hervorkommen. Sobald wir die Straße erreicht hatten, suchten wir in einem Hauseingang Schutz vor den Fluten, die vom Himmel stürzten.

Ich atmete mehrmals tief durch. »Puh, das war knapp«, stöhnte ich.

In der Ferne hörten wir die ersten Polizeisirenen. »Hier können wir nicht bleiben!«, rief Larissa. Wir liefen so dicht wie möglich an der Häuserwand entlang, bis wir den Platz mit der großen Kirche erreichten, an der wir schon bei unserer Ankunft vorbeigekommen waren.

Die Stände auf dem Marktplatz waren inzwischen abgebaut. Die Menschen waren in die Straßencafés rund um den Platz geflüchtet, wo wegen der dunklen Wolken bereits die Kerzen auf den Tischen angezündet worden waren und ein gemütliches Licht verströmten. Am liebsten hätte ich mich an einen der Tische gesetzt, meine Beine von mir gestreckt und einen heißen Kakao bestellt.

Aber das ging natürlich nicht. In einem Café hätten wir wie auf dem Präsentierteller gesessen. Wer weiß, vielleicht waren Sam und Ham bereits auf dem Weg hierher.

»Wohin jetzt? Zum Bahnhof?«, fragte Larissa.

Ich schüttelte den Kopf. »Zu gefährlich. Genau das erwarten sie ja. Deshalb werden sie bestimmt jemanden dort postiert haben.«

»Und was machen wir dann?«

»Erst mal weg von hier«, sagte ich. »Lass uns zurück in das Café gehen, in dem wir vorhin waren. Da können wir in Ruhe überlegen.«

Es dauerte nur fünf Minuten und wir hatten unser Ziel erreicht. Inzwischen trieften wir vor Nässe. Hinter der Theke stand immer noch das Mädchen von vorhin. Unser alter Tisch am Fenster war noch frei, und so ließen wir uns daran nieder. Von dort hatten wir einen guten Blick auf die Straße.

Die Kellnerin brachte uns zwei Colas, die ich direkt bezahlte. So konnten wir notfalls sofort verschwinden.

Nacheinander besuchten wir die Toiletten, um uns ein wenig zu trocknen. Dann beratschlagten wir über unser weiteres Vorgehen.

»Wenn wir nicht zum Bahnhof können, wie kommen wir dann weg hier?«, fragte Larissa.

Darüber hatte ich mir auf unserer Flucht bereits Gedanken gemacht – und war zu einer simplen Lösung gekommen.

»Ganz einfach«, erklärte ich und zog das Handy aus der Tasche, das Jan uns am Morgen gegeben hatte. »Wir rufen Jan an und lassen uns abholen.«

»Hey, klar – warum habe *ich* nicht daran gedacht!«, rief sie. Ein paar Sekunden später hatte ich Jan am anderen Ende der Leitung.

»Arthur! Geht's euch gut?«, waren seine ersten Worte.

»Wir sind in Sicherheit. Vorerst. Aber die Slivitskys sind hinter uns her und wir können nicht zum Bahnhof zurück.«

»Kein Problem. Ich kann in einer dreiviertel Stunde da sein. Wo soll ich euch auflesen?«

Darüber hatte ich noch nicht nachgedacht. An markanten Stellen in Haarlem kannte ich nur den Bahnhof und den Markt vor der großen Kirche. Und beides erschien mir zu gefährlich. Da kam mir ein Gedanke! »Vor Teylers Museum. Da werden sie uns am wenigsten erwarten. Und außerdem kann man da mit dem Auto vorfahren. Weißt du, wo das ist?«

Jan lachte. »Klar. Ich bin schon mehrere Dutzend Mal da gewesen.« Er senkte seine Stimme ab. »Und habt ihr gefunden, wonach ihr gesucht habt?«

»Sieht so aus«, antwortete ich eben so leise.

»Dann passt gut darauf auf. Wir treffen uns in fünfundvierzig Minuten. *Tot ziens*.«

»*Tot ziens*«, erwiderte ich und steckte das Handy wieder zurück in die Tasche.

»Hältst du das Museum wirklich für eine so gute Idee?«, fragte Larissa.

»Die beste«, sagte ich. »Sie werden mit Sicherheit davon ausgehen, dass wir Haarlem so schnell wie möglich verlassen wollen. Und im Museum wird es jetzt noch von Polizei wimmeln. Das ist der Ort, an dem sie gewiss nicht nach uns suchen werden.«

»OK.« Sie schien meinem Argument zu folgen. »Dann warten wir hier noch eine Weile, bis der Regen nachlässt und gehen dann los.«

»Leider nein«, antwortete ich. Ich saß so, dass ich an Larissa vorbei die kleine Straße bis fast zum Ende entlang sehen konnte. Und soeben tauchten zwei unverkennbare Gestalten aus dem Regenschleier auf.

Im Nu war ich auf den Beinen, fasste Larissa an der Hand und zog sie zur Tür. Ich musste ihr nichts erklären. Sie begriff sofort, was los war.

Wir schossen aus der Tür. Ein Blick über die Schulter zeigte mir, dass Sam und Ham noch etwa dreißig Meter von uns entfernt waren. Wir fegten um die nächste Ecke und bogen an der folgenden Kreuzung wieder rechts ab. Nachdem wir ein paar Haken geschlagen hatten, suchten wir unter dem Wartehäuschen einer Bushaltestelle Zuflucht.

»So schnell werden sie uns nicht folgen können«, keuchte Larissa.

Ich nickte wortlos. Auch ich war überzeugt, dass wir die Slivitskys fürs Erste abgehängt hatten. Aber wir waren noch lange nicht in Sicherheit.

Meinem Gefühl nach hatten wir uns in einem Bogen wieder dem Stadtzentrum genähert. Es war inzwischen dunkel geworden. Hatte Haarlem bei Tage noch den Eindruck eines verträumten Städtchens gemacht, so verwandelte es sich im Dunkeln in einen Ort der unheimlichen Schatten. Die engen Straßen wurden zu Tunneln, und die vornüber geneigten

Häuser machten auf mich den Eindruck, als wollten sie sich jeden Moment herunterbeugen und uns verschlingen.

Die Straßen waren weitgehend leer von Passanten. Das war einerseits gut, weil wir so schon von Weitem sehen konnten, ob uns jemand verfolgte. Andererseits konnte man uns natürlich auch sofort entdecken.

Ich zog meinen Reiseführer heraus und suchte auf dem Stadtplan die Straße, in der wir uns befanden. Wir waren etwa fünf Minuten vom großen Markt und weitere fünf Minuten von Teylers Museum entfernt.

Inzwischen hatte der Regen etwas nachgelassen. Vorsichtig bewegten wir uns in Richtung Marktplatz. Wir überquerten ihn am äußersten Ende, eng an die Häuser gedrückt. Auf der anderen Seite lagen die beleuchteten Cafés. Die Stimmen der Gäste und Fetzen von Musik wehten zu uns herüber. Die Menschen dort ahnten nichts von der Jagd, die gerade in ihrer Nähe stattfand.

Die Straße vor uns war menschenleer und dunkel. Ein Blick auf die Uhr zeigte mir, dass wir noch etwa zwanzig Minuten Zeit hatten, bis sich Jan mit uns treffen wollte. Ich hatte vor, die Kirche auf der anderen Seite zu umgehen, um dann wieder beim Museum herauszukommen.

Ich warf gerade einen Blick zurück, als mich Larissa mit ihrer Hand auf meinem Arm zum Stehen brachte. Knapp vor uns bewegte sich etwas in einem dunklen Hauseingang. Es waren die Umrisse einer menschlichen Figur.

»Das können sie nicht sein«, flüsterte ich, war mir aber nicht so sicher, wie ich klang. Zurück zum Platz wollte ich nicht gehen – also blieb uns nur die Flucht nach vorn.

Zur Sicherheit wechselten wir auf die andere Straßenseite. Als wir an der fraglichen Tür vorbeikamen, erkannten wir ein Mädchen in einem langen dunklen Mantel, das in der linken Hand eine Zigarette und in der Rechten ihr Handy hielt, auf dem sie konzentriert herumtippte.

Mit ein paar Schritten waren wir an der Gestalt vorbei und in die nächste Straße eingebogen. Nach weiteren fünf Minuten überquerten wir eine schmale Gracht. Meinen Berechnungen nach waren wir nur noch wenige Minuten vom Museum entfernt. Ich fragte mich, ob wir direkt hingehen und da auf Jan warten oder lieber noch ein paar Runden um die Blocks drehen sollten.

Die Entscheidung wurde mir abgenommen. Mit quietschenden Reifen bog hinter uns ein Auto um die Ecke und kam auf uns zugerast. Ich zog Larissa in einen Vorgarten. Der Wagen bremste scharf ab und die Türen öffneten sich. Sam und Ham sprangen heraus und stürzten auf uns zu.

»Diesmal seid ihr dran!«, rief Sam, der uns am nächsten war.

Larissa und ich rannten ohne zu überlegen in die andere Richtung. Wir hatten Glück: Der Vorgarten führte an der Seite des Hauses vorbei und mündete in einen Garten. Wir umkurvten drei große Blumentöpfe und gelangten zu einer etwa zwei Meter hohen Bretterwand, die den Garten vom Nachbargrundstück trennte.

Hinter uns hörten wir ein lautes Fluchen, als Sam über einen der Blumentöpfe stolperte. Das brachte uns wertvolle Sekunden. Fast gleichzeitig zogen wir uns die Bretterwand hoch und ließen uns auf der anderen Seite herunterfallen.

Ein blasser Lichtschein, der aus den Fenstern eines Wohnhauses fiel, beleuchtete einen kleinen Gartenteich mit einer Handvoll Gartenzwergen drum herum. Wir waren kaum auf der anderen Seite des Teichs angekommen, als Sam Slivitsky mit lautem Poltern über die Bretterwand kam. Von seinem Bruder war nichts zu sehen. Vielleicht war er zum Auto zurückgekehrt, um uns den Weg abzuschneiden. Es sah nicht gut aus für uns.

Der nächste Garten war nur durch eine niedrige Hecke abgetrennt, über die wir mit einem großen Satz hinweg sprangen. Dabei rutschte ich auf dem nassen Rasen aus und schlug lang hin. Larissa half mir auf. So verloren wir wertvolle Sekunden und das Narbengesicht rückte uns näher auf den Pelz. Trotz seines Mantels war er schneller als wir.

Vor uns tauchte ein etwa drei Meter hoher Maschendrahtzaun aus der Dunkelheit auf. Aus vollem Lauf sprangen wir dagegen und zogen uns an ihm hoch. Ich hatte mein Bein schon auf der anderen Seite, als Larissa mit der Hand an dem glitschigen Draht abrutschte und einen halben Meter nach unten glitt. Sam Slivitskys Fledermaus-Silhouette war nur noch wenige Meter von uns entfernt. Noch zwei oder drei Schritte, und er würde Larissa zu packen kriegen. Das bedrohliche Quietschen seiner Schuhe auf dem durchnässten Rasen kam erschreckend schnell näher.

»Lauf!«, rief sie mir zu, aber ich schüttelte den Kopf. Ohne lange zu überlegen, lehnte ich mich nach vorn und streckte ihr meine Hand hin. Sie ergriff sie, und ich zog sie hoch zu mir. Im Film sah das immer so leicht aus, in Wirklichkeit hatte ich das Gefühl, mein Arm würde aus der Schulter gerissen.

Mit einem lauten »Autsch!« ließ ich sie los und rutschte auf der anderen Seite des Zauns herunter. Meine Hilfestellung hatte jedoch ausgereicht, um Larissa einen Halt auf dem Zaun zu geben. Sie schwang sich über die Kante und hockte eine Sekunde später neben mir.

Auf der anderen Seite krachte der Narbengrufti in den Zaun. Der bebte zwar, gab aber nicht nach. Mit einem lauten Grunzen machte er sich daran, die Maschen emporzuklettern.

Ich hielt mir die schmerzende Schulter und stolperte neben Larissa durch den Garten. Der Rasen war kurz geschnitten, und ich konnte keine Büsche oder Bäume erkennen. An einigen Stellen war der Boden abgeschabt und die nackte Erde lag bloß. Uns direkt gegenüber lag der nächste Maschendrahtzaun.

Wir hatten ihn gerade erreicht, als ich zwei dunkle Schatten auf uns zukommen sah. Ich spürte das tiefe Knurren mehr als ich es hörte. »Nicht bewegen!«, zischte ich Larissa zu. Dann standen die beiden Dobermänner schon mit gefletschten Zähnen vor uns.

Das lauteste Geräusch war in diesem Augenblick mein Herzschlag. Wir drückten uns mit dem Rücken gegen den Zaun und hielten den Atem an. Das Knurren der beiden Bestien wurde immer drohender. Ich spürte schon die spitzen Hauer in meinen Beinen – als auf der anderen Seite des Gartens ein lauter Plumps zu hören war, gefolgt von einem noch lauteren Fluch.

Die Dobermänner ließen sofort von uns ab und rannten der neuen Geräuschquelle entgegen. Wir warteten keine Sekunde. Ich konnte meinen rechten Arm noch immer nicht richtig bewegen. Larissa, die das merkte, verschränkte ihre Hände zu einer Hühnerleiter. Ich trat hinein und sie drückte mich hoch, bis ich mit meiner linken Hand die Oberkante des Zauns zu fassen bekam. Von der schmerzenden Rechten unterstützt, konnte ich mich hinaufziehen und über die Zaunkante rollen.

Auf der anderen Gartenseite knurrten die Hunde jetzt nicht mehr, sondern waren in wütendes Gebell ausgebrochen. »Weg!«, hörten wir Sam rufen. »Ab mit euch, ihr Tölen!« Dann folgte ein lang gezogenes »Auuuuu!«.

Larissa war inzwischen neben mir auf der anderen Seite gelandet. Wir sahen, wie sich im Haus eine Türe öffnete. Im Lichtschein, der herausfiel, stand ein breitschultriger Mann.

»Castor! Pollux!«, rief er. Die Hunde hörten sofort auf zu bellen. Der Mann ging über den Rasen zu der Stelle, wo die Hunde über einer liegenden Gestalt Wache standen.

Der Mann drehte sich zur Tür zurück, in der sich eine Frauengestalt gegen das Licht abzeichnete. *»Margriet, bel de politie!«*, rief er. *»Inbrekers!«*

Wir warteten die weitere Entwicklung nicht ab, sondern schlichen uns unauffällig davon. Der nächste Zaun war glücklicherweise nur hüfthoch, und der dahinter liegende Garten besaß einen Ausgang zur Straße.

Hinter einem Baum versteckt, hielten wir nach Ham Slivitskys Auto Ausschau. Als wir nichts entdeckten, wagten wir uns auf den Bürgersteig.

Fünf Minuten später näherten wir uns endlich Teylers Museum. Der Himmel hatte sich ausgeweint, aber wir waren beide nass bis auf die Haut. Ich hoffte nur, dass das Register in meiner Umhängetasche keinen Schaden genommen hatte. Vor dem Gebäude standen zwei Polizeiwagen, und aus der Türe fiel Licht auf die Straße. Dem Eingang gegenüber stand eine Gruppe Schaulustiger am Rand der Gracht.

Wir drängten uns so unauffällig wie möglich an ihnen vorbei und überquerten dann die Straße. Ein paar Meter weiter, vor der Einfahrt zu einer Tiefgarage, wartete ein alter Mini mit laufendem Motor. Als wir näher kamen, öffnete sich die Fahrertür und Jan schälte sich aus dem winzigen Gefährt heraus. Er winkte uns zu.

In wenigen Schritten waren wir bei ihm. Larissa schlüpfte auf den Rücksitz, ich nahm auf dem Beifahrersitz Platz. Ich hatte meinen Gurt noch nicht befestigt, da war Jan auch schon losgefahren.

Schlagartig überkam mich eine ungeheure Müdigkeit und zugleich das unglaublich angenehme Gefühl, endlich in Sicherheit zu sein.

In wenigen Minuten hatten wir die Innenstadt von Haarlem verlassen. Jan bemerkte unseren Zustand und stellte keine

Fragen. Wir fuhren auf einer Schnellstraße, und das rhythmisch ab- und anschwellende Licht der gelben Laternen ließ meine Augen immer weiter zufallen. Anfangs kämpfte ich dagegen an, aber nach drei Versuchen gab ich auf und war eine Minute später eingeschlafen.

August 361

Als Jan uns weckte, standen wir bereits vor van Wolfens Buchladen. Nach einem müden Gutenacht-Gruß schleppten Larissa und ich uns in unsere Zimmer und setzten unseren Erschöpfungsschlaf fort. Ich besaß gerade noch die Kraft, das Register von Leyden unter mein Kopfkissen zu schieben, bevor mir die Augen zum zweiten Mal an diesem Abend zuklappten.

In dieser Nacht schlief ich traumlos, und als ich am nächsten Morgen aufwachte, hatte auch der Schmerz in meiner Schulter etwas nachgelassen. Beim Frühstück konnte ich van Wolfens und Jans Neugier deutlich spüren, aber sie hielten sich zurück, bis wir unsere Pfannkuchen verputzt und unseren zweiten Kakao vor uns stehen hatten. Dann war unsere Schonfrist vorbei.

Wir berichteten von unseren Erlebnissen in Haarlem, und schließlich holte ich das dünne Buch aus meinem Zimmer, das wir in der Museumsbibliothek gefunden hatten. Van Wolfen betrachtete es einen Moment ehrfürchtig und schlug es dann auf. Er blätterte einige Male um und studierte die Einträge. Dann sah er uns an.

»Euer Freund Gerrit hatte recht«, sagte er. »Dieses Büchlein scheint tatsächlich der Schlüssel zu den Vergessenen Büchern zu sein.«

Er machte eine kurze Pause.

»*Liber Responsorum* ist das *Buch der Antworten*«, erklärte van Wolfen. »*Liber Obscuritae* das *Buch der Dunkelheit*. Und *Liber Imaginum* bedeutet *Buch der Bilder*. Es sieht wirklich so aus, als seien hier alle Vergessenen Bücher aufgelistet. Sogar einige, die ich nicht kenne.«

Vorsichtig blätterte er die Seiten um. »Das Buch der Antworten ist wohl mehrfach neu versteckt worden. Jedenfalls taucht es an verschiedenen Stellen auf, immer in anderer Tinte und Handschrift geschrieben. Ah, hier befindet sich der letzte Eintrag.«

Er drehte das Register um, damit auch wir die Stelle sehen konnten, auf die er mit seinem Finger zeigte. Das Ganze sah etwa so aus:

Die ersten beiden Worte bedeuteten *Liber Responsorum*, das wusste ich bereits. Ich versuchte, das Wort in der Mitte zu entziffern. Es war in einer altmodischen Handschrift geschrieben und ergab keinen Sinn.

»Anguft?«, fragte ich.

Van Wolfen lächelte. »Das ist eine alte deutsche Schreibschrift. Sie ist nach ihrem Erfinder *Sütterlin* benannt. Und das Wort hier heißt *August*. Und dann haben wir hier noch die vier Initialen *A.H.P.C.*, von denen ich aber auch nicht weiß, wofür sie stehen.«

»August? August 361? Und das soll unsere Spur zum Buch der Antworten sein?« Ich konnte meine Enttäuschung nicht verbergen. Da hatten wir unter größten Gefahren das Register aus Teylers Museum beschafft, und alles, was es zu sagen hatte, war *August 361*?

»Die Bewahrer haben ihre Hinweise so verschlüsselt, dass sie nicht jeder verstehen kann«, sagte van Wolfen. »Bei der Gefahr, welche die Vergessenen Bücher darstellen, kein Wunder. Sonst wären sie schon längst in die falschen Hände gefallen.«

»Bei mir sind sie zudem auch noch auf den falschen Kopf gestoßen«, murrte ich unwillig. »Rätsel lösen war noch nie meine Stärke.«

»Ihr habt doch auch die Spur zum Register gefunden«, warf Jan ein. »Warum sollte euch das nicht noch einmal mit dem Buch der Antworten gelingen?«

»Vielleicht kann uns Gerrit weiterhelfen«, schlug Larissa vor.

Das war's. Wenn es irgendetwas gebraucht hätte, um meinen Ehrgeiz anzustacheln, dann war es die Erwähnung von Gerrit und der bewundernde Ton, in dem Larissa von ihm sprach. Im Grunde war mir das natürlich *völlig* egal. Sollte sie ihn doch anhimmeln. Aber ich wollte ihr beweisen, dass es auch *andere* gab, die die Spur zum Buch der Antworten finden konnten.

»Ich werde erst mal eine Runde googeln«, erklärte ich. »Mal sehen, ob uns das weiterbringt.«

Ich verzog mich an den Computer. Schon die erste Ergebnisseite sah vielversprechend aus: Sie verwies auf ein Dokument aus dem August 361, in dem es um die Rolle von sogenannten *Beneficiariern* ging. Ein großer Teil des Textes bestand aus lateinischen Zitaten.

Ich suchte nach weiteren Informationen über diese Beneficarier. Wikipedia wusste, dass sie eine Art Straßenpolizei im Römischen Reich gewesen waren. Überall dort in Europa, wo die Römer das Sagen hatten, errichteten sie Stationen an den Hauptstraßen, von denen aus die Beneficiarier operierten.

Das Buch der Antworten konnte also in einer Beneficiarier-Station versteckt sein. Aber wo? Reste dieser Stationen gab es in vielen europäischen Ländern. Woher sollten wir wissen, welches die Richtige war, ohne weitere Hinweise zu haben? Die Spur war also doch nicht so heiß, wie ich gedacht hatte.

Ich kehrte zu den Google-Resultaten für *August 361* zurück, konnte aber nichts Weiteres finden, was in irgendeiner Weise Sinn ergeben hätte. Frustriert kehrte ich an den Küchentisch zu den anderen zurück.

Van Wolfen saß noch immer über dem Register und studierte es. Von Jan war nichts zu sehen. Larissa stand mit dem Telefon am Fenster.

»Er kommt gerade rein«, sagte Larissa. »Willst du ihn sprechen?« Sie lauschte einen Moment, dann streckte sie mir den Hörer hin.

»Mein Opa«, sagte sie.

»Hallo, Arthur«, begrüßte mich der Bücherwurm. »Larissa hat mir schon berichtet, was ihr in der letzten Nacht erlebt habt. Wie fühlst du dich?«

»Im Augenblick eher frustriert«, erwiderte ich. »Sobald wir ein Rätsel gelöst haben, stehen wir schon vor dem Nächsten.«

»Du meinst das Register?«, fragte er.

»Zum Beispiel.« Ich wollte ihn fragen, welche Rätsel er vor uns verbarg, scheute aber in Larissas Gegenwart davor zurück. Stattdessen sagte ich: »Wussten Sie etwas von dem Register?«

»Nein«, antwortete er. »Und ich bin mir auch nicht sicher, ob das die richtige Spur ist. Ich kenne diesen Gerrit nicht und mir ist nicht klar, welche Interessen er in dieser Angelegenheit verfolgt.«

Dasselbe hätte ich auch über den Bücherwurm sagen können. Seine Motive lagen für mich ebenso im Dunkeln wie die Gerrits. Deshalb fühlte ich mich verpflichtet, eine Lanze für Gerrit zu brechen – und sei es auch nur, um den Bücherwurm zu ärgern.

»Bisher hat er mit seinen Hinweisen immer richtig gelegen. Und das Register sieht ziemlich echt aus.«

»Das glaube ich dir ja. Karel hat mir ebenfalls bestätigt, dass es einen authentischen Eindruck macht. Wenn es wirklich echt ist, dann haben wir einen gehörigen Vorsprung vor den Slivitskys. Aber solange wir nicht wissen, wer Gerrit wirklich ist, sollten wir vorsichtig sein.«

Ich warf aus dem Augenwinkel einen Blick auf Larissa. Das müssen Sie *ihr* sagen, hätte ich beinahe geantwortet. Aber ich konnte die Worte gerade noch herunterschlucken.

»Das werden wir«, sagte ich stattdessen. »Obwohl wir wohl wieder seine Hilfe benötigen werden. Oder wissen Sie, was *August 361* bedeuten könnte?«

»August 361?« wiederholte er. »Das sagt mir erst mal gar nichts. Ist das der Hinweis im Register?«

»Ja. Mehr gibt's nicht.«

»Ich werde sehen, was ich herausfinden kann. Wenn ich etwas erfahre, rufe ich an.« Er machte eine kleine Pause. »Aber sonst geht es euch gut?«

»Ja, uns geht's gut«, erwiderte ich müde. »Mal abgesehen davon, dass ständig irgendwer hinter uns her ist.«

»Man darf die Slivitskys nicht unterschätzen. Ihr habt euch bislang gut geschlagen, Arthur. Ich bin stolz auf euch.«

Ich hörte im Hintergrund ein Geräusch durch die Leitung. »Ich muss auflegen«, sagte der Bücherwurm. »Grüß Karel von mir.«

Bevor ich noch etwas sagen konnte, machte es Klick und die Leitung war tot. Ich legte den Hörer auf den Tisch und setzte mich.

Larissa blickte mich an. »Und, was herausgefunden?«

Ich berichtete von meiner vergeblichen Suche und dem Hinweis auf die Beneficiarier. Wir waren uns einig, dass dies als Spur zu wenig war.

»Dann müssen wir wohl doch Gerrits Hilfe in Anspruch nehmen«, sagte ich.

Ich griff nach dem Register, um es an mich zu nehmen, aber van Wolfen hob abwehrend die Hand.

»Das ist keine gute Idee.«

»Aber wir sollten Gerrit das Register zeigen«, wandte ich ein.

»Die Slivitskys sind gewiss auch schon wieder in Amsterdam«, erklärte van Wolfen. »Und wenn sie euch mit dem Register erwischen, dann haben sie alle Trümpfe in der Hand. Es ist besser, das Buch bleibt hier. Ihr könnt Gerrit doch hierhin mitbringen.«

Ich überlegte kurz. »Warum nicht«, sagte ich dann. »Was meinst du, Larissa?«

Sie nickte. »Klar. So lernen Karel und Jan ihn gleich kennen.«

Eine halbe Stunde später verließen wir van Wolfens Antiquariat. Der Himmel hatte sich etwas zugezogen, und es war deutlich kühler als an den vorangegangenen Tagen.

»Diese Vergessenen Bücher«, begann Larissa. »Meinst du wirklich, sie sind so gefährlich wie alle hier zu glauben scheinen?«

Ich zuckte mit den Schultern. »Keine Ahnung. Irgendwas muss schon dran sein, sonst wären ja nicht alle so dahinter her.«

»Aber es gibt keine Beweise dafür. Es steht nicht einmal fest, ob die Bücher wirklich aus der Bibliothek von Córdoba stammen.«

Ich blieb auf einer kleinen Brücke stehen, die über eine Gracht führte, und genoss den Anblick. »Es gibt auch keine Beweise dafür, dass die Bibel Gottes Wort enthält. Und trotzdem glauben Millionen Menschen daran.«

»Das ist etwas anderes.« Larissa lehnte sich neben mir gegen das Geländer. »Erst kam der Glaube, und daraus ist die Bibel entstanden. Aber niemand glaubt an die Vergessenen Bücher. Oder fast niemand.«

»Vielleicht liegt darin gerade die Gefahr.« Ich drehte mich zu ihr hin. »Jetzt sind die Bücher vergessen. Wissen wir, was passieren wird, wenn sie ans Tageslicht kommen? Vielleicht ist ihr Inhalt so mächtig, dass die Menschen einen neuen Glauben annehmen. Und das würde die ganze Welt verändern.«

Larissa lächelte mich an. Ich bemerkte zum ersten Mal, dass einer ihrer Eckzähne leicht schräg stand. Das verlieh ihrem Lächeln und Grinsen so einen frechen und manchmal verwegenen Ausdruck.

»Der Flügelschlag eines Schmetterlings verändert die Welt«, sagte sie. »Wir verändern die Welt. Mit allem, was wir tun oder unterlassen. Die Welt nach dem Fund des Registers von Leyden ist eine andere Welt als die vorher.«

Ich hob die Hände. »Das ist mir zu abgefahren«, wehrte ich ab.

Sie boxte mich spielerisch in die Seite. »Los, komm, du Faulpelz«, rief sie und lief mir voraus.

Ich hatte eine Ahnung, dass wir Gerrit wieder in der Schuttersgalerij treffen würden, und so war es auch. Ich fragte mich, ob er dort wirklich den ganzen Tag herumhing und auf uns wartete. Vielleicht hatte er eine Abmachung mit dem Museum und bekam deshalb keine Schwierigkeiten mit den Wärtern?

Wie dem auch sein mochte – er war nicht besonders erstaunt, als wir ihn baten, uns zu van Wolfen zu begleiten. Auf dem Weg dorthin erzählten wir ihm von unserem Abenteuer in Haarlem.

»Das habt ihr sehr gut gemacht«, sagte er. »Ich frage mich nur, wie eure Verfolger euch wieder gefunden haben. Außer mir, van Wolfen und Jan wusste doch niemand etwas von eurem Ausflug, oder?«

»Eigentlich nicht«, sagte ich. »Es sei denn, einer von den beiden hat abends noch mit dem Bücherwurm telefoniert.«

»Was willst du damit andeuten?«, fragte mich Larissa.

Ich mimte den Unschuldigen. »Gar nichts. Es ist nur eine Feststellung.«

»Keine Aufregung«, warf Gerrit ein. »Die Slivitskys können euch auch zufällig beim Gang zum Bahnhof entdeckt haben.« Seine Stimme klang allerdings nicht so, als ob er das auch wirklich glaubte.

Sobald wir in van Wolfens Laden getreten waren, verriegelte er die Tür und hängte ein *Geschlossen*-Schild hinter die Scheibe. Dann musterte er Gerrit von Kopf bis Fuß.

»*Zo, Zo*«, sagte van Wolfen. »*U bent de mysterieuze mijnheer de Fleer.*«

Gerrit lieferte seinen Hofknicks ab und schwenkte seinen Hut. »*Tot Uw dienst, mijnheer.*«

»Genug der Formalitäten!« Van Wolfen machte eine ungeduldige Handbewegung. »Gehen wir nach oben und hören mal, was Sie uns zu sagen haben.«

Wir folgten van Wolfen in sein Büro, wo Jan gerade damit beschäftigt war, einen Stapel Rechnungen zu ordnen. Er stand auf und schüttelte Gerrit die Hand.

»Herzlich willkommen, Mijnheer de Fleer. Wir haben schon viel über Sie gehört.«

»Ja, ja«, fiel van Wolfen grummelig ein. »Und deshalb möchte wir zuerst einmal wissen, woher Sie Ihr Wissen über die Vergessenen Bücher haben. Ich kenne eigentlich alle Kollegen, die sich mit dem Thema beschäftigen. Von Ihnen allerdings habe ich bislang noch nie etwas gehört.«

Gerrit zeigte sein bekanntes Strahlen. »Das konnten Sie auch nicht, Mijnheer van Wolfen. Ich bin nämlich erst vor wenigen Tagen von einem längeren Aufenthalt in der Fremde nach Amsterdam zurückgekehrt.«

»Zufällig«, schnaubte van Wolfen. Gerrit blickte ihn mit hochgezogenen Augenbrauen an.

»*Zufällig* sind Sie gerade wenige Tage vor der Ankunft von Arthur und Larissa zurückgekommen«, spezifizierte van Wolfen seine Frage.

Gerrit drehte seine Handflächen nach oben. »Es ist, wie es ist, Mijnheer. Sie müssen mir einfach glauben. Ich versichere Ihnen, ich würde nichts tun, was Arthur und Larissa schaden würde.«

»Das möchte ich Ihnen auch nicht geraten haben«, warnte Jan von der Seite.

»Sie haben uns noch immer nicht erklärt, woher Sie so viel über die Vergessenen Bücher wissen«, nahm van Wolfen sein Verhör wieder auf. »Und vor allem über das Register von Leyden.«

Gerrit ließ sich nicht aus der Ruhe bringen. »Das ist ganz einfach zu erklären. Ich stamme aus einer alten Familie, die über einige Mittel verfügt. Deshalb befinde ich mich auch in der glücklichen Situation, nicht für meinen Lebensunterhalt arbeiten zu müssen. So kann ich mich seit vielen Jahren meinen privaten Studien widmen. Mein Vater hat mir zahlreiche alte Bücher hinterlassen. Larissa und Arthur haben einige davon sehen können.«

»Du meinst die Bibliothek von Barto Blegvad?«, warf ich ein.

Gerrit nickte. Van Wolfen runzelte die Stirn. »Blegvads Bibliothek ist seit über zweihundert Jahren verschollen«, sagte er.

Gerrit lächelte. »Das sollte die Öffentlichkeit glauben. In Wahrheit befindet sie sich im Besitz unserer Familie – das heißt, in *meinem* Besitz.«

»Das stimmt«, bestätigte Larissa. »Wir haben sie selbst gesehen.«

»Erstaunlich«, brummelte van Wolfen. »Vor allem, wie Sie das so lange geheim halten konnten.«

»Mein Vater hat ebenso zurückgezogen gelebt wie ich«, erklärte Gerrit. »Ich nutze die Bücher, um daraus zu lernen. Und das ist auch die Antwort auf Ihre Frage, woher mein Wissen über die Vergessenen Bücher stammt.«

Van Wolfen war nicht wirklich zufrieden mit der Antwort, das spürte ich deutlich. Aber er konnte Gerrits Erklärungen auch nicht widerlegen.

»Ich stehe in dieser Sache auf Ihrer Seite«, betonte Gerrit noch einmal. »Auch ich möchte nicht, dass das Buch der Antworten den Suchern in die Hände fällt. Betrachten Sie mich einfach als einen selbst ernannten Hilfsbewahrer.«

Er strahlte in die Runde. Van Wolfen blickte Jan an. Der nickte unmerklich. Der Antiquar drehte sich zu einem Bild, das an der Wand hing, und klappte es beiseite. Dahinter war ein Safe in die Wand eingelassen. Er zog einen Schlüsselbund aus der Tasche, suchte kurz nach dem passenden Schlüssel und öffnete den Safe.

Er nahm das Register vorsichtig heraus und streckte es Gerrit hin. »*Alstublieft*.«

Gerrit nahm das Register in die Hand und strich fast ehrfurchtsvoll mit seinen Fingern darüber. Einen Moment lang nahm sein Gesicht einen verklärten Ausdruck an. Er kam mir vor wie ein Mensch, der etwas zurückerhält, das er vor langer Zeit verloren hat. Aber das konnte ja nicht sein, denn das Register war bestimmt hundert Jahre oder länger verschollen.

So schnell wie er gekommen war verschwand der Ausdruck auch wieder von seinem Gesicht.

»Können wir uns irgendwo setzen?«, fragte er.

Jan räumte seinen Platz am Schreibtisch und fasste van Wolfen am Arm. »Komm, Karel, lassen wir die jungen Leute allein«, sagte er. Etwas widerwillig ließ sich der Antiquar aus dem Raum bugsieren.

Larissa und ich hockten uns auf zwei alte Kontorstühle, die auf der anderen Seite des Schreibtisches standen. Gerrit nahm auf Jans Stuhl Platz.

»Wollen wir doch mal sehen«, sagte er und schlug das Büchlein auf. Er blätterte, bis er den fraglichen Eintrag erreichte, und betrachtete ihn schweigend. Dann hob er die Seite an und drehte sie gegen das Fenster, sodass das Licht durchschimmerte. Er kniff die Augen zusammen, drehte die Seite ein wenig hin und her und nahm sie dann mit einem zufriedenen Gesichtsausdruck wieder herunter.

»Ihr habt eine Kleinigkeit übersehen«, lächelte er und schob uns das aufgeschlagene Register über den Tisch.

Larissa und ich steckten unsere Köpfe über dem Buch zusammen, konnten aber nichts entdeckten. Dann folgte ich Gerrits Beispiel und hob die Seite gegen das Licht. Auf den ersten Blick war kein Unterschied zu erkennen; beim genaueren Hinsehen bemerkte ich jedoch eine blasse Kontur hinter dem Wort *August*, so als ob da noch ein Buchstabe gestanden hätte. Es sah aus wie ein kleines *e*.

»Steht da *Auguste* statt August?«, fragte ich Gerrit.

Er nickte. »Die Tinte ist im Laufe der Zeit verblasst, vielleicht, weil sie nicht voll aufgetragen war.«

»Und wie hilft uns *Auguste* weiter?«, wollte ich wissen.

Er zuckte mit den Schultern. »Ich bin so schlau wie ihr. Aber du hast doch diese ganzen modernen Technologien zur Verfügung. Da müsstest du doch eigentlich etwas finden können, meinst du nicht?«

Also ging es zurück zu Google. *Auguste 361* ergab 1,7 Millionen Treffer, und schon die ersten paar Seiten zeigten, dass wir so nicht weiter kommen würden. Die meisten Einträge bezogen sich zudem nicht auf *Auguste*, sondern nur auf *August*. Auf der dritten Seite tauchten auch unsere altbekannten Benficiarier wieder auf.

»Und jetzt?«, fragte ich.

»Setzt das Wort *Auguste* doch mal in Anführungszeichen«, schlug Larissa vor.

Was konnte das schaden? Ich folgte ihrer Anregung – und siehe da, jetzt waren es *nur* noch 365.000 Fundstellen. Larissa beugte sich über meine Schulter.

»Da! Der dritte Eintrag! Klick da mal drauf!«

Die Überschrift lautete »Auguste Charlois – Wikipedia, déi fräi Enzyklopedie«. Ich tat Larissa den Gefallen. Vor unseren Augen baute sich eine Seite in einer merkwürdigen Sprache auf. Sie erinnerte mich entfernt an einen deutschen Dialekt, aber mit merkwürdigen Akzenten auf den Buchstaben.

Während ich noch versuchte, die Sprache zu entziffern, schlug mir Larissa heftig auf die Schulter.

»Bingo!«, rief sie und tanzte aufgeregt im Raum herum.

Sie bemerkte meine und Gerrits fragenden Blicke. »Seht doch mal, um wen es in dem Artikel geht«, sagte sie. »*Auguste Honoré Pierre Charlois*. Na, fällt euch nichts auf?«

»Er hört sich französisch an«, bemerkte ich. »Und er war ein Astronom, wie hier steht. Aber ...«

Ich konnte meinen Satz nicht zu Ende führen. Larissa nahm Gerrit das Register von Leyden aus der Hand und schlug den Eintrag zum Buch der Antworten auf. Triumphierend hielt sie uns die Seiten entgegen und deutete dabei mit ihrem Finger auf die rechte Spalte.

»*A.H.P.C.* Das sind exakt die Initialen dieses Charlois!«, rief sie. »Das ist unser Mann!«

Ihr Enthusiasmus steckte mich an. Ich konzentrierte mich wieder auf den Bildschirm und suchte nach der *361*. Unter dem kurzen Eintrag in der merkwürdigen Sprache waren alle 99 Asteroiden aufgelistet, die Charlois in seinem Leben entdeckt hatte. Und siehe da: Einer von ihnen trug tatsächlich die Nummer 361!

»*Bononia*«, sagte ich. »So hat er den von ihm entdeckten Asteroiden mit der Ordnungsnummer 361 genannt.«

Vom Jagdfieber gepackt, googelte ich jetzt nach den Worten *Charlois* und *Bononia*. Gleich der erste Eintrag war ein Treffer. *Bononia* war in der deutschen Wikipedia aufgelistet:

»(361) Bononia ist ein Asteroid des Hauptgürtels, der am 11. März 1893 von Auguste Charlois in Nizza entdeckt wurde. Der Name des Asteroiden geht zurück auf die lateinische Bezeichnung zweier Städte, dem französischen Boulogne-sul-Mer und dem italienischen Bologna.«

Ich lehnte mich zurück. Sollten wir tatsächlich einen Treffer gelandet haben? Zur Sicherheit rief ich in der deutschen Wikipedia noch einmal den Eintrag über Charlois auf. Er war ein französischer Astronom, der 1910, im Alter von 46 Jahren, von seinem früheren Schwager ermordet worden war.

»Schon wieder ein mysteriöser Vorfall«, murmelte ich.

»Ich entsinne mich«, meldete sich Gerrit zu Wort. Und als er meinen fragenden Blick sah, fügte er schnell hinzu: »Ich habe darüber gelesen. Der Mörder war der Bruder von Charlois' erster Ehefrau. Angeblich war der frühere Schwager eifersüchtig auf Charlois, weil der wieder geheiratet hatte. Er wurde gefasst und zu lebenslänglicher Zwangsarbeit in Neukaledonien verurteilt. Doch es gab Zweifel, ob er wirklich der Täter war.«

»Wenn dies wirklich die Initialen von Charlois sind«, fuhr Larissa fort, »dann war er einer der Bewahrer. Und man hat ihn vielleicht gerade deshalb umgebracht.«

Das Leben als Bewahrer schien nicht ungefährlich zu sein. Ich googelte noch ein wenig herum, fand aber keine weiteren Informationen über den Mord an Charlois.

Wir packten unsere Unterlagen zusammen und trafen uns mit van Wolfen und Jan in der Küche. Natürlich stand ein selbst gebackener Marmorkuchen nebst Kakao auf dem Tisch.

Wir berichteten von unseren Entdeckungen. Van Wolfen nickte nachdenklich vor sich hin.

»Bologna. Ja, ja. Das ist plausibel. Die Stadt der Gelehrsamkeit. Dort gab es die erste Universität Europas, und einige der ältesten Bücher unseres Kontinents stehen dort in den Bibliotheken.«

»Und was ist mit Boulogne-sur-Mer?«, fragte ich.

Van Wolfen machte eine wegwerfende Handbewegung. »Boulogne ist die Stadt der Fische«, sagte er verächtlich. »Und in der Geschichte ist sie lediglich durch ihre kriegerischen Fürsten bekannt. Nein, nein, wenn irgendwo eines der Vergessenen Bücher versteckt ist, dann in Bologna und nicht in Boulogne.«

»Das glaube ich auch«, pflichtete ihm Gerrit bei, der mit sichtlichem Genuss bereits sein zweites Stück Kuchen verzehrte. »Vor vielen hundert Jahren war bereits das ›Buch der Wege‹ in Bologna versteckt. Boulogne hingegen ist im Zusammenhang mit den Vergessenen Büchern in meinen Unterlagen kein einziges Mal erwähnt.«

Ich spürte einen leichten Druck im Magen, der schnell stärker wurde. Das hörte sich gar nicht gut an. Ich ahnte, was als Nächstes kommen würde.

»Jemand muss nach Bologna.« Van Wolfen sah Larissa und mich an. Es war klar, an wen er bei diesem *jemand* dachte.

»Das kannst du nicht ernst meinen!« Jan stemmte empört die Hände in die Hüften. »Die beiden sind doch noch Kinder! Was sie hier in den letzten Tagen durchstehen mussten, ist schon schlimm genug.«

»Sie haben sicher recht.« Gerrit hatte ausnahmsweise mal ein ernstes Gesicht aufgesetzt. »Aber ich fürchte, es gibt niemanden sonst, der das Buch der Antworten finden könnte. Außer unseren Gegenspielern vielleicht.«

Ich stand demonstrativ auf. »Dürfen wir auch etwas dazu sagen? Schließlich sind wir es ja, die den Kopf hinhalten sollen. Denn ich nehme nicht an, dass du uns begleiten wirst, Gerrit?«

»Nein, das kann ich nicht.« Er schüttelte den Kopf. »Und ich dürfte es auch nicht. Ich habe euch von den Regeln der Bewahrer erzählt. Sie gelten auch für mich.«

»Was wird passieren, wenn wir nicht fahren?«, fragte Larissa.

»Zunächst einmal nicht viel«, erwiderte Gerrit. »Eure Verfolger werden euch allerdings weiterhin auf den Fersen bleiben. Zum Glück wissen sie nicht, was genau ihr aus Teylers Museum geholt habt. Aber sie werden ahnen, dass es etwas mit dem Buch der Antworten zu tun hat. Und solange sie diese Information nicht besitzen, werdet ihr nicht vor ihnen sicher sein. Früher oder später werden sie euch finden und aus euch herausquetschen, was ihr wisst. Und damit werden sie dem Buch der Antworten wieder einen gefährlichen Schritt näher sein.«

»Deiner Meinung nach sind wir also in Bologna sicherer als hier?«, fragte ich ungläubig.

Er nickte. »Wenn es euch gelingt, unbemerkt die Stadt zu verlassen, dann ja.«

»Was meinst du, Arthur?« Larissa blickte mich fragend an.

»Ich brauche Zeit, um darüber nachzudenken«, sagte ich. »Und vielleicht auch ein bisschen frische Luft.«

»Das trifft sich gut.« Gerrit sprang ebenfalls auf. »Ich muss sowieso zurück. Da könnt ihr mich ja begleiten.«

So hatte ich mir das Luftschnappen zwar nicht vorgestellt.

Aber zumindest auf dem Rückweg würde ich Gelegenheit dazu haben, mit Larissa unter vier Augen zu reden. Also willigte ich ein.

Van Wolfen wollte einen alten Bekannten in Bologna kontaktieren, natürlich ebenfalls ein Buchhändler. Wenn es nicht so ernst gewesen wäre, hätte ich darüber gelacht: eine geheime Organisation alter Antiquare, wie die Mafia über ganz Europa verteilt!

Gerrit schien es auf einmal eilig zu haben, nach Hause zurückzukommen und schritt ordentlich aus. Wir hatten Mühe, ihm zu folgen.

»Nenn mir einen Grund, warum es mich überhaupt interessieren sollte, ob das Buch der Antworten von den Suchern gefunden wird oder nicht«, forderte ich ihn auf.

»Weil das nun mal die Aufgabe der Bewahrer ist«, erwiderte er, ohne seinen Schritt zu verlangsamen.

»Dann sollen sich die doch auch darum kümmern! Ich sehe hier jedenfalls keinen Bewahrer«, protestierte ich.

»Vielleicht täuscht du dich«, sagte Larissa, die auf Gerrits anderer Seite herlief. »Möglicherweise haben wir einen werdenden Bewahrer unter uns – nämlich dich.«

Das brachte das Fass zum Überlaufen. »Erst hieß es *Fahr nach Amsterdam und finde eine Spur*. Danach *Fahr nach Haarlem und finde das Register*. Und jetzt auf einmal *Werde ein Bewahrer*! Und was ist, wenn ich dazu überhaupt keine Lust habe?«

Vor Ärger trat ich gegen einen Poller am Rand der Gracht. Das hätte ich lieber gelassen, denn meine Zehen nahmen mir das unverzüglich übel.

»Autsch!«, rief ich und hüpfte auf einem Bein im Kreis herum.

Larissa und Gerrit blieben stehen und lachten, was mich nur noch wütender machte. »Ihr habt gut Lachen! Ihr seid doch fein raus. Von euch erwartet ja keiner, sein Leben diesen blöden Büchern zu opfern! Wenn euch das so wichtig ist, dann holt euch das Buch der Antworten doch ohne mich!«

Ich drehte mich um und humpelte in die Richtung zurück, aus der wir gekommen waren. In mir kochte es. Am liebsten hätte ich alles zerschlagen, was sich mir in den Weg stellte. Die Erfahrung mit dem Poller hatte mich diesbezüglich allerdings vorsichtig gemacht. So begnügte ich mich damit, leise vor mich hinzufluchen.

Ich war erst wenige Meter gegangen, da spürte ich eine Hand auf meiner Schulter.

»Arthur.« Es war Larissa.

Ich schüttelte ihre Hand ab und ging weiter. So einfach wie heute Morgen würde ich diesmal nicht zurückstecken. Wieso nahmen sich andere Menschen heraus, über mein Leben zu bestimmen? Wieso erwartete Larissa ganz selbstverständlich von mir, zu einem Bewahrer zu werden? Dies war *mein* Leben, und der Einzige, der darüber zu bestimmen hatte, war *ich*.

Hätte ich von Anfang an gewusst, worauf diese Sache hinauslaufen würde, dann wäre ich gar nicht erst nach Amsterdam gefahren. Ein Buch zu suchen, das war eine Sache. Sein ganzes Leben zu opfern – das war etwas ganz anderes. Etwas, zu dem ich nicht bereit war.

»Arthur. Lass uns reden.« Larissa ließ sich nicht abhängen.

Ich drehte mich um. Gerrit stand immer noch da, wo ich die beiden verlassen hatte.

»Was gibt es da noch zu reden?«, fragte ich. »Für dich und Gerrit ist doch schon alles klar.«

Sie legte erneut die Hand auf meine Schulter. Diesmal blieb ich stehen.

»Ich würde dir deine Last gerne abnehmen, wenn das möglich wäre«, sagte sie leise. »Aber ich verfüge nicht über deine Fähigkeiten.«

»Pah«, stieß ich aus. »Ich habe mir diese Fähigkeiten nicht gewünscht.«

»Wir sind nicht immer das, was wir uns wünschen«, sagte sie. »Was glaubst du, wie oft ich gerne jemand anderes wäre.«

Ich sah sie erstaunt an. »Was meinst du damit?«

Larissa biss sich auf die Unterlippe und um ihren Mund zuckte es. Sie würde doch jetzt nicht anfangen zu weinen? Und überhaupt – ich war es doch, der aus gutem Grund sauer war! Wie hatte sie es bloß geschafft, die Situation so umzudrehen?

»Das erzähle ich dir vielleicht ein anderes Mal. Jetzt geht es um dich. Ohne dich können wir das Buch der Antworten nicht finden. Wir brauchen dich, Arthur.« Sie machte eine kleine Pause und sah mir direkt in die Augen. »*Ich* brauche dich.«

Sie streckte ihren Arm aus und berührte meine Hand leicht mit ihrer. Die Haare auf meinem Arm richteten sich auf. Meine Wut war mit einem Mal verflogen.

»Mmh«, brummte ich, weil mir plötzlich die Worte fehlten. Damit war alles gesagt. Sie zog ihre Hand wieder zurück und wir gingen schweigend zu der Stelle, wo Gerrit gewartet hatte. Er war inzwischen verschwunden, was mir auch ganz recht war.

Ich fühlte, dass ich an diesem Tag meinem Leben endgültig eine neue Wendung gegeben hatte. Ob zum Besseren, das musste sich erst noch herausstellen.

Flucht über die Gracht

Es hört sich vielleicht komisch an, aber ich fühlte mich viel besser, als wir van Wolfens Haus erreichten. Die Gewissheit, eine Entscheidung gefällt zu haben (auch wenn ich diese Entscheidung später vielleicht bereuen sollte), verfehlte ihre Wirkung nicht.

Wir betraten den Laden. Von van Wolfen und Jan war nichts zu sehen. Ich steckte meinen Kopf durch die Tür zum Büro, um unsere Rückkehr zu melden, als mich ein großes Paar Hände packte und in den Raum zog.

»Hey!«, schrie ich – und verstummte sofort. Vor mir stand Sam Slivitsky, ein breites Grinsen auf dem Gesicht. Hinter mir stolperte Larissa in den Raum, dicht gefolgt von Ham Slivitsky, dem angeblichen Antiquar.

»Na, wen haben wir denn da?«, höhnte der Narbengrufti, der wieder (oder immer noch?) in seine klassische Tracht gekleidet war, und stieß mich grob in die Ecke des Raums.

»So trifft man sich wieder.« Der kahlköpfige Ham schob Larissa zu mir hin. »Ihr habt uns das Leben ganz schön schwer gemacht, Kinder. Aber um uns abzuschütteln, muss man schon etwas schlauer sein als ihr.«

Erst jetzt bemerkte ich, wie verwüstet das Büro war. Schubladen waren herausgerissen und durchwühlt worden. Der Inhalt des Aktenschranks in der Ecke lag in einem großen Haufen davor auf dem Boden. Auch den Safe hinter dem Bild hatten die Brüder gefunden und geöffnet. So weit ich erkennen konnte, war er leer. Das bedeutete, sie hatten das Register von Leyden entdeckt – oder nicht?

»Jetzt wollen wir doch mal hören, was ihr Schönes in Teylers Museum gefunden habt«, sagte Ham. »Leider seid ihr uns ja dort entwischt, sonst hätten wir uns die Mühe hier sparen können.«

»Und ich muss mich noch bei euch für dieses wunderbare Souvenir aus Haarlem bedanken«, grollte Sam. Er zog mit seiner freien Hand ein Hosenbein hoch und zeigte auf den Verband um seinen Unterschenkel. »Wenn ihr uns gegeben habt, was wir suchen, machen wir vielleicht einen kleinen Ausflug zum nächsten Hundezwinger.«

Wenn ich ihre Worte richtig interpretierte, wussten sie nichts vom Register. Aber wo befand es sich dann? Hatten van Wolfen und Jan es an einem anderen Ort versteckt?

Ich tat so als hätte ich keine Angst vor den beiden. »Wo sind Herr van Wolfen und Jan?«, herrschte ich sie an.

Ham blickte seinen Bruder an und lachte. »Hörst du das? Das Schäfchen will den Wolf spielen.« Mit zwei schnellen Schritten war er bei mir und packte mich grob unter dem Kinn.

»Hör zu, Kleiner, wir sind hier nicht im Speisewagen, sondern ganz unter uns«, zischte er. »Hier stelle *ich* die Fragen, und du antwortest gefälligst. Oder willst du etwa, dass deiner kleinen Freundin etwas passiert?«

»Ich bin nicht Arthurs *kleine Freundin*«, protestierte Larissa. »Und Sie können uns gar keine Angst machen.«

»Soll ich mir die beiden mal ein wenig vornehmen?«, fragte Sam seinen Bruder mit einem gierigen Leuchten in den Augen.

»Später«, winkte Ham ab. »Jetzt reden wir erst mal übers Geschäft.«

Er stemmte die Hände in die Hüften. »Was habt ihr in der Bibliothek des Museums gesucht?«

Ich ging in die Offensive. »Das Buch der Antworten«, sagte ich. »Das wissen Sie doch ebenso gut wie ich. Aber wir haben es nicht gefunden.«

»Und warum sollte ich dir glauben?« Seine Augen zogen sich zu zwei schmalen Schlitzen zusammen.

»Weil es die Wahrheit ist«, bekräftigte Larissa.

»Euer Gastgeber und sein Freund behaupten aber etwas anderes.« Ein bösartiges Lächeln spielte um seinen Mund. »Sie sagen, ihr habt durchaus etwas aus Haarlem mitgebracht.«

War das nun ein Bluff oder hatten van Wolfen und Jan wirklich geredet? Ich konnte es mir eigentlich nicht vorstellen. Und wo waren sie überhaupt?

»Das sollen sie mir selbst sagen«, erwiderte ich und wunderte mich selbst über meinen forschen Ton.

»Sie sind derzeit nicht besonders redselig«, grinste Sam hämisch.

»Bevor ich sie nicht gesehen habe, sage ich gar nichts.«

»Oho! Der Kleine hat immer noch nicht genug.« Sam machte einen Schritt auf mich zu, aber Ham hielt ihn mit einer Armbewegung zurück.

»Ich denke, es kann nichts schaden. So haben wir sie wenigstens alle im Auge.«

Er packte Larissa und mich grob an den Armen und stieß uns in den Laden. »Und denk bloß nicht daran abzuhauen«, sagte er, als er meinen Blick in Richtung Eingangstür bemerkte. »Sam wartet nur auf einen Grund, härter zuzugreifen.«

Wir trabten die Treppe hinauf, dicht gefolgt von den Slivitskys. Oben dirigierte uns Ham in die Küche. Auch hier hatten die Brüder bereits gewütet. Tisch und Stühle waren verschoben, Töpfe und Pfannen aus den Küchenschränken gerissen.

Mitten in diesem Tohuwabohu lagen van Wolfen und Jan auf dem Boden, die Arme und Beine gefesselt und mit einem Tuch um den Mund.

»Überraschung!«, rief Ham gespielt fröhlich. Van Wolfen wollte etwas sagen, bekam aber nur einen gurgelnden Laut heraus.

»Was war das?« Ham beugte sich mit gespielter Aufmerksamkeit zu van Wolfen herab. »In deinem Alter sollte man doch gelernt haben, sich deutlich auszudrücken.«

Ich überlegte fieberhaft, was ich tun konnte. Über die Treppe zu fliehen, war nicht möglich. Sam Slivitsky stand nicht nur direkt neben der Tür, er hatte auch Larissa am Arm gefasst. Selbst wenn ich entkommen konnte, würde sie zurückbleiben müssen.

Die Slivitsky-Brüder hatten sichtlich Freude an der Situation. »Die kleinen Täubchen wollen uns nicht erzählen, was sie in Teylers Museum gefunden haben«, säuselte Ham scheinheilig.

Jetzt brummte auch Jan etwas unter seinem Tuch und versuchte, sich aufzusetzen. Mit einem Fußtritt warf ihn Sam wieder zu Boden.

»Es scheint, als wollten unsere Freunde hier etwas mitteilen«, lachte das Narbengesicht höhnisch.

»Dann sollte man ihnen doch auch die Gelegenheit dazu geben.« Ham ging in die Hocke und nahm van Wolfen den Knebel ab. Der alte Buchhändler hustete und spuckte und richtete sich in eine sitzende Position auf.

»Na, Alterchen, ist dir plötzlich wieder eingefallen, was wir wissen wollen?«, fragte Ham, der noch immer vor van Wolfen in der Hocke saß.

»Das hier«, erwiderte der Buchhändler und spuckte dem Dicken ins Gesicht.

Angeekelt sprang Ham auf und hätte dabei beinahe das Gleichgewicht verloren. Er zog ein grünes Taschentuch hervor und wischte sich damit das Gesicht ab.

»Das wirst du mir bezahlen«, zischte er und versetzte van Wolfen einen heftigen Tritt in die Seite, sodass der Alte schmerzgekrümmt auf die Seite fiel.

Larissa wollte sich losreißen und sich auf den Dicken stürzen, aber Sam lockerte seinen Griff keinen Millimeter.

»Ich glaube, wir müssen uns hier noch ein wenig unter Erwachsenen unterhalten«, sagte Ham. »Sperr die Kleinen so lange oben weg. Die knöpfen wir uns später vor.«

Sam geleitete uns die Treppe hoch, nicht ohne den einen oder anderen Puff loszuwerden.

»Los, los«, lachte er. »Die Täubchen kommen jetzt in den Taubenschlag. Und danach geht's in den Kochtopf.«

Er schubste uns den Gang entlang in Larissas Schlafzimmer. Mit einem lauten Knall schlug er die Türe hinter sich zu und drehte den Schlüssel im Schloss um.

»Jetzt sitzen wir in der Falle«, sagte ich. »Und das Register ist auch verschwunden.«

»Aber die Slivitskys haben es noch nicht gefunden«, erwiderte sie. »Und als Falle würde ich unsere Situation nicht gerade bezeichnen.« Dabei ließ sie für einen Moment ihr typisches Grinsen sehen.

Ich sah sie fragend an. »Das Türschloss?«

»Das Schloss ist kein Problem für mich«, sagte sie. »Aber es nutzt uns nicht viel, solange wir unten an ihnen vorbei müssen.«

Ich ließ mich aufs Bett sinken. »Also doch Falle.«

»Fallen sehen anders aus. Hilf mir mal, das Bett von der Wand wegzuschieben«, forderte Larissa mich auf.

»Warum?« Ich blickte sie verständnislos an.

»Siehst du das da?« Sie deutete auf die Tapete hinter dem Bett. Ich drehte mich um und entdeckte einen viereckigen Umriss, der sich leicht von der Wand abhob.

»Was ist das?«

»Ich vermute, dahinter verbirgt sich der Mechanismus für den Flaschenzug.«

Sie sah meinen ratlosen Ausdruck und wartete meine Antwort gar nicht erst ab.

»Komm gucken«, sagte sie und öffnete das kleine Fenster. »Links über dir.«

Ich lehnte mich vorsichtig hinaus. Van Wolfens Haus war, wie viele Häuser entlang der Grachten, leicht vornüber geneigt. Über und zwischen den Fenstern zu unseren Schlafzimmern ragte ein Holzbalken aus der Wand hervor. An seinem Ende hing ein Seil mit einem Metallhaken.

Ich hatte diese vorstehenden Balken schon an vielen anderen Häusern bemerkt, darüber aber nicht groß nachgedacht.

»Was meinst du, wie man hier die Möbel in die oberen Stockwerke kriegt?«, fragte Larissa. »Die Treppen sind zu schmal und verwinkelt. Deshalb hieven die Amsterdamer größere Teile einfach mit dem Flaschenzug außen am Haus entlang nach oben.«

Das klang plausibel. Trotzdem wusste ich noch nicht, worauf sie hinaus wollte.

Larissa seufzte. »Nun sei doch nicht so begriffsstutzig. Wo es rauf geht, da muss es doch auch runter gehen.«

»Du willst ... dass wir uns an diesem Ding nach unten abseilen?«

Sie nickte. »Und zwar schnell. Denn wenn Dick und Doof nichts finden, werden sie uns bestimmt noch einmal in die Mangel nehmen. Und darauf möchte ich nicht warten.«

Ich warf noch mal einen Blick aus dem Fenster. Bis zur Straße waren es wahrscheinlich nicht mehr als acht Meter, aber es kam mir unglaublich hoch vor. Und mir wurde schon auf dem 5-Meter-Brett im Freibad schwummrig! Aber das konnte ich natürlich unmöglich zugeben.

Zum Glück war das Bett nicht besonders schwer. Trotzdem dauerte es eine Weile, denn wir versuchten, jedes Geräusch zu vermeiden. Schließlich war der Zwischenraum groß genug für Larissa, um die etwa ein Meter hohe Tür einen Spalt zu öffnen. Sie duckte sich und verschwand in dem Raum dahinter.

Eine Minute später tauchte ihr Kopf wieder auf. »Gehst du mal zum Fenster und kontrollierst, ob sich das Seil bewegt?«

Ich hörte sie in dem kleinen Raum herumfuhrwerken. Dann begann das Seil langsam abzurollen. Ich überkreuzte Zeige- und Mittelfinger und hoffte, dass die Slivitskys davon nichts bemerken würden.

»Es funktioniert«, rief ich leise.

»Sag *Stopp*, wenn es kurz über der Straße ist«, kam Larissas gedämpfte Stimme aus der Kammer.

Als der Haken etwa einen halben Meter über dem Bürgersteig baumelte, gab ich ihr das Zeichen. Von den Passanten schien sich niemand besonders für diesen Vorgang zu interessieren. Wahrscheinlich hatten sie das schon oft genug gesehen.

Larissa werkelte noch etwas in der Kammer herum, dann kam sie wieder zum Vorschein.

»Ich habe das Seil jetzt festgestellt«, sagte sie, während sie sich den Staub von ihrer Hose klopfte. »Du kannst doch Seilklettern, oder?«

Ich schluckte und nickte wortlos.

»OK, du gehst zuerst.« Sie trat zum Fenster. Das Seil baumelte einen Meter entfernt in der Luft. Mir kam es wie ein Kilometer vor.

Sie bemerkte mein Zögern. »Setz dich einfach auf die Fensterbank und beug dich dann vor, bis du das Seil fassen kannst«, sagte sie. »Ich halte dich am Bein fest. Dann kann dir nicht passieren.«

Ich war mir da gar nicht so sicher wie sie. Ich konnte zum Beispiel vom Fensterbrett rutschen und mein Bein konnte durch ihre Hände gleiten. Ich konnte Larissa dabei mit mir hinab ziehen. Oder ich konnte neben das Seil greifen und abstürzen. Meine Finger konnten sich vom Seil lösen. Das Seil konnte reißen. Der Balken ...

»HALT!!«, unterbrach ich meinen Gedankenfluss. So würde ich das nie schaffen. Ich erinnerte mich daran, dass ich im Turnunterricht eigentlich ganz gut war. Und auf dem Fünfer wurde mir zwar etwas mulmig, aber ich sprang trotzdem immer wieder runter.

Also holte ich tief Luft und schwang ein Bein über das Fenstersims. Larissa packte mein anderes Bein. »Gib Bescheid, wenn ich loslassen soll«, sagte sie.

Draußen wehte eine leichte Brise. Mir kam sie vor wie ein Orkan. Ich schwankte leicht und dachte für den Bruchteil einer Sekunde, ich würde das Gleichgewicht verlieren, fing mich aber sofort wieder.

»Nur nicht nach unten schauen«, redete ich mir ein, während ich meinen rechten Arm vorsichtig nach dem Seil ausstreckte. Mit der linken Hand hielt ich mich am Fensterrahmen fest. Knapp zwei Handbreit fehlten!

Zentimeter für Zentimeter beugte ich mich vor. Dabei musste ich meinen Hintern von der Fensterbank heben, was mir noch mehr das Gefühl verlieh, frei über einem Abgrund zu hängen.

»Na los!«, munterte mich Larissa auf. »Pack schon zu!«

»Können vor Lachen«, stieß ich zwischen zusammengebissenen Zähnen hervor. Aber ich wollte mir von ihr nicht sagen lassen, wie ich meine Aufgabe zu erledigen hatte.

Meine Fingerspitzen stießen an das Seil. Ich schwitzte und

spürte, wie meine Finger am Fensterrahmen rutschig wurden. Das fehlte jetzt gerade noch! Mit einer entschlossenen Bewegung packte ich das Seil und warf mich auf die Fensterbank zurück.

»Puh«, stöhnte ich und wischte mir den Schweiß von der Stirn. Dann ließ ich den Fensterrahmen los, trocknete mir die ebenfalls schweißnassen Hände an der Hose ab und griff nach dem Seil.

»Auf geht's«, rief ich mit gespielter Fröhlichkeit und zog das zweite Bein aus dem Zimmer. Ich drehte mich und saß jetzt auf der Fensterbank. Noch einmal holte ich tief Luft, dann stieß ich mich leicht ab und baumelte frei in der Luft.

Die Panik schnürte mir den Hals zu. Ich klammerte mich an das Seil und ruderte mit den Beinen, bis ich sie um das Seil legen konnte. Durch diese hektischen Bewegungen begann das Tau noch mehr zu pendeln als vorher. Vor lauter Angst wagte ich nicht, eine Hand loszumachen und mit dem Abstieg zu beginnen.

Larissa beugte sich aus dem Fenster. »Ganz locker!«, rief sie mir zu. »Du bist doch schon fast unten.«

Sie hatte gut reden. Aber ihre Worte rissen mich aus meiner Starre. Hand um Hand begann ich mich abzuseilen, und mit jedem Handgriff fühlte ich mich sicherer. Ehe ich mich versah, spürte ich den Haken unter meinen Füßen und stand einen Moment später auf dem Bürgersteig. Jetzt waren doch einige Passanten stehen geblieben und beobachteten neugierig das Geschehen.

»*Wat is er aan der hand?*«, fragte ein älterer Mann.

»Das ist der neueste Trend«, sagte ich. »Die Alternative zu

Bungee und Base-Jumping.« Er starrte mich verständnislos an.

Larissa saß inzwischen ebenfalls rittlings auf der Fensterbank. Ich nahm das Seil und zog es in ihre Richtung. Sie ergriff es und glitt mit einer fließenden Bewegung aus dem Fenster. Ich brachte das Seil wieder in eine gerade Position und hielt es fest.

Im Nu begann sie mit dem Abstieg. Sie kam gerade am ersten Stock vorbei, als sich eines der Fenster öffnete und ein langer Arm nach ihr griff. Es war Sam Slivitsky. Larissa duckte sich. Er verfehlte sie, bekam aber das Seil zu fassen. Sofort begann er daran zu rütteln.

Ich hielt unten dagegen, so gut ich konnte. Larissa rutschte die letzten Meter herab und sprang zwei Meter über dem Bürgersteig ab. Das plötzlich leichte Seil wurde mir durch Sams Bewegungen aus der Hand gerissen. Der Metallhaken schwankte quer über den Bürgersteig und wieder zurück. Die Schaulustigen duckten sich und verzogen sich schnell in eine sichere Entfernung.

Sam ließ das Seil los und verschwand aus dem Fenster. Wahrscheinlich würden er und sein Bruder jeden Moment aus der Tür kommen. Ich überlegte fieberhaft, was wir tun sollten.

Da fiel mir van Wolfens Boot ein. Ich ergriff Larissas Arm und zog sie über die Straße zur Gracht. Sie verstand sofort, was ich vorhatte. Mit einem Satz war sie im Boot gelandet, fischte den Schlüssel unter der Sitzbank hervor und versuchte, den Außenborder anzulassen. Ich machte mich an dem Tau zu schaffen, mit dem das Boot am Poller befestigt war.

In der Hektik verkantete ich die große Schlaufe und musste sie noch einmal nach unten sinken lassen. Zugleich bemerkte ich aus dem Augenwinkel, wie sich die Tür zu van Wolfens Laden öffnete und Sam und Ham herausgestürzt kamen. Sie brauchten einen Moment, um uns zu entdecken. In der Zeit hatte ich das Tau endlich über den Poller gezogen und sprang ebenfalls ins Boot.

Larissa mühte sich noch immer mit dem Motor ab. Die Slivitskys waren nur noch wenige Meter von uns entfernt. Der Narbengrufti hinkte leicht, was sein Tempo etwas verlangsamte. Ich zog eines der beiden Ruder hervor, die an der Innenwand des Bootes befestigt waren, und stieß uns von der Grachtenmauer ab. Der Bug des Kahns zeigte jetzt zur Mitte der Gracht, aber das Heck war immer noch nah am Ufer. Ich lief zwei Schritte auf dem schwankenden Boot und drückte auch das Heck von der Mauer weg.

Mit einer Geschwindigkeit, die ich ihm gar nicht zugetraut hätte, ließ sich Sam auf den Boden gleiten und schnappte nach dem Ruder. Der Rückstoß verwandelte sich sofort in sein Gegenteil. Ich stolperte und wäre fast über Bord gegangen. Im letzten Augenblick ließ ich das Ruder los und sackte auf die Holzplanken.

Larissa zog zum wiederholten Mal den Seilzug des Motors. Wir waren inzwischen zwei Meter vom Ufer entfernt. Sam Slivitsky hatte sich wieder erhoben und schwenkte wütend das Ruder in der Luft.

Ham rief seinem Bruder etwas zu. Ich konnte nur das Wort *Augen* heraushören, dann sprang der Außenbordmotor endlich an. Mit einem Ruck setzte sich das Boot in Bewegung.

Larissa nahm die Pinne und steuerte uns schnell in die Mitte der Gracht.

Ich rappelte mich vom Boden auf. Die Slivitskys standen an der Gracht und sahen uns hinterher. Ham hielt sein Mobiltelefon ans Ohr und sprach eindringlich hinein.

Wir tuckerten unter einer Brücke durch und bogen in eine Gracht ab, die von van Wolfens Haus wegführte. Da uns Sam und Ham nicht folgten, schienen wir fürs Erste in Sicherheit zu sein.

Ich hockte mich neben Larissa. Eine Weile sagten wir nichts.

»Das war ziemlich knapp«, bemerkte ich schließlich.

Larissa nickte. »Wir sind ihnen zwar entwischt. Aber was ist mit van Wolfen und Jan?«

Darüber hatte ich auch schon nachgedacht. »Vielleicht denken sie, wir haben das, was sie suchen und lassen die beiden in Ruhe.«

»Vielleicht«, echote Larissa ohne große Überzeugung.

Erneut schwiegen wir. Scheinbar ziellos steuerte Larissa das Boot durch die Grachten, bog mal rechts ab, mal links. Alle paar Minuten fuhren wir unter einer Brücke hindurch. Auf manchen standen Passanten und winkten uns zu, aber wir waren nicht in der Stimmung, zurückzuwinken.

Irgendwann wurden die Seitenkanäle weniger und die Straßen ruhiger. Wir mussten jetzt den äußeren Grachtengürtel erreicht haben.

Mir fielen Jugendliche auf, die auf nahezu jeder Brücke standen, welche wir passierten und eifrig in ihre Handys tippten. Ich musste an Haarlem denken. Auch da befanden sich immer irgendwelche Jugendliche mit Mobiltelefonen in unserer Nähe. Sollte das ein Zufall sein?

Ich teilte Larissa meine Beobachtung mit.

»Du meinst, die verfolgen uns?«

Ich zuckte mit den Schultern. »Keine Ahnung. Vielleicht beobachten sie uns nur und geben diese Informationen an jemanden weiter.«

»Nur weil sie ein Handy benutzen? Sieh dich mal um – wer benutzt denn heute keins? Meinst du nicht, du wirst ein bisschen paranoid?«

»Und wie haben uns die Slivitskys dann in Haarlem immer wieder gefunden? Oder hier den Weg zu van Wolfens Haus? Irgendjemand muss es ihnen doch verraten haben.«

Sie kaute auf ihrer Unterlippe. »Irgendjemand vielleicht. Aber eine Armee von Jugendlichen? Das glaube ich nicht. Das passt auch nicht zu den Slivitskys.«

Ich wechselte das Thema. »Wohin steuerst du uns eigentlich?«

»Wir müssten die Innenstadt gleich umfahren haben. Dann wollte ich rechts in den Jordaan einbiegen, damit wir von da aus zu Gerrit können.«

»Was sollen wir denn bei Gerrit?«, fragte ich.

»Kennst du jemand anderen in Amsterdam, der uns helfen kann?«, gab sie trocken zurück.

Das war eine Frage, die keine Antwort benötigte. Wir tuckerten weiter die Gracht entlang, jeder in seine Gedanken versunken. Je weiter wir vorwärts kamen, desto voller wurde es auf dem Wasser. Neben kleineren Booten kamen uns jetzt auch die langen Ausflugsschiffe mit ihren Glasdächern entgegen, die vom Bahnhof oder vom Damrak aus ihre Runden zogen.

Ich drehte mich zurück, um einer kleinen Nussschale in psychedelischen Farben nachzusehen, die soeben an uns vorbeigezogen war. Sie legte gerade am rechten Ufer vor einem ebenso psychedelisch bemalten Haus an. Ich wollte mich schon wieder nach vorne wenden, als mir ein Boot auffiel, das uns folgte. Es hatte ein richtiges Steuerhaus und war deutlich schneller als die offenen Holzboote, denen wir bislang begegnet waren. An Bord schienen zwei Personen zu sein. Eine stand im Steuerhaus, die andere halb drinnen, halb draußen.

Das Boot kam schnell näher. Ich kniff die Augen zusammen und hoffte, mich zu täuschen. Aber es sollte nicht sein.

Ich stieß Larissa in die Rippen. »Gib Gas! Sie sind hinter uns!«

Sie warf einen Blick über die Schulter. Inzwischen konnte man die Bootsbesatzung gut erkennen. Ham Slivitsky stand am Steuer, Sam neben ihm. Sein Mantel bauschte sich im Wind. Als er sah, dass wir sie bemerkt hatten, winkte er uns höhnisch zu.

Mit unserem langsamen Kahn hatten wir gegen die beiden keine Chance. Larissa versuchte es trotzdem. Sie drehte den Außenborder bis zum Anschlag auf und bog scharf rechts in eine kleinere Gracht ein. Etwa zweihundert Meter vor uns lag eine weitere Brücke, hinter der sich die Gracht nach rechts und links aufspaltete.

Wir hatten kaum die Hälfte der Strecke bis zur Brücke geschafft, als die Slivitskys hinter uns um die Kurve kamen. Ich überlegte, was sie wohl vorhatten. Wollten sie unser Boot entern wie Piraten? Das würden sie am helllichten Tag kaum wagen. Aber ich war nicht neugierig darauf, ihren Plan kennenzulernen.

Vor uns schob sich von rechts der Bug eines Ausflugsschiffs unter die Brücke und versperrte uns den Weg. Ich klammerte mich unwillkürlich an meinem Sitz fest, als Larissa unser Boot ebenfalls unter die Brücke steuerte. Das Ausflugsschiff ließ ein warnendes Tuten ertönen, aber es war bereits zu spät. Mit einem schabenden Geräusch schrappten wir links am Brückenfundament entlang, während uns rechts das große Schiff jeden Augenblick zu zermalmen drohte. Ich sah den Kapitän in seinem Führerhaus wütend gestikulieren.

Dann waren wir unter der Brücke durch und Larissa riss das Ruder nach links herum. Ich drehte mich um. Das Ausflugsschiff blockierte jetzt die ganze Durchfahrt. Durch die Glasscheiben starrten uns ein paar Dutzend Touristen hinterher.

Larissa atmete hörbar durch. »Das dürfte uns ein paar Minuten eingebracht haben«, sagte sie. »Es ist besser, wir verlassen das Boot so bald wie möglich.«

Am Rand der nächsten Gracht, in die wir einbogen, erkannte ich die kleinen Häuschen des Jordaan. Wir suchten uns einen freien Platz an einer Anlegetreppe. Larissa stellte den Motor aus und zog den Schlüssel ab, während ich das Boot an einem Poller vertäute. Dann liefen wir die Stufen hoch und verschwanden um die nächste Ecke.

Keuchend lehnten wir uns gegen die Hauswand. Der Schock saß mir noch tief in den Knochen. Um ein Haar wären wir zerquetscht worden. Ich bewunderte Larissa für ihre Reaktionsschnelligkeit.

»Hey, das vorhin, das war große Klasse«, sagte ich.

»Danke.« Sie lächelte mich an. »Ich glaube, so viel Angst hatte ich noch nie in meinem Leben.«

»Das beruhigt mich. Ich hatte mich schon gefragt, wo du deine Nerven versteckt hast.«

Ich schielte vorsichtig um die Ecke – und zog meinen Kopf sofort wieder zurück. Die Slivitskys bogen gerade in die Gracht ein. Wir drückten uns in einen benachbarten Toreingang und hielten die Luft an. Würden sie unser Boot an der Anlegetreppe bemerken?

Das Geräusch ihres Motors wurde lauter.

Jetzt mussten sie kurz vor der Anlegetreppe sein.

Noch lauter.

Jetzt mussten sie auf der Höhe des Anlegers sein.

Noch lauter.

Jetzt mussten sie auf der Höhe der Straße sein, in der wir uns versteckten.

Ich atmete vorsichtig aus. Noch eine halbe Minute, und sie würden vorbei sein.

In diesem Augenblick klingelte in Larissas Tasche Jans Mobiltelefon.

Die Augen

Einen Moment lang stand die Welt still.

Dann fischte Larissa das Telefon aus ihrer Tasche und drückte die Annehmen-Taste. Das Klingeln hörte auf.

Ich lauschte nach dem Motor. Täuschte ich mich oder war das Geräusch leiser geworden? Hatten sie tatsächlich nichts gehört und waren weitergefahren? Vorsichtig steckte ich den Kopf aus der Einfahrt und blickte zur Gracht hinunter. Von den Slivitskys war nichts zu sehen. Wir waren gerettet.

Larissa hatte inzwischen das Telefon ans Ohr gehoben. Ihre Gesichtszüge waren nicht mehr so angespannt wie zuvor. Sie antwortete nur mit *Ja*, *Nein* und *OK*. Dann packte sie das Handy wieder weg.

»Das war Jan«, sagte sie. »Ihm und van Wolfen geht es so weit gut. Nachdem wir mit dem Boot abgehauen sind, sind auch die Slivitskys nicht mehr zurückgekehrt. Weil die Ladentür offen stand und das Seil des Flaschenzugs über dem Bürgersteig baumelte, kam wenig später eine Polizeistreife vorbei, um nach dem Rechten zu sehen. Dabei haben sie die beiden entdeckt und befreit.«

»Sie haben jetzt also nur noch uns auf dem Radar«, konstatierte ich.

»Ein Grund mehr, die Stadt so schnell wie möglich zu verlassen.«

»Die Stadt zu verlassen ist nicht schwer«, sagte ich. »Die Kunst besteht darin, das unbemerkt zu tun. Bislang haben sie uns noch immer gefunden.«

»Aber Bologna ist vielleicht nicht gerade ihre erste Wahl, wenn sie nach uns suchen«, bemerkte Larissa.

Ich musste ihr wohl oder übel recht geben. Je länger wir in Amsterdam blieben, desto gefährlicher würde es für uns werden. Und Italien war so weit ab vom Schuss, dass wir vielleicht tatsächlich ungestört nach dem Buch der Antworten suchen konnten.

»Erst mal müssen wir unauffällig zu van Wolfen zurück, um unsere Sachen zu holen«, stellte ich fest.

»Darum kümmert sich Jan. Er ist jetzt mit dem Auto auf dem Weg zum Bahnhof, um zwei Fahrkarten für den Nachtzug nach Bologna zu kaufen. Anschließend holt er uns am *Spui* ab. Gerrit kann uns sicher erklären, wie wir dahin kommen.«

»Vorher müssen *wir* zu Gerrit kommen«, sagte ich. Die Straße, in der wir uns befanden, kam mir zwar bekannt vor, aber das musste nichts heißen. Schon bei unserem ersten Besuch in der leeren Bibliothek hatte ich gemerkt, dass sich die meisten Straßen im Jordaan ziemlich ähnelten.

Nach einigem Herumirren fanden wir den Weg zum Dam, und von dort war es nur noch ein kurzes Stück zur Schuttersgalerij. Wie nicht anders zu erwarten, hing Gerrit wieder in der Galerie ab. Er geleitete uns zu seinem Häuschen.

Nachdem er uns mit einem süßlich schmeckenden Tee und dazu passendem Gebäck versorgt hatte, berichteten wir, was seit unserer Trennung vor einigen Stunden alles geschehen war.

Als er von dem verschwundenen Register hörte, lächelte er. Er griff in sein Hemd, zog das schmale Buch hervor und legte es auf den Tisch.

»Ich habe das Register vorhin vorsichtshalber mitgenommen«, erklärte er. »Ich hatte so eine Ahnung. Und die hat mich nicht getrogen.«

Ich blinzelte vor Überraschung mit den Augen. Wie hatte er das nur angestellt? Wir hatten doch alle um den Tisch gesessen, das Register in der Mitte. Warum war das niemandem aufgefallen?

Gerrit musste meine fragende Miene bemerkt haben. »Ein alter Taschenspielertrick, den mir vor langer Zeit mal ein Gaukler beigebracht hat. Ich habe das Register mit einem Buch mit ähnlichem Einband, aber leeren Seiten vertauscht. Das haben eure Verfolger wahrscheinlich im Safe auch entdeckt, es aber dann weggeworfen, weil sie damit nichts anfangen konnten.«

»Aber wenn du ein ähnliches Buch dabei hattest, dann musst du doch von Anfang an vorgehabt haben, das Register zu stehlen«, sagte ich.

»*Stehlen* ist das falsche Wort. Ich verwahre es nur für seinen rechtmäßigen Besitzer.«

»Und wer ist das?«

»Wir werden sehen.« Sein Lächeln nahm einen geheimnisvollen Zug an. Das war ein Zeichen, dass ich nicht viel mehr aus ihm herauskriegen würde.

»Kannst du uns dann sagen, wo der Spui ist?«, wechselte

Larissa das Thema. »Dort will uns Jan nämlich gleich abholen.«

»Das ist nur einen Katzensprung von hier entfernt.« Gerrit winkte uns zum Fenster und zeigte mit dem Finger quer über den Innenhof. »Wenn ihr dahinten lang geht, kommt ihr zu einem zweiten Ausgang. Der mündet direkt auf den Spui.«

Nachdem auch das geklärt war, beratschlagten wir noch ein wenig darüber, was wir in Bologna unternehmen sollten, um das Buch der Antworten zu finden.

»Verlass dich auf dein Gefühl«, riet Gerrit mir. »Es hat beim Register von Leyden funktioniert, und wenn meine Vermutung richtig ist, wird es beim Buch der Antworten nicht anders sein.«

Diesmal widersprach ich nicht. Es schien, ich besaß wirklich diese Gabe, ob ich nun wollte oder nicht.

»Was werdet ihr mit dem Buch der Antworten machen, wenn ihr es gefunden habt?«, fragte Gerrit.

Darüber hatte ich noch gar nicht nachgedacht. Der Bücherwurm hatte zwar darüber gesprochen, das Buch vor den Suchern sicherzustellen. Aber was danach mit ihm geschehen sollte, hatte er nicht gesagt. Eines wusste ich allerdings genau: Behalten wollte ich es auf keinen Fall. Das hätte bedeutet, dass mir die Slivitskys ein Leben lang an den Fersen kleben würden.

Als hätte Gerrit meine Gedanken erraten, sagte er nachdenklich: »Vielleicht ist es an der Zeit, die Vergessenen Bücher aus dem Verkehr zu ziehen.«

»Wie meinst du das?«, fragte Larissa.

»Nun, die Zeiten haben sich geändert, seit die ersten Bewahrer die Bücher versteckten. Inzwischen gibt es so viele technologische Hilfsmittel, dass kein Versteck mehr auf Dauer sicher sein wird. Und auch kein Bewahrer«, fügte er vielsagend hinzu.

Ich war erstaunt über diese Aussage. »Du willst die Bücher also vernichten?«

Er lachte. »Das würde ich gerne – wenn ich es könnte. Leider sind die Vergessenen Bücher unzerstörbar.«

»Unzerstörbar?« Zum ersten Mal bemerkte ich bei Larissa eine skeptische Reaktion auf Gerrits Erklärungen.

»Es klingt unwahrscheinlich, ich weiß.« Er lächelte beinahe etwas verlegen. »Ich kann es euch auch nicht genau erklären. Fest steht, dass weder Feuer noch Wasser noch Säure den Vergessenen Büchern etwas anhaben können.«

»Dann sind sie von den Bewahrern also gar nicht vor den Flammen gerettet worden«, sinnierte ich. »Sie haben einfach nur versucht, die Bücher an einen sicheren Ort zu bringen.«

»So ist es. Und genau das werde ich auch tun.«

»Aber du hast doch gerade gesagt, dass es einen solchen Ort in unserer Zeit nicht mehr gibt?«, warf Larissa ein.

»Ich kann euch das jetzt nicht genau erklären«, wich er aus. »Es ist sicher viel verlangt von euch, aber ihr müsst mir vertrauen. Ich kenne ein Versteck, das vor jeder Entdeckung sicher ist. Heute und auch in Zukunft.«

Das klang zwar merkwürdig, aber mir war es nur recht, das Buch bei Gerrit abzuliefern. Dann hatte ich wenigstens nichts mehr damit zu tun. Und was mein Misstrauen ihm gegenüber betraf: Das hatte sich inzwischen auch weitgehend aufgelöst. Alle seine Auskünfte hatten sich bislang als wahr herausgestellt. Auch wenn manche dieser Wahrheiten für mich ziemlich schmerzhaft waren.

Nachdem wir uns von ihm verabschiedet hatten, gingen wir zum Spui. Dort wartete Jan in seinem Mini bereits auf uns. Mich wunderte, wie ein so langer Mensch wie er sich mühelos in dieses Auto hineinfalten konnte. Selbst Larissa und ich hatten ja schon Probleme beim Einstieg, und wir waren deutlich kleiner als er.

Jan sah noch ziemlich mitgenommen von dem Überfall aus. Sein rechtes Auge war blau angeschwollen.

»Das ist in zwei Tagen wieder weg«, winkte er ab, als ich ihn darauf ansprach. »Karel hat es etwas ärger erwischt.«

In der Tat konnte sich van Wolfen nur mithilfe eines Gehstocks bewegen, und das auch nur ausgesprochen langsam. Immer wieder hielt er sich die Seite, wo ihn Sams Tritte getroffen hatten.

»Ein paar blaue Flecken und Prellungen, mehr nicht«, beruhigte er uns zwischen zusammengebissenen Zähnen. »Es fühlt sich schlimmer an, als es ist.«

Als ich zum Packen auf mein Zimmer ging, starrte mir meine große Sporttasche bereits hämisch entgegen. Wollte ich cool sein oder eine angenehme Reise haben? Die Frage war schnell beantwortet.

Ich lief die Treppe hinab und fragte Jan, ob er mir eine Tasche oder einen kleinen Koffer leihen könne. Wenig später stand ich wieder in meinem Schlafraum – mit einem Rollkoffer ähnlich dem Larissas.

Ein letztes Mal versammelten wir uns in der Küche. Van Wolfen telefonierte gerade mit dem Bücherwurm und erzählte ihm von unseren Reiseplänen. Jetzt wollte der Bücherwurm natürlich auch mit uns noch sprechen. Van Wolfen reichte mir den Hörer.

»Karel hat mir gesagt, ihr hättet das Register bei diesem Gerrit gelassen. Bist du überzeugt davon, dass es dort auch sicher ist?«

Ich brauchte nicht lange zu überlegen. »Einen sichereren Ort gibt es nicht. Die Slivitskys werden es dort nie finden.«

Er seufzte. »Nun gut, ich verlasse mich ganz auf dein Urteil. Mir wäre es allerdings lieber, es befände sich in Karels Händen.«

Ich vermied es, ihn darauf hinzuweisen, wo das Register jetzt wäre, wenn es sich in van Wolfens Händen befunden hätte: nämlich im Besitz der Slivitskys. Etwas anderes interessierte mich auch viel mehr: »Haben Sie jemals etwas darüber gelesen oder gehört, wie neue Bewahrer ausgewählt werden?«

»Nur Gerüchte«, erwiderte der Bücherwurm. »Es heißt, alle würden von den ersten Bewahrern in Córdoba abstammen. Das scheint eine der Voraussetzungen zu sein. Aber ob das stimmt und ob das als Qualifikation ausreicht, kann ich nicht bestätigen.«

»Also kennen Sie auch die Regeln nicht, die für neue Bewahrer gelten?«

»Regeln? Ich wusste bislang gar nicht, dass es solche Regeln gibt.« Ich war mir nicht ganz sicher, aber ich fand, dass sich seine Antwort nicht ehrlich anhörte. Irgendwie wurde ich das Gefühl nicht los, dass er immer noch etwas vor uns verheimlichte.

»Arthur«, wechselte er das Thema. »Wenn ihr das Buch der

Antworten gefunden habt, dann möchte ich, dass ihr es sofort zu mir bringt.«

Er bemerkte wohl mein Zögern, deshalb setzte er noch einmal eindringlich nach: »Gerrit hat das Register, gut und schön. Aber das Buch der Antworten ist ein anderes Kaliber. Es enthält geheimes und gefährliches Wissen und darf nicht in die falschen Hände geraten.«

»OK«, beruhigte ich ihn, allerdings ohne große Überzeugungskraft. »Wir müssen das Buch sowieso erst einmal finden, bevor wir es irgendwo abliefern können.«

Er gab mir noch ein paar gute Ratschläge für Bologna und Grüße an seinen Freund Montalba mit auf den Weg, bevor wir uns verabschiedeten. Ich reichte den Hörer an Larissa weiter. Auch sie wurde von ihm noch einmal bearbeitet.

Schließlich war das Telefonat beendet. Jan hatte, während wir packten, noch einmal sein Appelgebak gezaubert und für jeden von uns ein Fresspaket vorbereitet. Zum vorerst letzten Mal saßen wir gemeinsam um den Küchentisch. Jan schob uns unsere Fahrkarten zu. »Im Liegewagen war bereits alles ausgebucht«, erklärte er. »Ihr müsst also mit dem Sitzabteil vorlieb nehmen.«

»Ihr werdet in Bologna bei Giovanni Montalba übernachten«, ergänzte van Wolfen. »Er ist ein alter Freund von Johann und mir und wird euch am Bahnhof abholen. Eure Ankunftszeit haben wir ihm bereits mitgeteilt. Zur Sicherheit habe ich euch aber noch einmal seine Anschrift und seine Telefonnummer aufgeschrieben.«

Er legte einen Zettel auf die Fahrkarten. Ich packte den kleinen Stapel sorgfältig in meine Umhängetasche.

»Die Frage ist: Was haben die Slivitskys als Nächstes vor?«, sagte Jan.

»In den Buchladen werden sie nicht mehr kommen«, vermutete ich. »Sie wissen ja jetzt, dass sie das Register hier nicht finden werden.«

»Aber deshalb werden sie die Suche nicht aufgeben«, wandte van Wolfen ein. »Wahrscheinlich werden sie euch auf Schritt und Tritt beobachten, ob ihr sie ans Ziel führt.«

»Das bedeutet, wir können das Haus nicht verlassen, ohne dass sie hinter uns her sind?«, fragte ich.

Van Wolfen nickte. »Wie sollen wir dann unbeobachtet zum Bahnhof kommen?«, wollte Larissa wissen.

Jan setzte ein schelmisches Lächeln auf. »Jetzt zahlt es sich aus, dass ich früher so viele Agentenfilme gesehen habe. Wartet mal einen Augenblick.«

Er verließ den Raum und kehrte eine Minute später mit zwei großen ausgestanzten Pappfiguren unter dem Arm wieder zurück, die er gegen die Wand lehnte.

»Darf ich vorstellen: James Bond und Modesty Blaise. Zwei Filmhelden meiner Jugend.«

Die eine Figur zeigte einen schlanken Mann in schwarzem Anzug, der ironisch lächelte; die andere war eine Frau mit aufgetürmtem roten Haar und einem knapp sitzenden Mantel aus schwarzem Lackleder. Beide hielten eine Pistole in der Hand.

Jan erklärte uns seinen Plan. Nach einigem Hin und Her waren wir uns alle einig, dass wir die Slivitskys auf diese Weise am besten abhängen konnten.

Bevor wir das Haus verließen, umarmte uns Jan. »Pass gut

auf Larissa auf, Arthur«, flüsterte er mir ins Ohr. »Ich weiß, dass ich mich auf dich verlassen kann.«

Wenige Minuten später kletterten wir in seinen Mini. Er hatte die in der Mitte durchgesägten Pappfiguren in eine Decke eingeschlagen, damit unsere Verfolger nicht erkennen konnten, was wir vorhatten. Sobald wir auf der Rückbank saßen, wickelten wir die Figuren aus und legten sie uns griffbereit auf die Knie.

Jan ließ den Motor an und wir fuhren los. Ich drehte mich um. Etwa zwanzig Meter hinter uns fädelte sich ein schwarzer BMW ebenfalls in den Verkehr ein. Wer am Steuer saß, konnte ich nicht erkennen. Zwischen dem BMW und uns befanden sich noch fünf weitere Fahrzeuge.

Wir kamen nur langsam voran, denn in den engen Straßen wurde der fließende Verkehr immer wieder durch Fußgänger oder Radfahrer unterbrochen. Langsam näherten wir uns einer Kreuzung.

»Sobald wir um die Ecke sind, seid ihr dran«, sagte Jan, der unsere Verfolger im Rückspiegel beobachtete. Unsere Geschwindigkeit hatte sich auf Schritttempo verlangsamt. Als wir in die nächste Straße einbogen, sahen wir auch, warum: Ein paar Häuser weiter lag ein Parkhaus, vor dem sich die Autos stauten.

»Jetzt!«, rief Jan. Wir hatten die Ecke komplett umrundet und waren vom BMW aus nicht mehr zu sehen. Wir stellten die beiden Pappfiguren auf die Rückbank. Jan hatte inzwischen den Beifahrersitz nach vorn geschoben und die Tür aufgestoßen. Wir kletterten so schnell wir konnten aus dem Mini und tauchten in einem kleinen Café ab, das direkt vor uns lag. Möglichst unauffällig durchquerten wir den Gastraum und verschwanden auf den Toiletten.

Ich stellte mir vor, was jetzt draußen auf der Straße geschah: Jan würde die beiden Pappfiguren mit ein paar Büchern, die er vor dem Beifahrersitz gelagert hatte, beschweren, damit sie nicht umkippten. Dann würde er langsam weiterfahren. Unsere Verfolger würden die Umrisse der Pappfiguren durchs Rückfenster erkennen und denken, dass wir noch im Auto säßen. Dann würde Jan sie aus der Stadt hinaus in Richtung Utrecht locken und sie so hoffentlich zwei Stunden beschäftigen.

Larissa und ich warteten zehn Minuten auf den Toiletten, dann trafen wir uns im Gastraum wieder. Vorsichtig traten wir auf die Straße. Weder vom Mini noch vom BMW war mehr etwas zu sehen. Schnell liefen wir zurück zu van Wolfens Buchladen, um unsere Koffer zu holen.

Der alte Buchhändler freute sich, dass unser Plan bis hierhin geklappt hatte. Wir verabschiedeten uns voneinander; dann verließen Larissa und ich mit unseren Koffern sein Haus.

Wir beschlossen, den Weg an der Amstel entlang zu nehmen. So würden wir noch einmal einen Blick auf das Haus mit den Blutflecken und das Hotel Krasnapolsky werfen können.

Das Spazieren mit dem Rollkoffer war herrlich entspannt im Vergleich zum Schleppen der Sporttasche. Ich genoss die ungewohnte Leichtigkeit und war dankbar, dass Larissa sich jeden Kommentar dazu verkniff. Sie war überhaupt etwas schweigsamer geworden seit gestern. Ob das an mir oder an unserer bevorstehenden Reise lag, darüber konnte ich nur spekulieren.

Wir waren die Keizersgracht fast bis zur Amstel entlang

marschiert, als ich wieder dieses Kribbeln im Nacken spürte. Ich blickte mich um. Hinter uns ging lediglich ein Teenie. Sie war vielleicht so alt wie wir, aber weitaus modischer gekleidet, mit einer bestickten Jeans und einer kurzen weißen Lederjacke. In ihren Ohren steckten die Stöpsel eines MP3-Players – und sie tippte auf ihrem Handy herum.

Ich drehte mich zurück und trabte weiter neben Larissa her, als mich die Erkenntnis wie ein Blitzstrahl traf.

»*Das* ist ihr Geheimnis!«, rief ich.

Larissa sah mich fragend an.

»Wir haben uns doch die ganze Zeit gewundert, wie es den Slivitskys immer wieder gelingt, uns zu finden«, erklärte ich aufgeregt. »An dem Abend in Haarlem sind sie immer zufällig da aufgetaucht, wo wir uns gerade befanden. Und hier in Amsterdam haben sie uns auch ohne Probleme ausfindig gemacht, als wir mit dem Boot geflüchtet sind. Dafür gibt es nur eine Erklärung!«

»Dann sag's mir, Sherlock, und spann mich nicht auf die Folter!«

»Sie müssen Helfer haben. Überall, wo wir waren, befanden sich auch immer irgendwelche Jugendlichen in der Nähe, die alle *zufällig* auf ihren Handys herumspielten.«

»Na und?« Ihre Stimme klang irritiert. »Das Thema hatten wir doch schon. *Jeder* hat ein Handy heutzutage.« Sie blickte sich um. »Da, hinter uns, das Mädchen zum Beispiel.«

»Genau das meine ich doch«, insistierte ich. »Was wäre, wenn die über Handy unseren Standort an die Slivitskys weitergeben? Das würde doch erklären, wie sie uns immer so schnell gefunden haben.«

Larissa schüttelte den Kopf. »Das passt doch nicht. Wie sollen denn die Slivitskys so viele Jugendliche in Haarlem angeworben haben, wenn sie doch gar nicht wussten, dass wir dorthin fahren würden?«

»Ich weiß es noch nicht«, räumte ich ein. »Aber erinnere dich nur mal an das Café in Haarlem. Weißt du noch, wie schockiert die Kellnerin war, als wir das zweite Mal auftauchten? Als ob sie ein schlechtes Gewissen uns gegenüber gehabt hätte. Und warum hatte sie das? Weil sie uns bei unserem ersten Besuch verraten hat.«

Larissa blickte nachdenklich vor sich hin. Wir hatten jetzt beinahe die Amstel erreicht.

»Na gut«, sagte sie entschlossen. »Fragen wir sie.«

Wir umrundeten die Ecke, gingen aber nicht weiter, sondern blieben direkt hinter der Hauswand stehen. Wenige Sekunden später tauchte das Mädchen auf. Sie erschrak, als sie uns sah, drehte sich um und versuchte davonzulaufen. Aber Larissa war schneller und hielt sie am Arm fest.

»*Hej!*«, rief das Mädchen. »*Laat mij gaan!*« Sie wollte sich losreißen, und ich ergriff ihren anderen Arm. Zum Glück waren keine Passanten in der Nähe.

»Du kannst gehen, wenn du uns erklärst, für wen du arbeitest«, sagte ich.

»*Ik kan je niet verstaan*«, erwiderte sie. Aha, sie tat also so, als verstünde sie kein Deutsch. Mit Englisch würde sie sich nicht so schnell herausreden können.

»*Whom do you work for?*«, wiederholte ich.

Larissa dauerte das zu lange. Mit einer schnellen Handbewegung riss sie dem Mädchen ihr Mobiltelefon aus der Hand.

»*Hej!*«, rief das Mädchen erneut und wollte sich auf Larissa stürzen, aber ich hielt sie fest. Sie zappelte in meinen Armen, während Larissa auf dem Handy herumtippte.

»Sieh dir das mal an!« Sie hielt mir und dem Mädchen das Telefon hin. Auf dem Display war ein Farbfoto von uns, als wir gerade aus dem Krasnapolsky kamen. Das musste einer von den beiden Slivitskys gemacht haben.

Das Mädchen gab ihren Widerstand auf und begann zu schluchzen. Auf einmal konnte sie auch ein gebrochenes Deutsch sprechen.

»Ich wollte euch nichts Böses tun«, jammerte sie.

»Woher hast du das Foto?«, fragte ich.

»Das hat man mir gemailt.«

»Und wer ist *man*?«, wollte ich wissen.

Sie hatte sich wieder ein wenig beruhigt. »Es gibt ein Website, das heißt *www.searchingeyes.com*. Das ist wie eine Spiel. Du meldest dich an und bekommst die Foto von Leute zugeschickt, die in deine Nähe sind. Dann meldest du mit SMS, wo du sie siehst und bekommst dafür Punkten. Und die kannst du dann eintauschen gegen ring tones, iPods oder Games.«

Also so machten sie das! Die Slivitskys mussten niemanden in einer Stadt kennen, es lief alles über eine Website. Und das erklärte auch das Wort *Augen*, das ich bei unserer Flucht über die Grachten gehört hatte.

Ich fragte mich, wer wohl dahinter stehen mochte. So eine Website mit der entsprechenden Telefontechnik dahinter kostete viel Geld und musste dauernd betreut werden, und ich bezweifelte, dass die Slivitskys die Mittel und die Zeit dafür hatten. Aber darüber konnte ich mir ein anderes Mal Gedanken machen. Jetzt mussten wir einen Weg finden, unsere Verfolger auszuschalten.

Ich kramte meine Geldbörse aus der Tasche und zog einen 50-Euro-Schein hervor.

»Den gebe ich dir, wenn du mir versprichst, heute keine SMS mehr abzuschicken«, sagte ich.

Ihre Augen leuchteten beim Anblick des Geldscheins auf. Ich wusste, sie würde tun, was wir von ihr verlangten.

Larissa gab ihr das Handy zurück. »Und jetzt versprichst du mir, uns nicht weiter zu folgen. OK?«

Sie nickte eifrig. Ich gab ihr den Fünfziger, den sie sofort in ihrer Jackentasche verschwinden ließ.

»Du solltest nicht bei etwas mitmachen, dessen Auswirkungen du nicht kennst«, ermahnte sie Larissa.

»Aber ich dachte es ist nur eine große Spiel«, erwiderte das Mädchen. »Alle meine Freunde machen mit. Und wir bekommen immer die neue *telefoons*.«

Ich seufzte und ließ ihren Arm los. »Denk trotzdem mal drüber nach«, sagte ich, wusste aber nicht, ob sie das gehört hatte, so schnell, wie sie um die Ecke verschwunden war.

Wir sammelten unsere Rollkoffer wieder auf und gingen zügig weiter.

»Können wir ihr trauen?«, fragte Larissa.

»Keine Ahnung. Aber was hätten wir sonst tun sollen?«

»Ich hätte ihr das Handy wegnehmen können.«

»Damit hättest du sie *garantiert* gegen uns aufgebracht. Ich hoffe, sie wird erst mal unseren Fünfziger verbraten und dabei so viel Zeit brauchen, dass wir schon längst im Zug nach Bologna sitzen.«

»Und ich hoffe, dass wir auf dem Weg zum Bahnhof keinen anderen *Augen* begegnen«, erwiderte sie.

Es schien, als habe unser Plan funktioniert. Zumindest fielen uns keine weiteren Jugendlichen auf, die ein besonderes Interesse an uns zeigten.

Aber wenn ich eines in den letzten Tagen gelernt hatte, dann war es das, sich nicht zu früh sicher zu fühlen.

Schatten der Vergangenheit

Der CityNightLine nach München verließ Amsterdam Centraal um halb neun abends. Wir würden am nächsten Morgen um kurz nach sieben Uhr in München einfahren und dort in den Eurocity nach Bologna umsteigen.

Es war acht Uhr abends, als wir den Amsterdamer Bahnhof erreichten. Wir waren zwar nur wenige Tage hier gewesen, trotzdem spürte ich einen leichten Abschiedsschmerz. Komisch: Als wir ankamen, hätte ich nichts lieber getan, als auf der Stelle umzukehren. Und jetzt ...

Der Zug stand bereits am Gleis. Wir suchten uns zwei gegenüberliegende Sitzplätze und machten es uns bequem. Langsam begann der Wagen sich zu füllen. Immer wieder stand ich auf, um mir die anderen Reisenden anzusehen. Aber es war nichts Verdächtiges zu entdecken. Kein Kahlkopf, kein Narbengrufti und auch sonst niemand, der ein übermäßiges Interesse an uns gehabt hätte.

Pünktlich um 20:32 Uhr setzte der Zug sich in Bewegung. Wir sahen die Stadt erst langsam und dann immer schneller an uns vorbeiziehen. Als wir aufs freie Land kamen, begann es bereits zu dunkeln. Wir aßen jeder eines der vorzüglichen Brote, die Jan uns eingepackt hatte, und tranken dazu einen kalten Kakao. Dann ließen wir uns satt und müde in unsere Sitze zurückfallen.

»Was ist eigentlich mit deinen Eltern?«, fragte Larissa unvermittelt. »Du scheinst sie ja nicht besonders zu mögen.«

Die Frage überraschte mich und weckte mich aus meinem Dämmerzustand. »Wie kommst du denn darauf?«, erwiderte ich, um Zeit zu gewinnen.

»Na ja, du redest nie über sie, du ziehst es vor, die Ferien bei uns zu verbringen anstatt mit ihnen und hängst jede freie Minute im Laden meines Großvaters rum.«

»Ich mag sie schon«, sagte ich langsam. »Aber sie haben nur selten Zeit für mich. Mein Vater arbeitet in einem großen Unternehmen und ist abends meistens erst um acht oder neun Uhr zu Hause. Am Wochenende ist er auch oft für die Firma unterwegs. Und meine Mutter hat vor einigen Jahren mit einer Freundin zusammen eine Boutique aufgemacht. Sie ist zwar mehr zu Hause als er, aber dann oft beschäftigt mit Abrechnungen, Bestellungen und anderem Krams.«

Larissa sah mich mitfühlend an. »War das schon immer so?«

Ich überlegte. »Früher nicht. Da machten wir am Wochenende häufig gemeinsame Ausflüge oder mein Vater nahm mich nachmittags mit in die Stadt. Damals musste er noch nicht so lange arbeiten. Heute habe ich manchmal den Eindruck, sie sind ganz froh, dass ich ihnen nicht zur Last falle und sie die Dinge tun können, die sie gerne machen.«

Es war das erste Mal, dass ich mit jemandem so über meine Eltern redete. Als ich die Worte aussprach, verspürte ich einen Kloß im Hals. Es stimmte: Ich hatte mich damit abgefunden, wie meine Eltern waren – was sollte ich auch anderes machen. Trotzdem wünschte ich mir oft, sie würden mehr Zeit für mich aufbringen.

»Andere Jungen würden sich über so viele Freiheiten freuen«, bemerkte Larissa.

»Wahrscheinlich«, räumte ich ein. »Es ist nicht übel, wenn man nicht über jeden Schritt Rechenschaft ablegen muss. Aber es ist eben auch nicht schlecht, wenn sich deine Eltern *etwas mehr* für das interessieren, was du in der Schule machst oder was in deinem Kopf vorgeht.«

Larissa schwieg einen Moment.

»Das erklärt auch einiges«, sagte sie schließlich.

»Einiges was?«

»Deine Wutanfälle und dein Misstrauen meinem Opa und mir gegenüber.«

»Das verstehe ich nicht.« Ich wusste wirklich nicht, wovon sie sprach.

»Das ist doch sonnenklar! Du bist auf deine Eltern wütend, weil sie sich nicht wirklich für dich und das, was du machst, interessieren. Du fühlst dich von ihnen allein gelassen. Der Einzige, auf den du dich verlassen kannst, bist du. Das denkst du jedenfalls. Und deshalb traust du anderen nicht über den Weg und wirst immer so schnell wütend.«

Ich musste ein paarmal schlucken, bevor ich meine Sprache wiederfand. Wie konnte sie sich so ein Urteil über mich erlauben? Sie kannte mich doch gar nicht! Gleichzeitig spürte ich einen Kloß im Hals. Vielleicht hatte sie ja nicht ganz unrecht. Aber im Augenblick wollte ich mich nicht damit auseinandersetzen.

»Wie waren deine Eltern denn so?«, fragte ich stattdessen.

»Meine Eltern sind schon seit acht Jahren tot«, sagte sie.

Das wusste ich natürlich, aber ich hatte nie gewagt, sie danach zu fragen. Und, ehrlich gesagt, hatte es mich bisher auch nicht besonders interessiert.

»Macht es dir was aus, darüber zu sprechen, woran sie gestorben sind?«, fragte ich vorsichtig.

»*Wie* wäre die bessere Frage. Sie waren nicht krank und hatten auch keinen Unfall. Sie sind einfach von einer Reise nicht wieder zurückgekehrt.«

»Du weißt also nicht, was mit ihnen passiert ist? Oder ob sie vielleicht doch noch leben?«

Larissas Gesicht nahm einen entschlossenen Ausdruck an. »*Sie sind tot*«, betonte sie. »Eine Zeit lang habe ich gehofft, sie würden eines Tages wieder vor der Tür stehen. Und jeder Tag brachte eine neue Enttäuschung, weil sie nicht kamen.«

Ich stellte mir vor, wie das sein musste. Ich hatte zwar mit meinen Eltern nicht viel zu tun, aber ich wusste, sie waren da. Ich konnte sie jederzeit anrufen. Wenn ich etwas brauchte, kümmerten sie sich darum. Das war vielleicht nicht optimal, aber es gab einem doch ein beruhigendes Gefühl.

»Was hat dein Vater denn gemacht?«, fragte ich.

»Er war Antiquar, genau wie Opa. Allerdings hatte er kein Geschäft. Üblicherweise erhielt er von einem Interessenten den Auftrag, ein bestimmtes Buch zu beschaffen, meistens sehr teure Exemplare. Manchmal waren es auch bekannte Auktionshäuser, die ihn beauftragten, die Herkunft eines Buches zu ermitteln, das dem Auktionshaus zur Versteigerung angeboten worden war.«

»Also eine Art Bücherdetektiv?«

»So etwa.« Sie nickte. »Aus diesem Grund war mein Vater viel unterwegs. Oft dauerten seine Reisen mehrere Wochen. Aber er rief immer einmal am Tag an, um mit mir oder Mama zu sprechen.«

Sie blickte nach unten und stockte. Die Erinnerungen mussten schmerzlich für sie sein. Sie tat mir leid, weil sie plötzlich so traurig aussah. Ohne nachzudenken beugte ich mich vor und legte meine Hand auf ihre. Ganz leicht nur, und ganz kurz, bevor ich über mich selbst erschrak und die Hand wieder zurückzog.

Larissa hob den Kopf und lächelte mich an. Dann holte sie tief Luft und fuhr mit ihrer Erzählung fort: »Mein Vater bereiste die ganze Welt und kam dabei oft auch in Gegenden, die man als Tourist nur selten besucht. Er schrieb alle seine Erlebnisse in Tagebüchern auf, und wenn er wieder zurück war, dann las er uns daraus vor und erzählte uns von seinen Eindrücken und den Menschen, die er getroffen hatte. Meine Mutter hat immer davon geträumt, einmal mit ihm zu fahren. Aber wenn mein Vater auch gut bezahlt wurde, so reichte das Geld doch meistens nicht, um meine Mutter mitzunehmen. Doch dann ...«

Sie hielt wieder inne, erholte sich diesmal aber schneller als vorhin.

»Dann kam dieser Auftrag. Ich kann mich noch genau daran erinnern. Es war nachmittags. Der Tag war grau und herbstlich, und es hatte seit den frühen Morgenstunden nur geregnet. Ich saß an meinem Fenster, beobachtete die wenigen Menschen auf dem Bürgersteig, die sich mit dem Regen und dem Wind herumschlugen, und freute mich darüber, im Warmen und Trockenen zu sitzen. Da sah ich einen Mann die Straße überqueren. Es war ein ganz gewöhnlicher Mann, nicht zu groß, nicht zu klein, nicht zu dick, nicht zu dünn, gekleidet in einen dunklen Regenmantel und mit einem Schirm in der Hand. Und trotzdem spürte ich, dass etwas mit ihm nicht stimmte. Der Schirm, zum Beispiel: Während die anderen Passanten ihre Schirme ständig hin und her drehten, damit sie nicht vom Wind umgeschlagen wurden, trug er seinen Schirm ganz aufrecht in der Hand – und kein Windstoß rüttelte daran. Es war, als bewege er sich in einem windfreien Vakuum, so wie im Auge eines Wirbelsturms.

Er kam genau auf unser Haus zu. Plötzlich sah er auf zu mir. Seine Augen lagen im Schatten seiner Hutkrempe, doch es kam mir so vor, als seien sie zwei glühende Kohlen. Er hob seine Hand wie zu einem spöttischen Gruß, und es war mir, als löste sich eine dunkle Form von seinem Körper, die auf mein Fenster zuschwebte. Von panischer Angst ergriffen, sprang ich von der Fensterbank und warf mich auf mein Bett.

Wenige Sekunden später klingelte es an unserer Tür. ›Macht nicht auf!‹ wollte ich rufen, aber mein Mund war wie versiegelt. Ich lag auf dem Bett und konnte mich minutenlang nicht bewegen. Als ich mich aus meiner Starre befreien konnte, hatte mein Vater bereits die Haustür geöffnet und den Fremden begrüßt. Er musste ihn also kennen. Auch Mama kam dazu. Ich hörte, wie die drei sich im Flur unterhielten, konnte aber keine einzelnen Worte verstehen. Dann ging mein Vater mit dem Besucher in sein Arbeitszimmer und schloss die Tür hinter sich.«

»Das hört sich ja an wie eine Horrorgeschichte«, sagte ich. »Fehlt nur noch, dass der unheimliche Fremde Hörner unter seinem Hut hatte.«

Ich hatte gehofft, Larissa mit dieser Bemerkung etwas aufzuheitern. Die Wirkung war aber genau das Gegenteil. Sie blitzte mich verärgert an.

»Wenn du das nicht ernst nimmst, was ich erzähle, dann brauche ich ja nicht weiter zu reden«, sagte sie. »Ich dachte, ich kann dir vertrauen.«

»So war das nicht gemeint«, machte ich einen Rückzieher. »Natürlich glaube ich dir. Ich bin ...« – ich stockte – »Es fällt mir manchmal etwas schwer, das auszudrücken, was ich eigentlich sagen will.«

Puuhh! Wie sich das anhörte. In solchen Situationen fielen mir einfach nicht die richtigen Worte ein. Aber Larissa schien meine Entschuldigung zu reichen.

»Ich kam erst aus meinem Zimmer, als der Besucher das Haus verlassen hatte«, fuhr sie fort. »Meine Eltern saßen ganz aufgeregt am Küchentisch. Der Mann war ein wohlhabender Sammler, der nach einem ganz bestimmten Buch suchte. Er war bereit, dafür ein Honorar zu zahlen, von dem wir ein ganzes Jahr gut hätten leben können. Und er war außerdem bereit, die Reisekosten für meine Mutter zu übernehmen. Ich konnte meinen Eltern schlecht erzählen, welchen Eindruck ich von ihrem Besucher hatte. Stattdessen versuchte ich, sie mit anderen Argumenten von ihren Reiseplänen abzubringen. Aber meine Mutter dachte, ich wolle nur nicht alleine bei meinem Opa bleiben. Sie versuchte mich zu beruhigen und versprach mir, dass sie bald wieder zurückkommen würde.«

Sie schloss die Augen und verweilte einen Moment in ihren Erinnerungen.

»Natürlich traten sie die Reise an. Sie brachten mich zu Opa, der versprach, sich um mich zu kümmern. Das war das letzte Mal, dass ich sie gesehen habe. Sie riefen noch ein paarmal an, aus exotischen Orten in Asien und Arabien. Immer waren sie voller Zuversicht, in wenigen Tagen wieder zurück zu sein. Und dann kam kein Anruf mehr.

Nachdem wir zwei Wochen nichts von ihnen gehört hatten, begann Opa Nachforschungen anzustellen. Wir fanden heraus, dass sie zum letzten Mal in einem Dorf an der Grenze zwischen Oman und Saudi-Arabien gesehen wurden. Von dort waren sie mit einem Geländewagen in die Wüste aufgebrochen. Sie hatten genügend Vorräte, Karten und auch ein Funkgerät dabei, aber niemand hat mehr etwas von ihnen gehört und gesehen seit jenem Tag.«

Das war heftige Kost. Ich spürte, wie sich meine Nackenhaare bei Larissas Erzählung aufrichteten. Ohne nachzudenken, legte ich meine Hand wieder auf ihre. Ich wusste nicht, was ich sagen sollte, um sie zu trösten.

Draußen war es inzwischen dunkel geworden. Die gelben Lichterbänder von Landstraßen zogen am Fenster vorbei, und die Scheinwerfer der Autos waren wie Sternschnuppen, die kurz aufglühen und dann verlöschen. In unserem Waggon war es ruhig geworden. Die ersten Reisenden hatten sich schon zum Schlaf zurückgelehnt.

Die Ruhe wurde durch das Eintreten des Schaffners unterbrochen. Langsam zog ich meine Hand zurück und fingerte in meiner Umhängetasche nach unseren Fahrkarten.

Der Schaffner war vielleicht fünfzig Jahre alt und hatte tiefe Ringe unter den Augen. Ich fragte mich, wie er die Nacht überstehen wollte, wenn er jetzt schon so müde war. Seine Uniformjacke sah aus, als sei sie an manchen Stellen zu groß und an anderen wieder zu klein, was ihr einen komischen unfertigen Eindruck verlieh. Um sein Kinn lag der Schatten eines Dreitagebartes. Trotz dieses etwas wilden Erscheinungsbildes hatte er ein freundliches Gesicht mit Augen, die gerne lachten.

»Und, Herrschaften?«, fragte er uns. »Wohin soll's denn gehen?«

»Nach Bologna«, erwiderte ich.

»Eine weite Reise ohne Eltern«, sagte er. »Oder habt ihr die irgendwo versteckt?« Er tat so als suche er die Gepäckregale nach ihnen ab.

Er brachte Larissa zum Lächeln, und dafür war ich ihm dankbar. »Meine Eltern warten in Bologna auf uns«, schwindelte ich. »Mein Vater hat dort eine Stelle an der Universität angetreten und mit meiner Mutter eine Wohnung gesucht und eingerichtet. Wir waren in der Zeit bei unseren Großeltern und fahren jetzt hinterher.«

»Eine internationale Familie, die ihr da habt«, bemerkte er. »Großeltern in Amsterdam, Eltern in Bologna – da verfügt ihr sicher auch über ein gültiges Ticket?«

»Klar.« Ich hielt ihm unsere Fahrkarten hin. Er studierte sie kurz, setzte dann seinen Stempel darauf und reichte mir die Karten zurück. »Keine Rückfahrkarten. Ihr bleibt also in Bologna?«

»Wahrscheinlich«, antwortete ich. »*Parlo un po d'Italiano e mia sorella attualmente apprende la lingua.*«

»*Benissimo*«, grinste der Schaffner. Ein Schild an seiner Brusttasche wies ihn als *Herr Immelmann* aus. Mit einem »*Buon viaggio!*« ging er weiter zum nächsten Fahrgast.

Larissa starrte mich an. »Seit wann kannst du Italienisch?«

»Kann ich ja gar nicht wirklich«, wehrte ich ab. »Ich bin seit zwei Jahren in der Schule in einer Italienisch-AG. Da bekommt man halt ein paar Sachen mit.«

»Und was hast du dem Schaffner gerade erzählt?«

»Ich habe ihm nur gesagt, dass ich bereits ein wenig Italienisch spreche, was ja auch stimmt, und dass meine Schwester gerade dabei ist, es zu lernen – was ja ebenfalls nicht unbedingt gelogen ist.«

Larissa spitzte die Lippen. »Du überraschst mich immer wieder, Arthur«, sagte sie. Und das war eindeutig ein Lob.

Das Blut schoss mir mal wieder in den Kopf, und ich war froh, dass der Schaffner die Lichter im Wagen schon ein wenig heruntergedreht hatte, sonst hätte Larissa das womöglich noch bemerkt.

»Ich schlage vor, wir schlafen auch ein wenig«, sagte ich. Wir kippten unsere Sitze nach hinten und legten uns zurück. Aber mir gingen zu viele Gedanken durch den Kopf, und der Schlaf wollte sich einfach nicht einstellen.

So lag ich da mit geschlossenen Augen, lauschte dem Rattern des Zuges und dachte darüber nach, ob meine Eltern nicht ebenso verschollen waren wie die Larissas, bis ich irgendwann in einen leichten Dämmerschlaf fiel.

Zwei neue Freunde

Ich wurde geweckt vom Duft frischen Kaffees. Langsam öffnete ich meine Augen. Larissa schien schon länger wach zu sein, denn sie saß bereits wieder in ihrem Sessel und blätterte in der Bordzeitschrift.

Ich richtete meine Rückenlehne ebenfalls auf. Durch den Mittelgang kam ein Verkäufer mit einem Wagen voller Getränke und Snacks. Daher stammte auch der Kaffeeduft.

Ich reckte mich und gähnte. Draußen lag die Landschaft noch im Halbdunkel. Ein Blick auf meine Uhr zeigte mir, dass es gerade mal kurz nach sechs war.

»Guten Morgen«, lächelte mir Larissa entgegen.

»Morgen«, erwiderte ich mundfaul. Ich hatte einen schlechten Geschmack im Mund und die Nacht im Sessel noch in den Knochen. Mit meiner Umhängetasche verzog ich mich in die Toilette, wo ich mir die Zähne putzte und Gesicht und Hände gründlich wusch. Danach fühlte ich mich etwas besser.

Als ich an unseren Platz zurückkam, standen zwei Becher mit dampfendem Tee auf dem Tisch. »Ich wusste nicht, ob du Kaffee magst, deshalb habe ich Tee bestellt«, erklärte Larissa.

Das war mir nur recht. Wenn es nicht anders ging, trank ich

zwar auch mal eine Tasse Kaffee, dann aber nur mit viel Milch darin. Während ich meinen Tee schlürfte, starrte ich aus dem Fenster auf die vorbeiziehende Landschaft, die unter einem diesigen Grauschleier wie ein Schwarz-Weiß-Foto aussah.

Der Zug hielt in Augsburg, und einige der Reisenden verließen den Wagen. Larissa schien damit zufrieden, in ihrem Heft zu blättern, und auch mir war noch nicht groß nach Reden. Hinter meiner Stirn zogen die Ereignisse der vergangenen Tage noch einmal vorbei. Ich war gespannt, was uns in Italien noch an Abenteuern erwarten würde.

Pünktlich um Viertel nach sieben lief unser Zug in München ein. München war ein Sackbahnhof, das heißt, die Gleise endeten im Bahnhof. Die Züge mussten den Bahnhof in derselben Richtung verlassen, aus der sie hereingekommen waren.

Es war erstaunlich, wie voll die Bahnsteige um diese frühe Stunde bereits waren. Unsere Mitreisenden drängten sich an den beiden Ausgängen des Wagens. Wir warteten, bis der Zug zum Stehen gekommen war, und packten dann in Ruhe unsere Sachen zusammen.

Unser Waggon befand sich etwa in der Mitte des Zuges. Die anderen Fahrgäste hatten den Wagen bereits verlassen und eilten den Bahnsteig entlang zum Ausgang. Ich kletterte aus der Tür, um die Koffer von Larissa entgegen zu nehmen. Dabei warf ich einen Blick den Bahnsteig hinunter – und sprang sofort wieder die Metallstufen in den Waggon hoch. Dabei hätte ich Larissa fast umgeworfen.

»Was hast du denn?«, fragte sie verärgert.

»Ham Slivitsky«, antwortete ich. »Er wartet am Ende des Bahnsteigs.«

»Oh *Mist!*« Larissa hockte sich auf ihren Koffer. »Und was sollen wir jetzt machen?«

»Ich weiß auch nicht. Wie ist er nur so schnell hierhin gekommen?«

»Jemand muss uns am Bahnhof gesehen haben. Ham muss mit dem Auto gefahren oder geflogen sein. Auf jeden Fall ist er jetzt hier und wir können nicht raus.«

Ich hatte eine Idee. »Wo ist der Schaffner?«

Während Larissa bei den Koffern blieb, durchkämmte ich die anschließenden Waggons nach dem Schaffner Immelmann. Ich fand ihn schließlich im Speisewagen, wo er bei einem Kaffee saß.

»Nanu?« Er sah mich mit hochgezogenen Augenbrauen an. »Ich dachte, ihr seid schon längst ausgestiegen.«

»Wir haben ein kleines Problem«, erklärte ich. »Da steht jemand am Bahnsteig, dem wir nicht begegnen möchten.«

Er kniff die Augen zusammen. »Ihr habt mich doch nicht etwa beschwindelt und seid in Wirklichkeit von zu Hause abgehauen?«

»Nein, bestimmt nicht«, versicherte ich. »Das sind Leute, die nicht wollen, dass wir unser Reiseziel erreichen.«

»Und wieso wollen sie das nicht?«

Meine Fantasie war wieder gefordert. »Mein Vater ist Physiker und hat früher an einem geheimen Projekt geforscht. Weil wir deshalb nur unter Polizeischutz leben konnten, hat er schließlich gekündigt und seine neue Stelle in Bologna angenommen. Er meinte, jetzt seien wir sicher – aber da hat er sich wohl getäuscht. Diese Leute wollen uns in ihre Gewalt bringen, um ihn damit zu erpressen.«

»So, so.« Immelmann sah mich zweifelnd an. »Dann sollten wir besser die Polizei rufen, findest du nicht?«

In dem Augenblick kam Larissa in den Wagen. Sie schleppte unsere beiden Koffer mühsam hinter sich her. Ihre Augen waren weit aufgerissen.

»Er durchkämmt den Zug!«, rief sie. »Ich habe gesehen, wie er in den ersten Waggon eingestiegen ist. Es kann nicht lange dauern, dann taucht er hier auf!«

Der Schaffner sah Larissas panischen Gesichtsausdruck und zögerte nicht lange. »In meinem Zug muss niemand Angst haben«, sagte er mit Nachdruck und erhob sich. Er dirigierte uns aus dem Speisewagen in den nächsten Schlafwagen und schob uns in ein Abteil.

»Legt euch auf die Betten, zieht die Vorhänge zu und seid still«, wies er uns an und ging zurück zum Anfang des Wagens.

Wir taten wie uns geheißen. Der Schaffner hatte die Tür nicht ganz geschlossen, so konnten wir hören, was auf dem Gang gesprochen wurde. Lange mussten wir nicht warten.

»Darf ich fragen, was Sie hier suchen?«, ertönte Immelmanns Stimme.

»Ich suche meinen Neffen und meine Nichte«, kam die Antwort. Das war unverkennbar Ham Slivitsky. »Sie sollten mit diesem Zug ankommen, sind aber nicht ausgestiegen.«

»Meinen Sie einen Jungen und ein Mädchen, etwa 14 Jahre alt?«, fragte der Schaffner.

»Ja, genau die. Sie haben Sie gesehen?«

»Gesehen schon«, erwiderte Immelmann. »Sie sind in Augsburg ausgestiegen.«

»In Augsburg? Das kann nicht sein!« Hams Stimme wurde eine Stufe lauter.

»Wollen Sie etwa behaupten, dass ich lüge, mein Herr?« Immelmann hatte seinen amtlichsten Ton angeschlagen.

»Nein, nein.« Ham machte einen Rückzieher. »Aber vielleicht sind sie wieder eingestiegen, und Sie haben das nicht bemerkt.«

»In diesem Zug geschieht *nichts*, was ich nicht bemerke, mein Herr. Warum sollte jemand aus einem Zug aussteigen, nur um anschließend wieder einzusteigen? Das ergibt doch keinerlei Sinn. So wenig Sinn wie Ihre Anwesenheit hier.«

»Sie sind sich also sicher?« Ham ließ nicht locker.

»Sicher ist nur eines: Wenn Sie meinen Zug nicht sofort verlassen, werde ich die Polizei rufen.«

Wir hörten Ham vor sich hin grummeln und das Geräusch sich entfernender Schritte. Es dauerte gewiss noch fünf Minuten, bis der Schaffner unser Abteil betrat.

»Ihr könnt wieder rauskommen. Ich habe ihn noch so lange beobachtet, bis er den Bahnsteig verlassen hat.«

Wir krochen aus den Schlafkojen und folgten Immelmann mit unseren Koffern zurück in den Speisewagen. Er nahm einen Schluck von seinem Kaffee und spuckte ihn gleich wieder aus.

»Kalt!«, schimpfte er. »Und alles nur wegen dieses Kerls!«

»Danke«, sagte ich.

Immelmann sah uns durchdringend an. »Ich weiß nicht, vor wem ihr davon lauft, und ich habe so das Gefühl, dass ihr mir das auch nicht sagen werdet.« Er trug seine Tasse zur Theke herüber und stellte sie dort ab. »Ihr werdet wahrscheinlich eure Gründe haben. Aber was machen wir jetzt mit euch? Er wird bestimmt in der Bahnhofshalle auf euch warten. Das ist nicht der Typ, der so schnell aufgibt. Vielleicht sollten wir doch die Polizei rufen?«

»Nein, nein, das ist nicht nötig«, sagte ich. »Wenn wir erst mal in Bologna sind, dann befinden wir uns in Sicherheit.«

»Gibt es keinen anderen Weg, um in den Zug nach Bologna zu gelangen?«, fragte Larissa.

»Hmmm.« Immelmann überlegte. »Wartet mal einen Moment.«

Er zog sein Telefon hervor und wählte. Nach dem ersten Gespräch, bei dem es um Ein- und Ausfahrtzeiten ging, wählte er eine zweite Nummer.

»Antonio!«, rief Immelmann ins Telefon, als das Gespräch angenommen wurde. »*Come stai?*«

Er lauschte einen Moment. Die Stimme am anderen Ende war so laut, das wir fast jedes Wort verstehen konnten – hätten wir es denn verstehen können: Denn der Sprecher ließ einen italienischen Wortschwall auf Immelmann los.

»*Piano, piano*«, erwiderte der. »Du weißt doch, ich muss noch viel lernen. *Senti*, ich habe hier zwei *bambini*, die gleich mit dir nach Bologna fahren wollen. Sie können allerdings nicht am Bahnhof umsteigen. Nimmst du sie gleich draußen in Empfang?«

»*Chiaro*«, quäkte es aus dem Hörer an Immelmanns Ohr. »Gib mir zehn Minuten und ich bin im Zug.«

»*Mille grazie*, Antonio«, bedankte sich unser Schaffner. »Dafür lade ich dich beim nächsten Mal in den Hofbräukeller ein.«

Das schien Antonio gut zu gefallen. Die beiden wechselten noch ein paar Worte, dann beendete Immelmann das Gespräch.

»Ihr habt Glück«, erklärte er. »Der Eurocity nach Bologna steht schon auf dem Rangiergleis draußen bereit. Wir werden auch gleich den Bahnhof verlassen und fast nebenan halten. Dann bringe ich euch rüber in den anderen Zug. Mein Freund Antonio ist der Zugchef und wird sich um euch kümmern.«

»Günther, können wir?«, ertönte eine Stimme in der Tür. Es war der Lokomotivführer, der den Zug aus dem Bahnhof ziehen wollte. Immelmann sprang auf.

»Ihr bleibt hier sitzen, bis ich wiederkomme«, sagte er und verließ den Wagen. Kurz darauf setzte sich der Zug langsam in Bewegung und kam ein paar Minuten später zwischen anderen Zügen vor dem Bahnhof zum Stehen.

Es dauerte noch eine Weile, bis der Schaffner wieder auftauchte. »So, Kinder, wir sind bereit. Ich hoffe nur, ich tue nichts, was mir hinterher Schwierigkeiten einträgt.«

Er erwartete offenbar keine Antwort auf diese Aussage, sondern nahm Larissas Koffer und winkte uns, ihm zu folgen. Wir kletterten aus dem Waggon. Immelmann öffnete die Wagentür eines nebenan stehenden Zuges und hievte unsere Koffer hoch. Nachdem wir ebenfalls eingestiegen waren, folgte er uns und öffnete die Tür auf der anderen Seite.

»Eine kleine Abkürzung«, grinste er. »Aber der nächste Zug ist der Richtige.«

Wir sprangen wieder aus dem Waggon. Immelmann reichte mir die Koffer an. Im Wagen gegenüber ging ebenfalls eine Tür auf und ein Mann erschien. Das musste Antonio sein.

Im Gegensatz zu Immelmann passte ihm die Uniform wie ein Maßanzug. Sein schwarzes Haar war gegelt und zurückgekämmt, und sein dunkler Bartschatten sah nicht ungepflegt, sondern auf den Mikrometer genau gestutzt aus.

»Gunther!«, rief er und sprang vom Wagen herunter. Die beiden Männer umarmten sich, dann nahm Antonio uns in Augenschein.

»*Bella!*«, rief er und hielt Larissa seine Hand hin. Als sie ihre Hand etwas zaghaft in seine legte, führte er sie zu seinem Gesicht und deutete einen Handkuss an. Sie errötete und zog ihre Hand etwas zu schnell zurück.

Antonio lachte. »Keine Angst! Gunther kann bezeugen, ich habe Frau und Kinder und bin sehr glucklich!« Er wandte sich mir zu. »Willkommen an Bord, *compagno*. Ihr musst also heimlich umsteigen? Das will ich gleich etwas genauer wissen! Aber erst sagt ihr mir, wie ihr heißt!«

»Das ist Larissa, und ich bin Arthur«, sagte ich.

»*Arturo e Larissa! Che bello!*«, rief er.

Er half uns, unsere Koffer in den Waggon zu hieven. Immelmann drückte jedem von uns die Hand. »Viel Glück, Kinder. Bei Antonio seid ihr in guten Händen.«

Antonio bugsierte uns in den nächstliegenden Erste-Klasse-Waggon. Ich wies ihn darauf hin, dass wir nur ein Ticket für die zweite Klasse hatten.

»*Assurdo!*«, rief er. »Meine Freunde fahren immer in der ersten Klasse. Hier« – er deutete auf zwei Plätze – »die sind garantiert nicht reserviert. Setzt euch! Setzt euch!«

Also machten wir es uns in den breiten Sesseln bequem. Antonio verschwand und kam wenig später mit einem Tablett wieder, auf dem er zwei Croissants und zwei Tassen Milchkaffee beförderte. Er stellte das Tablett vor uns auf den Tisch.

»*La colazione*«, sagte er. »Ein kleines Fruhstuck.« Er zog entschuldigend die Schultern hoch. »Mehr kann ich euch leider nicht anbieten.«

Ich merkte, welchen Hunger ich hatte. Wir tunkten die noch warmen Hörnchen in den Kaffee ein und verspeisten sie genüsslich. Antonio war wieder verschwunden, und wenig später setzte der Zug sich in Bewegung und rollte in den Bahnhof ein.

Etwas besorgt schaute ich aus dem Fenster, ob ich vielleicht Ham Slivitsky auf dem Bahnsteig entdecken konnte, aber es war keine Spur von ihm zu sehen. Er konnte auch unmöglich wissen, in welchen von den Zügen wir gestiegen waren, die München fast im Minutentakt verließen.

Der Zug begann sich langsam zu füllen. Die meisten Reisenden in unserem Wagen waren Geschäftsleute, von denen einige uns mit fragendem Blick musterten. Pünktlich um zwei Minuten nach halb neun rollten wir aus dem Bahnhof.

Die Fahrt verlief ereignislos. Von München aus ging es über die Grenze nach Österreich und von dort aus die Alpen hinauf bis zum Brennerpass. Etwa bei Innsbruck brach die Sonne durch die dichte Wolkendecke. Von hier aus stieg die Bahnstrecke bis zum Brenner konstant an. Unser Weg führte durch Felsschluchten und an ausgedehnten Bergtälern vorbei, in deren saftigem Grün immer wieder Bergbauernhäuser wie aus dem Bilderbuch auftauchten.

Am Bahnhof Brenner hatten wir einen längeren Halt, weil

die Lokomotive gewechselt wurde. Außerdem stiegen italienische Grenzbeamte ein, um die Ausweise der Reisenden zu kontrollieren. An der niederländischen Grenze hatten wir beide Male Glück gehabt, denn es gab keine Kontrollen. Was würden die Beamten sagen, wenn sie zwei Minderjährige ohne Begleitung Erwachsener im Zug antrafen?

Antonio sorgte dafür, dass es dazu gar nicht erst kam. Er schien die Beamten gut zu kennen und erzählte ihnen in rasendem Italienisch eine Geschichte, als sie an unseren Tisch kamen. Die beiden Grenzer nickten uns nur kurz zu und gingen dann weiter.

»Ich habe ihnen gesagt, ihr seid die Kinder meines Schwagers und ich passe auf euch auf«, berichtete er, als er nach Bozen wieder zu uns kam. Seit unserer Abfahrt war er alle halbe Stunde bei uns aufgetaucht und hatte uns mit diversen Getränken und Keksen versorgt. Dabei mussten wir ihm erzählen, was uns nach Bologna führte und warum wir verfolgt wurden. Ich wiederholte die Märchen, die ich Immelmann aufgetischt hatte, und kam mir ziemlich mies dabei vor, jemanden zu belügen, der so freundlich zu uns war wie Antonio.

Dieses Mal brachte er für jeden ein Paar Frankfurter Würstchen mit. »Mittagessen«, grinste er und stellte uns noch zwei Cola dazu.

Wir hatten die Alpen inzwischen hinter uns gelassen. Weiße Häuser mit roten Ziegeldächern lagen träge in der Sonne. In den Ortschaften, durch die unser Zug nun rollte, waren Rottöne in allen Schattierungen die vorherrschenden Farben der Häuser.

In Verona füllte sich der Waggon mit italienischen Reisenden, die pausenlos miteinander diskutierten oder lautstark mit dem Handy telefonierten. Es gab drinnen und draußen so viel zu sehen, dass die Zeit wie im Fluge verging. Mir schien als hätten wir Verona gerade erst verlassen, als Antonio zu uns kam.

»Wir sind in einer Viertelstunde in Bologna«, sagte er. »Macht euch schon mal fertig.«

Kurz darauf tauchten die ersten Vororte der Stadt um uns auf. Der Zug verlangsamte seine Fahrt, und wenig später liefen wir in *Bologna Centrale* ein.

Antonio half uns mit unseren Koffern. Als wir im Trubel der Passagiere mit unserem Gepäck auf dem Bahnsteig standen, steckte er mir eine Visitenkarte zu. »Das ist ein Vetter von mir, der in Bologna wohnt. Wenn ihr etwas braucht, dann geht zu ihm und beruft euch auf mich. Er wird euch gerne helfen.«

Er verabschiedete sich von Larissa mit zwei Wangenküssen und von mir mit Handschlag. Dann gab er das Signal zur Abfahrt und sprang in den langsam anrollenden Zug. Noch einmal winkte er uns fröhlich zu, dann schloss sich die Tür hinter ihm.

Wir sahen uns auf dem Bahnsteig um. Die Treppe zur Bahnhofshalle war nur wenige Meter entfernt. Ich wollte gerade vorschlagen, Montalba entgegenzugehen, als wir jemanden hinter uns rufen hörten: »Arturo!« Wir drehten uns um. Ein beleibter Mann, der mich stark an Danny DeVito erinnerte, watschelte uns, so schnell es seine kurzen Beine zuließen, entgegen. Außer Atem blieb er vor uns stehen.

»Ich bin Giovanni Montalba«, keuchte er in fast akzentfreiem Deutsch. »Ihr seid Arthur und Larissa?«

Wir nickten. Montalba zog ein riesiges rot-weiß kariertes Taschentuch hervor und wischte sich damit den Schweiß von der Stirn.

»*Benvenuti nella Bologna!*«, lächelte er. »Willkommen in Bologna.«

Ich war optimistisch. Die Sonne schien, es war warm, die Menschen waren während der letzten 24 Stunden ausnahmslos freundlich zu uns gewesen – vielleicht sollten wir zur Abwechslung ja mal Glück haben.

Aber ich hatte mich zu früh gefreut.

Bologna

Die Stadt lesen

Das Erste, was mir in Bologna auffiel, waren die Arkaden. Es gab kaum eine Straße im Stadtzentrum, deren Gehsteige nicht überdacht waren.

»Man kann bei Regen fast durch die ganze Stadt laufen, ohne nass zu werden«, erklärte Montalba uns auf dem Weg zu seiner Wohnung. »Die Säulengänge in ganz Bologna zusammengenommen sind fast vierzig Kilometer lang.«

Wir hatten die geschäftige Straße vor dem Bahnhof überquert und gingen die Via Galliera entlang. Montalba zeigte mit der Hand geradeaus. »Die längste Arkade alleine misst vier Kilometer und ist damit auch die längste der Welt. Sie führt aus der Stadt heraus auf den Hügel *Colle della Guardia.*«

Unsere Rollkoffer klapperten auf dem unebenen Boden hinter uns her. Die Via Galliera war eine schmale Straße, die zu beiden Seiten von zweistöckigen Häusern gesäumt wurde. Die Eingangstüren bestanden fast ausschließlich aus rot- oder dunkelbraunem polierten Holz mit geschnörkelten goldenen Verzierungen darauf. Ich fragte mich, ob die Bewohner Bolognas früher wohl ihre Pferde mit in die Wohnungen genommen hatten, denn kaum eine Tür maß in der Höhe weniger als drei Meter.

»Die Via Galliera war seit der Zeit der Römer bis ins 19. Jahrhundert die Hauptstraße Bolognas«, erläuterte Montalba. »Hier wohnten viele adlige und wohlhabende Familien. Allein an dieser Straße liegen über ein Dutzend Paläste. Das erkennt man allerdings oft erst, wenn man durch die Pforte getreten ist. Von außen machen auch die *palazzi* einen eher unscheinbaren Eindruck.«

Wir kamen an kleinen Gemüsehandlungen und Cafés vorbei, vor denen die Gäste an wackeligen runden Tischen saßen und Kaffee aus winzigen Tassen schlürften. Montalba schien fast jeden hier zu kennen, denn er grüßte ständig nach rechts und links und blieb auch mal stehen, um ein kleines Schwätzchen zu halten.

»Mein Laden ist nicht mehr weit von hier«, erklärte er uns. »Das sind sozusagen alles Nachbarn von mir.«

Tatsächlich erreichten wir schon nach wenigen Minuten das *Antiquariato Montalba*. Die niedrigen Fenster, hinter denen die üblichen Lederfolianten ausgebreitet lagen, wurden durch ein Eisengitter vor Einbrechern und Vandalen geschützt.

Montalba schloss die große Holztür neben dem Laden auf. Wir traten in einen hohen Flur, der mit Mosaiksteinen ausgelegt war. Am anderen Ende befand sich eine weitere Tür, von der ein Flügel geöffnet war und den Blick auf einen begrünten Innenhof freigab.

Der Weg vom Bahnhof bis hierhin war kaum länger als ein Kilometer gewesen, aber Montalba schnaufte wie nach einem Marathonlauf. Im Flur war es deutlich kühler als draußen, trotzdem lief ihm der Schweiß in Strömen übers Gesicht. Er holte ein paarmal tief Luft und machte sich dann auf, die Treppe zum ersten Stock emporzuklettern. Ich hielt ein wenig Abstand zu ihm, um nicht von der massigen Figur überrollt zu werden, sollte er einen plötzlichen Schwächeanfall erleiden.

Wir erreichten das erste Stockwerk ohne Zwischenfälle. Zum Glück für Montalba mussten wir nicht noch weiter nach oben. Er hatte kaum den Schlüssel in das Schloss der Wohnungstür gesteckt, als diese von innen aufgerissen wurde. Eine Frau von gleichen Abmessungen wie der Antiquar kam auf den Flur herausgeschossen und riss Larissa und mich an sich.

»Larissa! Arturo!«, rief sie immer wieder und presste uns gegen ihren großen Busen.

Signora Montalba sah genau so aus, wie ich mir eine klassische italienische Mamma vorstellte. Es fehlten eigentlich nur noch die Spaghetti.

Ich hatte den Gedanken kaum gedacht, als Montalba seine Frau fragte: »Sind die Spaghetti fertig, Sofia?«

»*Si, si!*«, rief sie und schob uns in die Wohnung. Ich war schwer beeindruckt. Die Wände mussten mindestens vier Meter hoch sein. Schwere Kronleuchter hingen von den Decken, die rundum mit Stuck verziert waren.

Sofia Montalba zeigte uns das Bad und verschwand dann in der Küche. Nachdem Larissa und ich uns ein wenig frisch gemacht hatten, gingen wir ins Esszimmer. In der Mitte des großen Raums stand ein mächtiger Esstisch mit zwölf Holzstühlen drum herum, auf dem vier Plätze eingedeckt waren. Abgesehen von einem großen Holzschrank und einer Anrichte war das weiß gekalkte Zimmer leer. Das Ganze sah ziemlich nobel aus.

Wir hatten uns kaum gesetzt, als auch schon Signora Montalba mit zwei großen dampfenden Spaghettitellern in den Händen aus der Küche kam. Jeder von uns bekam einen davon vorgesetzt; dann verschwand sie erneut, um mit zwei weiteren Tellern für sich und ihren Mann zurückzukehren.

Signor Montalba hielt uns einen Korb mit Weißbrot hin, aus dem wir uns bedienten, während seine Frau uns Mineralwasser in unsere Gläser einschenkte. Dann machten wir uns über die Spaghetti her. Es waren einfach nur Nudeln mit Tomatensauce, aber sie schmeckten ausgesprochen köstlich und waren nicht mit dem zu vergleichen, was ich zu Hause im Restaurant unter dem Namen *Spaghetti Napoli* vorgesetzt bekommen hatte.

Nach dem Essen servierte Signora Montalba vier kleine Tassen dampfenden Kaffee.

»Ihr trinkt doch Espresso, *no*?«, fragte sie und stellte eine Schale mit Zucker und einen Teller mit kleinen Keksen darauf auf den Tisch.

»Ich mag eigentlich keinen Kaffee«, sagte ich.

»*Madonna!*«, rief sie aus und schlug die Hände zusammen. »Espresso ist doch kein *Kaffee*! Das hat etwa so viel miteinander zu tun wie ein Sportwagen mit einer Seifenkiste! Du musst einfach probieren, dann merkst du das schon.«

Sie schaufelte mir drei Löffel Zucker in die kleine Tasse und rührte gründlich um. Larissa folgte ihrem Beispiel. Sofia Montalba blickte uns erwartungsvoll an, während wir unseren ersten zaghaften Schluck nahmen.

Der Espresso war süß und leicht bitter, so wie dunkle Schokolade. Allerdings schmeckte er weitaus vollmundiger, und sein Aroma breitete sich sofort im ganzen Mund aus. Ich nickte Signora Montalba zu.

»*Bene!*«, freute sie sich. So saßen wir schweigend einige Minuten um den Tisch (»Einen Espresso genießt man am besten, ohne zu reden«, hatte Signor Montalba erklärt), bis wir alle unsere Tassen geleert hatten.

»Ihr wundert euch vielleicht, warum wir so gut Deutsch sprechen«, begann Montalba. »Sofia und ich haben mehrere Jahre in Deutschland gelebt und gearbeitet. Damals haben wir auch Larissas Großvater kennengelernt.«

»Wir haben alle gemeinsam studiert«, ergänzte Signora Montalba. »Auch Sylvia Slivitsky gehörte übrigens zu unserem Freundeskreis.«

Ich war überrascht. Ich hätte nicht gedacht, dass Sofia Montalba studiert hatte. Erneut wurde mir deutlich, dass man sich nicht zu schnell ein Urteil über jemand anderen bilden sollte.

»Und Sie arbeiten mit im Geschäft Ihres Mannes?«, fragte ich.

»*No, no*«, lachte sie. »In den ersten Jahren schon, aber dann kamen die *bambini* und ich hatte nur noch wenig Zeit für andere Dinge. Und Giovanni kommt auch gut ohne mich zurecht.«

»Sie haben Kinder?«, wollte Larissa wissen.

»Zwei Söhne und eine Tochter«, antwortete Giovanni Montalba mit Stolz in der Stimme. »Sie leben inzwischen nicht mehr in Bologna, sondern sind über ganz Europa verstreut.«

»Auch als Antiquare?«, fragte ich.

Montalbas Gesicht verlor ein wenig von der Freude, die soeben noch sichtbar gewesen war. »Leider nein«, sagte er, und das Bedauern war seiner Stimme deutlich anzumerken. »Mario spielt in Córdoba Theater, Angelina studiert Sprachen in Prag und Enzo ist Musiker in Lissabon.«

»Giovanni ist ein wenig traurig, dass niemand aus der Familie sein Geschäft fortführt«, erklärte seine Frau. »Aber ich verstehe die Kinder. Alte Bücher sind etwas Totes. Das Leben ist schon lange aus ihnen entwichen, und sie werden in luftgekühlten Särgen aufbewahrt wie die Pharaonen in den Pyramiden. Menschen wie Giovanni neigen dazu, sich in ihren Hinterzimmern wegzuschließen und den Blick fürs Leben zu verlieren. Nein, nein«, wehrte sie ihren Mann ab, der mit dieser Aussage offensichtlich nicht einverstanden war, »unsere Kinder haben sich für das Leben entschieden, für das Hier und Jetzt.«

Bevor Montalba zu einer Verteidigungsrede ansetzen konnte, stand sie auf. »Ich zeige euch jetzt eure Zimmer«, sagte sie. »Wenn Giovanni einmal anfängt, dann hört er nicht wieder auf. Was er euch zu sagen hat, das kann auch bis morgen warten.«

Ich wurde im ehemaligen Zimmer des ältesten Sohnes untergebracht, Larissa in dem der Tochter. Die Räume erinnerten mit ihren Postern an den Wänden und den Comics und Jugendbüchern in den Regalen noch an ihre vormaligen Bewohner.

Als ich das schwere alte Holzbett sah, merkte ich, wie müde ich war. Larissa ging es nach der langen Reise wohl nicht anders. Schließlich hatten wir eine Bahnfahrt von über zwanzig Stunden hinter uns. Draußen war es inzwischen dunkel geworden, und ich schlief ein, kaum dass ich unter die Bettdecke geschlüpft war.

Die ersten beiden Tage in Bologna waren wie Urlaub für uns. Wir spazierten durch die Stadt auf der Suche nach Hinweisen, von denen wir weder wussten, wie sie aussahen noch, wohin sie uns führen sollten.

Die Altstadt mit ihren mittelalterlichen Gebäuden und endlosen Arkaden hielt immer wieder neue Überraschungen für uns bereit. Montalba hatte uns erklärt, aus welchem Grund die vielen Bogengänge gebaut worden waren. »Es ging nicht darum, den Fußgängern das Leben zu erleichtern, sondern darum neuen Wohnraum zu schaffen. Über den Arkaden konnten zusätzliche Räume an die Häuser angebaut werden, die Platz für die wachsende Bevölkerung boten.«

Wir drängten uns durch das Gassenviertel am Rathaus, in dem die Markthändler ihre Geschäfte hatten und Fisch, Fleisch, Gemüse und andere Lebensmittel verkauften. Wir entdeckten kleine Piazzas, in denen vom Treiben der umliegenden Stadt nur wenig zu spüren war. Wir erkundeten das ehemalige jüdische Ghetto mit seinen schmalen Straßen und Häusern, in denen das Leben früher die Hölle gewesen sein musste, wie auch der Name einer Straße, Via dell'Inferno, bezeugte.

Am Ende der Via dell'Indipendenza stiegen wir die breiten Freitreppen zum Parco della Montagnola empor, einer prächtigen Parkanlage mit Skulpturen und einem See, die 1806 auf Geheiß von Napoleon angelegt worden war. An seinem Ende stießen wir auf einen bunten Wochenmarkt, der sich bis fast an den Rand der Altstadt erstreckte und auf dem man vom Gemüsemesser bis zum Wintermantel alles kaufen konnte.

Wir bummelten gemütlich durch die breiten Arkaden der Via dell'Indipendenza mit ihren eleganten Modegeschäften und durch das Universitätsviertel mit seinen lebendigen Studentenbars. Und immer wieder tauchten verwinkelte kleine Gassen auf, die wir beim ersten oder zweiten Vorbeigehen übersehen hatten.

Und natürlich stießen wir überall auf die Türme.

Was für Amsterdam die Grachten sind, das sind für Bologna die *torri*. Die höchsten dieser Türme, der *Torre Asinelli* und der *Torre Garisenda*, standen mitten im Stadtzentrum.

»Bologna war früher als die Stadt der Türme bekannt«, hatte uns Montalba am Morgen nach unserer Ankunft in seinem Laden erklärt und dabei einige alte Drucke hervorgezogen, auf denen die Stadt wie ein mittelalterliches Manhattan aussah. »Zweihundert davon soll es einmal gegeben haben, obwohl ich diese Zahl für übertrieben halte. Sie wurden von den adeligen Familien gebaut, ursprünglich als Verteidigungsbauten. Aber irgendwann ging es nur noch ums Prestige, darum, wer die meisten und die höchsten Türme besitzt. Dabei wurden manche Türme so schnell in die Höhe gezogen, dass sie schon bei einem etwas stärkeren Wind wieder auseinanderzufallen begannen. So mancher Fußgänger wurde damals von den herabstürzenden Steinen der *torri* erschlagen.«

Der Torre Asinelli, vor dem wir jetzt standen, ragte mit seinen 98 Metern stolz und schön (wenn auch etwas schräg) in den Himmel, was man von seinem Nachbarn nicht behaupten konnte. Der war nicht nur deutlich niedriger, sondern beugte sich so gefährlich nach hinten, als wolle er sich jeden Augenblick zur Ruhe legen.

»Fast 900 Jahre stehen die beiden schon hier«, bemerkte Larissa. »Stell dir mal vor, was die schon alles gesehen haben müssen.«

Ich beäugte die *Due Torri* misstrauisch. Wenn schon fünfzig Jahre alte Häuser aus Schwäche einstürzten, warum sollten dann nicht auch diese vorsintflutlichen Bauwerke einfach in sich zusammenfallen? Ich war froh, als wir die Zwei Türme wieder hinter uns gelassen hatten und ins Universitätsviertel eintauchten.

Dank der Ziegelsteine seiner Dächer und der Backsteine seiner Mauern war Bologna eine Symphonie aus warmen Rottönen. Die wandernde Sonne erzeugte in den Säulengängen immer neue Licht- und Schattenspiele, schob mal eine blank polierte Holztür in den Blickpunkt, mal ein verstaubtes Ladenfenster.

Am Spätnachmittag des zweiten Tages hatten wir uns in einem Eiscafé auf der kleinen Piazza Rossini niedergelassen. Wir waren erschöpft vom Herumlaufen und mehr als nur ein wenig ratlos, was wir als Nächstes unternehmen sollten.

Unter den Arkaden auf der gegenüberliegenden Seite der Via Zamboni saß, an die Hauswand gelehnt, ein bärtiger alter Straßenmusiker mit seinem Akkordeon. Neben ihm hatte sich auf einer Decke ein struppiger Straßenköter ausgestreckt und bewachte das Geldschälchen, das der Mann vor sich aufgestellt hatte.

Es waren wehmütige, langsame Melodien, die er aus seinem Instrument hervorzauberte, und er sang dazu mit einer tiefen, rauen Stimme, die nach jahrzehntelangem Zigaretten- und Alkoholgenuss klang.

Wir löffelten unser Eis und lauschten den Tönen, die über die Straße zu uns herüber wehten.

»Das ist wie ein Privatkonzert für uns«, sagte Larissa.

Sie hatte recht. Wir waren zu dieser Stunde die einzigen Gäste des Cafés. Zwar eilten viele Passanten vorbei, aber keiner von ihnen blieb lange genug stehen, um sich ein ganzes Lied anzuhören.

Die magische Atmosphäre der Stadt, die sonnenerwärmte Luft und die Musik versetzten mich in einen tranceähnlichen Zustand. Die Melodie rief in meinem Kopf eine wohlige Leere hervor. Vergangenheit und Zukunft verschwanden, meine Gedanken und Sorgen verloren sich im Nichts und ich befand mich nur noch im Hier und Jetzt.

Leider wurde dieses paradiesische Gefühl schon nach kurzer Zeit abrupt beendet, weil der Mann zu spielen aufhörte. Er rollte die Decke ein, band sie an einen alten Rucksack, hängte sich Rucksack und Akkordeon über die Schultern, nahm sein Schälchen mit den paar Münzen darin auf und verließ seinen Platz.

Er kam direkt auf uns zu.

Als er neben unserem Tisch stand, erkannte ich, dass er noch gar nicht so alt war. Seine Haare und sein Bart waren zwar mehr grau als schwarz, aber aus dem sonnengegerbten Gesicht blitzten zwei leuchtend blaue Augen, die ebenso gut zu einem Zwanzigjährigen gepasst hätten.

Seine Kleidung hatte schon bessere Tage gesehen. Sie war alt und abgenutzt, aber nicht verdreckt. Auch das Akkordeon sah aus, als würde es täglich mindestens einmal gereinigt. Er lächelte uns an und streckte uns wortlos sein Schälchen hin. Der Hund schnüffelte an meiner Hose.

Ich zog ein Zweieurostück aus der Tasche und legte es in seine Schale.

»*Grazie*«, kam es aus seinem grauen Bart, in dem zwei Reihen leuchtend weißer Zähne blitzten. Ich hatte keine Zeit, mich darüber zu wundern, denn er ergriff meine Hand, beugte sich zu mir vor und wisperte: »*Dovete apprendere leggere la cittá.*«

Dann ließ er mich los, drehte sich um und zog mit seinem Hund davon.

Meine Hand schwebte noch regungslos in der Luft, da, wo er sie losgelassen hatte.

»Arthur?«, sagte Larissa besorgt.

Ich muss einen seltsamen Anblick geboten haben. Aber ich befand mich in einem ganz besonderen Zustand. Als der Musiker meine Hand genommen hatte, hatte ich das Gefühl, als würde ein leichter Stromschlag durch meinen Körper fahren. Seine Musik mochte vielleicht entspannend sein – doch sein Körper steckte voller *Energie*. Das Gefühl war nicht unangenehm. Alle meine Glieder schienen zu vibrieren, und für einen Moment war ich unfähig, mich zu bewegen.

Eben so überraschend, wie sie gekommen war, verschwand die Empfindung wieder. Ich suchte nach dem Musiker, aber er war bereits um die nächste Ecke verschwunden.

»Was hat er dir gesagt?« fragte Larissa.

Ich schüttelte meinen Kopf, um wieder ganz in die Gegenwart zurückzukommen. *»Ihr müsst lernen, die Stadt zu lesen«*, antwortete ich.

»Was soll denn das nun wieder heißen?«, fragte sie verständnislos.

»Wahrscheinlich bedeutet es gar nichts.« Ich war mir nicht sicher, ob mir die Sonne und die besondere Stimmung der Stadt nicht zugesetzt hatten und ich mir den ganzen Vorfall mit dem Musiker nicht nur eingebildet hatte. »Vielleicht war es nur so ein Spruch, den er immer ablässt, wenn er auf Touristen trifft«, mutmaßte ich. »Du weißt doch, etwas Mysteriöses kommt meistens gut an.«

»Das glaube ich nicht«, sagte sie nachdenklich. »Wer eine solche Musik machen kann, der hat keine billigen Sprüche nötig. Das war eindeutig eine Botschaft für uns.«

So ganz mochte ich ihre Meinung nicht abtun. Wir hatten in den letzten Tagen einiges erlebt, was ich noch vor einer Woche für blanken Unsinn gehalten hätte.

»Du meinst, es war ein Hinweis?«, fragte ich.

Sie nickte.

»Aber wer war er? Und woher kennt er uns?«

Larissa zuckte mit den Schultern. »Woher wusste Gerrit, was wir wollen? Wir werden nicht alle Fragen beantworten können.«

»Vielleicht nicht. Damit finde ich mich ja auch schon langsam ab. Aber dieser Hinweis bringt uns nicht viel weiter. Was heißt das, *eine Stadt zu lesen*? Wie kann man eine Stadt lesen? Bücher kann man lesen, Stadtpläne auch noch, aber eine Stadt?«

»Du denkst zu rational«, sagte Larissa. »Wenn es um die Vergessenen Bücher geht, dann muss man seinen Geist auch für das scheinbar Irrationale öffnen. Das hast du doch selbst erfahren.«

Sie hatte leider recht. »OK. Also versuchen wir es noch mal: Was könnte es bedeuten, eine Stadt zu lesen?«

»Jede Stadt hat doch eine Geschichte. Wie sie gebaut ist, in welcher Form ihre Straßen angelegt sind, welche Gebäude wann zu welchen Zwecken entstanden sind. Vielleicht meint er das damit.«

»Dann müssen wir uns wohl ein wenig eingehender mit der Geschichte Bolognas beschäftigen«, folgerte ich.

»Und wer ist besser dazu geeignet als Signor Montalba?«, gab Larissa das Stichwort.

Wir fanden den Antiquar in seinem Laden, wo er wie eine Kröte hinter der kleinen Ladentheke hockte und gelangweilt einen Stapel Bücher durchblätterte. Er schien sich darüber zu freuen, dass wir ihn durch unser Erscheinen ein wenig ablenkten.

»Es gibt kaum noch wirklich bemerkenswerte alte Bücher auf dem Markt«, klagte er und schob den Bücherstapel vor sich beiseite. »Die Leute bringen immer mehr Schrott vorbei und erwarten dafür einen Spitzenpreis. Als ob *alt* gleichbedeutend mit *wertvoll* ist!«

Wir zogen uns zwei Fußhocker heran und berichteten ihm von unserem Anliegen. Montalbas Augen leuchteten auf. Dies war eines seiner Lieblingsthemen – und eine willkommene Abwechslung.

»Wie ihr vielleicht wisst, ist das Gebiet, auf dem Bologna sich heute befindet, bereits im neunten Jahrhundert vor unserer Zeitrechnung erstmals besiedelt worden. Im vierten Jahrhundert vor unserer Zeit wurde der Ort von den Galliern besetzt, die ihm auch den Namen Bononia verliehen – ein Name, den die Römer übrigens beibehielten, als sie die Eindringlinge ein paar Jahrhunderte später vertrieben.«

»Die Gallier – das waren doch die späteren Franzosen, oder?«, fragte Larissa nach.

Montalba nickte.

»Deshalb auch das Bononia oder heutige Boulogne in Frankreich«, bemerkte ich.

»Wie kommt ihr auf Boulogne?«, fragte der Alte. Wir erklärten ihm schnell den Hinweis, der uns nach Bologna geführt hatte.

»Ganz richtig«, sagte er. »Allerdings hatte das französische Bononia nie dieselbe Bedeutung wie Bologna. Bereits in der Zeit der Römer wuchs das italienische Bononia auf rund 20.000 Einwohner an und war eine der reichsten Städte Italiens. Die Stadt besaß schon damals einen quadratischen

Grundriss mit einem gitterartigen Straßennetz, das bis heute erhalten ist.«

Ich machte mir eifrig Notizen. Vielleicht war das eine Information, die für uns von Bedeutung sein konnte.

»Im Jahre 1088 entstand hier die erste Universität Europas«, erklärte der Antiquar. »Man kann Bologna also mit Fug und Recht als die Wiege der europäischen Gelehrsamkeit betrachten.« In seiner Stimme schwang unverkennbarer Stolz mit.

»Aus allen Ecken Europas kamen junge Menschen nach Bologna, um bei den damals weltberühmten Professoren zu studieren. Franzosen, Engländer, Ungarn, Polen, Deutsche – Bolognas Ruf reichte bis in den fernsten Winkel des Kontinents. Und damals begann man auch mit dem Bau der *torri*. Bologna ist übrigens nicht die einzige italienische Stadt, in der solche Türme gebaut wurden. San Gimignano in der Toskana hat auch dreizehn davon. Allerdings gab es nirgendwo so viele *torri* wie in Bologna.«

Er zog einen Fotoband aus einem Regal. »Das ist ein Buch über die Türme Bolognas. Viel mehr als darin steht weiß ich leider auch nicht. Um die Türme ranken sich noch immer viele Rätsel. Und dann gibt es ja auch noch die *torresotti*. Das sind kleine Wehranlagen, von denen auch noch einige erhalten sind.«

Wir blätterten den dicken Band durch, konnten allerdings keine neuen Erkenntnisse gewinnen, die uns bei unserer Suche hätten weiterhelfen können. Aber der Hinweis auf die Türme schien uns bedeutsam zu sein und wir beschlossen, noch einmal alle Türme der Stadt aufzusuchen.

Diesmal spazierten wir nicht nach dem Zufallsprinzip

durch die Straßen, sondern kämmten die Altstadt systematisch mithilfe eines Stadtplans durch. So konnten wir sicher sein, wirklich bei jedem der noch existierenden Türme vorbeizukommen.

Wir zeichneten die Standorte der Türme in unseren Stadtplan ein. Nach einigen Stunden hatten wir die Aufgabe abgeschlossen und fanden uns wieder in unserem Eiscafé ein, um das Ergebnis auszuwerten.

Auf den ersten Blick waren die Türme völlig zufällig über das Stadtbild verteilt. Es gab keinen eindeutigen Mittelpunkt und keine klar erkennbare Struktur.

»Kein Wunder«, sagte Larissa. »Sie wurden ja nicht nach einem zentralen Plan errichtet, sondern von verschiedenen Adelsfamilien, die miteinander wetteiferten. Jeder einzelne Turmbauer hatte vielleicht seinen Plan, aber nur für seine Türme und nicht für die der anderen Familien.«

Wir verbanden die Standorte der Türme untereinander mit Linien. Das Ergebnis war ein wirres Muster ohne jede erkennbare Struktur.

Larissa warf frustriert den Bleistift auf den Tisch. »So kommen wir einfach nicht weiter«, sagte sie.

Ich wusste auch keinen Rat. Aber das Herumsitzen nutzte uns auch nichts. Wir aßen in einem benachbarten Café ein paar mit Schinken belegte Baguettes und zogen weiter durch die Stadt, bis es dunkel wurde.

Bologna bei Nacht war ein noch magischerer Ort als tagsüber. Die wenigen Lichter in den Säulengängen erzeugten mehr Schatten als Licht, und der Schein der Straßenlaternen, sofern sie denn leuchteten, tauchte die Gassen der Altstadt in ein geheimnisvolles Halbdunkel. Von anderen Passanten hörte man zuerst das Hallen der Schritte, bevor sie schemenhaft in der Ferne oder aus einer Seitengasse auftauchten. Trotzdem fühlte ich mich in dieser Stadt sicher. Auch wenn hier und da mal ein Jugendlicher mit einem Handy in unserer Nähe auftauchte, beunruhigte mich das nicht weiter. Die Italiener schienen ihre Mobiltelefone noch mehr zu lieben als die Deutschen oder die Holländer.

An diesem Abend allerdings schlich sich wieder jenes merkwürdige Gefühl in meinem Nacken ein. Manchmal, wenn Larissa und ich durch eine einsame Gasse liefen, drehte ich mich unvermittelt um, konnte aber nie jemanden entdecken.

»Du hältst Ausschau nach *Augen*«, stellte Larissa fest, nachdem sie mein Verhalten eine Zeit lang beobachtet hatte.

Ich nickte. »Es ist dasselbe Gefühl wie in Amsterdam«, sagte ich.

»Ich habe einmal von einem Experiment gelesen, in dem bewiesen werden sollte, dass wir Menschen, die hinter uns sind, mit dem Körper wahrnehmen können, ohne uns umzudrehen«, erzählte Larissa.

»Und?«, fragte ich. »Ist der Nachweis gelungen?«

»Angeblich ja. Aber es war natürlich wie bei so vielen Versuchen: Kaum hat einer etwas herausgefunden, da tritt der Nächste an, um das Gegenteil zu beweisen.«

»So viel zur Wissenschaft: keine klare Aussage«, kommentierte ich. Aber vielleicht litt ich wirklich schon unter Verfolgungswahn, was nach den vorangegangenen Tagen ja verständlich war.

»Wenn wirklich *Augen* hinter uns her sind, dann wissen die

Slivitskys bereits, dass wir in Bologna sind«, stellte Larissa fest.

»Immerhin haben sie unsere Spur bis München verfolgt«, sagte ich. »Wenn sie es bis dahin geschafft haben, warum sollten sie uns dann nicht auch in Bologna aufspüren?«

»Du glaubst, sie sind schon hier in der Stadt?«

Ich zuckte mit den Schultern. Wir bogen in die hell erleuchtete Via dell'Indipendenza ein, und meine Nackenhaare legten sich wieder. Ich gab es Larissa gegenüber zwar nicht zu, aber insgeheim war ich überzeugt, dass uns die Slivitsky-Brüder schon bald wieder auf den Fersen sein würden – sofern das nicht bereits der Fall war.

⁜ Das Geheimnis der Türme ⁜

Es war unser dritter Tag in Bologna, und wir waren mit unserer Suche noch keinen Schritt weiter gekommen. Zum wiederholten Mal klapperten wir die Türme in der Altstadt ab und versuchten, irgendeinen auch noch so kleinen Hinweis zu entdecken – vergeblich.

Am Morgen hatte sich Larissa die *Augen* vorgenommen.

»Wir wollen doch mal sehen, wie gut sie ihre Website gesichert haben«, sagte sie, als sie sich an Montalbas PC setzte. Aus ihrer Tasche zog sie einen USB-Stick, von dem sie einige Dateien auf den Rechner kopierte.

Sie öffnete ein Programm, das ich nicht kannte, und gab die Adresse www.searchingeyes.com ein. In schneller Folge scrollten Informationen durch das Fenster, die hauptsächlich aus Zahlen und englischen Fachausdrücken bestanden. Einiges davon kannte ich, zum Beispiel Begriffe wie *IP-Adresse* oder *Port*. Das meiste war mir jedoch völlig unbekannt.

Larissa nickte befriedigt. »Wie ich es mir gedacht habe. Sie fühlen sich ziemlich sicher. Dann wollen wir ihnen mal den Spaß am Bespitzeln ein wenig verderben.«

Mit ein paar Mausklicks führte sie eine Reihe von Aktionen aus, die zu schnell waren, als dass ich sie mir hätte merken können. Dann löschte sie die auf den Rechner kopierten Dateien, fuhr ihn herunter und steckte ihren Stick wieder ein.

»Was war das jetzt?«, fragte ich.

»Ich habe den Server, also den Rechner, über den die Website läuft, vorübergehend lahmgelegt«, antwortete sie. »Jedes Betriebssystem hat eine Reihe von Eingangstüren, die sogenannten Ports. Wer sich auskennt, der verbarrikadiert alle diese Türen so, dass niemand ohne Erlaubnis von draußen hereinkommt und Viren oder andere Daten auf den Rechner spielen kann.«

»Und du hast einen offenen Port gefunden?«

Sie nickte. »Dadurch habe ich ein kleines Programm bei ihnen eingeschleust, was in den nächsten Stunden eine Menge Schaden anrichten wird. Ich weiß natürlich nicht, inwieweit das die Telefonkette beeinflusst. Aber an ihrer Website werden sie für einige Zeit keine Freude mehr haben.«

Larissa nahm einen Schluck von ihrer Cola. Wir saßen wieder in unserem Stamm-Eiscafé und ich blätterte frustriert in meinem Notizbuch, als zwischen zwei Seiten die Visitenkarte herausfiel, die uns Antonio, der Schaffner, am Bahnhof in die Hände gedrückt hatte. Ich betrachtete sie näher.

Carlo di Stefano stand darauf, und darunter in kleineren Buchstaben *Direttore, Istituto della storia alternativa.* Institut für alternative Geschichtsschreibung – was hatte das nun wieder zu bedeuten?

Di Stefano wohnte ganz in der Nähe, und wir beschlossen,

ihm einen Besuch abzustatten. Es brachte uns vielleicht nicht weiter, schaden konnte es allerdings auch nichts. Außerdem hörte sich *alternative Geschichte* interessant an. Wenn uns Montalbas offizielle Geschichte nicht weiterhelfen konnte, dann vielleicht di Stefanos alternative Version.

Das Istituto war in einer etwas weniger repräsentativen Ecke des Universitätsviertels beheimatet. Der Eingang befand sich direkt neben einer kleinen, schäbigen Bar, deren Publikum weniger nach Studenten als vielmehr nach Obdachlosen aussah. Während wir auf die Klingel des Istituto drückten, musterte ich die Gäste. An der Theke glaubte ich unseren Akkordeonspieler zu entdecken. Überprüfen konnte ich das allerdings nicht, denn der Türöffner summte und ließ uns ein.

Wir gingen einen langen dunklen Flur entlang, in dem es unangenehm nach faulendem Abfall und abgestandenem Urin roch – eine etwas merkwürdige Umgebung für ein seriöses wissenschaftliches Institut. Am Flurende fanden wir eine Tür, auf die ein handgeschriebenes Pappschild mit dem Namen des Instituts geklebt war. Ich klopfte vorsichtig an.

»*Avanti!*«, klang eine Stimme dumpf durch die Tür. Larissa schob die Tür auf. Vor uns lag ein winziger Raum, der von einem massiven Schreibtisch dominiert wurde. Nahezu die gesamte Schreibtischfläche war, ebenso wie der Boden, mit Bücherstapeln bedeckt, von denen manche eine so gefährliche Seitenneigung aufwiesen wie der kleinere der *Due Torri*. An den Wänden, sofern sie nicht von Regalen verdeckt wurden, hingen Landkarten, Stadtpläne und Zeittafeln.

Der Raum war leer. Zumindest dachten wir das zuerst. Dann tauchte hinter zwei Bücherstapeln ein Kopf auf.

»*Benvenuti all'istituto della storia alternativa*«, sagte der Kopf. »*Vi accomodate!*«

Das war leichter gesagt als getan: Setzt euch. Wohin sollten wir uns denn setzen? Stühle konnten wir keine entdecken.

Hinter dem Schreibtisch kam jetzt ein kleines, dürres Männchen hervor. Es trug eine Kakihose, die kurz über den Knien endete und dazu ein viel zu weites T-Shirt mit der Aufschrift *I want to believe*. Seine nackten Füße steckten in einem Paar unförmiger Sandalen.

»*Aspettate*«, sagte das Männchen, das di Stefano sein musste, und trug die obere Hälfte eines Bücherstapels ab. Darunter kam ein hölzerner Hocker zum Vorschein. Er wiederholte den Vorgang mit einem zweiten Stapel und lud uns dann mit einer Handbewegung ein, Platz zu nehmen.

Vorsichtig navigierten wir unseren Weg durch das Chaos, bis wir die Hocker erreicht hatten. Ebenso vorsichtig ließen wir uns darauf nieder. Di Stefano hatte inzwischen wieder seinen Platz hinter dem Schreibtisch eingenommen und schob ein paar Bücher beiseite, um freien Blick auf uns zu haben.

Er sah eher aus wie ein zu groß geratener Pfadfinder und überhaupt nicht so, wie ich mir einen Wissenschaftler vorstellte. Sein Gesicht hatte etwas Jungenhaftes, nur an den Lachfalten um seine Augen bemerkte man, dass er schon einige Jahre auf dem Buckel hatte.

»Sprechen Sie Deutsch?«, fragte ich.

Di Stefano nickte eifrig. »*Si, si*, ich habe ein paar Semester in Deutschland studiert. In Tübingen.« Er hatte, im Gegensatz zu vielen Italienern, keine Schwierigkeiten mit unseren Umlauten.

»Wir kommen auf Empfehlung von Antonio«, fuhr ich fort.

»Antonio!«, rief er. »Dann müsst ihr die Kinder aus dem Zug sein! Er hat mich angerufen und mir von euch erzählt. Was kann ich für euch tun?«

»Wir sind auf der Suche nach einer Antwort«, sagte ich. »Einer Antwort auf die Frage, was es mit den Türmen auf sich hat.«

»Und was genau wollt ihr da wissen?«, fragte er.

»Wenn wir diese Frage beantworten könnten, wären wir nicht hier«, erwiderte ich. »Aber wir glauben, dass die Türme ein Geheimnis in sich bergen, das wir entschlüsseln müssen.«

Er beugte sich über seinen Schreibtisch. »Und warum *müsst* ihr das?«

Ich blickte Larissa fragend an. Sie nickte unmerklich.

»Jemand hat uns geraten, ›die Stadt zu lesen‹. Zu welchem Zweck, das darf ich Ihnen nicht sagen. Es hat mit einem weiteren Geheimnis zu tun, das wir aufklären müssen.«

»Hmmm.« Er ließ sich wieder in seinen Stuhl zurückfallen und überlegte. Wir warteten schweigend. Schließlich schien er einen Entschluss gefasst zu haben.

»Ihr seid genau an den richtigen Ort gekommen!«, rief er. »Die ganze offizielle Geschichtsschreibung ist doch vernagelt, wenn es um Dinge geht, die sie nicht erklären kann! Sie schließen die Augen und tun so, als existiere das nicht. Ich weiß, wovon ich spreche. Schließlich habe ich über zehn Jahre Geschichte studiert und dabei genug von diesen engstirnigen *Wissenschaftlern* kennengelernt.«

Er spuckte das Wort *Wissenschaftler* wie angeekelt aus und

begann in einem Stapel von Papieren zu wühlen, die neben ihm auf dem Schreibtisch lagen.

»Hier«, sagte er und hielt ein paar zusammengetackerte Blätter hoch. »Das ist unser Gründungsmanifest.« Er schlug die erste Seite um. »Wer die menschliche Geschichte begreifen will, der muss zunächst die unsichtbaren Gesetze verstehen, die ihren Verlauf bestimmen«, las er vor. »Es sind gerade das Unerklärliche, das Unbekannte und das Fragwürdige, in dem diese Gesetze verborgen sind.« Mit einem zufriedenen Gesicht legte er die Blätter zurück auf den Schreibtisch. »Genau das ist der Grund, warum wir das Istituto ins Leben gerufen haben.«

Ich fragte mich, wer außer ihm sich noch hinter diesem *Wir* verbarg. Für mich sah es so aus, als seien das Institut und di Stefano ein- und dasselbe.

»Und Sie wissen auch etwas über die Türme?«, fragte ich, um das Gespräch wieder auf unser Thema zurückzulenken.

»Ja, ja, natürlich. Gerade die Türme sind doch ein Beweis für die verborgenen Gesetze, von denen ich gesprochen habe.«

Er deutete auf eine große Karte von Bologna, die hinter ihm an der Wand hing. Der ganze Bereich der Innenstadt war mit roten und blauen Nadeln markiert.

»Die meisten Türme wurden im 13. Jahrhundert von den Dynastien der Geremei und Lambertazzi errichtet. Innerhalb weniger Jahre ließ jeder Clan 18 Türme in der Stadt hochziehen. Baute ein Geremei einen neuen Turm, dann folgte umgehend ein Lambertazzi mit einem eigenen *torre* nach. Jede der Familien hatte ihren persönlichen Baumeister. Die Familie Geremei nutzte die Dienste von Pietro Carbonesi, die

Lambertazzis arbeiteten mit Giacomo Oretti. Der Wettstreit der Clans war damit auch ein Wettstreit der Baumeister – so schien es jedenfalls. In Wirklichkeit sah die Sache ganz anders aus. Carbonesi und Oretti gehörten beide der Innung der Baumeister an, die mit straffer Hand von Alberto Salterini geführt wurde. Salterini wiederum ist bekannt dafür, dass er ein Anhänger der Kabbala war und über geheimes Wissen verfügte.«

»Kabbala!«, rief Larissa. »Wie van Beuningen in Amsterdam!«

»Aha«, sagte di Stefano. »Ihr wisst also bereits, was die Kabbala ist. Sehr gut.«

Er räusperte sich und fuhr fort: »Was also zufällig aussah, war in Wirklichkeit von langer Hand geplant. Jeder Turm stand genau an der Stelle, an der er nach Salterinis Willen stehen sollte. Die Auftraggeber und das gemeine Volk ahnten natürlich nichts davon. Bis heute weiß niemand genau, welchen Zweck genau Salterini mit seinen Plänen verfolgte.«

Er musste die Enttäuschung bemerkt haben, die seine Worte auf unseren Gesichtern hervorgerufen hatten.

»Ich sagte, niemand weiß es genau. Wir haben natürlich einige Vermutungen.«

Er stand auf und zeigte auf die verschiedenfarbigen Nadeln in der Karte von Bologna. »Da Salterini ein Kabbalist war und Zahlen in der Kabbala eine große Rolle spielen, haben wir zunächst versucht, aus der Anzahl der Türme einen Hinweis zu erhalten. Wir haben die Gesamtzahl genommen, die Zahl der Türme für die einzelnen Familien, haben Quersummen gebildet, multipliziert und dividiert, aber keines der Ergebnisse ergab einen klaren Sinn. Das Problem besteht sicher auch darin, dass niemand mehr genau weiß, wie viele Türme einmal in Bologna gestanden haben. Jede Zahl kann nur eine Vermutung sein.«

»Haben Sie die Türme auch miteinander verbunden?«, fragte Larissa. Genau das hatten wir ja ebenfalls versucht.

Er nickte. »Wir haben Linien zwischen allen Türmen und den Türmen der jeweiligen Clans gezogen, in der Hoffnung, so vielleicht ein kabbalistisches Muster zu entdecken. Doch das war ebenfalls erfolglos.«

»Also verbirgt sich doch kein Plan hinter der Anordnung der Türme«, folgerte ich enttäuscht.

Di Stefano legte die Fingerspitzen zusammen und starrte einen Moment darauf. »Das würde ich nicht sagen. Salterini hatte einen Plan. Wir haben nur noch nicht herausgefunden, was für ein Plan das war.«

»Weiß denn wirklich niemand, wie viele Türme einmal in Bologna gestanden haben?«, fragte Larissa.

Di Stefano zuckte mit den Schultern. »Leider nein. Unklar ist auch, ob die *torresotti* in die Berechnungen mit einzubeziehen sind oder nicht.«

»Nun sind wir so klug wie zuvor«, murmelte ich.

»Seht das nicht so pessimistisch«, versuchte di Stefano mich aufzumuntern. »Ihr wisst nun mit Sicherheit, dass sich ein Plan hinter den Türmen verbirgt. Es geht lediglich darum, ihn herauszufinden.«

»Eine Aufgabe, an der Sie sich schon seit Jahren die Zähne ausbeißen«, erwiderte ich niedergeschlagen. »Wie sollen wir das dann schaffen?«

»Manchmal hilft ein frischer Blick«, erwiderte er. »Ihr seid neu in Bologna, ihr seid keine Historiker und ihr habt keine vorgefassten Meinungen. Vielleicht gelingt es euch, etwas herauszufinden, was wir bislang übersehen haben.«

Wir standen auf. Di Stefano kam um seinen Schreibtisch herum und wäre fast über einen Bücherstapel gestolpert. Vorsichtig arbeiteten wir uns zur Tür vor und verabschiedeten uns.

»Wenn ihr etwas entdeckt, dann lasst es mich unbedingt wissen«, rief er uns noch nach, als wir schon fast an der Haustür waren.

Nach der Enge des vollgestopften Raums war es eine Erleichterung, wieder auf der Straße zu stehen. Ich warf noch schnell einen Blick in die Bar nebenan, aber von unserem Akkordeonspieler war nichts zu sehen.

Wir trabten zu Montalbas Haus zurück. Zumindest wussten wir jetzt, dass hinter der Position der Türme ein Plan steckte – sofern man di Stefano Glauben schenken konnte. Aber das half uns nicht viel weiter, solange wir jenen ominösen Plan nicht kannten.

Die nächsten beiden Stunden brachten wir damit zu, noch einmal alle Verbindungen zwischen den heutigen und den ehemaligen Türmen zu analysieren. Mit Hilfe von Montalbas Fotokopierer hatten wir uns ein gutes Dutzend Kopien des Stadtplans angefertigt und uns damit an den Esstisch zurückgezogen.

Nach schier endlosem Grübeln, Linienziehen und -verwerfen verließ uns die Kraft und wir gaben auf. Der ganze Tisch war übersät mit Stadtplankopien, die kreuz und quer mit Linien bemalt waren. Ich packte mir die Papiere und knüllte sie zu einem dicken Knäuel zusammen.

»So kommen wir nicht weiter«, rief ich frustriert. »Das ergibt alles keinen Sinn. Wir finden kein Muster.«

»Das Problem ist, dass wir die genaue Anzahl der Türme nicht kennen, die Salterini hat bauen lassen«, grübelte Larissa. »Auf unseren Stadtplänen sind alle Türme verzeichnet, die heute noch stehen. Wir müssten aber wissen, welche Türme zu seinen Lebzeiten, also im 13. Jahrhundert, in Bologna standen.«

»Denn nur diese Türme waren nach einem kabbalistischen Plan gebaut«, vervollständigte ich ihren Gedanken. »Was wir brauchen, ist ein Modell der Stadt aus jenem Jahrhundert«, fügte ich mit einem Blick auf unsere vollgeschmierten Zettel hinzu.

»So ein Modell gibt es«, erklärte Montalba, der gerade ins Zimmer getreten war. »Im städtischen Mittelaltermuseum.«

Ich sah ihn mit offenem Mund an. Wieso hatte er uns das nicht eher gesagt?

»Ein Modell der Stadt, wie sie im 13. Jahrhundert aussah?«, fragte ich vorsichtshalber nach.

»Ja, ja«, erwiderte er. »Das ist hier gleich um die Ecke, in der Via Manzoni.«

Larissa und ich sprangen auf, als Sofia Montalba durch die Küchentür herein kam.

»Mittagessen!«, rief sie fröhlich.

»Später«, sagte ich und hängte mir meine Tasche um. Wir stürzten zur Tür, wo Larissa plötzlich stoppte. Sie drehte sich zu Signora Montalba um.

»Haben Sie vielleicht eine Garnrolle für uns?«, fragte sie.

Signora Montalba starrte sie verblüfft an. »*Si*, natürlich – aber wollt ihr nicht zuerst einmal etwas essen?«

»Lass die beiden nur«, warf ihr Mann lächelnd ein. »Sie können auch gleich noch essen, wenn sie wieder da sind.«

Signora Montalba schien das nicht recht zu sein, aber sie erhob keine weiteren Einwände. Sie verschwand aus dem Zimmer und kehrte kurz darauf mit einer Rolle blauen Garns zurück. Larissa bedankte sich, steckte die Rolle ein und wir verließen die Wohnung.

Das Mittelaltermuseum war tatsächlich nur einen Steinwurf von Montalbas Laden entfernt. Es befand sich in einem alten Palast, der umfassend renoviert worden war.

Das Stadtmodell mit den *torri* befand sich im oberen Stockwerk in einem lang gezogenen Raum, in dessen Vitrinen alte Degen und Schwerter ausgestellt waren. Das Modell war auf eine etwa vier mal vier Meter große Holzplatte montiert, die auf allen Seiten von Absperrseilen umgeben war.

Es war eine detailgetreue Nachbildung des mittelalterlichen Bologna mit mehreren Dutzend Türmen darauf. Folgte man den Ausführungen di Stefanos, dann war dies das Ergebnis der *offiziellen* Geschichtsschreibung und insofern nicht korrekt. Schließlich waren nur die Türme dokumentiert, deren Existenz wirklich nachgewiesen werden konnte.

Natürlich hing von der korrekten Anzahl und Anordnung der Türme in dem Modell der Erfolg unseres Vorhabens ab.

Larissa hatte vorgeschlagen, die Türme mit einem langen Garnfaden alle miteinander zu verbinden und dann zu sehen, was dabei herauskam.

Ich war nicht unbedingt von dem Erfolg dieses Vorgehens überzeugt, hatte aber auch keine bessere Idee. Wir waren verzweifelt, und wenn man verzweifelt ist, dann unternimmt man auch Dinge, die jeder logischen Grundlage entbehren.

Das Problem bestand lediglich darin, dass im Gang direkt neben dem Raum, in dem das Modell stand, ein Museumswärter saß. Es war ein älterer Mann in einer blauen Strickjacke, wahrscheinlich ein Rentner, der sich hier etwas dazuverdiente. Besonders aufmerksam wirkte er nicht, denn er war in den Sportteil seiner Zeitung vertieft. Aber man konnte nie wissen, ob er nicht gerade in dem Moment, in dem Larissa die Vermessung vornahm, Lust auf einen kleinen Rundgang hatte.

Es kam unserem Vorhaben entgegen, dass das Mittelalter-Museum offensichtlich nicht zu den Touristenattraktionen Bolognas zählte. Außer uns irrte nur noch eine Besucherin durch die Ausstellungsräume. Als sie den Raum mit dem Modell verlassen hatte, gab ich Larissa ein Zeichen. Sie streifte ihre Sneaker ab und ich stellte mich in den Durchgang zum Flur.

Der Alte war immer noch in seine Zeitung vertieft. Meine Augen flogen zwischen ihm und Larissa, die gerade über das Absperrseil kletterte, hin und her. Mit einer geschmeidigen Bewegung zog sie sich auf die Platte hoch. Einen Augenblick lang balancierte sie am Rand der Platte, dann machte sie auf Zehenspitzen zwei Schritte in Richtung Stadtmitte, möglichst ohne auf die Häusermodelle zu treten.

Sie ging in die Hocke und zog die Garnrolle hervor. Das eine Ende des Fadens befestigte sie an der Spitze des *Torre Asinelli* und begann dann, einen Turm nach dem anderen mit dem Garn zu verbinden.

Hinter mir raschelte Papier. Schnell sah ich zu dem Alten hin, der seine Zeitung soeben weglegte. Was hatte er jetzt vor? Zunächst reckte er sich, dann erhob er sich langsam von seinem Stuhl. Das roch nach Gefahr.

Mit wenigen Schritten stand ich vor dem kleinen Tisch, hinter dem er stand. Mein Ziel war klar: Ich musste ihn so lange wie möglich aufhalten.

»Sprechen Sie Deutsch?«, fragte ich mit Unschuldsmiene.

Er blickte mich fragend an. »*No capisco.*« Er verstand mich also nicht.

Ich versuchte es auf Englisch. »*No English*«, radebrechte er.

Ich zeigte auf seine Zeitung. »*Calcio*«, sagte ich. Seine Züge hellten sich auf. Wenn ich das italienische Wort für Fußball kannte, dann konnte ich in seinen Augen wahrscheinlich nicht so ganz daneben sein.

Wirklich interessieren tat mich Fußball nicht, aber ich kannte zumindest die Namen der wichtigsten italienischen Vereine.

»Inter, Juventus, Roma«, stammelte ich.

»*Si, si*«, strahlte er. »*Tedesco*?«

»*Si*«, antwortete ich, ich bin Deutscher.

»Bayern, Werde, Salke«, zählte er auf, stolz auf seine Kenntnis unserer Bundesliga.

Mir ging langsam der Gesprächsstoff aus. Zu allem Überfluss kam aus der anderen Richtung eine weitere Museumsbesucherin heran, die sicher direkt in den Raum mit dem Modell gehen würde.

Ich überlegte fieberhaft, wie ich die Frau aufhalten konnte. Sie war inzwischen fast bei uns angekommen. Ich schätzte sie auf ungefähr 50 Jahre ein. Sie war gut gekleidet und sah aus wie eine Person, die ein Museum nicht nur aus Neugier besucht, sondern auch weiß, wie sie die Dinge, die sie dort sieht, richtig einzuordnen hat.

»*Signora!*«, sprach ich sie an, als sie hinter dem Alten und mir vorbeigehen wollte.

»*Si?*« Sie blieb stehen.

»*Signora*, sprechen Sie Deutsch?«, fragte ich.

Sie sah mich neugierig an. »Ein wenig«, sagte sie dann.

Ich atmete tief durch. Das war schon mal ein guter Anfang.

»Haben Sie ein Mädchen gesehen, in meinem Alter, mit kurzen schwarzen Haaren?«, fragte ich.

»*Una bambina?*« Sie überlegte kurz. »Nein, das habe ich nicht. Ich hatte gemerkt, nicht viele Besucher hier.«

Ich hatte mich inzwischen unauffällig zwischen sie und den Durchgang gestellt, damit sie nicht so einfach vorbei konnte.

»Ja, nichts los«, sagte ich. »Niemand will heute noch Kultur sehen.«

»*Si, si*«, sagte sie. Ich merkte, dass sie ungeduldig wurde und gerne weitergehen wollte.

In diesem Augenblick tauchte am Ende des Ganges einer der anderen Museumswärter auf und rief dem Alten neben mir etwas zu. Der hatte bislang dem Gespräch zwischen mir und der Frau aufmerksam gelauscht, obwohl er kein Wort verstehen konnte. Jetzt setzte er sich etwas unwillig in Richtung seines Kollegen in Bewegung.

Die Frau nützte die Gelegenheit, um an mir vorbeizugehen und den Raum mit dem Modell zu betreten. Im Eingang blieb sie erstaunt stehen und drehte sich Hilfe suchend nach dem Wärter um. Ich stand direkt hinter ihr und legte den Zeigefinger auf meine Lippen. Dabei blickte ich sie so flehentlich an, wie ich nur konnte.

»*Per favore*«, flüsterte ich. »Bitte, Signora, rufen Sie ihn nicht.«

Sie sah mich fragend an und trat dann in den Raum. Ich folgte ihr auf dem Fuß. Larissa stand noch immer auf dem Modell. Mit dem Fadenabwickeln war sie fertig. Jetzt betrachtete sie intensiv das Muster, das sich daraus ergab, und verglich es mit einem Stadtplan, den sie in ihren Händen hielt.

Sie blickte nur kurz auf, als die Frau und ich eintraten, und ließ sich in ihrer Arbeit nicht weiter stören.

»Was machen ihr hier?«, fragte mich die Frau mit gerunzelter Stirn.

»Es geht um ein historisches Experiment«, erklärte ich. »*Un esperimento*. Wir wollen etwas über die *torri* herausbekommen.«

Sie war noch immer skeptisch. »Die Turme? Was ist mit die Turme?« Und sie wies mit ihrem Zeigefinger auf die garnumwickelten Modelltürme vor uns.

»Wir glauben, sie ergeben ein Muster«, sagte ich. »Ein Geheimnis aus dem Mittelalter. Wir müssen das für die Schule machen.«

»Bingo!«, rief Larissa hinter uns und packte den Stadtplan

in ihre Tasche. Dann beugte sie sich vor und begann, den Faden wieder von den Türmen abzuwickeln.

»Fur die Schule, *si*?«, fragte die Frau. »Ich wunsche, meine Schuler auch so fleißig.«

Aha, sie war also Lehrerin. Und liebte Schüler, die sich Mühe gaben.

»Ja«, sagte ich. »Wir sind extra nach Bologna gekommen, um unsere Projektarbeit so gut wie möglich zu machen.«

Das gefiel ihr sichtlich. Sie streckte sogar ihre Hand aus, um Larissa, die mit ihrem Abwickeln fertig war, dabei zu helfen, über das Absperrseil zu klettern.

»Und wie lautet eure Theorie?«, fragte sie, während Larissa wieder in ihre Schuhe schlüpfte.

»Wir vermuten, die *torri* bilden ein Muster, so wie die Steine von *Stonehenge*«, fabulierte ich. »Sie wissen doch, dieser Felsenkreis in England. Die Steine dort sind so gesetzt, dass man am Sonnenschatten die Jahreszeit ablesen kann. Und das könnte ja auch bei den *torri* der Fall sein.«

Sie zog zweifelnd die Augenbrauen hoch. »Das glaube ich nicht«, entgegnete sie. »Die *torri* folgen keinem Plan. Das ist *assurdo*!«

Typisch Lehrerin, dachte ich. Wenn Schüler etwas herausfinden, dann ist es gleich Unsinn.

Zum Glück verlor sie damit auch gleich das Interesse an uns. »Viel Gluck noch«, wünschte sie und wandte sich der nächsten Glasvitrine mit Hellebarden zu.

Larissa und ich machten, dass wir davon kamen. Kaum hatten wir den Raum mit dem Modell verlassen, brach es aus uns hervor.

»Viel Gluck noch«, gluckste Larissa.

»Meine Schuler auch so fleißig«, kicherte ich.

»*Assurdo!*«

»Die Turme!«

So ging es fort, bis wir aus dem Museum heraus waren. Vor der Tür setzten wir uns auf eine kleine Mauer und beruhigten uns erst einmal wieder. Dann fiel mir ein, warum wir überhaupt hergekommen waren.

»Hast du etwas herausgefunden?«, fragte ich Larissa.

»Vielleicht«, antwortete sie.

»Was heißt das, vielleicht? Nun spann mich nicht weiter auf die Folter!«, rief ich.

Sie zog den Stadtplan von Bologna hervor. »Die Fäden zwischen den Türmen haben sich an verschiedenen Stellen gekreuzt. Aber es gab eine Stelle, an der besonders viele von ihnen zusammenliefen. Und die ist genau hier.«

Sie zeigte mit dem Finger auf eine Stelle der Karte. Ich beugte mich darüber.

Palazzo dell'Archiginnasio stand dort.

Das Buch der Antworten

Der Palazzo dell'Archiginnasio lag nur wenige Schritte hinter der Piazza Maggiore. Wörtlich übersetzt bedeutet Archiginnasio ›erstes Gymnasium‹. Und genau deshalb wurde er vor 450 Jahren auch gebaut: als erster zentraler Sitz der Universität von Bologna.

»Die Universität von Bologna wurde im 11. Jahrhundert gegründet«, hatte uns Montalba erklärt. »Die Studenten und Professoren trafen sich in Privathäusern oder in Kirchen, denn ein spezielles Universitätsgebäude gab es nicht. Mit dem Archiginnasio bekamen die Juristen, die Naturwissenschaftler, die Mediziner und die Philosophen erstmals ein eigenes Gebäude nur für Studienzwecke.«

Unter dem 139 Meter langen Säulengang des Palazzo an der Piazza Galvani hatten sich Buchläden, Modegeschäfte und Cafés angesiedelt. Irgendwo dazwischen war der Zugang zum Palast versteckt. Wir mussten ein wenig suchen, bis wir ihn gefunden hatten und in einen quadratischen Hof gelangten, der rundum von Arkaden umgeben war. Zur Linken führte eine Treppe in den ersten Stock, wo sich auch der Zugang zur Bibliothek befand.

Wir gingen die Treppe hinauf und erreichten einen breiten

Flur, dessen Wände und Decken von Hunderten von Wappen geschmückt wurden. Auch das hatte uns Montalba erklärt: Die Studenten waren nach ihrer Nationalität in Gruppen zusammengeschlossen. Jede dieser Gruppen entsandte einen Vertreter in die *consigliatura*, die studentische Selbstverwaltung. Die meisten der Wappen stammten von diesen Studentenvertretern.

Gleich rechts neben der Treppe befand sich der Zugang zur Bibliothek. Man musste zuvor an einem Schalter vorbei, in dem eine junge Frau und ein Wachmann saßen.

»Die Bibliothek des Archiginnasio umfasst 850.000 Bände, davon allein über 15.000 aus dem 16. Jahrhundert. Hinzu kommen 8.500 Handschriften, 15.000 Zeichnungen und 10.000 Schnitte.« Montalba hatte die Zahlen mit sichtlichem Stolz auswendig heruntergerattert.

»Können wir uns die Bibliothek einmal ansehen?«, fragte ich die Frau in gebrochenem Italienisch.

Sie schüttelte den Kopf. »Das geht nur mit einem Benutzerausweis.«

»Können wir den hier irgendwo bekommen?«

Sie wirkte leicht genervt. Wahrscheinlich bekam sie diese Fragen mehrmals am Tag von Touristen gestellt.

»*No*, das ist nicht möglich. Das dauert in der Regel eine Woche.«

Ich übersetzte die Auskunft für Larissa. Das kam unserem Plan überhaupt nicht entgegen – sofern von einem Plan überhaupt die Rede sein konnte. Wie sollten wir das Buch der Antworten finden, wenn wir die Bibliothek nicht betreten durften?

Die Haarlem-Methode würde hier nicht funktionieren, das sahen wir sofort. Überall waren Kameras angebracht, und es gab keinen Ort, an dem man sich verstecken konnte.

Wir entschieden uns dafür, da wir nun schon einmal hier waren, uns ein wenig in den frei zugänglichen Fluren umzusehen. Neben den Wappen schmückten große Gemälde die Wände. Ein Wegweiser führte uns zu einer der Sehenswürdigkeiten des Archiginnasio, dem ehemaligen Anatomiesaal. Das war ein großer Raum mit Holzfußboden, Holzwänden und einer Holzdecke. Decke und Wände waren mit geschnitzten Statuen und Skulpturen verziert. In der Mitte des Raumes befand sich ein weißer Seziertisch, um den herum mehrere Reihen von Sitzbänken angeordnet waren. Sogleich schossen mir die wildesten Fantasien durch den Kopf.

»Hier haben sie früher also die Leute aufgeschnippelt«, sinnierte Larissa.

»Etwas mehr Respekt, bitte«, ermahnte ich sie.

Sie schielte zu mir herüber. »Seit wann bis du denn so empfindlich?«

»Ich bin nicht empfindlich«, gab ich zurück. »Mir ist die Vorstellung nur unangenehm, auf so einem Tisch vor lauter Zuschauern zu liegen und ausgenommen zu werden.«

»Aber die Leute waren doch tot«, wandte sie ein.

»Früher wurden Leute für tot gehalten, auch wenn sie noch lebten«, erklärte ich. »Stell dir vor, du liegst nur im Koma und landest dann hier unter dem Messer.«

Larissa lachte. »Du hast eine schwarze Fantasie, Arthur!«

»Lieber schwarz als ausgenommen«, grummelte ich. Larissa boxte mich freundschaftlich in die Seite, aber das heiterte mich nicht wirklich auf. Der Anblick des Saals deprimierte mich.

Draußen saß eine grauhaarige Frau in blauer Bluse und blauem Rock hinter einem wackeligen Holztisch mit einem kleinen Stapel von Broschüren vor sich und wartete darauf, dass ihr jemand ein Exemplar abkaufte. In der Hoffnung, etwas mehr über den Archiginnasio zu erfahren, legte ich ihr die paar Euro auf den Tisch, die die Broschüre kostete. Mit einem dankbaren Lächeln sah sie mich an.

Ich blätterte das kleine Heft durch, konnte aber nichts entdecken, was uns weitergeholfen hätte. Den größten Teil der Seiten nahm die Geschichte einzelner Wappen ein. Es gab weder einen Plan des Gebäudes noch Informationen über die Bibliothek.

Ziemlich frustriert bummelten wir an einer Reihe von Glasvitrinen vorbei, die in einem langen, fensterlosen Gang aufgebaut waren und einzelne Exemplare aus der Bibliothek zur Schau stellten. Wir wollten gerade umkehren, als die Frau, von der ich den Prospekt gekauft hatte, herankam, einen großen Schlüsselbund in der Hand. Sie winkte uns ihr zu folgen und marschierte geradewegs zu der großen Doppeltür am Ende des Ganges.

Sie suchte nach dem passenden Schlüssel, schloss die Tür auf und bat uns herein. Im Vorbeigehen drückte sie mir einen Computerausdruck in die Hand, in dem das, was sich uns hinter der Tür darbot, näher beschrieben wurde.

Dies war der *Sala dello Stabat Mater*, der frühere Lesesaal der Juristen. Es handelte sich um einen gewaltigen Raum, bei dem jeder Quadratzentimeter Wand mit Wappen bedeckt war. An den Wänden zogen sich verglaste, mannshohe Bücherschränke entlang, die ohne Ausnahme mit alten Büchern gefüllt waren.

Sollte dies ein Zeichen sein? Würden wir das Buch der Antworten in diesem Raum finden? Meine Frustration wich einer gespannten Erwartung. Larissa schien es ebenso zu gehen; zumindest wirkte sie plötzlich weitaus zuversichtlicher als noch vor wenigen Minuten.

Wir schlenderten durch den Saal und taten so, als würden wir die Wappen bestaunen. Aus den Augenwinkeln konzentrierten wir uns aber auf die Bücher. Die Frau blieb in der Tür stehen und passte auf, dass wir keinen Unfug anstellten.

Ich fragte mich, wie es mir gelingen sollte, hier etwas zu finden. Die Situation erinnerte mich an Teylers Museum. Spüren konnte ich nichts. Keinen Magnetismus, der mich direkt zu meinem Ziel dirigiert hätte, und auch keine innere Eingebung. Zudem schätzte ich die Chance, das Buch der Antworten ausgerechnet in diesem Raum zu finden, als äußerst gering ein.

Über den Büchern waren an verschiedenen Stellen goldene Buchstaben in das Holz eingelassen, die das jeweilige Forschungsgebiet bezeichneten. Vor einem Schrank mit der Aufschrift *Astronomia* blieb ich stehen. Ich bückte mich und studierte die Titel der Bücher hinter dem mit Draht verstärkten Glas, konnte aber nichts Besonderes entdecken.

»Was ist?«, flüsterte Larissa mir zu.

»Nichts«, erwiderte ich. »Ich wollte nur mal ausprobieren, ob ich etwas merke, wenn ich direkt vor einem Schrank hocke. War aber nicht so.«

»Denk an Gerrits Rat und verlass dich auf dein Gefühl«, erinnerte sie mich.

Sie hatte gut reden. Wie soll man sich auf ein Gefühl verlassen, von dessen Anwesenheit man nichts merkt?

Wir gingen noch ein paar Meter weiter an einigen anderen Bücherschränken vorbei, aber bei keinem verspürte ich das Bedürfnis, ihn näher in Augenschein zu nehmen.

»Also *Astronomia*«, sagte Larissa schließlich.

»Genau so gut kannst du Physik oder Biologie nehmen«, widersprach ich ihr.

»Davor bist du aber nicht stehen geblieben.«

Meine Frustration war wieder zurückgekehrt. »Hier das Buch der Antworten zu finden ist doch mehr als unwahrscheinlich.«

»Nicht unwahrscheinlicher als in jedem anderen Raum«, flüsterte Larissa. »Ich sage, wir versuchen es jetzt einfach. Du lenkst die Alte ab, und ich schließe dir die Tür des Bücherschranks auf.«

Sie fingerte unauffällig in ihrer Tasche herum, um das passende Werkzeug hervorzuziehen. Ich trat nervös von einem Fuß auf den anderen und wusste nicht genau, was ich machen sollte.

»Wenn das nun der *falsche* Schrank ist«, wisperte ich.

»Dann haben wir halt Pech gehabt«, sagte Larissa. »Aber wenn du schon nicht dran glaubst – ich bin überzeugt, das ist die *richtige* Tür.«

Leider ist Zuversicht nicht ansteckend. Immer noch zögernd durchquerte ich den Saal. Den Zettel, den die Frau mir beim Eintreten gegeben hatte, hielt ich immer noch in der

Hand. Als ich neben ihr stand, wies ich mit fragendem Ausdruck auf den Begriff *Stabat Mater*. Sie schob sich die Brille, die sie an einer Kette um den Hals hängen hatte, auf die Nase und beäugte die Stelle, auf die ich zeigte. Aus dem Augenwinkel beobachtete ich Larissa.

Sie war in die Hocke gegangen und tat so, als wolle sie ihren Schuh zubinden. So verdeckte sie mit ihrem Körper das Schloss und man konnte von unserer Position aus nicht sehen, was sie vorhatte.

Die Frau hatte inzwischen die Buchstaben, auf die ich zeigte, entziffert und blickte mich fragend an.

»Was ist *Stabat Mater*?«, fragte ich sie auf Italienisch.

»Ah, Stabat Mater«, wiederholte sie. »*È detta così in memoria della prima esecuzione dello Stabat Mater di Gioachino Rossini, il 18 marzo 1842.*«

Der Saal war also deshalb so benannt, weil hier 1842 Rossinis Vertonung des alten kirchlichen Gedichts *Stabat Mater* uraufgeführt worden war.

«*Mille grazie*«, bedankte ich mich, denn ich hatte bemerkt, dass Larissa wieder aufgestanden war. Die Schranktür war geöffnet.

Ich ging zurück zu ihr, und wir setzten unseren Rundgang fort.

»Jetzt bist du dran«, flüsterte ich. »Am besten versuchst du, sie ganz von der Tür wegzulocken. Wenn ich die Schranktüren öffne, wird sie das auf jeden Fall sehen.«

»Ich werde sie einfach nach der Toilette fragen«, grinste Larissa. Ihr schien das alles gar nichts auszumachen, während bei mir das Herz bereits im Vorfeld seine Schlagzahl verdoppelt hatte. »Und weil ich kein Italienisch kann, wird sie mir wohl den Weg zeigen müssen.«

Ich sah Larissa nach, die den Saal durchquerte. Wie ich erwartet hatte, verstand die Frau ihre auf Deutsch gestellte Frage nicht. Larissa begann zu gestikulieren. Die Frau antwortete ihr, machte aber keine Anstalten, sich von ihrem Platz weg zu bewegen.

Ich stand vor dem Schrank, den Larissa geöffnet hatte, in Bereitschaft. Noch immer war mir nicht klar, ob dies wirklich der Richtige war oder ob sich das gesuchte Buch überhaupt in diesem Saal verbarg.

Ein Blick zur Tür überzeugte mich, dass Larissa es geschafft hatte. Die Frau hatte sich umgedreht und verschwand mit ihr im Gang, wobei sie ununterbrochen auf Larissa einredete.

Die nächsten Sekunden kamen mir wie Stunden vor. Vor lauter Herzklopfen bekam ich keine Luft mehr. Was würde mit uns passieren, wenn sie mich hier erwischten? Meine Finger zitterten, und der Schweiß lief mir die Stirn und den Nacken hinunter.

Ich ließ mich auf ein Knie sacken.

Ein Blick zur Tür: nichts.

Ich zog schnell die Schranktüren auf.

Wieder ein Blick zur Tür: nichts.

Ich musterte die Bücher.

Aus dem Flur hörte ich Schritte.

Ich streckte meine Hand aus.

Die Schritte kamen näher.

Ich griff mir wahllos ein Buch und ließ es in meiner Umhängetasche verschwinden.

Die Schritte hatten fast die Tür erreicht.

Ich schloss die Türen und richtete mich auf.

Eine Stimme rief von der Tür: »*Ragazzo! Basta!*«

Ich nickte. Ja, es war genug. Langsam ging ich der Frau im Türrahmen entgegen. Das Buch lag wie ein Ziegelstein in meiner Tasche. Würde sie die Tasche jetzt kontrollieren? Mein Herz schlug so laut, dass sie das doch sicher hören musste!

Aber sie winkte mich nur aus dem Saal heraus. Ich bedankte mich noch einmal bei ihr und ging so schnell wie möglich in Richtung Treppenhaus.

Von Larissa war nichts zu sehen. Wahrscheinlich befand sie sich immer noch auf der Toilette. Ich hielt es mit dem Buch in der Tasche für sicherer, vor der Tür auf sie zu warten. Sie würde mir schon folgen, wenn sie mich hier oben nicht entdeckte.

Ich sprang die Treppen hinunter und lief durch den Innenhof auf die Piazza Galvani. Fast genau gegenüber vom Eingang des Archiginnasio ragte eine Statue von Luigi Galvani auf, dem Entdecker der körpereigenen Elektrizität. Er stand auf seinem Podest und studierte angestrengt eine Platte, auf der zwei Froschschenkel lagen.

Ich hockte mich auf die Stufen vor dem Denkmal, wo ich mich langsam wieder beruhigte, als ich unter den Arkaden eine bekannte Gestalt entdeckte.

Es war der Narbengrufti.

Schnell rutschte ich auf der Stufe nach rechts, bis ich vom Sockel der Statue ganz verdeckt wurde. Dann schielte ich vorsichtig um die Ecke.

Es war tatsächlich Sam Slivitsky, der auf den Eingang des

Archiginnasio zuging. Dort bog er allerdings nicht ein, sondern blieb seitlich vor dem Durchgang stehen, damit er vom Innenhof aus nicht gesehen werden konnte. Ich stellte mir vor, was geschehen wäre, wenn ich den Palast nur drei Minuten später verlassen hätte. Ich wäre ihm direkt in die Arme gelaufen.

Ich lehnte mich zur anderen Seite des Sockels. Es war schlimmer, als ich gedacht hatte. Sam gegenüber stand Ham, ebenfalls nicht sichtbar vom Inneren des Archiginnasio aus.

Wie hatten sie uns nur gefunden? Larissa und ich hatten keine *Augen* entdecken können. Die Slivitskys mussten von unserer Begegnung mit dem Mädchen in Amsterdam erfahren und ihre Kundschafter angewiesen haben, vorsichtiger zu sein. Das Kribbeln im Nacken hatte mich also nicht getäuscht.

Was sollte ich jetzt tun? Larissa konnte jeden Augenblick aus dem Durchgang treten und würde den beiden Brüdern unweigerlich in die Falle gehen.

Ich überlegte, wie ich sie warnen könnte, ohne mich selbst in Gefahr zu bringen. Schließlich hatte ich das Buch der Antworten in der Tasche. Das vermutete ich jedenfalls, denn sicher war ich mir nicht. Ich hatte ja einfach nur zugegriffen.

Doch was nutzte uns das Buch, wenn die Slivitskys Larissa in ihrer Gewalt hatten? Ich überlegte fieberhaft, wie ich Larissa ein Zeichen geben konnte, als ich sie in den Durchgang einbiegen sah, der vom Archiginnasio auf die Piazza führte.

Jetzt musste ich mich schnell entscheiden. Ich tat das, was ich für das einzig Richtige hielt, Buch hin oder her: Ich stand auf, trat hinter der Statue hervor und machte mit beiden Händen eine schiebende Bewegung. Das sollte ihr signalisieren, nicht weiter zu gehen.

Leider verstand mich Larissa völlig falsch. Sie winkte mir fröhlich zu und beschleunigte ihre Schritte noch. Die Slivitskys hatten weder sie noch mich bislang gesehen.

»Nein!«, rief ich. »Geh zurück!«

Sofort flogen Sams und Hams Köpfe in meine Richtung. Sie sahen mich gestikulierend neben der Statue stehen, und Ham wusste sofort, was das zu bedeuten hatte.

Larissa hatte mich gehört und war stehen geblieben. Doch es war zu spät. Auf ein Zeichen Hams sprang Sam um die Ecke des Eingangs und packte sie am Arm. Instinktiv rannte ich los, um ihr zu Hilfe zu kommen. Doch Hams erwartungsfrohes Grinsen ließ mich schon nach wenigen Schritten wieder stoppen. Gegen die Slivitskys hatte ich allein keine Chance.

Ham, dem klar war, dass der Abstand für eine erfolgreiche Verfolgung zu groß war, machte erst gar nicht den Versuch, zu mir zu kommen. Er behielt mich weiter hämisch grinsend im Auge, während er ein Handy aus der Tasche zog und ein paar Worte hineinsprach.

Larissa wehrte sich gegen Sam und versuchte immer wieder, sich loszureißen. Wenige Sekunden später kam ein schwarzer Fiat auf den Platz gerast und hielt mit quietschenden Reifen direkt vor dem Archiginnasio. Als Larissa merkte, was die Brüder vorhatten, begann sie laut zu schreien. Aber bevor jemand in der Nähe reagieren konnte, hatte Sam sie schon auf die Rückbank des Autos gedrückt, war mit seinem Bruder eingestiegen und der Wagen brauste davon.

Ich ließ mich entmutigt auf die Stufen vor dem Denkmal

sinken, auf denen ich noch vor wenigen Minuten voller Triumph über unseren Coup gesessen hatte. Von diesem Gefühl war nichts mehr übrig geblieben. Das Buch der Antworten war mir mit einem Mal völlig egal. Ich hatte versagt. Es war mir nicht gelungen, Larissa vor den Slivitskys zu beschützen, so wie ich es Jan in Amsterdam versprochen hatte.

Ich fragte mich, warum sie Larissa mitgenommen und mich einfach zurückgelassen hatten.

Die Antwort sollte ich schon bald erfahren.

Madame Slivitsky

Ich lief, so schnell ich konnte, zu Montalbas Haus zurück. Der Alte saß, wie gewöhnlich, in seinem Laden. Nachdem ich ihm atemlos von der Entführung Larissas berichtet hatte, schloss er sofort sein Geschäft ab und wir eilten nach oben in die Wohnung. Sofia kam uns mit fragendem Blick entgegen.

»Die Slivitskys haben Larissa entführt!«, rief ich.

»*Madonna!*« Ihre Augen weiteten sich vor Entsetzen. »Das arme Kind! Diese Verbrecher! Welch ein Unglück!«

»Beruhige dich, Sofia«, sagte Montalba. »Wir müssen jetzt einen kühlen Kopf behalten. Am besten, du machst uns erst mal einen Espresso und wir beraten, wie wir vorgehen.«

Der Antiquar und ich gingen ins Esszimmer, während seine Frau in der Küche verschwand. Dort hörten wir sie vor sich hin murmeln, wobei ich glaubte Wortfetzen wie *Madonna!* oder *Che disastro!* zu verstehen.

Montalba nahm mit einem tiefen Seufzer am Tisch Platz. Ich war viel zu nervös, um still zu sitzen und lief im Raum hin und her wie ein Tiger im Käfig. Tausend Gedanken schossen mir durch den Kopf, vor allem aber das Gefühl, *versagt* zu haben. Wie sollte ich es jemals schaffen, Larissa aus der Gewalt der Slivitskys zu befreien?

Signora Montalba brachte, immer noch schimpfend, den Espresso. Dann musste ich mich setzen und die ganze Geschichte noch einmal von Anfang bis Ende erzählen. Als ich zu der Stelle kam, an der ich das Buch im Saal der Stabat Mater einsteckte, unterbrach mich Montalba.

»Zeigst du mir das Buch bitte einmal?«

Ich holte den Band aus meiner Tasche und legte ihn auf den Tisch. Zum ersten Mal konnte auch ich das Buch näher betrachten. Es war ein ledergebundenes Werk mit einem lateinischen Titel, der das Wort *Astronomia* enthielt. *Liber Responsorum* war nirgendwo zu lesen.

»Dann war die ganze Mühe umsonst«, stöhnte ich. »Kein Buch der Antworten, keine Larissa – und keinen Schritt weiter.«

Montalba zog den Band zu sich herüber und schlug ihn auf. Er blätterte ein wenig darin herum.

»Das würde ich nicht sagen. Ich glaube, du hast in der Tat das Buch der Antworten gefunden, Arthur.«

Auf meinen erstaunten Blick hin schob er das Buch zu mir hin. »Es ist geschickt getarnt. Jemand hat es neu gebunden, mit einem anderen Einband und etwa zwanzig Seiten vorweg, die nichts mit dem wirklichen Inhalt zu tun haben.«

Er demonstrierte mir, was er damit meinte. Das Titelblatt war das eines astronomischen Lehrbuchs, und es folgten auch einige Seiten mit Zeichnungen der Himmelskörper und passenden Texten. Aber dann tauchte auf einmal ein weiteres Titelblatt mitten im Text auf, und darauf stand klar und deutlich *Liber Responsorum*.

»Ich möchte wissen, wie du das geschafft hast, Junge«,

murmelte Montalba anerkennend. Er schlug das Buch wieder zu.

Ich konnte mich über sein Lob nicht freuen und erzählte weiter. Nachdem ich geendet hatte, saßen wir alle drei stumm um den Tisch.

In diesem Augenblick klingelte es an der Tür.

Montalba verschwand aus dem Zimmer. Nach etwa zwei Minuten hörten wir ihn an der Wohnungstür mit jemandem reden. Es war eine tiefe weibliche Stimme.

Ohne zu wissen, warum, nahm ich das Buch der Antworten vom Tisch und schob es wieder in meine Tasche. Dann öffnete sich auch schon die Tür, und Montalba kam zurück, gefolgt von einer hochgewachsenen, kräftig gebauten Frau, die ihn locker um zwei Köpfe überragte.

»Sylvia!«, rief Signora Montalba und hielt sich die Hand vor den Mund, ob vor Erstaunen oder Schrecken, wusste ich nicht zu sagen.

»Sofia, meine Liebe«, antwortete die Frau mit einem falschen Lächeln. »Es ist lange her. Und wie ich sehe, haben die Jahre dir nicht besonders gut getan.«

Dann wandte sie sich mir zu. »Und du musst der lästige Arthur sein, der sich in Dinge mischt, die ihn nichts angehen.«

Das war sie also: Sylvia Slivitsky, die Mutter von Sam und Ham, die gefürchtete Gegenspielerin des Bücherwurms, die legendäre Madame Slivitsky.

Ich studierte sie genauer, während sie mir gegenüber am Tisch Platz nahm. Montalba machte eine entschuldigende Handbewegung und setzte sich ebenfalls. Sie hatte langes, schwarzes Haar, das bereits einige graue Strähnen enthielt. Früher war sie bestimmt einmal eine sehr schöne Frau gewesen. Attraktiv war sie auch heute noch, sah man einmal von den zu schmalen Lippen ab.

Sie war komplett in Schwarz gekleidet: schwarze Schuhe, schwarze Hose, schwarzer Pullover und schwarzes Jackett. Ich kannte mich zwar mit Kleidung nicht aus, aber was sie trug, saß perfekt und war sicher nicht gerade von der billigsten Sorte. Von ihrem Outfit her passte sie auf jeden Fall zum Narbengrufti.

Sie legte ihre Arme auf den Tisch und blickte mich an. Ihre Augen wirkten wie Fremdkörper in ihrem Gesicht. Sie strahlten weder Wärme noch Hass noch sonst etwas aus – sie waren einfach nur kalt und tot. Wie die Augen einer Puppe, dachte ich.

»Nun?«, sagte sie auffordernd.

Ich antwortete nicht. Unauffällig zog ich meine Umhängetasche mit dem Buch der Antworten etwas näher an mich heran. Aber es befand sich für meine Verhältnisse noch immer viel zu sehr in ihrer Nähe.

»Nun?«, fragte sie erneut.

»Was willst du von dem Jungen, Sylvia?«, mischte sich Signora Montalba ein. »Hast du nicht schon genug Schaden angerichtet in deinem Leben?«

Madame Slivitsky drehte den Kopf und sah die Sprecherin an wie ein Storch einen Frosch, kurz bevor er ihn vertilgt.

»Und wer hat dir erlaubt, dich einzumischen, Sofia?«, erwiderte sie, ohne die Stimme zu heben. »Hast du nicht irgendwo noch etwas zu Stopfen oder zu Bügeln? Du bist doch *so* ein kleines Hausmütterchen geworden. Wenn Erwachsene reden, solltest du dich einfach raushalten. Sonst könnte das unangenehme Folgen für deine Liebsten haben.«

Signora Montalba verschlug es die Sprache. In ihren Augen las ich eine Mischung aus Empörung und Angst.

»Du kannst dir deine Drohungen sparen, Sylvia«, sprang Signor Montalba seiner Frau bei. »Hier geht es nicht um uns. Hier geht es um zwei Kinder.«

»Kinder! Pah!« Madame Slivitskys Tonfall wurde noch eine Spur verächtlicher. »Sie sind alt genug, sich in meine Angelegenheiten einzumischen. Also müssen sie auch mit den Konsequenzen leben.« Bei diesen Worten richtete sie ihren Blick auf mich.

»Darauf hat dich der alte Lackmann wahrscheinlich nicht vorbereitet, was, Kleiner?«

Was sollte ich darauf antworten? Ich wusste bereits, dass der Bücherwurm mir nicht alles erzählt hatte, was er wusste. Aber ich hatte keine Lust, das dieser Frau gegenüber zuzugeben. Anstatt ihre Frage zu beantworten, fragte ich zurück:

»Wohin haben Sie Larissa verschleppt?«

Ihre Augen formten sich zu zwei schmalen Schlitzen.

»Habe ich richtig gehört? Du willst von mir eine Antwort?«

Sie legte den Kopf in den Nacken und stieß ein freudloses Lachen aus. Dann zeigte sie mit einem schwarz lackierten Fingernagel auf mich.

»Wir sollten einmal klarstellen, wie die Dinge sich verhalten, Kleiner. Dein alter Freund Lackmann will dasselbe wie ich: das Buch der Antworten. Wahrscheinlich hat er dir und der Kleinen vorgejammert, er möchte es lediglich vor mir schützen. Aber glaub mir, ich kenne Johann. Und das vielleicht besser als ihr alle hier am Tisch. Viel besser.«

Ihre Gesichtszüge verzerrten sich und sie schlug mit der flachen Hand auf die Tischplatte.

»Johann will die *Macht*, die das Buch ihm geben kann. Er spielt gern den bekehrten Paulus, aber tief in seinem Inneren lebt immer noch der alte Saulus, der er einst war – und mit dem ich lange Zeit sehr gut zusammengearbeitet habe.«

Ihr Gefühlsausbruch schien sie selbst mehr zu überraschen als uns. Mit einem tiefen Atemzug lehnte sie sich zurück. Ihre Stimme war wieder so ruhig wie zuvor.

»Wegen dir und deiner Freundin, Kleiner, habe ich den langen Weg nach Bologna antreten müssen. Ihr mischt euch in Dinge ein, die euch nichts angehen. Und du hast etwas in deinem Besitz, das mir gehört.«

Ich konnte Signora Montalba verstehen. Es war furchterregend, dieser Frau gegenüberzusitzen, ihr in die kalten Augen zu blicken und dabei diese Stimme zu hören, die voller unterschwelliger Drohungen steckte.

»Du wirst mir das, was ich haben will, aushändigen. Dann bekommst du auch deine kleine Freundin zurück.«

»Ich weiß nicht, wovon Sie sprechen«, stellte ich mich dumm. »Wir haben das Buch der Antworten nicht gefunden.«

Sie neigte den Kopf langsam zur Seite. »Das ist dein Pech, Kleiner. Dann hast du noch bis heute Abend Zeit, es zu beschaffen.«

»Und dann?«, fragte ich.

»Dann wird der alte Johann Lackmann keine Enkelin mehr haben. Oder zumindest keine so lebenslustige mehr.«

Sie stand auf. »Heute um Mitternacht im Parco della Montagnola. Da erwarte ich dich mit dem Buch der Antworten. Bemüht euch nicht – ich finde den Ausgang alleine.«

Im Vorbeigehen strich sie Montalba leicht über den Kopf. »Du warst mal ein hübscher Bursche, Giovanni. Und nicht dumm. Gemeinsam hätten wir viel erreichen können. Und jetzt versauerst du in diesem Loch mit Sofia, während ich bald eine ungeahnte Macht in den Händen halten werde. Du hast dich für ein Leben als Wurm entschieden. Dann sieh nur zu, dass du auch schnell genug in deinem Erdloch verschwindest.«

Mit diesen Worten verließ sie das Zimmer. Gleich darauf hörten wir die Wohnungstür hinter ihr zuschlagen.

Die beiden Montalbas saßen schweigend da und wichen meinem Blick aus. Das konnte ich gut verstehen. Schließlich waren sie soeben vor einem 14-jährigen Jungen gedemütigt worden, ohne sich dagegen zur Wehr zu setzen.

Sofia Montalba fing sich als Erste. »Wir sollten die Polizei einschalten«, sagte sie.

Der Gedanke war verlockend. Auf diese Weise hätten andere die Verantwortung, und zwar Fachleute, die sich mit Verbrechern auskannten. Das würde allerdings auch bedeuten, ihnen zu erzählen, warum die Slivitskys Larissa entführt hatten. Und dann musste ich gestehen, ein Buch aus dem Archiginnasio gestohlen zu haben. Ganz abgesehen davon, dass ich das Buch der Antworten dann wieder verlieren würde.

Aber was war mit Larissa? War sie nicht viel wichtiger als das Buch? Und hatte Madame Slivitsky nicht zugesagt, Larissa freizulassen, wenn ich ihr das Buch geben würde? Bei Einschaltung der Polizei würden wir das Buch auf jeden Fall verlieren. So gab es vielleicht noch die Möglichkeit, beide zu retten – Larissa und das Buch. Ich war mir sicher, dass Larissa diese Möglichkeit ebenfalls vorziehen würde.

»Die Polizei können wir nicht informieren«, antwortete ich. »Die würde uns nicht glauben und mir das Buch abnehmen. Dann wäre alles umsonst gewesen.«

»Aber es geht um Larissas Leben!«, rief sie. »Dieser Frau ist alles zuzutrauen!«

»Langsam, Sofia, langsam«, mischte sich Montalba ins Gespräch ein. »Was Sylvia mehr als alles andere will, ist das Buch der Antworten. Und Larissa ist ihr einziges Faustpfand. Sie wird ihr gewiss nichts tun, wenn sie im Austausch für Larissa das Buch der Antworten erhalten kann.«

»Ich weiß nicht, Giovanni. Willst du Arthur heute Nacht alleine in den Park gehen lassen?«

Darauf fand der Antiquar nicht sofort eine Antwort. Ich konnte ihn sogar verstehen. Er fühlte sich verpflichtet, mir beizustehen. Zugleich war ihm klar, dass er Madame Slivitsky und ihren Söhnen nicht gewachsen war.

Ein unbehagliches Schweigen breitete sich aus. Ich wollte die Montalbas nicht weiter in Verlegenheit bringen. Es war sicher für alle das Beste, sie in diese Sache nicht weiter hineinzuziehen. Sie waren eine leichte Beute für die Slivitskys, gerade weil sie durch eine gemeinsame Vergangenheit mit Sylvia verbunden waren. Wahrscheinlich würden sie mir, selbst wenn Signor Montalba mich begleitete, keine große Hilfe sein.

Mir fiel nur ein möglicher Verbündeter ein: Carlo di Stefano, der *Direktor* des Instituts für alternative Geschichtsschreibung.

»Machen Sie sich keine Sorgen«, sagte ich. »Es gibt jemanden, den ich um Hilfe bitten kann.«

Signor Montalba konnte seine Erleichterung nur schwer verbergen. »Wirklich? Wen denn?«

Ich erzählte von unserer Begegnung mit di Stefano. »Er ist groß und stark«, log ich. »Er wird mir sicher helfen.«

Der Nachmittag war schon fortgeschritten, und ich wollte keine Zeit mehr verlieren. Ich nahm meine Tasche mit dem Buch der Antworten und machte mich auf, um di Stefano um Hilfe zu bitten.

Wie beim ersten Mal, saß er auch heute fast unsichtbar hinter den hohen Papier- und Bücherstapeln auf seinem Schreibtisch.

»Habt ihr etwas herausgefunden?« fragte er erwartungsvoll, nachdem wir uns begrüßt hatten und ich auf einem der wackeligen Hocker Platz genommen hatte.

Ich berichtete von unserem Experiment im Museum.

»Ah, der Archiginnasio!« rief er. »Sehr interessant. Allerdings«, und hier zog er seine Stirn in Falten, »stellt sich die Frage, ob das Ergebnis nicht nur Zufall ist. Schließlich entspricht die Anzahl der Türme in dem Modell nicht unbedingt der historischen Realität. Euer Ergebnis könnte somit auch ein Artefakt sein.«

»Und warum haben wir dann genau dort das hier gefunden?«, fragte ich und zog das Buch der Antworten aus meiner Tasche.

Di Stefano blickte mich fragend an. Ich reichte ihm das Buch über den Schreibtisch. Er schlug es auf. »Das ist ein altes Lehrbuch der Astronomie«, sagte er.

»Blättern Sie ein wenig weiter«, erklärte ich. »So etwa zwanzig Seiten.«

Er tat, wie ihm geheißen. Ich konnte an seinem Gesichtsausdruck erkennen, als er auf den wirklichen Buchtitel stieß. Neugierig blätterte er die Seiten um und studierte sie prüfend.

»Und was soll ich damit?«, fragte er schließlich und schob mir das Buch zurück. Ich warf einen Blick auf die aufgeschlagenen Seiten. Erst jetzt wurde mir bewusst, dass ich noch keinerlei Gelegenheit gehabt hatte, mehr als das Titelblatt des Buches zu studieren.

Die Seiten, die vor mir lagen, waren zwar komplett bedruckt, aber lediglich mit einzelnen Buchstaben, die keine sinnvollen Worte ergaben.

»So sieht das auf allen Seiten aus«, erklärte di Stefano.

»Vielleicht ist es ein Code?«, schlug ich vor.

»Und das ist das Geheimnis, nach dem ihr gesucht habt? Ein Code, den vielleicht nie jemand entziffern wird?! Wenn du mich fragst: Dieses Buch ist völlig wertlos.«

»Das glauben andere nicht«, sagte ich. »Denn wegen dieses Buchstabensalats ist meine Freundin entführt worden.«

»Entführt?!« Di Stefano sprang auf. »Wer würde so etwas tun?«

Ich hob das Buch hoch. »Menschen, die vor nichts zurückschrecken, nur um dieses Buch in ihre Hände zu bekommen.«

Ich berichtete von dem geplanten Treffen heute Nacht. Di Stefano warf die Hände in die Luft. »Aber das ist doch völlig hirnverbrannt! Was sind das für Ungeheuer!«

»Also helfen Sie mir, Larissa zu befreien?«

Er blickte mich überrascht an. »Ich? Das ist doch eher eine Angelegenheit für die Polizei, findest du nicht?«

»Die Polizei darf auf keinen Fall eingeschaltet werden«, sagte ich. »Glauben Sie, ich wäre sonst hier?«

Er schwieg einen Moment. Dann sah er mir direkt in die

Augen. »Natürlich helfe ich dir. Das ist doch Ehrensache. Und was würde mein Vetter sagen, wenn ich euch im Stich ließe? Schließlich hat er euch versprochen, dass ich euch helfe. Und das werde ich auch tun, so wahr ich Alfredo heiße.«

Ich steckte das Buch der Antworten wieder ein. »Dann treffen wir uns kurz vor Mitternacht an der Freitreppe, die zum Parco della Montagnola hinaufführt?«

Er nickte. »Abgemacht. Und mach dir keine Sorgen. Es wird schon alles gut werden.«

Ich war davon ganz und gar nicht so überzeugt wie er.

Unter der Stadt

Eine halbe Stunde vor Mitternacht verließ ich das Haus des Antiquars und marschierte die Via Galliera in Richtung des Parks hinunter. Es war zwar nur ein Weg von maximal zehn Minuten, aber ich wollte zeitig da sein, um auf jeden Fall pünktlich um Mitternacht zum Treffen mit den Slivitskys zu erscheinen.

Ich hatte die Zeit genutzt, um Larissas und meine Tasche zu packen. Es kam mir sicherer vor, Bologna so schnell wie möglich zu verlassen – vorausgesetzt, ich konnte Larissa und zugleich auch das Buch der Antworten retten.

Die Montalbas versprachen, bis zu unserer Rückkehr aufzubleiben. Wir vereinbarten, dass sie die Polizei informieren sollten, wenn ich nicht spätestens morgens um fünf mit Larissa wieder zurück war.

Ich wusste nicht, ob Di Stefano wirklich zur vereinbarten Zeit am Park warten würde. Und selbst wenn – eine große Hilfe würde er mir gewiss nicht sein. Er kannte die Slivitskys und ihre Skrupellosigkeit nicht, und er wusste nichts von der

Macht, die das Buch der Antworten seinem Besitzer verleihen konnte. Letztlich war ich doch auf mich allein gestellt. Und so sehr ich mir während der letzten Stunden auch das Hirn zermartert hatte, es war mir kein Plan eingefallen, wie ich Larissa *und* das Buch retten konnte.

Die Straße war menschenleer. Meine Schritte hallten in den Säulengängen, deren Schatten mir in dieser Nacht eher bedrohlich als magisch erschienen. Mit jedem Meter, den ich mich dem Park näherte, sank meine Zuversicht. War ich den Montalbas gegenüber gerade noch cool und beherrscht aufgetreten, so hätte ich jetzt am liebsten kehrt gemacht und wäre zurück in ihre Wohnung geflohen. Aber das ging natürlich nicht.

Ich hatte gerade die Via dell'Orso gekreuzt, als sich wenige Meter vor mir ein Schatten aus einem Türeingang löste. Abrupt hielt ich an. Diese Stelle war besonders dunkel, und so sehr ich meine Augen auch anstrengte, konnte ich nicht erkennen, um wen es sich handelte. Die Gestalt kam langsam auf mich zu. Ich verlagerte mein Gewicht aufs rechte Bein und machte mich bereit, sofort davonzusprinten, als ich das Gesicht erkannte. Es war der Straßenmusiker.

Seine unnatürlich weißen Zähne blitzten durch das Halbdunkel. Er hatte weder Akkordeon noch Rucksack dabei, auch sein Hund war nirgendwo zu sehen. Dieses Treffen konnte kein Zufall sein.

Er war inzwischen auf zwei Meter herangekommen. Ich war noch immer unschlüssig, ob ich abwarten oder fliehen sollte, als er zu sprechen begann – zu meiner Überraschung in fließendem Deutsch.

»Keine Angst, Junge«, sagte er. »Ich bin hier, um dir zu helfen.«

Ich entspannte meine Beinmuskeln ein wenig. Der Mann hatte uns einmal geholfen – warum sollte er das jetzt nicht noch einmal tun? Zugleich wunderte ich mich über das Vertrauen, das ich plötzlich wildfremden Leuten entgegenbrachte, zuerst di Stefano und jetzt diesem Bärtigen.

»Wie kommen Sie darauf, dass ich Hilfe brauche?«, fragte ich mit dem verbliebenen Rest meines Misstrauens.

»Du bist auf dem Weg, deine Freundin zu befreien«, sagte er. »Und du hast das Buch der Antworten in der Tasche.«

Irgendwie erstaunte es mich nicht, dass er das alles wusste. Meine Sicht auf die Welt hatte sich seit der Bekanntschaft mit Gerrit verändert. Das Unwahrscheinliche erschien mir mehr und mehr selbstverständlich.

»Und wenn das so wäre?«, fragte ich vorsichtig.

»Dann brauchst du jede Hilfe, die du kriegen kannst«, erwiderte er. »Ich kann dich zwar nicht zum Treffen mit der *Schwarzen Frau* begleiten; da musst du dich schon auf dich selbst verlassen. Wenn es euch aber gelingt, zu fliehen, dann kommt zum hinteren Ausgang des Parks. Dorthin, wo immer der Markt stattfindet. Da werde ich auf euch warten.«

Das klang nicht sehr vielversprechend. Aber es war besser als nichts. Also nickte ich. »Ich werde mir das merken.«

»Du bist enttäuscht, weil ich nicht mehr für dich tun kann«, sagte der Mann. »Das ist verständlich. Aber ich darf mich nicht direkt in die Dinge einmischen. Das ist ein Gesetz.«

Das hatte ich doch schon einmal gehört. »Ein Gesetz der Bewahrer?«, entfuhr es mir.

Er machte eine zustimmende Kopfbewegung.

Ganz plötzlich fuhr mir eine weitere Frage durch den Kopf.

»Dann kennen Sie vielleicht auch Gerrit de Fleer in Amsterdam?« Er zog die Augenbrauen hoch. »Der Schützenjunge ist also auch wieder aktiv geworden«, sagte er langsam. »Das bedeutet, es brechen neue Zeiten an.«

Ich starrte ihn verständnislos an. »Ist das gut oder schlecht?«, fragte ich.

»Alles eine Frage des Standpunkts, Junge«, entgegnete er. »Und jetzt musst du dich beeilen, sonst verpasst du noch deine Verabredung.«

Mit diesen Worten drehte er sich um und verschwand in den Schatten der Arkaden. Ich hätte gerne noch von ihm erfahren, was es mit dem *Schützenjungen* auf sich hatte, aber da war er schon verschwunden.

Das Treffen mit dem Straßenmusiker hatte meine Stimmung etwas gehoben und ich fühlte mich nicht mehr ganz so mutlos wie zuvor. Vielleicht gab es ja doch eine Chance für Larissa und mich, heil und mit dem Buch aus dieser Sache herauszukommen. Etwas zuversichtlicher setzte ich meinen Weg fort.

Di Stefano lief bereits nervös vor den untersten Stufen der Freitreppe auf und ab. Er hatte seine kurze Kakihose gegen eine Jeans und seine Sandalen gegen ein paar Tennisschuhe getauscht.

»Ah, da bist du ja endlich!«, rief er, als ich über die Straße kam. »Der Park ist geschlossen!« Er wies mit einer Hand auf die Metalltore am oberen Ende der Treppe.

»Sie können doch klettern, oder?«, fragte ich. Ohne stehen zu bleiben, begann ich, die Treppenstufen emporzusteigen.

»He, warte!«, hörte ich di Stefano hinter mir rufen, hielt aber nicht an. Als ich die oberste Stufe erreicht hatte, stand auch er neben mir.

Aus den Toren ragte eine Reihe sehr unangenehm aussehender Spitzen heraus. Di Stefano beäugte sie skeptisch.

»Wie sollen wir denn da rüberkommen?«, fragte er.

»Klettern«, erwiderte ich und nahm den Aufstieg in Angriff. Das war leichter gesagt als getan. Es gab im oberen Drittel des Tors keine Querstreben, auf die man seinen Fuß hätte setzen können. Ich drehte meinen Fuß leicht und quetschte ihn zwischen zwei Gitterstäben ein. So konnte ich mich bis nach oben drücken.

Hier begann das eigentliche Problem. Ich stützte mich mit den Armen oben auf dem Tor ab und schwang vorsichtig ein Bein auf die andere Seite. Das fand natürlich keinen Halt, und für einen Augenblick ruhte mein gesamtes Körpergewicht allein auf meinen Händen. Ich kam ins Wackeln und sah mich schon aufgespießt auf dem Tor sitzen, als mein rechter Fuß sich auf der anderen Seite endlich zwischen zwei Gitterstäben verkeilte.

Vorsichtig zog ich das andere Bein nach und sprang auf die Terrasse. Ich schwitzte bereits wieder gewaltig.

Di Stefano, der meine Aktion beobachtet hatte, machte keine Anstalten, mir zu folgen.

»Los!«, forderte ich ihn auf. Ich trat ganz nah ans Tor heran und legte meine Hände zusammen. »Treten Sie hier rein.«

Zögernd umfasste er die Gitterstäbe. Seine Füße waren zum

Glück klein und passten fast komplett durch die Stäbe. Ich hob meine Hände, er zog sich hoch – und dann gab es ein hässliches Geräusch und er stürzte auf seiner Seite wieder herab. Er ging in die Knie, versuchte aber sofort, sich wieder aufzurichten. Mit einem leisen Schmerzensschrei griff er nach den Torstäben, um sich abzustützen.

Das Geräusch, das ich gehört hatte, war das Reißen des Stoffs gewesen, der sich an der Spitze eines Gitterstabes verfangen hatte.

Wie ein Friseurumhang baumelte ihm das Hemd jetzt um den Körper. Es sah ziemlich komisch aus, aber nach Lachen war mir beim Anblick seines schmerzverzerrten Gesichts nicht zumute. Und auch nicht bei dem Gedanken, jetzt doch alleine den Slivitskys gegenübertreten zu müssen. Denn dass ich auf Di Stefano nicht mehr zählen konnte, war mir bei seinem Anblick sofort klar.

»Ich glaube, ich habe mir den Knöchel verstaucht«, stöhnte er. »Was für eine Schande! Du bittest mich um Hilfe, und ich verhalte mich wie ein unsportlicher Esel, der ich ja auch bin!«

Er versuchte, sich erneut an den Stäben nach oben zu ziehen, ließ aber gleich wieder davon ab.

»Ich schaffe es nicht«, stieß er zwischen zusammengebissenen Zähnen hervor. »Du musst ohne mich gehen.«

»Nicht schlimm«, beruhigte ich ihn. Das war eine glatte Lüge. Aber was sollte ich sonst sagen? Wie ein kleines Häuflein Elend hockte Di Stefano auf der anderen Seite des Gitters und stöhnte und fluchte abwechselnd vor sich hin.

»Schaffen Sie's bis zum nächsten Taxi?«, fragte ich ihn.

Er nickte matt. »Es wird schon gehen.«

»Ich muss dann mal ...«, sagte ich zögernd.

»Natürlich. Ich habe dich schon genug aufgehalten.« Er vergrub das Gesicht in den Händen, ob vor Schmerz oder vor Scham, das wusste ich nicht.

Ich drehte mich dem Park zu. Jetzt gab es kein Zurück mehr. Jeder Schritt, den ich mich vom Eingangstor entfernte, ließ mich meine Einsamkeit mehr spüren. Und meine Verzweiflung wachsen.

Der Parco della Montagnola war kreisförmig angelegt. In seinem Zentrum befand sich ein runder Teich mit einem Springbrunnen in der Mitte, der von drei steinernen Schildkröten umringt wurde. Vier weitere Skulpturen standen in den vier Himmelsrichtungen um den Teich. Sie bildeten einen merkwürdigen Kontrast: Auf zwei Sockeln rissen blutgierige Löwen gerade ein Opfertier, während sich auf den anderen Meerjungfrauen friedvoll die Zeit vertrieben.

Ich näherte mich vorsichtig dem Teich und hielt dabei Ausschau nach den Slivitskys. Sie warteten neben einer der Löwenskulpturen. Madame Slivitsky stand in der Mitte, flankiert von Ham und Sam, der Larissa am Arm festhielt. Ihre Umrisse hoben sich im Mondschein vom dunklen Hintergrund des Parks ab.

Etwa zwei Meter vor ihnen blieb ich stehen. So weit ich in dem Dämmerlicht erkennen konnte, war Larissa gesund und unversehrt. Ich gab mir einen Ruck und richtete mich so gerade wie möglich auf.

»Guck mal, Mama, unser Kleiner gibt den dicken Max«, lachte Ham höhnisch.

»Ich mach mir vor Angst in die Hosen«, wieherte Sam.

»Ruhe!«, herrschte Madame Slivitsky ihre Söhne an. Sie trat einen Schritt vor.

»Hast du das Buch dabei, Kleiner?«, fragte sie.

»Das bekommen Sie erst, wenn Sie Larissa freigelassen haben«, antwortete ich.

»Hah!«, rief sie. »Du glaubst noch immer, du kannst hier die Bedingungen diktieren.

»Ich will das Buch!«, verlangte sie, und der Ton ihrer Stimme und ihre Haltung verrieten mir, dass sie zu keinem Kompromiss bereit war. Resigniert griff ich in meine Umhängetasche und holte das Buch der Antworten hervor. Ich trat einen Schritt vor und hielt es ihr hin.

»Bitte sehr. Und nun lassen Sie Larissa frei.«

»Nicht so schnell, Kleiner. Wir wollen doch erst einmal sehen, ob es sich hier wirklich um das richtige Buch handelt.«

Sie trat wieder zwischen ihre Söhne. »Licht!«, kommandierte sie, und Ham holte eine Taschenlampe hervor, deren Strahl er auf das Buch richtete.

Madame Slivitsky schlug das Buch auf und blätterte darin. Dann sah sie auf.

»Das ist ja nur Buchstabensalat!«, rief sie und trat einen Schritt vor. »Was soll das bedeuten?«, fragte sie mich drohend.

»Es ist ein Code«, stotterte ich. »Anders kann ich mir das auch nicht erklären.«

»Dann hast du eben Pech, Kleiner«, zischte sie. »Wir werden das Buch erst einmal eingehend untersuchen müssen. So lange bleibt deine kleine Freundin bei uns.«

»Aber …«, protestierte ich, doch sie schnitt mir das Wort ab.

»Das hast du dir sicher anders vorgestellt, was?«, höhnte sie. »Es soll dich lehren, deine Nase in Zukunft aus den Geschäften Erwachsener herauszuhalten.«

Sie gab ihren Söhnen ein Zeichen und drehte sich um. Eine kalte Wut stieg in mir auf. Hinter meiner Stirn wurde es heiß, und mein Blick verengte sich, bis ich nur noch Larissa sah, die sich verzweifelt gegen Sams harten Griff wehrte.

Bevor ich wusste, was ich tat, stürzte ich mich mit geballten Fäusten auf Sam. Leider schien ihn das nicht besonders zu überraschen. Er wehrte mich mühelos mit seinem freien rechten Arm ab und schleuderte mich zur Seite. Ich landete genau vor den Füßen von Madame Slivitsky.

In diesem Augenblick klingelte ein Mobiltelefon. Alle erstarrten in ihren Bewegungen.

Das Telefon klingelte noch einmal.

»Das ist deins, Mama«, bemerkte Ham.

»Das weiß ich!«, herrschte sie ihn an. Sie steckte die rechte Hand in ihre Hosentasche, zog das Handy hervor und hob es ans Ohr. Einen Moment lang lauschte sie. Dann nahm ihr Gesicht einen hasserfüllten Ausdruck an.

»Johann, du Narr«, zischte sie ins Telefon. »Du hast in all den Jahren nichts dazugelernt. Jetzt habe ich das Buch der Antworten und deine kleine *Bewahrerin* – und du hast nichts!«

In diesem Augenblick ließ sich Larissa zu Boden fallen. Sam, der damit nicht gerechnet hatte, konnte sie nicht halten. Larissa machte eine Rolle rückwärts und stand sofort wieder auf den Beinen. Ich sprang auf und riss Madame Slivitsky, deren Aufmerksamkeit noch dem Telefon galt, das Buch der Antworten aus der Hand.

»Zum Hinterausgang!«, rief ich und rannte sofort los, wobei ich einen Bogen um die Slivitskys schlug.

Madame Slivitsky hatte den Hörer sinken lassen. »Packt sie!«, kreischte sie. »Sie dürfen nicht entkommen!«

Ham wollte zwischen seiner Mutter und seinem Bruder hindurchlaufen und stieß dabei mit Sam zusammen, der sich genau in diesem Moment umdrehte. Der Dicke stolperte und stürzte lang hin.

Das verschaffte uns ein paar Meter Vorsprung.

Hinter uns war das laute Geschrei der Slivitskys zu hören. Wir rannten, so schnell wir konnten, zum Hinterausgang des Parks. Auch hier versperrten eiserne Tore und ein hoher Zaun den Weg. Wir hatten das Tor fast erreicht, als auf der anderen Seite eine Gestalt aus dem Dunkel auftauchte und es einen Spalt aufstieß. Es war der Musiker.

»Schnell!«, rief er und winkte uns, ihm zu folgen. Wir zwängten uns durch das Tor und stießen es hinter uns zu. Die Stimmen unserer Verfolger kamen näher.

»Mir nach.« Der Mann eilte über den Platz vor dem Parkeingang. Vor einer schmalen Straße, die in den Platz mündete, blieb er stehen.

»Warum bleiben wir stehen?«, keuchte ich. »Sie können uns doch sehen!«

»Das sollen sie auch«, lächelte unser Helfer. Ich drehte mich um und erkannte die schemenhaften Gestalten von Sam und Ham, die soeben durch das Parktor auf die Straße liefen. Ham entdeckte uns sofort. Mit großen Schritten kamen die beiden Brüder auf uns zu.

»Jetzt!« Der Alte schob uns in die Nebenstraße. Wir liefen sie bis zum Ende entlang, wo sich das Spiel wiederholte. Wir warteten, bis die Slivitskys sehen konnten, in welche Richtung wir abbogen.

Ich verstand nicht, was der Musiker vorhatte. Doch da er offenbar wusste, was er tat, fügte ich mich für den Augenblick seinen Anweisungen.

Wir bogen ein paarmal ab und blieben dann vor einer Einfahrt stehen, die in einen dunklen Innenhof führte. Erneut warteten wir, bis die Slivitskys uns entdeckt hatten, bevor wir in den Hof liefen.

»Vorsicht«, ermahnte uns unser Führer. Im fahlen Mondlicht erkannten wir eine dunkle Öffnung direkt vor unseren Füßen. Der Musiker ließ sich auf die Knie herab, drehte sich und verschwand mit seinen Beinen in dem Loch.

»Hier ist eine Leiter. Folgt mir«, forderte er uns auf und war gleich darauf in der Dunkelheit der Öffnung verschwunden.

Larissa und ich zögerten, jedoch nicht lange. Schon hallten die Schritte unserer Verfolger in der Toreinfahrt. Ich war nicht besonders glücklich darüber, unter die Erde abtauchen zu müssen, aber wir hatten keine andere Wahl.

Larissa kletterte zuerst in den Schacht. Ich folgte ihr, war aber offensichtlich nicht schnell genug. Die Slivitsky-Brüder kamen in den Hof und entdeckten mich, bevor ich ganz abtauchen konnte.

Das Mondlicht reichte nur ein paar Meter in den Schacht

hinein, und bald befand ich mich in völliger Dunkelheit. Von unten konnte ich ein leichtes Rauschen hören.

»Ihr könnt uns nicht entkommen!«, dröhnte eine Stimme von oben herab. Ich sah hoch und erkannte zwei runde Schatten über der Einstiegsöffnung. Das waren die Köpfe von Sam und Ham. Warum zögerten sie und waren nicht längst hinter mir hergestiegen? Die Antwort auf diese Frage sollte ich umgehend erhalten.

»Sind sie da drin?«, erklang eine herrische Stimme. Madame Slivitsky war ebenfalls im Hof aufgetaucht. »Worauf wartet ihr?«

Ich beschleunigte meinen Abstieg deutlich. Zum Glück war es nicht mehr weit. Nach einigen Metern sah ich ein Licht unter mir, und gleich darauf stand ich neben Larissa und dem Musiker am Boden des Schachts.

Der Musiker hielt den Kopf schräg und lauschte. »Sehr gut«, sagte er dann. »Sie folgen uns.«

Er hatte eine Taschenlampe in der Hand, in deren Licht ich eine Öffnung in der Wand des Schachtes erkennen konnte. Das Rauschen war lauter geworden und kam genau aus dieser Richtung.

»Da müssen wir durch«, sagte der Musiker. Wir folgten ihm vorsichtig. Hinter der Öffnung lag ein gewölbter Gang, der aus groben Quadersteinen zusammengesetzt war. Die Wände waren mit einem feinen Feuchtigkeitsfilm überzogen, der im Lichtschein der Taschenlampe glitzerte. An einigen Stellen gingen rechts und links kleinere Seitengänge ab.

Das Rauschen nahm noch einmal an Intensität zu, und unser Führer blieb plötzlich stehen. Der Gang mündete in einen großen Tunnel. Der Musiker machte eine kreisende Bewegung mit seiner Taschenlampe, und mir fiel vor Erstaunen beinahe die Kinnlade herunter: Wir befanden uns am Ufer eines schnell fließenden Flusses.

»Bologna wurde einst von einem Fluss und einer großen Anzahl von Kanälen durchzogen«, schrie der Musiker gegen das Rauschen des Wassers an. »Im Laufe der Jahrhunderte wurden sie einer nach dem anderen überbaut. Aber unter der Stadt fließen sie immer noch.

Das hier ist die Aposa. Sie kommt aus den Hügeln, fließt unter der Stadt durch und tritt am *Canale Navile* wieder ans Tageslicht. Sie wurde bereits im Mittelalter unter die Erde verbannt.«

Er winkte uns nach rechts. »Der Weg ist ziemlich schmal und rutschig!«, rief er. »Seid vorsichtig!«

Der Pfad entlang des strömenden Wassers war in der Tat ausgesprochen glitschig. Ich drückte mich so weit wie möglich an der Tunnelwand entlang, rutschte aber dennoch mehrmals aus. Der Vorsprung des Musikers und Larissas vergrößerte sich, weil ich langsamer ging als sie. Ich wollte ihnen gerade zurufen, dass sie auf mich warten sollten, als ich erneut mit dem linken Fuß von einem nassen Stein abrutschte und diesmal fast in den Fluss gestürzt wäre.

Ich warf mich längs nach vorn auf den Pfad, um nicht im Wasser zu landen. Als ich mich wieder aufgerichtet hatte, war der schwache Lichtschein der Taschenlampe nicht mehr zu sehen. Um mich herrschte komplette Dunkelheit.

Ich zögerte, Larissas Namen zu rufen. Das hätten auch unsere Verfolger hören können, die bestimmt ebenfalls schon hier unten angekommen waren. Irgendwann mussten der Musiker und Larissa ja merken, dass ich zurückgeblieben war und auf mich warten.

Mit einer Hand an der Wand tastete ich mich den Pfad vorsichtig weiter entlang. Ich bemühte mich, die Panik, die in mir aufsteigen wollte, zu unterdrücken. Es war wie damals das Paternoster-Gefühl, kurz bevor er an der letzten Etage vorbei nach oben oder unten fuhr – nur schlimmer. Schon als kleiner Junge wollte ich nicht gern in den Keller gehen, um etwas für meine Mutter zu holen, weil ich Angst hatte, die Glühbirne könnte gerade in dem Augenblick ihren Geist aufgeben und mich im Dunkeln stehen lassen.

Mein Herz pochte heftig. Eine Stimme in meinem Inneren rief »Lauf!«. Aber ich biss die Zähne zusammen und zwang mich, mich ruhig und vorsichtig weiter zu tasten. Der sicherste Weg nach draußen war der langsame an der Wand entlang. Meinem Verstand war das klar, meiner Angst nicht. In meinem Inneren lieferten sich die beiden einen erbitterten Kampf. Es war nur eine Frage der Zeit, bis sich die Panik durchsetzen würde. Bis dahin musste ich entweder Larissa und unseren Führer oder einen anderen Ausweg aus diesem unterirdischen Labyrinth gefunden haben.

Ich war vielleicht fünfzig Meter gelaufen, als die Wand unter meiner Hand plötzlich nachgab. Ich blieb stehen. Ein leichter Luftzug strich mir übers Gesicht. Hier zweigte ein Tunnel ab. Vielleicht waren Larissa und der Musiker in ihn eingebogen und ich hatte deshalb die Taschenlampe nicht mehr gesehen.

Ich überlegte kurz, ob ich der Aposa weiter folgen sollte oder dem Seitengang. Mein Entschluss war schnell gefasst:

Luft bedeutete, irgendwo in dieser Richtung musste ein Ausgang liegen.

Mir war noch nie aufgefallen, dass es unterschiedliche Abstufungen von Dunkelheit gibt: Es kann *dunkel* sein, und es kann *wirklich dunkel* sein. So wie hier in diesem Gang. Ich tappte langsam voran, eine Hand an der Wand, die andere nach vorn ausgestreckt, um etwaige Hindernisse rechtzeitig zu spüren.

Auch die Zeit verstrich in der Dunkelheit anders als im Licht. Sie schien sich zu dehnen; eine Minute konnte zu einer kleinen Ewigkeit werden. So wusste ich auch nicht, wie lange ich dem Gang gefolgt war, als ich vor mir einen schwachen Lichtschimmer entdeckte. Das konnten nur Larissa und der Musiker sein!

Ich beschleunigte meine Schritte, und das Licht wurde heller, je näher ich kam. Es befand sich nicht direkt im Gang, sondern fiel durch eine Öffnung von der Seite herein. Wahrscheinlich handelte es sich um eine weitere Abzweigung.

Als ich die Stelle erreicht hatte, entdeckte ich tatsächlich einen Seitengang, der nach zwei Metern einen Knick nach links machte. Von dort kam auch der Lichtschein.

»Hallo!«, rief ich leise, immer noch besorgt, etwaige Verfolger auf mich aufmerksam zu machen.

»Hier«, antwortete flüsternd eine Männerstimme hinter der Ecke. Das konnte nur der Straßenmusiker sein. Eine ungeheuere Erleichterung durchströmte mich. Mit wenigen Schritten lief ich um die Biegung des Ganges – und direkt Sam Slivitsky in die Arme!

»Was für eine Überraschung!« Im Licht der Taschenlampen, die er, sein Bruder und seine Mutter hielten, sah ich sein wölfisches Grinsen erst, als er mich bereits am Oberarm gepackt hatte.

»Hat er das Buch?« Madame Slivitsky hielt sich nicht lange mit Vorreden auf. Ham versuchte, mir meine Umhängetasche über den Kopf zu ziehen, aber ich wehrte mich mit meinem freien Arm. Sam reichte seine Taschenlampe an seine Mutter weiter und nahm auch meinen zweiten Arm in einen schmerzhaften Griff. Ich mochte mich winden, wie ich wollte: Für Ham war es ein Leichtes, mir die Tasche abzunehmen.

Er öffnete sie und zog das Buch der Antworten hervor.

»Sehr gut.« Madame Slivitsky tauschte Sams Lampe gegen das Buch aus. Befriedigt studierte sie es einen Augenblick und wandte sich dann mir zu.

»Das ist jetzt das dritte Mal, dass sich unsere Wege kreuzen, Kleiner. Ich hoffe für dich, es ist auch das letzte Mal gewesen. Wir werden jetzt gehen – und wenn du uns folgst, werde ich Sam anweisen, dir deine Beine zu brechen. Wie ich sehe, freut er sich schon darauf.«

Sam nickte begierig. »Vielleicht sollten wir das jetzt schon tun, Mama. Zumindest nur so ein bisschen ...«

»Ich habe gesagt: beim nächsten Mal«, schnitt ihm seine Mutter das Wort ab. »Los, kommt!«

So einfach wollte mich Sam aber nicht davonkommen lassen. Er stieß mich zu Boden und verdrehte mir dabei mit einer schnellen Bewegung meinen Arm. Ein stechender Schmerz schoss durch meine rechte Schulter.

Ich schrie vor Schmerz laut auf. Ein hämisches Lachen von Sam und Ham war die Antwort. Dann folgten sie ihrer Mutter, die bereits auf dem Rückweg war.

Ich rappelte mich auf, solange ich noch etwas im Licht der sich entfernenden Taschenlampe erkennen konnte. Mit der linken Hand hob ich meine Umhängetasche auf, die Ham achtlos auf den Boden geworfen hatte, und streifte sie mir mühsam über den Kopf. Bei jeder Bewegung meiner rechten Schulter musste ich mir auf die Zähne beißen, um nicht wieder vor Schmerz laut aufzuschreien.

Wenn die Slivitskys glaubten, mich los zu sein, dann irrten sie sich gewaltig. Ich war ihnen nicht acht Tage lang immer wieder entwischt, um ihnen jetzt das Buch der Antworten einfach so zu überlassen! Da konnten sie drohen, so viel sie wollten.

Vorsichtig lief ich hinter dem schwächer werdenden Lichtstrahl her. Ich konnte das leise Murmeln ihrer Stimmen hören, verstand aber nicht, worüber sie sich unterhielten. Der Gang vollzog mehrere Windungen, und ich musste aufpassen, sie nicht aus den Augen zu verlieren.

Ich wollte gerade eine weitere Biegung umrunden, als ich Ham Slivitsky vor mir laut aufschreien hörte. Mit einem Schlag wurde das Licht im Gang heller. Ich stoppte und streckte meinen Kopf vorsichtig um die Ecke.

Etwa zehn Meter weiter mündete der Gang in eine größere Kammer. Sie war auch die Quelle des Lichtscheins. Die Slivitskys standen mit dem Rücken zu mir in der Mitte des Raumes, umringt von einer Reihe von Gestalten, die ich aus dieser Entfernung nur schwer erkennen konnte.

Vorsichtig schlich ich mich näher heran, so weit wie möglich gegen die Tunnelwand gepresst. Schließlich stand ich fast am Ende des Ganges und konnte die Szene vor mir fast komplett überblicken.

Die Kammer war nahezu kreisrund und hatte mehrere Ausgänge. Etwa zwanzig Menschen umringten die Slivitskys von allen Seiten. Manche von ihnen trugen große Kerzen in der Hand, die den Raum in ein flackerndes Licht tauchten.

Einige der Unbekannten waren Kinder, die noch jünger sein mussten als ich. Ihre Kleidung war zerfetzt und schmutzig und ihre Haare lang und zerzaust. Es waren dünne, ausgemergelte Gestalten, ähnlich wie die Erwachsenen, die zwischen ihnen standen. Auch deren Kleidung sah nicht viel besser aus. Vom tiefsten Schwarz bis zum hellsten Weiß waren alle Hautfarben vertreten.

Die Unbekannten standen schweigend da. Aber es war gerade dieses Schweigen, was die Situation so bedrohlich erscheinen ließ.

»Geht weg da!«, rief Sam Slivitsky. »Macht den Weg frei oder ich werde ungemütlich!«

Seine Drohung verhallte im Raum. Anstatt zurückzuweichen, traten die zerlumpten Gestalten alle zugleich einen Schritt nach vorne und verkleinerten damit den Kreis. Den Slivitskys war der Rückweg ebenso abgeschnitten wie die Flucht durch einen der anderen Ausgänge.

»Los, tut endlich was«, bellte Madame Slivitsky ihre Söhne an. Doch bevor einer der beiden ihrer Anweisung Folge leisten konnte, ertönte eine mir bekannte Stimme.

»Ich würde mich an Ihrer Stelle nicht mit dem *popolo* anlegen. Sie haben gelernt, wie man sich zur Wehr setzt. Und sie sind nicht zimperlich bei ihren Methoden.«

Von rechts traten der Straßenmusiker und Larissa in mein Blickfeld. Sie standen knapp außerhalb des Kreises.

»Du!«, zischte Madame Slivitsky.

Larissa nickte. »Jawohl, ich. Geben Sie mir das Buch der Antworten und Ihnen wird nichts geschehen.«

Madame Slivitsky presste das Buch fest an Ihren Körper. »Gar nichts bekommst du! Das Buch gehört mir!« Sie wandte sich an Sam. »Zeig ihnen, wer hier das Sagen hat!«

Sams Hand verschwand unter seinem Ledermantel und tauchte eine Sekunde später mit einer Pistole darin wieder auf.

»Wir werden jetzt zu jenem Ausgang gehen«, rief seine Mutter. »Der Erste, der uns daran zu hindern versucht, kann sich auf eine Bleikugel freuen.«

Ein dumpfes Murmeln des *popolo*, des Volkes, war die Antwort. Anstatt zurückzuweichen, machten sie einen weiteren Schritt auf die drei Gestalten in ihrer Mitte zu.

Sam begann, wild mit der Pistole herumzufuchteln. »Seht ihr das?«, rief er. »Noch ein Schritt, und ihr braucht euch um euer nächstes Essen keine Gedanken mehr zu machen!«

Mit ein paar schnellen Schritten eilte der Straßenmusiker in den Kreis und hielt direkt vor Sam Slivitsky an.

»Wenn du unbedingt jemanden erschießen willst, dann kannst du bei mir anfangen.«

Sam zögerte. Er schien über die Reaktion des Mannes erstaunt zu sein. Es war wohl das erste Mal, dass seine Drohungen keine Wirkung zeigten.

Dieser kurze Zeitraum genügte dem Straßenmusiker, um dem Narbengesicht die Pistole aus der Hand zu schlagen. Es war eine knappe, schnelle Bewegung, so überraschend, dass Sam ebenso wie ich erst im Nachhinein registrierte, was soeben geschehen war. Die Pistole fiel zu Boden und rutschte auf dem unebenen Steinfußboden mehrere Meter in Richtung Wand. Sams altes Temperament gewann die Oberhand. »Das wird dir leidtun!«, brüllte er und stürzte sich auf den Straßenmusiker. Aber der machte einen schnellen Schritt zur Seite, und Sam griff ins Leere.

Der Schwung riss ihn nach vorn und er stolperte auf zwei der abgerissenen Gestalten zu. Die beiden wichen ebenfalls seitlich aus, aber einer ließ seinen Fuß stehen. Sam schlug der Länge nach hin. Ächzend kam er wieder hoch. Bevor er erneut auf den Musiker losgehen konnte, stoppte ihn die Stimme von Madame Slivitsky.

»Halt!«, rief sie. Sam verharrte in seiner Position.

»Wir haben hier ein kleines Problem.« Sie reckte die Hand mit dem Buch der Antworten in die Höhe. »Ihr wollt etwas haben, das mir gehört. Und ich will es nicht abgeben. Ihr seid ein paar Leute mehr, aber mein Sam ist ein besserer Kämpfer, als es vielleicht den Anschein hat. Am Ende bekommt ihr das Buch vielleicht – doch zu welchem Preis? Ist es nicht klüger, sich zu einigen?«

Mir fiel auf, dass sie bei ihrer Ansprache mehrere kleine Schritte rückwärts gemacht hatte. Sie war nur noch knapp zwei Meter von mir entfernt. Wir waren lediglich durch zwei Kinder mit Kerzen in der Hand getrennt.

Der Musiker kratzte sich am Kinn und tat so, als denke er nach. Und dann ging alles ganz schnell.

Sam Slivitsky machte einen Hechtsprung nach vorn und streckte den Arm nach seiner Pistole aus. Gleichzeitig lief Ham an seiner Mutter vorbei und rammte die beiden Kinder, die den Weg zu meinem Gang versperrten, aus dem Weg. Durch die so entstandene Lücke rannte Madame Slivitsky direkt auf mich zu.

Ich wich zwei Schritte tiefer in die Dunkelheit hinein. Sie hatte mich noch nicht gesehen. Da tauchte auch schon ihr Schatten im Eingang des Gangs auf. Ohne groß nachzudenken, streckte ich mein rechtes Bein aus. Madame Slivitsky kam ins Straucheln. Ich sprang hinter sie und drückte ihr beide Hände auf den Rücken. Meine Schulter protestierte mit einem stechenden Schmerz, aber da lag sie schon am Boden.

Ich bückte mich zu ihr herunter, um ihr das Buch der Antworten zu entreißen. Als sie merkte, was ich vorhatte, presste sie es noch fester an ihren Körper und schlug mit der Taschenlampe nach mir. Zugleich versuchte sie, sich wieder aufzurichten.

Ich duckte mich unter ihren Hieben weg und ergriff die Hand, welche das Buch hielt. Vom Körper wegziehen konnte ich sie nicht, dazu war der Schmerz in meiner Schulter zu stark. Also beugte ich mich vor und schlug meine Zähne in ihr Handgelenk.

Madame Slivitsky heulte auf. Ich biss noch einmal zu. Ihr Griff um das Buch lockerte sich. Mit der Linken riss ich es ihr aus der Hand. Im selben Moment traf mich ihre Taschenlampe genau im Nacken. Ich taumelte und wäre fast über sie gestürzt, konnte mich aber gerade noch an der Wand des Gangs abstützen.

Mit einem Satz sprang ich über sie hinweg und rannte zurück in die große Kammer. Dort hatten die verwilderten Gestalten einen engen Kreis gebildet, in dessen Mitte Sam und Ham am Boden lagen. Auf jedem ihrer Arme und Beine saß einer der Zerlumpten. Beide blickten mich hasserfüllt an, sagten aber kein Wort.

»Arthur!« Larissa sprang auf mich zu und warf ihre Arme um mich. »Ich habe mir solche Sorgen gemacht!«

Auch ich war heilfroh, sie wiederzusehen. Ich drückte sie vorsichtig mit meinem unverletzten linken Arm und wandte mich dann an den Musiker.

Der gab soeben in Italienisch Anweisungen an seine Helfer. Zwei von ihnen sprinteten in den Gang, aus dem ich gerade gekommen war.

»Sie wussten, was passieren würde«, sagte ich vorwurfsvoll.

»Deshalb haben Sie mich absichtlich an der Aposa zurückgelassen.«

Er zog die Schultern hoch und lächelte. »Ich brauchte ein wenig Zeit, um meine Leute zusammenzutrommeln und alles vorzubereiten. Und ich war mir sicher, dass die *Schwarze Frau* dir nichts tun würde. Sie war lediglich hinter dem Buch der Antworten her.«

»Wie schön«, brummelte ich. »Das hätten Sie mir auch vorher sagen können.«

»Hättest du dann freudestrahlend zugestimmt, allein im Dunkel der Tunnel zurückzubleiben?«, fragte er.

Das war ein gutes Argument. Ich zuckte mit den Schultern und stöhnte leise auf, weil ich meine Verletzung vergessen hatte.

»Was hast du?«, fragte Larissa besorgt.

»Der Narbengrufti hat mir den Arm ausgerenkt«, erwiderte ich und blickte den Musiker vielsagend an. »So viel zum Thema *Sie tun dir nichts*.«

»Lass mal sehen.« Er winkte einem seiner Helfer, der neben den Slivitskys stand. Es war ein hochgewachsener Schwarzer in unbestimmbarem Alter.

»Antoine ist Chiropraktiker«, erklärte der Musiker. »Oder, besser gesagt: Er war Chiropraktiker, bevor er sein Land verlassen und nach Europa flüchten musste.«

Der Musiker und Antoine wechselten ein paar Worte. Dann trat Antoine neben mich und befühlte vorsichtig meine Schulter. Plötzlich drückte er mit seinem Daumen fest zu und ich schrie vor Schmerz laut auf. Er ließ mich los und trat mit einem befriedigten Nicken einen Schritt zurück.

»Was hat er vor?«, fragte ich misstrauisch.

Der Musiker übersetze meine Frage. Antoine gab eine kurze Antwort.

»Dein Arm ist ausgekugelt. Er wird ihn dir wieder einrenken.«

Das hörte sich nicht gut an. Instinktiv zog ich meine Schulter von Antoine weg, nur um erneut einen stechenden Schmerz zu spüren.

»Antoine weiß, was er tut«, versuchte der Musiker mich zu beruhigen. »Du kannst ihm vertrauen.«

Blieb mir eine andere Wahl? Ich hatte keine Lust, vor Larissa und den anderen wie ein Feigling dazustehen.

»Also gut«, seufzte ich. »Aber bitte schnell.«

Antoine stellte sich hinter mich und schob meinen Oberkörper nach vorne. Mit der anderen Hand zog er meinen rechten Arm nach hinten. Dann hob er mit einer schnellen Bewegung den Arm an und drückte ihn nach vorn. Mir wurde vor Schmerzen schwarz vor Augen. Ich wäre sicher umgefallen, wenn Larissa mich nicht an der anderen Schulter gehalten hätte.

Ich atmete ein paarmal tief durch und richtete mich langsam wieder auf. Antoine stand vor mir und sah mich fragend an. Der Schmerz hatte so schnell nachgelassen, wie er aufgetreten war. Vorsichtig versuchte ich, den Arm zu bewegen. Es tat zwar noch weh, war aber kein Vergleich zu vorher.

»*Grazie*«, flüsterte ich. Antoine lächelte und nickte. Dann gesellte er sich wieder zu seinen Kameraden.

»Dann sollten wir euch mal wieder nach oben bringen«, sagte der Musiker. »Meine Freunde werden sich um die drei hier kümmern und dafür sorgen, dass sie ein paar Tage hier unten bleiben. Die Tunnel unter der Stadt sind ein Labyrinth und wer sich hier nicht auskennt, kann leicht verloren gehen. Genug Zeit für euch, um in eure Heimat zurückzukehren und das Buch in Sicherheit zu bringen.«

Er gab seinen Helfern noch ein paar Anweisungen auf Italienisch und führte uns dann zu einem der Ausgänge.

»Wer sind diese Leute?«, fragte ich, während wir durch einen schmalen Tunnel Richtung Ausgang trabten.

»Jede Welt hat ihre Einwohner«, erklärte der Musiker. »Die Welt über der Erde – und auch die Welt darunter. Hier wohnen die Ausgestoßenen, die Verfolgten, die Hoffnungslosen, die Flüchtlinge – sie alle haben hier unten eine neue Heimat gefunden. Nicht sehr komfortabel und auch nicht ungefährlich – aber für sie immer noch sicherer als die Welt über uns. Sie sind hier unten das Volk – und so nennen sie sich auch: *popolo*.«

»Das ist ja schrecklich!«, rief ich.

»Schrecklich ist es, in der Welt nicht willkommen zu sein«, entgegnete der Musiker. »In der Welt des *popolo* wird jeder so akzeptiert, wie er ist. Es spielt keine Rolle, wo er herkommt oder welche Sprache er spricht. Wenn die Welt oben einmal so weit ist, dann werden sicher alle wieder gerne hier heraussteigen.«

Wir gingen einige Minuten schweigend weiter, jeder in seine Gedanken darüber vertieft, was wir soeben gehört hatten.

»Bologna ist eine Stadt mit zwei Arten von Verkehrsadern – eine über der Erde und eine darunter«, wechselte unser Führer das Thema. »Das Netz der Kanäle und Tunnel ist fast so dicht wie das der Straßen über uns. Die Tunnel wurden schon vor vielen Hundert Jahren von den Reichen errichtet, die sich so von einem Adelspalast zum anderen fortbewegen konnten, ohne auf der Straße der Gefahr von Überfällen oder der Ansteckung mit Krankheiten ausgesetzt zu sein. Und die Kanäle wurden früher als Energieversorgung für die Seidenverarbeitung und für die zahlreichen Mühlen der Stadt genutzt.«

»Aber warum sind sie dann zugemauert worden?«, fragte Larissa.

»Der technische Fortschritt«, erwiderte der Musiker. »Die Eisenbahn und das Auto sind schneller als Boote. Also entstanden dort, wo früher die Kanäle durch die Stadt flossen, Straßen. Und die Menschen begannen, das Wasser unter ihrer Stadt zu vergessen.«

Unsere Stimmen hallten in den gewölbten Gängen wider, die vom Schein der Taschenlampe in ein schwefliges Licht getaucht wurden. An einigen Stellen war die gemauerte Seitenwand in sich zusammengebrochen, und wir mussten über Stapel von Putz und Steinen klettern.

Unvermittelt blieb unser Führer stehen. In die Tunnelwand war eine Metalltüre eingelassen, deren Oberfläche von Rostpocken übersät war. Der Musiker drückte die Klinke herunter; quietschend öffnete sich die Türe unter seinem Druck. Dahinter verbarg sich eine kleine Kammer, von der aus eine brüchige Steintreppe nach oben führte. Wir folgten den Stufen, bis wir einen weiteren Tunnel erreichten, der so niedrig war, dass wir nur gebückt laufen konnten. Nach einigen Metern erreichten wir einen Schacht, der steil nach oben führte und in dessen Wand eine Leiter eingelassen war. Im Licht der

Taschenlampe konnten wir gerade noch den Metalldeckel erkennen, der den Schacht verschloss. Der Musiker kletterte voran. Er schob den schweren Metalldeckel zur Seite und stieg hinaus. Dann half er uns aus dem Schacht.

Wir standen auf einer kleinen Piazza, die nur von einer trüben Funzel beleuchtet wurde. Der Bärtige schob den Metalldeckel wieder in seine Position und klopfte sich den Schmutz von den Händen. Ich hob den Kopf und atmete die frische Nachtluft ein, froh darüber, die Unterwelt hinter mir gelassen zu haben.

»Von hier aus sind es nur wenige Minuten bis zur Via Galliera«, sagte er. »Ihr geht dort vorne die Straße entlang, dann die Erste links und die Nächste wieder rechts. Dann seid ihr schon fast bei Montalbas Haus.«

Er streckte uns die Hand entgegen. »Ich kann euch leider nicht weiter begleiten. Passt gut auf das Buch der Antworten auf – und vor allem auf euch.«

Das kam etwas überraschend. Ich hatte noch jede Menge Fragen, die ich ihm stellen wollte. Aber seine Haltung machte klar, dass daraus jetzt nichts wurde.

»Du wirst noch alles erfahren, was du wissen willst«, lächelte er mich an. »Und dann sehen wir uns vielleicht auch wieder.«

Wir schüttelten ihm die Hand. Er pfiff einmal kurz, und aus einer dunklen Arkade kam sein Hund schwanzwedelnd herbeigelaufen. Er tätschelte ihm den Kopf.

»*Ciao*«, sagte er noch einmal. »Und grüßt den Schützenjungen von mir.« Mit diesen Worten drehte er sich um und war schon bald in der Dunkelheit verschwunden.

Larissa und ich machten uns auf den Weg. Es war das erste Mal seit dem Wiedersehen im Parco della Montagnola, dass wir miteinander alleine waren.

»Wie haben die Slivitskys dich behandelt?«, fragte ich sie.

»Nicht besonders schlecht«, erwiderte sie. »Was mich genervt hat, waren nur die ewigen großmäuligen Sprüche dieses Idioten Sam. Aber die meiste Zeit hatten sie mich in einem Zimmer weggeschlossen.«

»Und wo war das?«

»Irgendein Haus am Stadtrand von Bologna. Erkennen konnte ich nicht viel, denn sobald sie mich am Archiginnasio ins Auto gezerrt hatten, bekam ich eine Augenbinde um.«

»Und auch Madame Slivitsky hat dich die ganze Zeit in Ruhe gelassen?«

»Bis auf ein kleines Verhör schon. Weißt du, wonach sie mich ausgefragt hat? Wie ich es geschafft habe, das Register von Leyden und das Buch der Antworten zu finden.«

»Und was hast du ihr geantwortet?«

Larissa grinste. »Gar nichts. Sie wurde ziemlich wütend und drohte mir allerlei böse Konsequenzen an, aber ich habe einfach meinen Mund gehalten. Irgendwann hat sie dann aufgegeben.«

Ihre Erzählung erinnerte mich an etwas. Ich zermarterte mir das Gehirn, kam aber zu keinem Ergebnis. Kurz darauf standen wir vor Montalbas Haus, hinter dessen Fenstern Licht leuchtete.

Auf unser Klingeln öffnete sich sofort die Türe, so als ob jemand oben am Türdrücker nur auf uns gewartet hätte. Signora Montalba stürzte uns schon im Hausflur entgegen, um uns an ihre Brust zu drücken. Die Freudentränen liefen ihr übers Gesicht.

Montalba war etwas zurückhaltender, aber auch ihm war die Erleichterung deutlich anzumerken.

»Dein Großvater hat angerufen«, sagte er zu Larissa. »Er hatte kurz vorher mit Sylvia Slivitsky gesprochen, aber das Gespräch wurde abrupt abgebrochen. Er macht sich große Sorgen um euch.«

Wenn ich es recht überlegte, dann hatte der Anruf des Bücherwurms uns gerettet. Durch ihn waren Madame Slivitsky und ihre Söhne abgelenkt worden, sodass Larissa sich befreien und ich das Buch wieder an mich nehmen konnte.

Es war jetzt fünf Uhr morgens. Während Signora Montalba uns ein Frühstück zubereitete, riefen wir den Bücherwurm an. Ich konnte aus seiner Stimme heraushören, wie heilfroh er war, uns in Sicherheit zu wissen. Ebenso wichtig schien ihm aber auch zu sein, dass wir das Buch der Antworten bei uns hatten.

»Ihr müsst unverzüglich mit dem Buch zu mir zurückkommen«, beschwor er mich zum wiederholten Mal.

Ich warf Larissa einen Blick über den Tisch zu. »Wir möchten eigentlich zuerst nach Amsterdam damit«, sagte ich. »Zu Gerrit.«

Larissa signalisierte mir ihre Zustimmung durch ein leichtes Kopfnicken.

»Du hast gesehen, wie gefährlich das Buch ist, Arthur«, insistierte er. »Ich weiß, wie ich damit umzugehen habe und wie ich es am besten in Sicherheit bringe.« Täuschte ich mich oder klang da eine Spur von Verzweiflung in seiner Stimme mit? Schließlich war er schon einmal beinahe bereit gewesen, ein vermeintliches Vergessenes Buch seinen rechtmäßigen Besitzern zu entreißen.

»Bei Gerrit ist es sicherer als überall sonst«, wiederholte ich.

»Ist Larissa auch deiner Meinung?«

Ich reichte das Telefon weiter.

»Ja«, sagte Larissa. »Wir bringen das Buch zu Gerrit. Und dann entscheiden wir, was wir weiter damit machen.«

Sie gab mir den Hörer zurück.

»Nun gut.« Die Stimme des Bücherwurms klang resigniert. »Ich denke, *ihr* habt das Recht, darüber zu entscheiden. Schließlich habt ihr das Buch auch gefunden.«

Larissa berichtete ihm noch ein wenig von den Ereignissen der letzten Stunden und versprach, dass wir uns nach unserer Ankunft in Amsterdam bei ihm melden würden.

Nach einem leckeren Frühstück mit Cappuccino und Croissants legten wir uns noch für ein paar Stunden schlafen. Unser Zug verließ Bologna kurz nach elf Uhr.

Vor unserem Aufbruch rief ich noch bei di Stefano an. Nach mehrmaligem Klingeln hob er schlaftrunken den Hörer ab, war aber sofort hellwach, als er meine Stimme hörte. Ich berichtete ihm in knappen Worten, was vorgefallen war und dass Larissa und das Buch in Sicherheit waren. Er selbst hatte noch eine halbe Stunde vor dem Tor ausgeharrt und war dann, als er im Park nichts mehr hörte, zum nächsten Taxistand gehumpelt. Ich bedankte mich noch einmal für seine Hilfe und versprach ihm, mich bei ihm zu melden, sollte ich mal wieder in der Nähe sein.

Die Montalbas bestanden darauf, uns zum Bahnhof zu begleiten. Um uns herum ging das Leben der Stadt seinen gewohnten Gang, und keiner der vielen geschäftigen Menschen ahnte, was sich in den vergangenen Stunden in und unter den Mauern ihrer Stadt abgespielt hatte.

Der Zug nach München verließ Bologna in einer halben Stunde. Signor Montalba kaufte die Fahrkarten für uns. Wir deckten uns in einem Kiosk mit Getränken und Keksen ein und gingen dann zu unserem Gleis.

»Ihr müsst kein besonders vorteilhaftes Bild von uns haben«, begann Montalba. Ich wollte ihn unterbrechen, aber er winkte ab.

»Nein, nein, ich möchte etwas dazu sagen«, erklärte er. »Wir sind zwei erwachsene Menschen und hatten nicht den Mumm, euch zu eurer Auseinandersetzung mit Sylvia Slivitsky zu begleiten. Und nicht nur wir: Auf Johann und Karel trifft dasselbe zu.«

Er holte tief Luft und sah seine Frau an. Sie nickte ihm aufmunternd zu.

»Ich will mich nicht für unser Verhalten entschuldigen. Aber ich möchte euch die Gründe darlegen, die für unser Verhalten verantwortlich sind. Ihr wisst ja bereits, dass wir eine gemeinsame Vergangenheit mit Sylvia Slivitsky haben. Schon als ich jung war, habe ich mich vor ihr gefürchtet. Das klingt vielleicht merkwürdig, aber sie war bereits damals skrupellos und bereit, für ihre Ziele über Leichen zu gehen.«

Er machte eine Pause, und Signora Montalba führte seine Erzählung fort: »Ich hatte Giovanni beim Studium kennengelernt. Wir waren gerade ein paar Monate zusammen, als

Sylvia in unserem Leben auftauchte. Wir waren ein kleiner Klub, besessen von den Vergessenen Büchern. Johann Lackmann und Karel van Wolfen gehörten dazu, und irgendwann brachte Johann Sylvia zu einem unserer Treffen mit. Für uns stellten die Vergessenen Bücher ein Abenteuer dar. Wir wussten nicht viel über sie und jagten jeder Spur hinterher, die uns hätte zu ihnen führen können. Erst später erfuhren wir, welche Macht die Bücher besitzen und dass sie alles andere als ein Spiel sind.«

»Sylvia Slivitsky war das eher als uns anderen bewusst«, nahm Signor Montalba den Faden wieder auf. »Sie war schon damals rücksichtslos und nur auf ihren Vorteil bedacht. Als sie merkte, dass sie Sofia und mich nicht auf ihre Seite ziehen konnte, brachte sie unsere Gruppe durch Lügen und Intrigen auseinander. Karel und Johann ließen sich von ihr täuschen. Zum Glück hatte Sofia mir rechtzeitig die Augen über Sylvias wahren Charakter geöffnet.«

»Aus diesem Grund hasst sie mich auch so sehr«, sagte Signora Montalba. »Ich stellte damals für sie die größte Gefahr dar, weil ich sie durchschaut hatte. Sie sah, wie ich Giovanni überzeugen konnte, und hatte Angst, das würde mir bei Karel und Johann ebenso gelingen.«

»Sylvia ließ sich einen teuflischen Plan einfallen«, fuhr ihr Mann fort. »Damals lebte das ganze Land in der Angst vor Terroristen. Sie denunzierte Sofia und mich als Mitglieder der italienischen *Brigate Rosse*, einer besonders gefürchteten Terrororganisation. Die Beweise reichten zwar für eine Verhaftung nicht aus, aber wir wurden aus Deutschland ausgewiesen und mussten zurück nach Italien.«

»So konnte sie Karel und Johann ungestört als Werkzeug für ihre Pläne einsetzen«, sagte Sofia Montalba. »Karel war der Nächste, der ihre Absichten durchschaute. Lediglich Johann brauchte etwas länger, um sich von ihr abzuwenden.«

»Seit damals weiß ich, wozu Sylvia fähig ist.« Giovanni Montalba wischte sich mit seinem Taschentuch die Stirn ab. »Sie würde keine Sekunde davor zurückschrecken, unserer Familie oder auch unseren Kindern etwas anzutun, wenn wir ihr in die Quere kommen.«

Seine Frau fasste ihn bei der Hand. »Wir sind nicht alle zu Helden geboren. Ich hoffe, ihr versteht das.«

Zum Glück lief in diesem Augenblick unser Zug in den Bahnhof ein und beendete das Gespräch. Signora Montalba drückte erst Larissa und dann mich an ihre Brust. Die Tränen liefen ihr die Wangen herunter.

»Passt gut auf euch auf«, schluchzte sie. »Und denkt nicht so schlecht über uns.«

Die Wagentür vor uns öffnete sich und mit einem federnden Sprung stand Antonio vor uns.

»Ah, meine liebsten Reisenden«, strahlte er. »Carlo hat mich vorhin angerufen und mir von eurem Abenteuer berichtet. Ich habe mir schon fast gedacht, euch wieder zu treffen.«

Montalba umarmte uns ebenfalls, wenn auch ohne Schluchzen, und dann kletterten wir in den Zug. Die beiden Montalbas standen Hand in Hand auf dem Bahnsteig und winkten uns nach, bis sie uns nicht mehr sehen konnten.

Ich konnte den beiden nicht böse sein und wollte auch nicht, dass sie darunter litten, uns nicht geholfen zu haben. Ich hoffte, sie würden mit der Zeit mit sich ins Reine kommen.

Antonio brachte uns in einem leeren Erste-Klasse-Abteil unter und versprach uns, niemand sonst hereinzulassen. Nur er selbst schaute alle halbe Stunde vorbei, um uns mit frischem Milchkaffee und Essen aus dem Bordrestaurant zu versorgen.

Ich setzte mich neben Larissa und wir schlugen das Buch der Antworten auf. Die Seiten wiesen noch immer einen undurchdringlichen Wust von unzusammenhängenden Buchstaben auf.

»Wenn das ein Code sein soll, dann ist das ein verdammt kniffliger«, sagte Larissa, als ich ihr meine Vermutung mitteilte. »Und außerdem hat das Buch nur wenig mehr als zweihundert Seiten. Wie sollen da die Antworten auf alle Fragen reinpassen?«

Wir blätterten noch ein wenig hin und her, kamen aber nicht voran.

Den größten Teil der Fahrt verschliefen wir. Antonio sorgte erneut dafür, dass wir die Grenzkontrolle unbehelligt passierten.

Wir erreichten München gegen drei Uhr nachmittags. Der Zug nach Amsterdam ging erst in vier Stunden. Antonio, der bis zum nächsten Tag dienstfrei hatte, lud uns zu einem Freund von ihm ein, der ein italienisches Restaurant betrieb.

Wir fuhren mit dem Taxi in einen Vorort von München und verbrachten dort zwei unbeschwerte Stunden. Antonio kannte nicht nur den Inhaber, sondern auch jeden Kellner im Lokal, und so war an unserem Tisch ein ständiges Lachen und Erzählen. Die gute Stimmung war ansteckend und ließ uns die Gefahren der letzten Tage vergessen.

Als wir zum Bahnhof zurückkehrten, fühlte ich mich zum ersten Mal seit über 48 Stunden richtig gut. Dazu hatten das hervorragende Essen und Antonio und seine fröhlichen Freunde beigetragen. Larissa ging es nicht anders als mir.

Der Nachtzug nach Amsterdam war bereits eingelaufen. Antonio begleitete uns noch bis zum Gleis, wo Immelmann bereits auf uns wartete. Mittlerweile wunderte ich mich über derartige Zufälle nicht mehr, sondern freute mich einfach, ein bekanntes Gesicht zu sehen. Antonio wechselte ein paar Sätze mit ihm und verabschiedete sich dann von uns.

Statt im Sitzwagen brachte Immelmann uns in einem Schlafwagenabteil unter, das wir ganz für uns alleine hatten. Und noch bevor der Zug ganz aus dem Bahnhof gerollt war, lagen wir bereits schlafend in den Betten.

Kurz vor der Ankunft weckte uns Immelmann mit einem reichhaltigen Bordfrühstück. Danach hatten wir gerade noch Zeit, uns bei ihm zu bedanken und zu verabschieden.

Dann waren wir zurück in Amsterdam.

Fragen und Antworten

Unser erster Weg führte uns natürlich in die Schuttersgalerij. Diesmal hatte ich keine Sorgen vor den *Augen* oder den Slivitskys, die wahrscheinlich noch immer in den labyrinthischen Kanälen unter Bologna herumirrten. Ich war gespannt, wie lange unser Freund sie dort festhalten würde.

Obwohl noch früh am Morgen, war die Galerie schon geöffnet. Und natürlich trieb sich auch Gerrit bereits dort herum. Ich gab es auf, mir darüber Gedanken zu machen. Vielleicht war auch das eine Sache des Gefühls: bestimmte Dinge einfach zu akzeptieren, wenn man sie nicht erklären konnte.

Gerrit servierte uns wieder seinen Kakao mit Keksen. Dann berichteten wir, was wir in Bologna erlebt hatten. Er hörte zu, ohne uns einmal zu unterbrechen. Als wir geendet hatten, legte ich das Buch der Antworten auf den Tisch.

»Wir werden daraus nicht schlau«, sagte ich. »Vielleicht kannst du uns ja erklären, ob das wirklich eines der Vergessenen Bücher ist – und was daran so gefährlich ist, wenn niemand es verstehen kann.«

Gerrit strich ehrfürchtig über den Einband, bevor er das Buch aufschlug und darin blätterte. Dann klappte er es mit einem zufriedenen Lächeln wieder zu.

»Du hast dich eines Bewahrers würdig erwiesen, Arthur«, sagte er. »Wenn ich daran noch einen Zweifel gehabt hätte, so wäre er hiermit ausgeräumt. Denn dies ist in der Tat das Buch der Antworten.«

Gegen meinen Willen verspürte ich einen gewissen Stolz. Also war mein *zufälliger* Griff in den Bücherschrank des Archiginnasio doch nicht ganz so zufällig gewesen.

»Aber wenn es niemand lesen kann, wem nützt es dann?«, wiederholte Larissa meine Frage.

Gerrit schob uns das Buch hin. »Wer die richtigen Antworten haben will, der muss zuerst die richtigen Fragen stellen. Und das ist oft weitaus schwieriger. Das Buch der Antworten hält nur auf die *richtigen* Fragen die Antworten bereit.«

»Und woher weiß man, welche die richtigen Fragen sind?«, fragte ich.

»Das muss jeder für sich selbst herausfinden. Außerdem solltet ihr wissen, dass das Buch seine Antworten auch nicht jedem Fragesteller preisgibt.«

Mir schoss ein Gedanke durch den Kopf. »Dann hätte Madame Slivitsky vielleicht mit dem Buch überhaupt nichts anfangen können?«

Gerrit nickte. »Durchaus möglich. Leider weiß man das immer erst hinterher.«

»Und wie ist das mit uns?«, fragte Larissa.

»Probiert es doch einfach aus.« Gerrit lehnte sich in seinem Stuhl zurück und verschränkte die Arme vor der Brust.

Larissa sah mich an. »Was sollen wir fragen?«

Ich musste nicht lange überlegen. »Frag nach deinen Eltern«, schlug ich ihr vor.

»Nein, ich …« Sie kaute auf ihrer Unterlippe. Dann gab sie sich einen Ruck.

»Leben meine Eltern noch?«, fragte sie leise in den Raum.

Nichts geschah.

Gerrit deutete ihr mit einer Handbewegung an, das Buch zu öffnen. Larissa legte ihre Finger irgendwo zwischen die Seiten und folgte seinem Rat.

Gespannt starrte ich auf die Seiten, die sie aufgeschlagen hatte. Auf den ersten Blick hatte sich nichts verändert. Doch dann erkannte ich in dem Buchstabengewimmel ein schwaches Muster. Einige Buchstaben traten deutlicher aus der Seite hervor als andere.

»Das ist nicht tot, was ewig bleiben kann.
Und in Äonen stirbt der Tod auch irgendwann«,
las Larissa langsam vor.

Enttäuscht blickte sie von dem Buch auf. »Das ist schon wieder ein Rätsel«, sagte sie.

»Die dritte Sicherung«, nickte Gerrit. »Das Buch der Antworten braucht den richtigen Fragesteller, die richtigen Fragen und schließlich noch das richtige Deuten der Antwort.«

Larissa klappte das Buch der Antworten zu und schob es von sich weg. »Ich habe erst mal genug von Rätseln und Geheimnissen«, erklärte sie. »Eine Antwort, die nur Fragen aufwirft, ist für mich keine Antwort.«

Sie lehnte sich entschieden zurück und verschränkte ebenfalls die Arme vor dem Körper.

Jetzt war ich dran. Ich hatte mir während der Rückfahrt gründlich überlegt, welche Frage für mich zu diesem Zeitpunkt die Wichtigste war.

»Bin ich ein Bewahrer?«, sagte ich mit klarer Stimme.

Dann nahm ich das Buch und schlug auf gut Glück eine Seite auf. Es dauerte wieder einen Moment, bis ich die hervorgehobenen Buchstaben klar erkennen konnte.

»Du kannst nur das sein, was du bist,
und was du glaubst, das wirklich ist.«

Das las sich ein wenig verständlicher als Larissas Antwort, wenn auch nicht viel klarer in der Aussage. Zur Sicherheit holte ich mein Notizbuch aus der Tasche und schrieb mir die beiden Sätze auf. Wir konnten uns ja später weiter damit beschäftigen.

»Van Wolfen wird sich gewiss schon Sorgen machen«, sagte Larissa. »Wir sollten ihn nicht so lange warten lassen.«

Ohne dass wir darüber reden mussten, war eines für uns klar: Das Buch der Antworten war bei Gerrit am sichersten.

Er brachte uns noch bis zum Spui und kehrte dann in sein Haus zurück.

Wir spazierten langsam durch die Amsterdamer Morgensonne, die deutlich kraftloser war als die in Bologna. Der Herbst lag bereits in der Luft.

Es dauerte fast eine Stunde, bis wir van Wolfens Haus erreichten. Das lag zum einen an unseren Rollkoffern, die wir hinter uns herschleppen mussten, zum anderen aber auch daran, dass wir zum ersten Mal ohne Angst vor Verfolgern durch Amsterdam schlendern konnten. Einmal setzten wir uns an einer Gracht auf eine Bank und betrachteten die Häuser und das Treiben um uns herum; ein anderes Mal tranken wir eine Cola in einem Straßencafé und genossen es einfach, wieder in der normalen Welt zurück zu sein.

Als wir van Wolfens Haus schließlich erreichten, fanden wir den Buchladen verschlossen vor. Wir klingelten an der Tür. Schnelle Schritte kamen die schmale Treppe herunter.

Und dann stand der Bücherwurm vor uns.

»Arthur«, sagte er, und seine Stimme zitterte ein wenig. »Larissa.«

Ich merkte, wie er mit seinen Gefühlen kämpfte. Dann siegte seine übliche Zurückhaltung. Er strich uns beiden kurz über den Kopf und bat uns herein.

»Du darfst also doch in die Niederlande einreisen?«, fragte Larissa.

Er blickte sie erstaunt an. »Warum sollte ich das denn nicht können?«

Larissa berichtete, was Ham Slivitsky uns im Zug erzählt hatte. Der Bücherwurm seufzte: »Manche alten Geschichten wird man einfach nicht los. Es stimmt, die niederländische Polizei hat mich einmal eines Bücherdiebstahls verdächtigt. Das hat sich allerdings aufgeklärt, als der wahre Täter zwei Jahre später gefasst wurde. Habt ihr etwa geglaubt … ?«

Er ließ den Rest des Satzes in der Luft hängen. Larissa und ich schwiegen betreten. Der Bücherwurm befreite uns aus unserer Verlegenheit: »Na ja, ich nehme an, mein Verhalten hat nicht gerade dazu beigetragen, mir euer Vertrauen zu verdienen. Das soll von jetzt an anders werden.«

Damit schien die Sache für ihn erledigt zu sein. Wenig später saßen wir alle um den großen Küchentisch. Jan hatte es sich nicht nehmen lassen, uns ausgiebig zu umarmen. Van Wolfen beließ es ebenfalls bei einer flüchtigen Berührung.

Nachdem jeder mit Gebäck und Getränken versorgt war, durften wir unsere Geschichte erneut erzählen. Jan geizte nicht mit *Aahs* und *Oohs*, während die beiden Antiquare dem Ganzen schweigend lauschten und nur ab und an eine kurze Nachfrage stellten. Als wir geendet hatten, ergriff der Bücherwurm als Erster das Wort.

»Das Buch der Antworten befindet sich jetzt also in den Händen dieses Gerrit? Und das Register auch? Ist euch klar, dass er damit die Macht über die Vergessenen Bücher besitzt?«

»Macht ist für Gerrit nicht von Bedeutung«, sagte Larissa bestimmt.

»Im Gegensatz zu manchen anderen hier am Tisch«, fügte ich spitz hinzu.

Der Bücherwurm sah mir in die Augen. »Diese Bemerkung ist wahrscheinlich auf mich gemünzt.«

Ich nickte. »Sie haben uns von Anfang an keinen reinen Wein eingeschenkt«, sagte ich. »Vielleicht ist jetzt der geeignete Zeitpunkt dafür gekommen.«

Er starrte einen Moment nachdenklich auf seine Tasse. »Was willst du wissen?«, fragte er mich dann.

»Die Wahrheit«, sagte ich. »Zum Beispiel, warum Sie so hinter dem Buch der Antworten her sind.«

Der Bücherwurm seufzte. »Ich hatte nie vor, es zu irgendwelchen persönlichen Zwecken zu missbrauchen. Das müsst ihr mir glauben. Seit vielen Jahrzehnten jage ich nun hinter den Vergessenen Büchern her, anfangs sicher mit den falschen Zielen. Und ich gebe zu, manchmal dachte ich, ich könnte die Macht der Bücher nutzen, um damit Gutes zu tun. Inzwischen weiß ich aber, dass ich dafür zu schwach bin. Jetzt möchte ich nur noch einmal im Buch der Antworten blättern – das ist alles.«

Seine Stimme klang müde, als er das sagte – und ich glaubte ihm. Er war anders als die Slivitskys, genau so, wie van Wolfen und Montalba anders waren. Er mochte seine Eigenheiten haben, aber er war sicherlich kein gewissenloser Lügner und Betrüger. Er war nur ein alternder Antiquar, der sich einen sehnlichen Herzenswunsch erfüllen wollte.

Aber fertig war ich mit meiner Befragung deshalb noch lange nicht.

»Was haben Sie denn mit dem Vergessenen Buch gemacht, das Sie damals in den Pyrenäen gefunden haben? Wollten Sie damit auch nur Gutes tun?«

Ich hatte die Frage kaum ausgesprochen, da hätte ich sie am liebsten ungeschehen gemacht. Nicht, weil ich die Antwort nicht wissen wollte. Aber mein Satz stand im Raum wie eine Anklage, und so reagierte der Bücherwurm auch darauf. Er senkte den Kopf noch tiefer und verknotete seine Hände ineinander.

Larissa blickte mich vorwurfsvoll an. Ich wollte gerade zu einer Entschuldigung ansetzen, als der Alte das Wort ergriff: »Es ist dein gutes Recht, diese Frage zu stellen. Und ich denke, nach dem, was ihr durchstehen musstet, habt ihr eine ehrliche Antwort verdient.«

Er richtete sich auf und schloss die Augen, so als wolle er sich die Ereignisse jener Nacht noch einmal vor Augen rufen. »Als Sylvia mich am Rand des Dorfes zurückließ, war mein erster Impuls, das Buch den Dorfbewohnern zurückzugeben. Aber ich hatte kaum ein paar Schritte gemacht, als ich spürte, wie das Buch zu mir *sprach*.

Es waren keine Worte, wie wir sie kennen. Es war ein verführerisches Flüstern, das ich nicht nur mit dem Kopf, sondern auch mit dem Körper wahrnahm und das meine Schritte blockierte. Ich wollte weitergehen, aber ich konnte nicht. Es klingt absurd, aber das Buch hatte die Macht über mich übernommen. In meinem Kopf tauchten Bilder auf, wie ich sie noch nie gesehen hatte. In ihnen saß ich auf einem feurigen Thron, und zu meinen Füßen wanden sich in seinem flackernden Licht Tausende von Gestalten, die kaum noch etwas Menschenähnliches besaßen.

Ein Gefühl der absoluten Macht durchströmte mich. *Ich* war der Herrscher über diese Welt, und das Buch hatte mich dazu gemacht. Weshalb sollte ich es dann den Dorfbewohnern zurückgeben? Ich machte kehrt und ging in die andere

Richtung davon. Im nächsten Dorf bestieg ich den ersten Autobus, der mich bis zur Grenze brachte.

In Hendaye, auf der französischen Seite, mietete ich mich in einem kleinen, heruntergekommenen Hotel ein. Sobald ich in meinem Zimmer allein war, zog ich das Buch hervor, um es näher zu studieren. Als ich es öffnete, stockte mir der Atem: Es handelte sich um das Buch der Dunkelheit, eines der Mächtigsten der Vergessenen Bücher.

Ich wollte es sofort näher studieren, aber die Anstrengungen der vergangenen Nacht forderten ihren Preis und ich schlief, am Tisch sitzend, ein. Über die Träume, die ich hatte, will ich euch lieber nichts erzählen. Sie waren einfach zu schrecklich. Und das Schrecklichste daran waren die Rollen, die ich in ihnen spielte.

Als ich endlich erwachte, war ich schweißgebadet. Die Sonne war bereits untergegangen, und ich spürte erneut das wortlose Flüstern des Buches in meinem Kopf. Der Teil von mir, der noch klar denken konnte, wusste, dass ich für immer der Sklave des Buches sein würde – wenn ich mich nicht jetzt von ihm befreite.

In dem Augenblick, als mir dieser Gedanke durch den Kopf schoss, schwoll das Flüstern in mir zu einem gewaltigen Lärm an. Mein Kopf drohte zu zerspringen, und ich hatte Mühe, meine Arme und Beine zu beherrschen. Mit einer ungeheuren Kraftanstrengung erhob ich mich und nahm das Buch vom Tisch. Mein Plan war, es ins Meer zu werfen, möglichst weit weg von mir.

Ich weiß nicht mehr, wie ich die paar Meter bis zum Hoteleingang schaffte. Das Buch mobilisierte alle seine Kräfte, um mich zur Umkehr zu bewegen. Ich taumelte durch die kleine Empfangshalle auf die Straße und lehnte mich gegen die Hauswand, um wieder zu Kräften zu kommen. Die Macht des Buches über mich wurde von Sekunde zu Sekunde stärker. Als ich die Straße überqueren wollte, brach mir am ganzen Körper der Schweiß aus und das Stimmengewirr in meinem Kopf steigerte sich nochmals zu einem nahezu unerträglichen Brüllen. Meine Hände, die das Buch umklammert hielten, bebten, und meine Beine gehorchten mir nicht mehr. Stechende Schmerzen durchfuhren meinen ganzen Körper. Ich konnte es unmöglich bis zum Strand schaffen. Ich musste umkehren.

In dem Moment ergriff jemand meinen Arm. Ich fuhr herum. Im Schein der trüben Straßenlaterne sah ich eine Gruppe von Männern, die mich umringt hatten. Sie trugen einfache, grobe Kleidung und ich wusste sofort, wer sie waren: Einwohner des Dorfes, aus dessen Kapelle wir das Buch der Dunkelheit gestohlen hatten.

Der, der mich am Arm gefasst hatte, schien der Anführer zu sein. Er war ein gedrungener Mann mit dunklem Teint und großen schwarzen Augenbrauen, die über seiner Nasenwurzel zusammenwuchsen. Er ließ mich los, trat einen Schritt zurück und streckte wortlos die Hand aus. Seine Begleiter bildeten einen undurchdringlichen Kreis um mich.

Ich begriff sofort, dass diese Männer meine letzte Hoffnung waren, mich aus dem Bann des Buches zu befreien. Aber das Buch spürte die Bedrohung auch. Mit letzter Kraft streckte ich die Hand, die es hielt, aus. Der Schmerz in meinem Arm war kaum zu ertragen. Es war, als würde mir das Fleisch in Stücken herausgerissen.

Dann nahm mein Gegenüber das Buch, und sofort waren sämtliche Schmerzen sowie das Getöse in meinem Kopf verschwunden. Ohne ein weiteres Wort drehten die Männer sich um und verschwanden mit dem Buch in der Dunkelheit. Auf sie schien es keinerlei Wirkung zu haben.

Erschöpft glitt ich an der Hauswand zu Boden. Fast hätte mich das Buch der Dunkelheit vernichtet.«

Er hielt inne. Wir alle hatten seinen Worten gebannt gelauscht. Larissa wollte etwas sagen, aber der Bücherwurm bedeutete ihr mit einer Handbewegung, dass er noch nicht fertig war mit seiner Erzählung.

»Und wisst ihr, was das Schlimmste war? Ich war nicht dankbar über meine Rettung, sondern hatte das Gefühl, mir sei etwas Unersetzliches gestohlen worden. Noch tagelang plagte mich eine unerklärliche Sehnsucht, und ich musste mich zwingen, nicht wieder zurück in jenes Pyrenäendorf zu fahren.«

Der Alte lehnte sich zurück. Seine Schultern richteten sich auf, als sei durch die Erzählung eine furchtbare Last von ihm abgefallen. Zum ersten Mal seit dem Besuch von Pluribus in seinem Laden kam er mir wieder wie der Mensch vor, den ich kannte.

»Hast du noch einen Tee für mich, Jan?«, fragte er. Der Angesprochene beeilte sich, eine neue Kanne aufzugießen, während wir anderen über belanglose Kleinigkeiten plauderten, so als sei nichts geschehen. Keiner von uns wollte in diesem Moment über das sprechen, was der Bücherwurm berichtet hatte.

Als Jan uns allen noch einmal frischen Tee nachgeschenkt hatte, musste ich allerdings noch die letzte Frage loswerden, die mir auf der Seele brannte. »Bei unserem ersten Telefongespräch nach unserer Ankunft in Amsterdam haben Sie mich gefragt, ob es Larissa war, die herausgefunden hat, dass wir das Buch der Antworten suchen sollen. Und als Sie vorletzte Nacht mit Madame Slivitsky telefoniert haben, da hat sie von deiner *kleinen Bewahrerin* gesprochen. Können Sie mir das erklären?«

Larissa lehnte sich auf dem Tisch vor, als sie ihren Namen hörte. Sie sah mich vorwurfsvoll an, so als wolle sie sagen: Warum hast du das nicht vorher mit mir besprochen?

Der Bücherwurm räusperte sich. »Nun ja, das ist ein wenig heikel. Vor allem, weil ich mir selbst nicht ganz sicher bin.«

Er nahm einen Schluck aus der Tasse, die vor ihm stand. Dann hatte er wohl den richtigen Anfang gefunden.

»Dein Vater, Larissa, also mein Schwiegersohn, stammt aus einer alten Familie, deren Geschichte sich bis ins 12. Jahrhundert zurückverfolgen lässt. Meiner Information nach ist dies ein Geschlecht der Bewahrer. Er und ich haben oft darüber gesprochen. Auch wenn er selbst kein Bewahrer war, so war er doch stets bestrebt, die Vergessenen Bücher, von denen er natürlich wusste, zu schützen. Als deshalb jetzt die Hinweise auf das Buch der Antworten auftauchten, habe ich dich mit Arthur losgeschickt, weil ich der Überzeugung war, du trägst Bewahrerblut in dir und wirst deshalb Dinge herausfinden, die anderen verschlossen bleiben. Wie sich herausgestellt hat, habe ich mich geirrt.«

Er wandte sich mir zu. »Es tut mir leid, Arthur. Du warst eigentlich nur als Begleitung und als Schutz für Larissa gedacht. Ich wäre nie auf den Gedanken gekommen, du könntest ein Bewahrer sein.« Er lachte kurz. »Da habe ich dich seit so vielen Jahren fast täglich in meiner Nähe, und ich habe nicht bemerkt, über welche Talente du verfügst.«

»Ich habe es selbst ja auch nicht gewusst«, entgegnete ich. »Und, ehrlich gesagt: So ganz glaube ich immer noch nicht daran.«

»Arthur ist zu bescheiden«, sagte Larissa. »Ohne ihn hätten wir weder das Register noch das Buch der Antworten gefunden.«

»Ohne dich auch nicht«, erwiderte ich. »Und ohne die Hilfe Gerrits und des Straßenmusikers noch viel weniger.«

»Ja, ja«, meldete sich van Wolfen zu Wort. »Genug gelobt. Wir sind uns, glaube ich, einig, dass der Erfolg dieser Mission eine Gemeinschaftsarbeit war. Was nicht bedeuten soll, dass ihr, Larissa und Arthur, nicht den größten Teil dazu beigesteuert habt – und die meisten Gefahren ausstehen musstet. Bleibt die Frage, was jetzt mit dem Buch der Antworten und dem Register geschehen soll.«

»Ich schlage vor, das klären wir gemeinsam mit Gerrit«, sagte Larissa.

Also brachen wir erneut in die Schuttersgalerij auf – diesmal allerdings zu fünft.

Der Bewahrer

Gerrit schien nicht besonders erstaunt zu sein, als wir mit großem Gefolge auftauchten. Er begrüßte die drei Buchhändler höflich und geleitete uns aus der Galerie hinaus zu seinem Häuschen.

»Ah, ah, der *Begijnhof*«, sagte van Wolfen, als wir in den ruhigen Innenhof einbogen. »Seht ihr das hölzerne Haus dort drüben? Das wurde 1475 gebaut und ist damit das älteste Gebäude Amsterdams.«

Er wandte sich an Gerrit. »Ich wundere mich, dass Sie hier wohnen dürfen.«

Gerrit strahlte van Wolfen an. »Für mich hat man eine Ausnahme gemacht.«

Sie mussten wohl unseren fragenden Blick bemerkt haben. »Der Begijnhof wurde gegründet als Wohnstätte für Frauen aus reichen katholischen Familien, die ihren Ehemann verloren hatten«, erklärte van Wolfen. »Sozusagen eine Alternative zum Kloster. Man nannte die Bewohnerinnen die Beginen. Und bis heute dürfen hier weder Männer noch verheiratete Frauen wohnen.«

Gerrit lächelte weiter sein undurchschaubares Lächeln. Ein weiteres Rätsel, das wir wahrscheinlich nie lösen würden.

In seinem Wohnzimmer servierte er sich und den drei Herren von seinem Genever, während wir diesmal einen alkoholfreien Beerensaft vorgesetzt bekamen.

»Sehr gut«, lobte Jan, als sie den ersten Begrüßungsschluck genommen und die Gläser wieder abgestellt hatten.

»Ein Geheimrezept meiner Großmutter«, strahlte Gerrit. Dann legte er die Hände vor sich auf den Tisch und blickte erwartungsvoll in die Runde.

Der Bücherwurm, der Gerrit zuvor noch nie gesehen hatte, ergriff als Erster das Wort.

»Ich habe ein wenig recherchiert, Herr de Fleer. Leider kannte weder einer meiner vielen Kollegen Ihren Namen, noch konnte ich ihn sonst wie im Zusammenhang mit alten Büchern ausfindig machen. Der einzige Verweis, auf den ich gestoßen bin, war der auf einen Philosophen, der vor vielen Jahrhunderten einmal in Amsterdam lebte. Aber das können Sie ja wohl kaum sein.« Er lachte etwas nervös.

Gerrit zeigte wieder seine leuchtenden Zähne. »Ein guter Scherz, Mijnheer Lackmann«, lachte er. »Dann würde ja nur noch ein Gerippe unter diesen Kleidern stecken – und der Genever müsste unten wieder herauslaufen.«

Er beugte sich zur Seite und tat so, als würde er den Fußboden inspizieren. »Nichts«, sagte er, als er sich wieder aufrichtete.

Der Bücherwurm ließ sich durch Gerrits Ironie nicht beirren. »Trotzdem ist es doch merkwürdig, finden Sie nicht auch?«

Gerrit wurde auf einmal ernst. »Wenn man mit den Vergessenen Büchern zu tun hat, dann stößt man auf viele merkwürdige Dinge«, begann er. »Und die Merkwürdigsten von allen sind die Vergessenen Bücher selbst. Für Sie sind diese Bücher Realität. Viele andere würden Ihre Überzeugung nur für Spinnerei halten. Es kommt also immer auf den Standpunkt an, ob etwas merkwürdig erscheint oder nicht.«

Der Bücherwurm nickte nachdenklich. »Sie haben recht. Aber das beantwortet meine Frage immer noch nicht.«

»Vielleicht geht es hier auch weniger um die Beantwortung von Fragen als um Vertrauen«, warf Larissa ein. »Und die Bereitschaft, Hilfe zu akzeptieren, auch wenn man nicht genau weiß, woher sie kommt.«

Das hatte sie gut gesagt, fand ich. Und das war mein Stichwort. Schließlich war ich zu Anfang der größte Skeptiker gewesen, was Gerrit betraf. Deshalb konnte ich den Bücherwurm und seine Bedenken gut verstehen.

»Mir ist auch unklar, woher Gerrit kommt und wieso er das weiß, was er weiß. Aber er hat von Anbeginn an auf unserer Seite gestanden. Deshalb vertraue ich ihm. Und ich denke, wir sollten das alle tun.«

»Ich merke schon, weitere Nachfragen würden zu nichts führen«, sagte der Bücherwurm. »Und wie ich bereits gesagt habe: Larissa und Arthur haben das Buch der Antworten gefunden. Sie sollen auch über sein weiteres Schicksal entscheiden. Ich würde es zuvor nur noch einmal gerne sehen.«

Gerrit stand auf, ging zu seinem Wandschrank und kehrte mit dem Buch der Antworten und dem Register von Leyden zurück. Er legte beide vor dem Bücherwurm auf den Tisch.

Der Alte betrachtete die Bände ehrfürchtig, bevor er sie vorsichtig aufnahm und von außen studierte. Dann schlug er das Register auf. Er blätterte ein wenig darin herum, bevor er es weglegte und sich das Buch der Antworten vornahm.

Auch er stutzte, als er die Seiten voller wild durcheinander gewürfelter Buchstaben sah. Er blätterte das Buch bis zum Ende durch. Es gab keine einzige Seite, die von dem bekannten Muster abgewichen wäre.

Seufzend schlug er das Buch zu. »Ich denke, damit könnte sowieso niemand etwas anfangen«, sagte er mit einem leichten Bedauern in der Stimme.

Gerrit, Larissa und ich lächelten uns unauffällig zu, schwiegen aber. Dann trank der Bücherwurm seinen Genever in einem Zug aus und erhob sich.

»Was machen wir also?« Diese Frage war an Larissa und mich gerichtet.

»Wir lassen die Bücher bei Gerrit«, kam unsere einstimmige Antwort.

»Das hatte ich mir gedacht. Dann bleibt uns hier ja nicht viel mehr zu tun.« Er wandte sich zu Gerrit. »Ich hoffe nur, Sie wissen, was Sie tun.«

»Seien Sie unbesorgt«, sagte Gerrit. »Das Buch der Antworten wird keinem Sterblichen mehr in die Hände fallen.«

»Und das Register?«, fragte ich.

Gerrit machte ein nachdenkliches Gesicht. »Nun, das ist eine andere Sache. Noch befinden sich alle anderen Vergessenen Bücher in ihren Verstecken. Das heißt, die Sucher werden sie eines Tages aufspüren, wenn sie nur lange genug nach ihnen forschen. Das Register ist der einzige Weg, die Bücher vor ihnen zu finden und in Sicherheit zu bringen.«

»Du willst es also nicht an dich nehmen?«

Gerrit schüttelte den Kopf. »Das Register muss in die Hände eines Bewahrers. Oder« – und bei diesen Worten lächelte er mich an – »in die eines möglichen Bewahrers.«

Er nahm das dünne Bändchen vom Tisch und streckte es mir entgegen. »Ich bin überzeugt, dass es bei dir am besten aufgehoben ist, Arthur.«

Ich musste schlucken. Damit hatte ich nicht gerechnet. Ich zögerte, das Register anzunehmen.

Larissa sprang auf, nahm Gerrit das Buch ab und drückte es mir in die Hand. Dann gab sie mir einen schnellen Kuss auf die Backe.

»Nun sei nicht so sturköpfig, Arthur! Du weißt es doch eigentlich schon länger.«

Ich spürte, wie sich das Feuer über mein ganzes Gesicht ausbreitete. Das war jetzt schon das zweite Mal in einer Woche! Damit das keiner der anderen merkte, beschäftigte ich mich schnell damit, das Register in meiner Umhängetasche zu verstauen.

»Ihr seid ein gutes Team, Arthur und Larissa«, sagte Gerrit. »Lasst euch von niemandem auseinanderbringen.«

Und das war's. Die Versammlung war beendet. Wir verabschiedeten uns von Gerrit, und ich muss gestehen, die Vorstellung, ihn nicht mehr um Rat fragen zu können, machte mich ein wenig traurig.

Als die Reihe an mir war, nahm er meine Hand und hielt sie lange fest. »Du hast viel über dich gelernt in den letzten Tagen, Arthur«, sagte er. So oft wie heute hatte ich ihn in der ganzen Zeit unserer Bekanntschaft kein ernstes Gesicht aufsetzen sehen. »Manches davon braucht noch seine Zeit. Aber du weißt jetzt, worauf und auf wen du dich verlassen kannst.« Er machte eine kleine Pause. »Wir werden uns jetzt gewiss einige Zeit nicht mehr sehen. Das bedeutet jedoch nicht ein Lebewohl für immer. Denk dran: Du hast es mit den Vergessenen Büchern zu tun. Und da ist nichts unmöglich.«

Als Letzte umarmte er Larissa und drückte sie lange an sich. »Deine Entdeckungsreise steht dir noch bevor«, sagte er. »Und mit Arthur und deinem Großvater hast du die richtigen Begleiter an deiner Seite.«

Es fiel Larissa genau so schwer wie mir, Gerrit zu verlassen. Aber schließlich standen wir alle vor der Haustür. Gerrit winkte uns noch einmal zu und schloss dann die Tür.

»Merkwürdig«, brummelte van Wolfen vor sich hin, als wir zurück zur Schuttersgalerij gingen. »Ich dachte, ich kenne den Begijnhof in- und auswendig. Aber dieses Haus ist mir noch nie aufgefallen.«

Wir hatten die Galerie gerade betreten, als mir einfiel, was ich vergessen hatte: Ich wollte Gerrit noch fragen, ob er den Musiker in Bologna kannte und was es mit der Bemerkung vom *Schützenjungen* auf sich hatte, die er hatte fallen lassen.

»Geht schon mal weiter, ich bin gleich wieder bei euch«, rief ich den anderen zu und lief in den Begijnhof zurück. Ich bog in den kleinen Weg nach rechts ein und lief die Häuserreihe entlang, bis ich vor Gerrits Haus stand.

Zumindest hatte ich das vor.

Doch das Haus, in dem wir gerade noch gesessen hatten, war nicht mehr da.

Das war unmöglich! Ich klingelte an der Tür des letzten Hauses in der Reihe. Eine junge Frau öffnete die Tür.

»Entschuldigen Sie«, stotterte ich. »Ich suche das Haus von Gerrit de Fleer.«

Sie sah mich verständnislos an. »Einen Mijnheer de Fleer kenne ich nicht«, antwortete sie in akzentuiertem Deutsch.

»Aber er wohnt doch hier neben ihnen!«, rief ich und zeigte auf die Stelle, wo soeben noch Gerrits Haus gestanden hatte.

Ich hätte sie ebenso gut fragen können, wo die kleinen grünen Männchen gelandet seien. »Männer dürfen hier nicht wohnen«, sagte sie. »Und wie du siehst, gibt es in dieser Reihe kein weiteres Haus. *Dag.*«

Mit diesen Worten schloss sie die Tür vor meiner Nase. Ich konnte es ihr nicht einmal übel nehmen.

Mit hängenden Schultern trabte ich zur Galerie zurück. Larissa war nicht mit den anderen vorausgegangen, sondern wartete an der Tür auf mich.

»Was ist?«, fragte sie mich, als sie mein Gesicht sah.

»Gerrits Haus ist verschwunden«, sagte ich.

Das schien sie nicht besonders zu überraschen. Sie sah mich nur nachdenklich an und nickte fast unmerklich.

»Du hast es erwartet?« Nun verstand ich gar nichts mehr.

»Das erkläre ich dir später. Jetzt sollten wir uns beeilen, um die anderen einzuholen.«

Zum vorerst wohl letzten Mal gingen wir durch die Schuttersgalerij. Ich streifte die Gemälde, an denen wir so oft vorbei gelaufen waren, mit einem kurzen Blick.

Als wir zu dem riesigen Gemälde kurz vor dem anderen Eingang kamen, legte Larissa ihre Hand auf meinen Arm. Wortlos deutete sie auf das Bild an der Wand.

Es war ein Schinken wie die anderen auch. Mehrere Dutzend selbstzufriedener Bartträger standen und saßen aufgereiht, ihre Hellebarden oder was es auch immer sein mochte in den Händen. Aber das war es nicht, was Larissa mir zeigen wollte.

Aus dem Raum, in dem die Schützen sich fürs Porträt aufgebaut hatten, führte eine Tür in ein Hinterzimmer. Darin konnte man zwei junge Männer erkennen, die an einem Holzfass saßen, das ihnen als Tisch diente, und würfelten.

Ich trat näher an das Bild heran. Einer der beiden sah Gerrit zum Verwechseln ähnlich. Aber das konnte doch nicht möglich sein ...

Ich drehte mich zu Larissa. Sie dachte offenbar dasselbe wie ich. Eine Weile standen wir stumm vor dem Gemälde und versuchten, uns einen Reim daraus zu machen.

Dann seufzte Larissa: »Lass uns gehen.«

Als sich die Glastüren vor uns öffneten, warf ich noch einen letzten Blick auf das Bild – und blieb mitten im Ausgang stehen. Der junge Mann, der aussah wie Gerrit, strahlte mich mit einem Mal mit einem breiten Lächeln an. Mit der rechten Hand zog er das Buch der Antworten hervor und legte es vor sich auf das Fass. Dann zwinkerte er mir zu und wandte sich wieder seinem Würfelkameraden zu.

Ich schüttelte meinen Kopf und schaute noch einmal genau hin. Das Gemälde hing so unbeweglich da wie zuvor. Doch nun war ein unauffälliges, in Leder gebundenes Buch auf dem Tisch zu erkennen. Ich blinzelte – und das Buch war wieder verschwunden.

So ging es ein paarmal hin und her, bis ich nicht mehr wusste, ob ich das Buch nun sah oder nicht. Wahrscheinlich habe ich

Halluzinationen vor lauter Stress, dachte ich, als ich Larissa schließlich nach draußen folgte.

Doch mit jedem Schritt wurde mir klarer, was ich soeben beobachtet hatte. Und als wir die drei Buchhändler erreichten, die in der Kalverstraat auf uns warteten, da strahlte ich genau wie Gerrit.